U0533722

品味无限不循环的人生

运河变

余威 著

重慶出版集团　重慶出版社

图书在版编目（CIP）数据

运河变 / 余威著. — 重庆：重庆出版社，2024.3
ISBN 978-7-229-18333-2

Ⅰ.①运… Ⅱ.①余… Ⅲ.①长篇小说—中国—当代 Ⅳ.①I247.5

中国国家版本馆CIP数据核字（2024）第033376号

运河变
YUNHE BIAN

余威 著

出　品：	华章同人
出版监制：	徐宪江　秦　琥
责任编辑：	肖　雪
特约编辑：	李　敏　齐　蕾
营销编辑：	史青苗　刘晓艳
责任校对：	冉炜赟
责任印制：	梁善池
封面设计：	乐　翁

重庆出版集团
重庆出版社 出版

（重庆市南岸区南滨路162号1幢）
北京盛通印刷股份有限公司　印刷
重庆出版集团图书发行有限公司　发行
邮购电话：010-85869375
全国新华书店经销

开本：880mm×1230mm　1/32　印张：14.75　字数：320千
2024年3月第1版　2024年3月第1次印刷
定价：52.00元

如有印装质量问题，请致电023-61520678

版权所有，侵权必究

目 录

前言 / 1

第一章　二月初六 癸卯（上）/ 3

第二章　二月初六 癸卯（下）/ 19

第三章　二月初七，甲辰（上）/ 37

第四章　二月初七，甲辰（下）/ 56

第五章　二月初八，乙巳（上）/ 72

第六章　二月初八，乙巳（下）/ 92

第七章　二月初九，丙午（上）/ 111

第八章　二月初九，丙午（下）/ 130

第九章　二月初十，丁未（上）/ 150

第十章　二月初十，丁未（下）/ 163

第十一章　二月十一，戊申（上）/ 182

第十二章　二月十一，戊申（下）/ 201

第十三章　二月十二，己酉（上）/ 217

第十四章　二月十二，己酉（下）/ 234

第十五章　二月十三，庚戌（上）/ 255

第十六章　二月十三，庚戌（下）/ 274

第十七章　二月十四，辛亥（上）/ 294

第十八章　二月十四，辛亥（下）/ 312

第十九章　二月十五，壬子（上）/ 329

第二十章　二月十五，壬子（下）/ 350

第二十一章　二月十六，癸丑（上）/ 371

第二十二章　二月十六，癸丑（下）/ 387

第二十三章　二月十七，甲寅（上）/ 405

第二十四章　二月十七，甲寅（下）/ 423

第二十五章　二月十八，乙卯（上）/ 438

第二十六章　二月十八，乙卯（下）/ 453

后记 / 464

前言

绍兴三十一年辛巳（1161）九月，金主完颜亮以尚书右丞李通为大都督，造浮梁于淮水之上，兵号百万，南下攻宋，远近大震。

十月，宋高宗赵构命宣抚制置司传檄契丹、西夏、高丽、渤海诸国及河北、河东、陕西、京东、河南诸路，谕出师共讨金人。

十一月，完颜亮临江筑坛，刑马祭天，期以翌日南渡，不承想大败于采石矶。屋漏逢夜雨，完颜雍在东京登基改元，金军哗变，完颜亮殁于扬州龟山寺。

十二月，宋高宗御驾亲征，沿江南运河乘舟北上，于次年正月劳师建康府。

困兽犹斗，在战场上失去大势的金人不择手段，大都督李通处心积虑谋划刺袭征战在外的宋高宗，妄想以此扭转战局。

绍兴三十二年壬午（1162）二月癸卯，宋高宗自认战局已定，从建康府班师回朝，历十三日后抵达临安。

就在这十三日的时间里，金人策划了一起惊天阴谋，意图将南宋皇权付之一炬，宋高宗赵构因此萌生禅位之意，于当年将皇位内禅给了皇子建王。

癸卯至乙卯,这短短的十三日内究竟发生了什么?

"二月癸卯,帝发建康。乙卯,至临安府。五月诏立建王玮为皇太子,更名昚。六月诏皇太子即皇帝位。帝称太上皇帝,退处德寿宫。"

殊不知,癸卯至乙卯,实为变起运河的十三日!

第一章
二月初六 癸卯（上）

绍兴三十二年壬午（1162）二月癸卯巳牌，建康府长江边的码头上，宋高宗御驾亲征的王师正在举行祭祀行神的仪式。王师在建康府驻跸了一个月，其间大败金兵于采石矶，金主完颜亮殁于扬州龟山寺。此后，江淮诸军屡挫金军，金军士气全无，且战且退。

官家（在宋朝，"官家"特指当时的皇帝。此处指宋高宗赵构。）见金军大势已去，王师北定中原指日可待，便决定凯旋，于今日启程返回都城临安。

须发皆白的官家，身着冕服，威立于王师首列，只见他为诸行神上了香后便退回原来的位置站定。紧接着，官家身后宰执班底、殿前司禁军和建康府诸官便一齐下跪，祈求王师回程之路一帆风顺。

祭祀毕，殿前司御龙直的仪仗卫开始向江北方向发射火炮，火炮共响九声，每一发火炮毕，再响五声突火枪。火炮与突火枪交替发射，声响震慑江北。

随后，殿前司御龙直仪仗卫退下，殿前指挥使左右二班、外殿班、金枪班、银枪班、招箭班众禁军鱼贯而出，集合于王师之前，诸官开始整理容装，而后内侍高喊："班师回朝！"

立时，随军番部大乐起，板鼓笛觱大作，王师开始向御舟和军船缓缓移动。

皇子建王赵玮身着铠甲，位列禁军之中。待官家上了御舟之后，他走到建康府诸官面前慰问道别，又来到江淮诸军将士面前鼓劲勉励。建王府官、宗正少卿史浩在不远处赞赏地看着建王的举止言行。

绍兴三十一年(1161)，金人侵犯边境，议和派纷纷要求退守，建王积极主张抗战，上书请求亲任前锋抗敌。史浩出计，竭力劝建王说："皇子不可将兵，应当以晋申生、唐肃宗灵武之事为戒。"建王醒悟，立即叫史浩草拟奏章，改为请求伴驾出征。

官家非常认可建王府的奏章，欣喜之余，同意让赵玮伴驾出征。朝野推测，官家目的有二：一是赵玮此前一直身居宫中，不曾与外官接触，此次伴驾出征便于识认诸将，有培养之意；二是御驾亲征，兹事体大，由建王统领行程安全，有考察之意。

赵玮也深知如此，虽然自己心怀北伐之意，有收复故土之心，但决不能把自己看作一员伴驾出征的武将，更不能以皇子身份肆意行事。按照史浩说的，一切轻车从简，便宜行事，不能有皇家傲骨和武人意气。

赵玮出生于秀州，是太祖七世孙，本不是官家的嫡子，因为官家无嗣，所以他六岁时被接入宫中，成为皇子。同被官家收养为皇子的还有赵璩，也是太祖七世孙。两位小皇子初入大内时，朝臣们便知，日后新君必定是二者择一的。二位小皇子也互相较着劲，赵玮沉稳，赵璩果决，本只是性格上的差异而已，但在官家的眼中，似乎赵玮的性格更讨喜。官家决定让赵玮伴驾出征伊始，朝野上下便认定，在官家心中已经有了储君人选，那便是建王赵玮。

赵玮不光德行操守深得圣意，能力也毫不逊色。征伐途中，无论是参谋军事，还是舟车护卫，他都做得井井有条。在建康府驻跸的时日里，官家还对众宰执戏称，这御驾亲征的功劳，要划一半记在建王府上。

一切事务落实停当之后，建王面对着江北的方向，昂首挺胸，雄姿英发。他胸中了然，这个时候江淮和荆襄诸军正在驱赶金人，收复失地，若不是伴驾任务在身，他真要披挂上阵，和前方战士们一起并肩作战。出生在两浙路秀州的赵玮虽然从未去过汴京，但一直有一颗北定中原的决心。

史浩走到赵玮身边，轻声提醒道："官家已经上了御舟，殿下为何久驻于此？"

赵玮恭敬地向这位教导自己帝王之术的老师行礼，而后打趣道："江南已是安澜之地，并无金兵身影，先生何需劳心？"

"殿下这是奚落老臣年长力衰，日后难以跟随殿下北征了？"

赵玮轻笑一声，说道："先生哪里的话。若父皇封我为北伐先锋官，我必将先生带在身边，替本王出谋划策。"

史浩收起笑容，说道："虽周遭无人，但殿下也休要说这样的话。官家的心思殿下是最清楚的，殿下的心思官家也同样清楚。身为皇子，决不能忤逆官家的心思。"

官家的心思不光建王知晓，全天下又有谁人不知？在官家的心里，与金人议和永远是首选之策。这次官家虽然御驾亲征，但也是因为完颜亮扬言渡江,箭在弦上不得不发了。而赵玮年轻气盛,胸中自有经纬,认为与金人以战促和,才是长久之策。

赵玮也收起笑脸,说道:"本王不光知道官家的心思,也知道先生的心思。我只是说笑,先生何必如此严肃?"

史浩正色道:"老臣将殿下视为日后登极之人,登极之人又岂能随意说笑。官家虽对殿下伴驾出征的种种作为不吝褒奖,但凯旋之行还有十几日时间,殿下切不可掉以轻心。金人顽强多计,江北的战事并非一帆风顺,难说是否还会再次波及江南,殿下应当将返程与出行同等对待,做好万全准备才是。"

赵玮作揖道:"谨遵先生教诲。"

凯旋的王师船队共有十艘之多,赵玮登上了最高伟的御舟,官家和皇家宝眷都在这艘船上。御舟之后,是伴驾臣僚的船。其余八艘便都是殿前司禁军的军船了,并且在御舟前后左右四个方向都安置了火炮营和突火枪营。

建王登上御舟时,官家已进入御舱休憩,他随殿前都指挥使赵密对御舟进行了检查,在确定安全后亲自升起了金边龙纹的王旗,而后其他船也都升起了王旗。随着一声高亢的"开拔",王师缓缓离开码头,向着江心而去。

二月的江风还有些寒冷刺骨,赵玮顶着江风立于船首,看着碧波延绵的长江,心中盘算着抵达镇江西津渡的时辰。

西津渡是江南运河的第一渡口,王师抵达西津渡后,官家将在那里犒赏三军,并亲定北伐大略。之后,王师的船队将会从京口堰进入运河。方才,史浩说的话虽有十足道理,但赵玮心中有杆秤,他认为,金人凭借目前的状况,绝无渡江的可能,所以只要王师过了京口堰，接下来便是一片通途，可直抵临安。

想到这，赵玮不禁缓缓吐了一口气。御驾亲征的王师自去年十二月从临安出发后，他的精神就一直紧绷着，压力之巨常常让他失眠厌食。现在好了，江面虽有风，但总的来说也算是天清气阔的好日子，相信不日即可抵达西津渡。

心情放松下来，赵玮便开始回想一路的见闻与收获。王师初至建康府时，北伐诸军将领皆来面圣，张浚、李显忠等名将虽气度不凡，不过在赵玮心里留下印象的却是一个叫辛弃疾的年轻人。

正月，太平军掌书记辛弃疾奉耿京之命来建康奏报南归事宜，在建康府待了几日。辛弃疾在建康期间，赵玮曾与他短暂会面，了解到辛弃疾听闻完颜亮南侵后，便聚众二千，与太平军耿京共图恢复大业，立了不少战功。如今完颜亮已殁，太平军便祈求归顺南宋朝廷。官家听闻辛弃疾的奏报后大喜，当即封耿京为太平军节度使、知东平府，授辛弃疾右承务郎之职。

赵玮回想辛弃疾的相貌，其人刚过弱冠之年，却已经征战沙场多年，眼光有锋，足以照映一世之豪；背胛有负，足以荷载四国之重，绝对是大宋可倚重的栋梁之材。

赵玮甚是羡慕辛弃疾，若是当初没有被官家选为皇子养在宫中，自己定会参军抗金，在军中历练几年，肯定也能有辛弃疾这般的豪迈之气。赵玮心中暗想，待耿京和辛弃疾率军南归后，一定要再寻时间和辛弃疾促膝长谈一番，一晓中原志愿军的抗金事迹，聊以慰藉。

且说这位让建王忿忿不忘的辛弃疾，已于几日前带着皇命回到了驻扎在扬州的太平军中，只是迎接他的并不是下马酒，而是大营外高悬的节度使耿京的人头。原本气势高昂、处处旌旗的太平军大营，目下一片狼藉，到处是横七竖八的兵戈和坍塌的帐篷，士兵们逃的逃，死的死，惨不忍睹。

辛弃疾像被雷劈中了一般，浑然失去了任何主意。他翻身下马，踏遍了原先熟悉的每一寸营帐土地，却未见到一个活人。马厩里，几匹老马不停地打着响鼻，似乎想要告诉他这里曾经发生的一切。

辛弃疾虽然听不懂老马的相告，却在马厩边上看见了一对互砍致死的士兵。这两位士兵死在对方的利刃之下，而且身上穿的都是太平军的军服。

军中有人造反！这是辛弃疾心头上蹦出来的第一个念头。

是谁造反？

在辛弃疾看来，两位互砍的士兵面生得很，他虽然身为军中掌书记，却也难辨认出他们到底是谁的部下。

一场叛乱，让即将启程南归的太平军灰飞烟灭，辛弃疾内心的痛楚压过了调查真相的冲动。他踽踽来到军营外，再次看着悬挂在空中的耿京人头，心头一揪，险些晕厥过去。他拔出佩剑，用尽全身力气挥向悬头的麻绳，人头应声落下。辛弃疾丢下佩剑，掀起前裾，接住人头，立时，失声痛哭起来。

耿京年长于辛弃疾，举兵抗金，南归朝廷是他毕生的心愿。现在，这个心愿已经达成，他却死于非命。心力交瘁的辛弃疾徒手在营外的空地上挖了一个坑，将耿京的人头和朝廷的御旨一齐埋了进去。

安葬完耿京，辛弃疾正思量着如何将此事回报朝廷之时，远处响起了马蹄声。出于军人的机敏，他翻身一跃占据了有利地形，而后手腕轻抖，佩剑发出低沉的剑鸣。他从马蹄声听出对方只有两匹马，所以不管是谁，他都会选择正面应对。如果是叛军，那最好不过。

骑兵中的年长军士最先发现原本悬挂于军营外的耿京人头不见了，接着他又在不远处看见一个摆出应战架势的人影。凭他在军中多年的经验，一眼就认出了那是掌书记辛弃疾。

"幼安！"年长的军士朝着辛弃疾喊道。

"不亮兄！"辛弃疾放下了剑，因为他知道一辈子在辛家做管家，后来陪着他从军的俞不亮一定不可能是叛军。

来者二人，除了俞不亮之外，还有辛弃疾的好兄弟泰山。辛弃疾起事后，此二人便追随他一起入了伍，是完全信得过的人。

三人会面后，不消辛弃疾开口，俞不亮便一五一十地把军中发生的事情告诉了他。

原来，就在辛弃疾奉耿京之命前往建康府奏事之后，军中副将张安国突然叛变刺杀了耿京，而后领着部众投奔了金人。俞不亮他们想要去追杀张安国，奈何对方兵众马劲，一直没有机会，才悻悻地回来。

"不过，我们已经调查清楚，张安国现在济州扎营，只要附近有金兵队伍经过，他就会立刻倒戈投诚。到那时候，恐怕真的没机会杀掉张安国那个狗贼了。"俞不亮愤愤地说。

"张安国到底为何叛变？"

"事发突然，我们也无从知晓，只知他们曾争吵了一番。"俞不亮说。

"那厮常常利用军权谋私,和来往的客商做一些有损国本的勾当,耿将军一直对他心有不满,这次冲突十有八九也是因为这事……可怜将军到死也不知道,张安国那厮竟然能为了钱抛忠弃义,猪狗不如!"泰山补充道。

"官家已经同意了太平军南归的请求,把太平军纳入了江淮屯田军之列。现如今,几万人的太平军被张安国消磨得只剩下我们几人,此仇不报,对不起耿京将军的在天之灵!"辛弃疾难以抑制胸中的愤怒,"只是,现如今我们只有三人三马,又如何敌得过张安国,更不消说要替将军报仇了。"

俞不亮安慰道:"倒不如我们先南归,将此事汇报了朝廷,重整兵马后,再来讨张贼的人头。"

"不可!那日我在官家面前信誓旦旦地说太平军的情况,明明是数万人的队伍,最后却只有你我三人南归,颜面何存?一朝失信于官家,失信于朝廷,你我又如何能在江南立足?"

俞不亮知道自家这位只有二十二岁的小相公脾气有多执拗,于是问道:"那掌书记有何高见?难道在江北另立山头,重整人马?"

"南归是一定要南归的,官家已经下了御旨,逾期不达便是抗旨。"辛弃疾沉吟了片刻,突然坚定地说,"要南归,也要绑着张安国那厮一齐南归,不仅对朝廷有交代,更是报了太平军众将士的血海深仇。届时,我自愿请求罢去官职,从军中一员兵卒干起,以此谢罪。"

辛弃疾虽然年轻,但胸中富有经纬。他知道朝廷之所以封他做官，是因为手上有军马，现在手上没了军马，若还要做朝廷的官，难免落人口实。正所谓，名不正则言不顺，言不顺则事不成。他辛弃疾宁愿回归朝廷后重新开始，也不要做一位名不正言不顺的朝廷命官。

三人无言了片刻，辛弃疾又开口问道："不亮兄，太平军可还有余部？"

"还有一支轻骑兵悄悄驻扎在济州城外，密切关注着张安国的动向。"

"有多少人？"

"大抵五十人左右。"

辛弃疾沉思片刻，一咬牙道："足以会一会张安国那厮！"

俞不亮大惊，阻止道："幼安！济州城中至少驻扎了一万张安国的部下，我们若去，与鸡蛋碰石头有何区别？"

"幼安自有分寸，不亮兄不必惊慌，最坏的结果也无非是交待了我们五十三条性命而已。靖康之难以来，宋人和金人的战场上哪天不死人？我们是军人，不必瞻前顾后、畏畏缩缩的，况且军人最好的归宿不就是马革裹尸吗？"

许久没有说话的泰山突然跳了起来，说道："幼安去哪我去哪，我们当了二十年的兄弟，做鬼也要继续当兄弟。"

"泰山，你……"俞不亮摇摇头，说道，"掌书记有令，我们必定追随。只是……只是，我们的几条贱命交待了也就交待了，二十年后又是一条好汉。可是，幼安你不一样，我从小看着你长大，知道你是栋梁之材。大丈夫以天下为己任，大业未成，岂能随意将自己置于危境？"

"既然以天下为己任，张贼叛国叛军，杀害忠良，我们岂能熟视无睹？"辛弃疾丢下这句话便翻身上了马，还吩咐道："泰山，将马厩里那几匹老马一并牵上。只要是太平军的，一兵一卒，一车一马都不能抛弃！"

辛弃疾把话说到这个份上，俞不亮也没有什么好说的了。

三人一路风餐露宿赶到济州城外时，已经过了子夜，正是二月初六这一天。

辛弃疾见驻扎在城外的轻骑兵装备完整、人马精神，不禁高兴起来，轻声嘀咕道："不愧是我亲手筹建，能够以一当十的太平军先锋轻骑精英，张安国那厮见了不可能不心动。"

俞不亮听了不觉纳闷，忙问道："掌书记何意？难不成想拿这支轻骑兵设局诱敌？"

辛弃疾踌躇满志地说："若只是这五十军马，张安国不一定有兴趣，但我自有办法。"

讲到这里，辛弃疾便收了话头，只是说道："距离天亮还有两个时辰，大家各自休息，待天亮后且随我去济州城揪出张贼。"

俞不亮、泰山二人互相对视了两眼，虽不知道辛弃疾的计策，但也不敢多问。他们人少，张安国人多，想要取胜就必须用计。而计成于诡秘，提前说破，万一隔墙有耳，难保不会功败垂成。

天亮后，辛弃疾命众军士整理军容，人人都要打起十二分的精神。

"情绪要高昂，想想迎娶美娇娘的好事，今天就当自己是新郎官儿。"

听辛弃疾这么说，众军士心里都犯起了嘀咕，明明是去打仗送人头，为何要装作迎亲送彩礼一般？

"大家现在不明白不打紧，但想要替耿京将军报仇就一定要按我说的行事！"说罢，辛弃疾不再解释，独自骑上大马在前带路。队伍行至济州城门外，被哨兵发现，城内派出一支骑兵前来阻击。

辛弃疾远远地看见城中有骑兵出来，厉声吩咐了一句："都高兴着点！按我说的做！"随后，便一夹马肚，独自上前交涉。

俞不亮远远地看着辛弃疾和对方交涉时眉飞色舞的样子，心中暗忖："看这样子，难道掌书记要投诚？"

虽然俞不亮疑惑不解，但瞧着辛弃疾带着骑兵过来，还是马上吩咐军士们打起精神。

张安国的骑兵绕着五十人的方阵转了一圈又一圈，看样子倒还真不像是来滋事的。按说耿京死了，一个个应该像死了爹娘一样才对，看了他们的样子，对方便笃定的确是来投诚的。

"辛弃疾，你说大宋的官家封了我们张将军为节度使？可有凭证？"对方军头发话了。

辛弃疾从盔甲中抽出一个黄丝绸做的布包，说道："圣旨在此，我此次来济州就是替官家传旨的。"

对方军头手一伸，直截了当道："拿来！"

辛弃疾顺势用马鞭抽了对方的手臂，骂道："果然是个没规矩的破落户！我是太平军掌书记，你方才直呼我大名，我就想抽你！没想到你竟得寸进尺，要这卷圣旨？不知好歹的东西，你若是不信，我独自去临安当官便是。但若是让张将军知道，亮锃锃的节度使军牌让你这厮给拒了,不知道他会怎么做?"

己方的轻骑兵方阵里,虽然人人神貌未变,但心里都打起了迷魂鼓。尤其是俞不亮,拼命朝辛弃疾使眼色,却被辛弃疾厉色瞪了回去。

"我这些出生入死的兄弟,本就不想投到张将军麾下,奈何官家有旨,我们再不服也是入了太平军军籍,必须从命。你若是不肯让我进城见张安国,正好,我们现在就走,还能落个心宽气畅……"

听到辛弃疾这么说,军头立刻改头换颜,谄媚道:"掌书记休要这样说,既然圣旨在身,那就随我进城面见张将军吧……只是,你的这些兄弟,只能在城外候着,还请掌书记海涵包容。"

"不可!"俞不亮抢在辛弃疾的前头斥道。

辛弃疾见俞不亮的架势,似乎还有话要说,赶忙打断道:"众兄弟不必多虑,暂且在城外等候片刻,相信节度使很快会打开城门,杀彘请各位吃酒。"

说罢,辛弃疾又转向军头吩咐道:"本官此番建康之行收获颇丰,领了许多封赏回来,别看我这些兄弟这般风尘仆仆,待节度使宣读了圣旨,都是都头、百夫长的官阶。他们风尘仆仆为了什么?还不是为了这卷圣旨?且给我好酒好肉先伺候着,还有他们的坐骑,切不可怠慢了!"

军头马上应承下来:"掌书记有令,末将不敢不从。"话音刚落,他便遣人将俞不亮等人往城墙下的凉棚引。俞不亮不安地看着辛弃疾,辛弃疾却大手一挥,畅快地说了一声:"去吧!军马劳顿,务必要吃饱肚子养足精神!"

众人来到城门外,辛弃疾下了马,双手将装着圣旨的黄丝绸袋举过头顶,刚要踏步入城,又被军头拦了下来。

"掌书记,张将军有令,凡进城者,一律应当解下武器。除了佩剑,掌书记还有其他随身武器吗?"说着便不由辛弃疾反对,将他腰间的佩剑解了下来。

辛弃疾面不改色地说:"哪里的话,你搜便是!张将军有令在先,并非为我辛弃疾一人所设,应当应当,有理有理。且将佩剑交给俞不亮,由他替我保管。"说罢,辛弃疾朝俞不亮投去了一个坚定的眼神,便自顾进城去了。

留在城外的人见城门重新关上,一下子没了主意,大家面面相觑,一副欲言又止的样子。俞不亮将辛弃疾的佩剑小心别在腰间,回想了辛弃疾方才的种种表现,断定他只是假意投诚,背后必有计谋。只是,这计谋是什么,手无寸铁的他又有几分胜算,那就不得而知了。

济州城守城的士兵们已经送来了酒肉饭菜,又给马匹投喂了干草清水。俞不亮见满桌子的食物,和摸不着头脑的兄弟们,只能宽慰道:"掌书记让大家该吃吃,该喝喝,别一副丢了浑家殁了爹娘的样子。好事必成,当务之急,就是吃饱!喝足!"

城外,俞不亮等人正大快朵颐的时候,举着圣旨的辛弃疾也来到了济州府衙。

济州府衙内歌舞升平,张安国正在宴请济州富贾豪绅,筹集军资。方才,有人进来通报了辛弃疾的来意,张安国早已心猿意马。现在,他看见辛弃疾手上捧的分明是御用的黄绸袋,更是心潮澎湃,慌忙叫停了歌舞,唤辛弃疾来到殿中。

张安国虽恨不得马上接过圣旨，但苦于自己此前杀害了耿京，正所谓不做亏心事不怕鬼敲门，这张安国做了亏心事，心里总觉得还是有些不踏实。

"辛弃疾，你说官家要册封我为节度使，可太平军的军首是耿京，应该册封他才是呀？"张安国强行抑制住自己的心情，探问辛弃疾。

辛弃疾不慌不忙，往前蹽了几步，说道："官家也知道太平军置帐江北，每天都有可能和金人打仗，无论军首还是士兵皆生死有命，所以下圣旨的时候只说授太平军军首为节度使，而并未点名道姓。现如今耿京已殁，太平军大部分队伍又在您的麾下，您自然就是太平军的军首，这个节度使自然也是封给您的。"

辛弃疾说完，殿中的富贾豪绅和军中统领纷纷举杯庆贺。张安国哪里还坐得住，慌忙离座下阶迎旨。

在嘈杂的祝贺声中，半低着头的辛弃疾用余光瞟着越走越近的张安国，托着圣旨的双手突然一扯，褪去黄色丝绸，露出一把短剑来。张安国见状想往回跑，却已是来不及了，辛弃疾一个箭步上前，搂住了他的脖颈，冰冷的剑立时抵在了其喉结之上。

这黄丝绸袋子原本确实是用来装圣旨的，只是圣旨已经随耿京的头颅一同葬在了太平军营外。

殿中众人被眼前突发的一幕惊住了，军中统领纷纷拔剑准备解救张安国，辛弃疾也不怵，在张安国耳边低语道："张安国狗贼！我的剑尖离你命门只有半寸，你这些鸡犬跟班只要胆敢再上前一步，我就当场取了你的狗命。不知道是他们的步子快，还是我刺下的动作快？"说罢，使了使劲，张安国的脖子上便流下了一股鲜血。

"且慢，退后！"张安国稳住自己人，而后又对辛弃疾说，"幼安，识时务者为俊杰，你我本是并肩作战的过命兄弟，不必如此。再说了，今天我要是有个三长两短，你走得出去吗？"

辛弃疾冷笑一声，说道："哼！诸位还不知道吧？在我进城的时候，新任兵部尚书虞文允已经带兵往济州来了。虞文允是何许人想必大家都听说了吧？去年十一月，在采石矶大败金人的正是他，金人在他手里被剥皮吃肉，收拾你们几个叛军有甚难的？"

辛弃疾此话一出，殿中的富贾豪绅便纷纷逃走了，只留下踌躇不前的统领们。

辛弃疾继续说："我今日来只为惨死的耿军首报仇，与诸位弟兄不相干。我们当初聚众起事不就是为了对抗金人吗？现在金人不断北撤，张安国这个狗贼，却做出此等不忠不义之事来，与朝廷为敌，这是在自寻死路。诸位兄弟若是还要执迷不悟，追随他，恐怕会被牵连落狱，到时休怪幼安没有提醒。"

辛弃疾说着话，便要挟着张安国往府衙外走去。府衙内的统领军士们虽都没有放下武器，却不敢再上前来了。他们有的怕贸然上前反而让辛弃疾伤了张安国的性命，有的则相信虞文允真的正带兵前来讨伐，不敢与辛弃疾为敌。

张安国吼道："倘若虞文允真的带兵前来，辛弃疾他又何必孤身一人独闯我帅府？你们真糊涂！"

辛弃疾边退边骂道："我看诸位兄弟不糊涂，是你糊涂！幼安背后若是没有朝廷和虞文允尚书的支持，又怎敢孤身闯虎穴？大家都是抗金的勇士，朝廷怎舍得直接兵戎相见，不给大家退路？抗金时艰，一兵一卒都是宝贵的，朝廷才不会像这个狗贼一样，不把大家的命当命看！"

这时，军中一些本来就是被胁迫来到济州的军士放下了武器，站到了辛弃疾这边。

"好！这才是识时务者，且与我一道南归尽忠，加官晋爵指日可待！"

辛弃疾要挟着张安国不断往城门走去，站到辛弃疾这边的军士越来越多。到了城门口的时候，已然是五五对峙的局面。

开了城门，俞不亮等人见如此场面，不由得倒抽了一口凉气。辛弃疾从俞不亮手中接过佩剑，而后吩咐他们将张安国五花大绑起来。

辛弃疾吩咐俞不亮道："不亮兄，你们先带着张安国这个狗贼回扬州，我和诸位兄弟随后就到。"

俞不亮不太明白眼前的状况，摇摆不定。

"只要张安国在我们手里，他们就不敢轻举妄动，你只顾带着张安国先行离开，我有众兄弟护着，分毫伤我不得。快去！"辛弃疾命令道。

俞不亮只得领命先往南撤。顽固不化的张安国旧部眼看着轻骑队掳走张安国南去，去路却被辛弃疾率兵拦着，前进不得分毫，又怕轻骑队前去报信，到时虞文允尚书提前杀到，只怕会人仰马翻、片甲不留，于是纷纷退回城中，固守起来。

辛弃疾见状，暗自长舒了一口气，领着新收编的队伍，边退边守，一路向南，竟也未生任何波澜。

第二章
二月初六 癸卯（下）

离开济州之后，辛弃疾重新整编了归顺的太平军，重置了五位都统和十位都头。而后，辛弃疾郑重其事地征集张安国杀害耿京的线索，原属张安国麾下的一名叫猫耳的承局站出来，指认张安国在杀害耿京之前，曾从阇婆国人处收受万金，由头为"延州石油市金"。

这位承局猛然提到的石油，辛弃疾在沈括的《梦溪笔谈》中也曾见过相关记载：石油颇似淳漆，然之如麻，但烟甚浓，所沾帷幕皆黑。此物必大行于世。

沈括在《梦溪笔谈》中所说的石油也是出自延州境内，因为其燃烧时烟黑，早年间民间常常用于制墨。后来发现石油极易燃烧，而且以水扑之不灭，反而烧得更旺。于是，神宗年间，朝廷成立了军器监，专门使用延州石油来制造一种名为"猛火油"的武器。从那时起，延州石油便被朝廷严加管控起来，民间只允许一石以下重量的经营买卖，像阇婆国人这样花费万金的能买多少石油？

"当时双方交割之际我也在场，一个叫陀湛的阇婆国人共计买了一百石的石油。"猫耳说。

凡石者以九十二斤半为法，乃汉称三百四十一斤。一百石的石油，若是朝廷采购，那也只能用于"猛火油"，而阇婆国人采购，是为了什么？

阇婆国人在大宋做买卖的人不少，多以南洋香料兑换陶瓷、茶叶、布料等物回国贩卖。此次阇婆国人斥重金买了如此巨量的石油，难道也想以海船运回国内贩卖？

阇婆国民蛮夷未化，岂知石油的用处？

辛弃疾摇摇头，猜不透里面的门道。他暗自感叹，中原地区若不是连年战乱，石油采用疏于管理，张安国又怎么可能钻空子，将如此巨量的石油卖于阇婆国人？而事出反常必有妖，阇婆国人此举所谋之事或许非同小可。

想到这，辛弃疾再也按捺不住了。他命令新收编的太平军五日内抵达扬州，并在扬州原太平军营地重整旗鼓，等候朝廷诏令。他自己则取了一匹快马，先行追赶俞不亮等人。

且说这俞不亮得了辛弃疾的军令后，一路快马加鞭，丝毫不敢怠慢。众人出了山东路地界后，见处处都是江淮诸军的营帐，心中安定了不少。俞不亮当即决定减速慢行，希望能尽快等来辛弃疾。

到了二月初六夤夜，已经人乏马疲的辛弃疾终于在官道旁见到了太平军的军旗，他由此断定，俞不亮等人肯定在附近扎营等候。他顺着军旗的方向行了百步，果然见到了等候在帐外的俞不亮。

俞不亮见到辛弃疾，心中自是欢喜，连忙接过缰绳和行囊，请他入内休憩。

辛弃疾马不停蹄地赶来自然不是为了床榻饭食，只是问道：

"张安国那厮现在何处？"

"就在帐中，手脚反缚着，泰山寸步不离。"

"张安国气性如何？一路可还安定？"辛弃疾问道。

俞不亮笑答："安定着呢，自从出了济州地界就安定了，一路上没少向我们求饶，耳朵都被他念出茧来了。"

"此时怎么不再求饶？"辛弃疾也笑。

"泰山脱了臭袜塞住了他的嘴。"

"泰山脱鞋，五里之内杳无蝇蚁，可别因此害了张安国的性命。"

辛弃疾打趣，二人大笑几声，便来到了帐前。

一进军帐，辛弃疾便换了神色。他怒视张安国走过去，用剑挑开臭袜，骂道："耿将军待你如手足，你却将他杀害，将其尸首像草芥一般随意丢弃！我辛弃疾生来刚直，看不了你这等狗贼苟延残喘于世，今日就将你分尸，头喂狗，血喂鱼，手足弃于荒野，躯干扔进江湖。我要让你死无全尸，永世在阿鼻地狱受火油之刑，不得超生！"

已经是丧家之犬的张安国哪里经得住吓唬，已然裤裆湿透，浑身战栗着求饶："幼安，如今的太平军已是你说了算，你大人有大量放我一马，日后我张安国唯你马首是瞻。"

"张安国，你凭什么觉得自己能活命？"辛弃疾看着不可理喻的张安国。

张安国已经黔驴技穷，他似乎努力地搜刮着自己的记忆，猛然想起什么来。"我……幼安，你我在太平军中共事多年，也知道我带兵打仗颇有建树，鲜有败绩，若你能饶我一命，我定能戴罪立功。我立下的功劳都归你，怎么样？"

辛弃疾冷笑一声，张安国已是无可救药，早就应该一刀了结了他的性命。

"我不需要你戴罪立功，若你能坦白杀害耿节度使的起因经过，没准我能给你留个全尸。"

"幼安，你要我说什么我都说，只要你能……什么？还是要杀我？我有钱，我给你钱，你要多少？"张安国继续哀求道。

"多少钱也买不了你的命！"

张安国失望至极，转为愤怒，大声道："呵呵，你辛弃疾铁了心要杀人，果然一丝一毫也不会妥协！要杀便杀吧！你和耿京果然是同敝相济的一丘之貉，他早就该死，你也该死！"张安国态度转变越大，就说明他越想掩饰。

"你说什么！"泰山听不过耳，将朴刀架在张安国的脖子上。

"耿京耿京，又耿直无情，又担惊受怕，一辈子只知道打仗，不通半点人情！打仗为了什么？人为财死，鸟为食亡，中原地区的大宋遗民，虽揭竿而起，奋力抗金，但哪一支军队不趁着打仗往自己的钱袋里顺一点？我们这些当兵的，每天把脑袋别在裤腰带上，耿京还要我们把手也捆起来，不能乱伸乱掏，那当兵还有甚光景？倒不如直接投奔了金人惬意。"

张安国话音刚落，辛弃疾"嘭"地一脚踹在他的胸口，张安国立时飞出一丈远，口吐鲜血不止。

"狗贼狂语！你若是与耿将军见解不和，大可带上自己的人马离开太平军啊，为什么要杀害他？像他这般的忠臣良将你怎舍得下那般杀手？"

辛弃疾怒目圆睁，张安国却是一脸坦然。

"不是他死，就是我亡。那日耿京坏我好事，我必须杀了他！"

辛弃疾拽起张安国的衣领，说道："看来，你果然私通了外邦，意欲谋反！"

辛弃疾此语只是根据那个叫猫耳的承局的话推测出来的，俞不亮三人听了惊愕，连张安国也甚是惊愕。

"你休要乱扣屎盆子，我张安国只是贪图钱财，私通外邦？我还没有那个能耐。"

辛弃疾一字一句道："那你卖给陀湛一百石石油的事，又该作何解释？"

张安国心中略有惊慌，但依旧强装镇定道："阇婆国人只说买去转手卖给墨行……"

张安国话还没说完，就被辛弃疾打断了："哪个墨行吃得下上万斤的石油？"

"墨行吃不吃得下与我何干？做买卖就是要干净利落、互不打听，拿钱交货之后，管他阇婆国人是卖给墨行，还是拿去点灯纵火，都与我无关。"

辛弃疾愤愤道："张安国，亏你还是个军人。那个叫陀湛的阇婆国人买了石油后去了哪里？"

张安国突然哈哈大笑起来，说道："怎么？你不是要杀我吗？你倒是下手啊，如此这般东问西问，莫不是舍不得杀我了？"

"张安国，一个外邦人带着万斤石油在大宋的王土上走动，相当于一架移动的'猛火油'战车。且不说他们有所图谋，万一有个火烛失误，那便是顶天的灾难。你已是必死之身，告诉我对方的去向,多少也能免除些罪孽。"

张安国又笑:"我一个将死的人又怎会在乎罪孽深浅?索性放了我,你想知道什么我都告诉你。"

辛弃疾轻哼一声,高声道:"既然如此,那就不用你相告了。我就不信了,一群带着万斤石油的外邦人还能插翅飞走不成?"丢下这句话,辛弃疾便大步走出营帐,留下张安国不知是害怕还是忧虑地哼哼着。

辛弃疾来到帐外篝火旁坐定,便发起愁来。自己手上只有五十轻骑兵,要倚仗他们去打探阇婆国人陀湛的下落无异于大海捞针。再者说,这些轻骑兵也未做过打探搜查之事,若真把他们派出去,十有八九也会落得个竹篮打水一场空的结局。

怒中之言,必有不妥。若是能控制情绪再与张安国周旋几番,没准他就妥协了。正当辛弃疾懊恼之际,隔壁江淮军营里传出了嘹亮的歌声。原来是士兵们正击剑而歌,唱的是:

　　白发将军亦壮哉,西京昨夜捷书来。
　　胡儿敢作千年计,天意宁知一日回。
　　列圣仁恩深雨露,中兴赦令疾风雷。
　　悬知寒食朝陵使,驿路梨花处处开。

辛弃疾从诗词中听出了对收复失地、恢复中原的喜悦之情,深感作者情感之细腻,而士兵们的歌声又多了几分豪迈之情,不知不觉多听了几句。

"此诗为谁人所著?"辛弃疾问俞不亮。

俞不亮尴尬一笑，说道："掌书记，此诗必定是南人所著，所以在江淮诸军中传播。我们常年在江北抗金，又怎会知道这些？你觉得这首诗写得好？我倒觉得掌书记平日里随意挥毫的诗词也不差，你不晓得，常有士兵趁你不备，偷偷背诵下来，在军中私下传唱呢。"

辛弃疾又惊又喜："真有此事？只是随心所写罢了，不敢拿出去传唱。"

俞不亮又道："不过我看这首白发将军收复西京的诗与掌书记的诗词也有相通之处，心怀天下，壮志豪迈，必定也是一位从军的将士所著。"

辛弃疾来了兴致，拍拍俞不亮的背，说道："烦请不亮兄速去隔壁军营打探，帮幼安问来作者何人。"俞不亮本是辛府管家，辛弃疾自小视他为大哥，心情好时便不讲究军中的等级规矩。

俞不亮去后，辛弃疾随着歌声清唱起来，又想到俞不亮夸赞自己所写的诗词，不禁莞尔。他心中暗忖：自己自幼喜好诗词，莫非也有吟诗作词的潜质？不过诗词文章并非他生平志向，纵马操戈，驱赶胡儿才是心之所向。但是，辛弃疾在写诗词时也发现，忧愁竟能借此消除，愤怒也能借此释怀。

看来，日后闲暇时间还是应该多著写诗词，无他，唯提升胸怀气质耳。

少顷，俞不亮从隔壁军营回来，身旁却多了一个缚着双手的人，正是太平军中那个叫猫耳的承局。

没等辛弃疾发问，俞不亮说道："掌书记，此人自称是太平军承局，挨个军营打探你的下落，隔壁军营知道张安国一系已经叛变，猜测他预谋不轨，所以就将他捉了起来。来，承局大人，这就是你要找的掌书记。"俞不亮说罢，朝着猫耳后腰踹了一脚，猫耳立时跪在辛弃疾的面前。

俞不亮不认识猫耳，但辛弃疾认识。在济州城外，这位知无不言的承局给他留下了深刻的印象。他满脸疑惑地看着猫耳，问道："没记错的话，我应该将你重新安置在了常都统麾下，为何独自奔走至此？"

猫耳清了清干渴的喉咙，说道："掌书记有所不知，您先行南下之后，几位新都统又踌躇起来，担心朝廷秋后算账，那不就是自寻死路吗？他们商量了一阵，都说要真去了南方等于白手起家，回到济州还有万贯军资，于是又带着手下回济州城去了。"

"你是常都统的人，怎么没有跟他一起回城？"

猫耳答："小的虽心有不甘，但还是跟着常都统回城了。可是，如今的太平军已经完全换了面貌，以前耿京将军活着的时候，我们是抗金义士。现在耿将军殁了，军中全是张安国一流的货色，人人都只想私利，不想家仇国恨，那和草寇有什么分别？思来想去，现如今太平军中也只有掌书记您这位将领没有泯灭初衷，所以悄悄出城，特来投奔您，还请掌书记收留啊。"

辛弃疾重重叹了一口气，若真都逃回济州去了，这样的队伍不要也罢。夜长梦多，倒不如忍痛弃舍掉的好。如此看来，与那些重返济州的人相比，猫耳尤显得忠正。想到这，辛弃疾便要去扶猫耳，不料却被俞不亮拉到一旁。

"幼安，此人说的话还不知道真假，是敌是友也分不清呢。万一是来救张安国的怎么办？他可就在营帐里绑着呢……"

"不像有假,张安国与阇婆国人交易的事就是他告诉我的。"辛弃疾解释道。

"人心隔肚皮,依我看还是先给他绑着,等调查清楚了再说。"

"怀疑不是接纳忠正投奔之人该有的态度!"辛弃疾正色道。

"军中我对你最忠正,暂且信我这一回!"俞不亮反驳。

猫耳见二人纠缠不下,说道:"掌书记,你们不相信我也在情理之中,猫耳可以理解。但我有一件要事禀报,待我禀报完再把我踢出军营也不迟。"

"巧言令色!"俞不亮骂道,"是不是还要我松绑,你才肯说?"

"是。"猫耳直截了当。

俞不亮冷笑一声:"你这厮,看我像三岁的娃娃吗?"

"看长相,倒是不像,看心智,倒像个疑神疑鬼的八旬老妪。"猫耳回应道。

猫耳的话气得俞不亮当场拔出了佩剑,正要上前威胁,剑就被辛弃疾抢了去。辛弃疾拿着剑,走到猫耳面前,身后的俞不亮说道:"杀鸡焉用牛刀,此等小厮何须掌书记亲自动手?"

俞不亮话还没说完,辛弃疾就斩断了麻绳,将猫耳松了绑。俞不亮向后一跃,迅速挡在营帐前,对猫耳呵斥道:"休要胡来!"

辛弃疾将剑去还给俞不亮,不耐烦地说道:"胡来什么?我们营中虽然人少,那也有五十多人,他猫耳一个人还能劫走张安国不成?不亮兄,方才我叫你去隔壁军营询问那首七言律诗的作者,你还没告诉我呢!"

"掌书记,著诗之人为临安大内史官陆游,陆务观。"

"甚好,你再去隔壁军营询问陆务观生平轶事说来与我听,若他们还会唱务观的其他诗词,一并抄来给我。"

"这……"俞不亮一时语塞,辛弃疾分明是想支开他,只好无奈遵命。

辛弃疾看着俞不亮悻悻离去的背影,转向猫耳问道,"你刚才说有要事禀报?到底何事?"

猫耳真诚地说道:"我随常都统等人回到济州后,回想掌书记您从济州府衙内劫走张安国后,并未直接送张安国归西,而是将他捉走,肯定是要调查他杀耿将军的细节。而耿将军死于张安国与阇婆国人交易的当天,二者之间必然有联系。所以,我利用职务便利,重新翻看了张安国与陀湛的交易始末,发现一个大问题。"

"什么问题?"

"陀湛和张安国交易后,又向他租了一艘有太平军水牌的大船,并约定好在扬州瓜州渡将船交还给随船押司官。掌书记,您可知道陀湛为何要在瓜州渡还船?"

辛弃疾沉思片刻,推测道:"这几日,王师正从建康府经镇江,从运河返回临安。枢密院有令,所有江北军船一律不得渡江,必须留守江北,严阵以待,以防金人反攻。陀湛到了瓜州渡,要么渡江来到镇江,要么东去入海。若是入海,军船更为稳当便利,没有换船的必要。所以,陀湛要运送万斤石油渡江!"

听辛弃疾如此解释,猫耳大惊:"掌书记,王师当下抵达哪里了?"

"若行程未变,王师今天一早就会开拔,这会儿应该夜抵镇江了。"

猫耳倒抽一口凉气，说道："方才我一路上都在计算，如果陀湛借了船之后就出发，眼下也应该换好船，抵达镇江了。"

辛弃疾推测，耿京应该是洞悉了阇婆国人的阴谋，所以阻止张安国与之交易，张安国财迷心窍，误以为耿京处处拦他发财，便将其残忍杀害。这个杀千刀的张安国。

不过，事到如今更让辛弃疾担心的是，万斤石油和凯旋王师如今都在镇江，陀湛想要干什么？

二月初六晚，亥时。建王赵玮忙完了所有事务，精疲力竭地来到下榻的府衙休息，见两浙路转运使李椿年已在门外等候，不禁有些意外。

李椿年是朝廷迁都临安以来颇有作为的经济官，其主导推广的"经界法"让民有定产，产有定税，税有定籍，大大增加了朝廷的财税收入。因推行"经界法"功绩斐然，官家又命他负责两浙路转运司。李椿年为人耿直，行事更是风风火火，此次他夤夜前来，必定是有要紧事，肯定要耗费赵玮一两个时辰。

"李转运使负责计度两浙路财赋收入支出，责任重大，事务繁重，兀自不顾劳累深夜来访，小王油然钦佩。"赵玮客气道。

"殿下折煞老臣了。王师入夜才抵镇江，殿下负责王师出行诸多事务，到亥时才忙好，还要接待老臣夤夜来扰，老臣羞愧难当啊。奈何老臣确有急事，而且关系重大，还请殿下担当海涵。"

"转运使哪里的话，快请入座看茶。"

二人坐定后，赵玮便询问起李椿年来。

"糜废殿下休憩光阴，老臣就长话短说了。如殿下所言，两浙路转运司负责两浙财赋收支用度，是国库主要来源。而两浙路财赋收入有很大一部分来自运河。臣忝任两浙路转运使多年，发现运河之上偷漏税赋的情况屡见不鲜，所以责成属官范邦彦前去调查。范邦彦不负所托，查到了五斗米帮会。此帮会久居运河，势力庞大，勾结各地官商，关系盘根错节，是运河偷漏税务的首要蠹虫。臣本以为此次可以将五斗米帮会一举端掉，不承想五斗米帮会先行打击报复了范邦彦，使其横死运河。所以，臣恳请建王殿下责成皇城司与本司一道调查此事，力求大破五斗米帮会，还运河一个风清气正的营商环境，替属官范邦彦讨回一个公道。"

赵玮不解道："两浙路的刑案理应由两浙路提点刑狱司负责，为何要让皇城司参与？"

"建王殿下有所不知，范邦彦之死并非普通刑案，其背后可能涉及诸多利害关系，若是让提刑司提前参与，臣恐打草惊蛇。"

赵玮沉思片刻，问道："依您的意思，难道两浙提刑司与五斗米帮会之间有猫腻？"

李椿年没想到建王如此直截了当，索性道："臣并无此意，但五斗米帮会在运河上作恶已久，各地官府、各级司衙可能都有他们的内应，恐会走漏风声。"

听李椿年这么说，赵玮顿时感觉胸中燃起了一团火焰。

"区区一个江湖帮派竟有这般能耐！如此说来，由皇城司查办倒也合理。"建王突然意识到什么，转而又道，"江南运河是朝廷和皇家的经济命脉，皇城司不隶台谏、不属三衙，直接听命于官家，转运使应该直接向官家禀报，而不是与本王在此贪夜长谈吧？据本王所知，明日犒军庆典后，官家就要召见转运使了。"

"建王所言甚是，只是老臣所言虽句句真实，但奈何没有确切的证据能证明。况且明日乃转运司、提刑司、提举司三司共同面圣，如此场合也不便提及。"

赵玮有些恼然，这个李椿年虽是个耿直的老官，奈何又过于莽撞。好在这个时候，有人比赵玮先憋不住了，此人正是史浩。

方才二人谈话之际，史浩已在门外听了半晌，这下子推门进来脸上带着七分愤怒，把赵玮和李椿年都吓了一跳。

"椿年兄！你长我十岁，我暂且叫你一声椿年兄，依我看你今晚求见建王殿下实属不该。无论是运河贪腐还是范邦彦之死，这都是朝政事体，由三司六部统管，若是他们管不了还有官家。你是转运使，大可直接上奏官家，而不是贪夜叨扰建王殿下。建王殿下只是一个皇子而已，虽仪同三司，却并无三司之责权，你这不是故意刁难建王殿下吗？"

李椿年知道此次私下与建王会面的后果，见史浩说破，便一个劲地道歉。

"建王殿下开恩，只是即便老臣将此事报于官家，官家也不一定会彻查啊。"

史浩不客气地说道："椿年兄，你这话说的，官家不会彻查的案件难道建王殿下就可以查了吗？别忘了，他只是皇子，你别害了建王殿下。"

李椿年赶忙俯身道歉："臣下不敢！史少卿话已至此，建王殿下，老臣也只能躬身求退了。只是臣一直有一句真心话想讲于殿下听，臣一直认为，殿下和官家是不同的，臣之所以贪夜来扰，就是因为臣相信殿下在某些方面一定比官家有决心和能力。今夜之事，殿下大可先放在心里，待日后登极之际，再帮臣下了却夙愿也不迟。"

李椿年说罢，便躬身退下了，留下赵玮、史浩二人面面相觑，品不出其中滋味。

"先生，李椿年是何意？"

史浩轻轻摇了摇头，其实他已经猜出李椿年的意思，李椿年无非是觉得范邦彦这个案子最终会牵涉官家宠信之人，因此最后会不了了之。况且李椿年现在没有确凿的证据，若是莽撞提出，定有不测。而官家与建王最大的不同，就是官家一直重用议和派官员，建王则喜好与抗战派官员结交。在所有议和派官员中，官家最信任的便是秦桧，秦桧虽已殁，但其派系中的官员仍旧如秦桧在世一般，深得皇上信任和倚仗。而五斗米帮会的背后，很有可能是议和派高官。

史浩自认为猜得八九不离十，但还是对建王说："老臣不知李椿年是何用意。若李椿年所言非虚，三司六部自然会发现苗头，建王不必多虑。"

建王点点头，但还是愤怒地说道："一个小小江湖帮会竟敢随意杀害朝廷命官，这背后绝对不止利益的诱惑，肯定还有官场的博弈，我……"

史浩打断道："殿下，您此行最重要的职责是保驾南归，而并非李椿年所言的那些政事。殿下一定要认清自己的身份啊。"

经史浩提醒，赵玮的情绪稍稍平复下来。李椿年是相信他才会夤夜来访，希望他能够协助转运司破刑案、查贪腐，他自己也很愿意帮李椿年这个忙。但史浩说的才是最正确的，即使自己现在心里有十分冲动,也不能表露出一分来。

是夜,在镇江某处一造船厂内,力夫们正奋力将一艘船上的货物搬到另一艘船上。那些货物是一个个百斤重的木桶,木桶里散发出硫醇之气,木桶上均贴着"延州石油"字样的纸条。

"曹举人,既然渡了长江,也过了西津渡,此去临安应该是一路坦途才是,为何还要换船?"陀湛斜睨着曹举人,用生硬的汉话问道,语气似有不屑之意。

这位曹举人不是别人,正是人见人怕的运河第一大帮会——五斗米帮会的舵主。可他听了陀湛的言论,竟没有丝毫生气的意思,反倒是赔着笑脸说道:"陀东家,去临安走运河,要过许许多多的堰闸关口,一般的商船每过一关就要查验一次。您这运的是延州石油,若是让官府查到,向天皇老子叫屈都不济事,只有我的船能保您过关。"

"都是船,有何区别?"

"当然不同了,我这艘是有临安市舶司水牌的船,每遇关口,不光可以免查免税,还能优先拨发。市舶司是什么身份?算了,您是外邦商贾,说了也不明白。我平常日子一般不劳驾这艘船,若是有商贾租用,没有千贯钱,休想叫它离开这船坞。"曹举人眉飞色舞地说道。

"曹举人的意思是,还要叫我支付船钱?"陀湛没好意地奚落道。

"陀东家这是哪里的话,哪敢收您的钱?别说是去临安了,就算叫我把这些延州石油都运到阇婆国去,我也没有二话。"曹举人觍着脸笑道。

陀湛骂道:"少废话,明日一早不能正常发船,休要怪我无情。"

曹举人立刻应承道:"陀东家您放心,我一辈子都在运河上行走,说到做到。就是……就是陀东家能不能也说到做到?说好到了临安就把那些信件交还给我,都是说话作数的吧?"曹举人说完,一脸谦卑的样子看着陀湛。

"你此等两面三刀的小人都能说到做到,我会做不到?你们有句话怎么说的,叫'一言既出,驷马难追'。"陀湛说罢,便丢下曹举人,自顾回房睡觉去了。

曹举人看着陀湛走远,瞬间变了脸色,恶狠狠地啐了一口唾沫。帮会中的得力干将壮圆走过来,不服气地说道:"舵主,我们何曾受过这般气?运河上甭管是大官豪绅还是贩夫走卒,哪个看见我们五斗米帮会不都得客客气气的,区区南洋阁婆人,为何让舵主这般敬重?"

曹举人摆摆手,说道:"我有把柄在他们手里,只好暂且委曲求全一番,等到了临安拿回了把柄,看我不剥了他们的皮,抽了他们的筋!敢不拿正眼瞧老子!"曹举人说最后一句话的时候,眼神恢复了凌厉。

壮圆往前挺了挺壮硕的胸膛,说道:"有把柄怕什么?您不是说过不能让人捏着鼻子喘气,大不了像以往一样,该出手时就出手呗。"

"哎呀,壮圆,这次不一样,你别瞎掺和了,凡事都看我眼色行事,我怎么干你就怎么干。我喊他们爷爷,你就得喊他们曾祖，记住了没有？"曹举人骂道。

壮圆见舵主发飙，连忙答应道："记住了记住了……哎，舵主，您不是说咱们帮中都是兄弟吗？您喊他们爷爷，我喊他们曾祖，是不是差了辈分？"

"我都管人家叫爷爷了，你还在乎什么辈分？给我好好督工，我去眯一会儿。壮圆，这两天我的右眼皮一直跳，感觉此次临安之行并不会一帆风顺，我们要做好万全的准备啊。"曹举人担忧道。

"舵主什么时候变得如此小心谨慎？运河两旁诸多州府，哪个码头没有我们五斗米帮会的人？舵主，我怎么觉得自从阇婆国人找上门来以后，您就跟变了一个人似的……"

曹举人拍了拍壮圆的肩膀，说道："得得得，好好督工。我是举人，你是状元，你说的都对。"

曹举人向壮圆打了一个马虎眼，便借故离开了。壮圆哪里会知道，他曹举人为了能在长江南北顺利做生意，拼了命和金国的大都督李通搭上了暗线。江北中原地带虽说原来是大宋的国土，但毕竟现在被金人给占了，要在中原地带活动，还得要金人关照。这件事极为隐秘，曹举人连最心腹的壮圆都没有透露半句，不承想却让陀湛这些阇婆国人晓得了。陀湛不光知道这个秘密，手上还有他曹举人写给李通的献媚信件，那些信件要是被捅到朝廷上，那就是通敌叛国的重罪，诛九族也不为过。

陀湛有那些信件只有两种可能：要么陀湛和李通串通一气，让他搭上性命把石油运到临安去；要么就是陀湛从李通那里偷出来的。

曹举人思前想后，觉得第一种猜测更有可能。毕竟李通是金国的大都督，都督府岂是随意进出的？更别说还要偷信了。

所以，曹举人只能像对待李通一样对待陀湛。大丈夫能屈能伸，王八也迟早会有探头翻身的一天。

曹举人躺在床上，辗转反侧，无法入眠，忽然听见隔壁陀湛房间传出咦咦嗡嗡的言语声，不禁好奇，起床觑视。只见陀湛已经换下了宋服，将头发束椎髻于脑后，项戴金铃，身着锦袍，手戴金刚指环，脚踏革履，端坐于方床之上。陀湛面前摆放着南洋各色香料、瓜果吃食，亦有玳瑁、犀角、象牙等名贵之物。在这些贡品的正中间，是一盏油灯，油灯火亮烟黑，正是石油灯。在油灯之后，还放了一个木质的神龛，神龛的牌位上密密麻麻写着阇婆语，曹举人下意识地用手指在大腿上写画起来。

曹举人对陀湛的装束和仪式均不甚了解，只知阇婆人有拜物的习惯。他们认为万物有灵，此次陀湛拜石油灯，应该是在拜灯神或者火神之类的神灵。曹举人早就料想到，陀湛这个外邦商贾绝不可能把石油拉到临安去做买卖，而是另有所谋。所谋何事？曹举人现在还无法参透，只能在自己大腿上一遍一遍抄写着神龛中的阇婆文。他要记住这些文字，等寻到时机，找一个懂阇婆文的先生翻译翻译，看看这个陀湛到底在整什么幺蛾子。

身为五斗米帮会舵主的曹举人坚信，决不能受制于人。陀湛有他的把柄，他也会竭尽所能了解陀湛此行的目的。正所谓，知己知彼方能百战百胜，不就是这个道理？

第三章
二月初七，甲辰（上）

二月初七一早，官家亲临的犒军庆典就在镇江西津渡举行。此次犒赏的是自去年九月金人南攻以来颇有战功的将领和军队。不过，虽然金主完颜亮已殁，但大都督李通依旧在中原一带负隅顽抗，战线往前压，大部分军队和军中将领无法抽身回来参加犒军庆典。

建王赵玮在建康拟订回程安排的时候，就想和官家商议，是否可以取消镇江的犒军庆典。但史浩告诉建王，此次官家御驾亲征是定都临安后的第一次，也有可能是最后一次，万事都应依了官家。建王觉得史浩言之有理，便着力只想着怎么办好这次犒军庆典。

此次犒军庆典上，虽然穿戎装的少了一些，但从宰执到枢密院，再到六部，朝中大员悉数到位。这也没什么，官家御驾亲征，宰执班底有一半是带在身边的。建王苦思冥想，决定在犒军庆典上，由枢密院和吏部共同宣布获功者，并在犒军庆典之后，立即遣派殿前司仪卫护着吏部宣发使前往江北传递圣意。这样一来，不光庆典更为热闹，前线将士们也能够很快感受到官家和朝廷的器重，让犒军庆典变得更有意义。试想，吏部官员亲赍某人告身，还有官家御用的殿前司仪卫护送,这是何等的威风,何等扬名?近十位吏部官员和百位殿前司仪卫一同从西津渡北上,所到之处,敢说何处没有羡慕的目光?

如此浩大声势,对江北的军民来说,无疑是一次催战鼓,一声冲锋号!

此举唯一的不可行因素,便是殿前司仪卫一直是官家亲用,从未派出使用。但建王向官家禀报的时候,官家龙颜大悦,说:"仪卫本用于长皇家威仪矣,但大宋之威仪实则倚仗浴血奋战之诸军,殿前司仪卫只是面子,江北诸军才是里子,朕也应当为他们撑腰杆,长威仪!"

李椿年作为两浙路三司之首,也位列庆典百官之列。待庆典结束赶回府中,已经过了午食的时辰,距离受官家召见不足一个时辰。李椿年只是唤了一碗阳春面,囫囵吞下。下人们给他更换官服之际,他还拿着奏折不停地反复诵读。他虽是京官出身,但也有三五年没有面圣了,兴奋之余自然会有些紧张。

换完了官服,李椿年又以浓茶清口,边走边漱。走到府门口,正欲将口中茶水吐进花坛,不料花坛后突然窜出一个人拦住了去路,来者不是别人,正是范邦彦之女,范思凤。

李椿年想绕过范思凤,不料他无论往哪走,她都拦在身前。

李椿年一口茶水含在嘴里,吐了有辱斯文,不吐无法开口,索性咕咚吞进了肚里。

"凤儿,你这是何意?本官着急面圣,速速让道。"李椿年愠然道。

"凤儿就是听闻了李大人要面圣，所以特来提醒，家父之死还请李大人面禀官家，求官家做主啊。"范思凤紧张地搓着衣角，但表情却很坚定，似乎李椿年不答应她就不让路了。

"这几日我一直在为令尊的事情奔波，切勿胡闹。"

"李大人，凤儿不想胡闹。父亲在世时，让凤儿称呼您叔父，叔父，父亲之死已过了七七，若此仇当真难报，那凤儿就自己来。"

范思凤年方十七，从小在江北跟着父亲颠沛流离，没有受过什么良家教育，自是有些刁蛮任性。好在前两年范邦彦决定南归，在李椿年手下公干，这才有了安定生活。

李椿年一张老脸挂到了地上，不悦地说："凤儿，你这就是胡闹！叔父跟你说过，令尊之死并非简单的帮会寻仇，其背后有大隐情，并非叔父一人之力所能及的小事。"

范思凤双眼看着李椿年，眼眶红红的将要落泪。不过，眼泪还没落下来，她却耸了耸鼻子，侧身到一旁，示意李椿年上轿。

李椿年见此情景，便知范思凤赌气，本想安慰几句，正欲开口，范思凤却跑开了。李椿年面圣在即，只好先行上轿。

范思凤跑回了家中，一个人坐在葡萄架下。初春之际，乍暖还寒，满院子还是萧瑟之景。范思凤触景生情，不由得落下泪来。范家祖籍北方，因为战乱，范邦彦南归朝廷。范思凤本以为可以开启安定的新生活，不承想一生兢兢业业的父亲却被运河上的五斗米帮会给害死了，真是战乱之州未必危，安澜之地未必靖。

突然，墙外悠然传来了几个小娘子嬉戏吵闹的声音。范思凤是认识这些小娘子的，都是坊中年纪相仿的玩伴。范思凤打开院门，小娘子们刚好从门前过。范思凤挤出一丝笑容，问道："柳妹、赵姐，你们今日又要去金山寺礼佛呀？"

众人见到范思凤，皆收了声，眼神飘忽。只有赵姐支支吾吾地说道："是啊，思凤妹妹近日家中一切都好？"

范思凤瞥了一眼门头上还未摘去的白色灯笼，勉强道："都好。好些日子没和你们去礼佛了，今日正好有空……"

范思凤话还没说完，赵姐就说道："啊……今日恐不方便，礼佛之前我们还要去办些事体呢。"

"什么事体？需要思凤相帮吗？"范思凤强颜道。

"不必劳驾了，对面坊的招娣和王员外的二郎订了婚，叫我们去吃茶闲聊则个。"

"哦，招娣姐要嫁人啦？我们私交也甚好，不如一起去恭喜吧。"

赵姐扭扭捏捏说不上话来，一旁的柳妹说道："思凤，不是我们不愿意捎上你，是招娣姐没说让我们叫你，若私自带你，恐失了礼数。"

范思凤已然听出了赵姐和柳妹的弦外之音，耳根臊得发烫，连忙说道："哦，那思凤就不阻扰二位娘子了，快去吧！"说罢，就猛地关上了院门。

她靠在门上自嘲道："范思凤啊范思凤，她们根本不想跟你玩，难道就没瞧出来？觍着脸跟人家打岔，热脸贴了冷腚子了吧？"她想着赵姐、柳妹的冷漠姿态，不觉心寒起来。于是，又失魂落魄地慢慢踱步到葡萄架下坐定。父亲一死，范思凤在镇江便没了亲眷，独在异乡为异客的滋味真不好受啊。

"喵呜……"正当范思凤苦闷之际，院墙上跳来一只野猫。这野猫每日午后都喜到范家院中葡萄架下晒太阳，范思凤每次必赏它一些鱼鲞虾干吃。

范思凤抹去泪水，脸上出现了一丝笑容。她朝墙上的猫招招手，而后也学了一声猫叫，猫便跃进了院中。

"阿猫，你稍等则个，待我进去拿些吃食来。"范思凤进了屋，旋即手上托着些食物又回到院中，坐在石桌上与野猫一同吃了起来。

"阿猫，父亲在世的时候老说你是个无情无义的冷血动物，我看啊，你不冷血，人才冷血哩。父亲被五斗米帮会害死以后，原先常唤我一起去庙里烧香拜佛的小娘子们，哪个还敢与我来往？刚才你瞧见了吧？只有你天天来陪我……"

猫吃了些鱼鲞，靠在范思凤的臂弯中打起盹儿来。范思凤轻轻捋着猫的毛发，猫闭着眼睛发出"呼呼"的声音。

"阿猫，要不你就住下吧。"范思凤情真意切地说道。那只猫像是有灵性一般，突然抬起头来，一对漂亮的猫眼看着范思凤。

"你答应我了？"范思凤惊喜道。猫缓缓站起来，挺了挺两只前腿，叼起一片鱼鲞，而后跃上了葡萄架，又跳到了围墙上去。范思凤跑到围墙边，仰着头，听见远处隐隐传来猫的叫唤，她知道，这只猫也有自己的朋友和家人，它不可能留下的。

范思凤强忍着内心的酸楚，朝围墙上的猫挥挥手："去吧，下次你来，我还给你吃的。"猫便纵身一跃，消失在了范思凤的视线里。

孤身呆立在院中的范思凤过了许久才反应过来，也许这世上根本就没有自己能依靠的人或物。给父亲报仇这件事，真的只能靠自己了。

镇江的街市分布在运河两岸，星罗棋布、交错纷纭。"斜阳草树，寻常巷陌，人道寄奴曾住"，虽然多是不起眼的小巷，但里头也有可能藏龙卧虎。

来到运河两岸街市的范思凤随便梳了个包髻，穿着干练的短褙长裤，她儿时逃难或是打架的时候总这么穿，便宜行事。

流经镇江的运河上一共有八座桥，范思凤今晚走的便是最有名，也是最热闹的绿水桥。绿水桥台之上，扎满了路岐人和买卖人。做买卖的，以吃食和玩具居多，而卖艺的就五花八门了，爬杆、杂技、傀儡戏，什么都有。范思凤从小习了些武艺，所以对杂技特别有兴趣，尤其是今天这拨赶趁的是从沧州来的，就更值得一看了。但即便如此，她也并未驻足，因为范思凤此行并非为了闲逛，而是要打探父亲之死的情况。

据李椿年说，父亲当晚就死在绿水桥旁蛤蟆巷的一家叫一口钟的脚店里。父亲死之前一直在追踪一批从临安贩运来的酒水，谓之风流泉。脚店没有酿酒的特权，但可以向正店扑买批发酒水。不过，无论正店还是脚店，酒水的经营都由监酒司划定了范围。而这家一口钟脚店从临安批发酒水的行为，肯定是违反了法令。

临安的风流泉名声在外，据说官家也曾赋诗，各地的高官豪绅都以家中藏有风流泉为傲，所以一口钟脚店即便是冒着违法的风险也愿意走此一遭。其实，镇江很多脚店、酒肆都想要得到风流泉，但大多数都是心有余而力不足，唯独一口钟脚店有这个能耐。不因为别的，就因为一口钟脚店是五斗米帮会的产业。

范思凤站在一口钟脚店门口，重重地呼吸了几次，而后解下腰上的小陶瓮，跨步入内。可刚一进门，范思凤就被两个醉酒的青年拦住了去路。一位戴着软幞头，穿着圆领窄袖袍，是胥吏装扮。另一位只穿戴着头巾长袍，雅士打扮。一位胥吏，一位文人，此二人正在对诗，接的是关于绿水桥的诗。范思凤看着二人摇摇摆摆的样子，天都没黑，就喝得烂醉，心生厌恶。她本不想理会，没想到却被胥吏打扮的人扯住了袖口。

"这位娘子，你来说说看，是杜牧的《润州二首》好，还是刘禹锡的《重送浙西李相公顼廉》好？"胥吏说完，还打了一个酒嗝。

文人也凑上来，说道："梦得才高八斗，但这首诗确实是输给了牧之。'城下清波含百谷，窗中远岫列三茅。'虽然对仗工整，但难免浮华之气。看看牧之的，'清苔寺里无马迹，绿水桥边多酒楼'，委婉地表达了对世俗变迁、怀才不遇的遗憾，这才是文人该作的诗。"

胥吏不服道："谁说诗词里要表达不满、遗憾，才叫好诗词？镇江地处吴楚东南会，就是浮华，能把浮华写得如此清新脱俗，仅梦得一人。"

"哪里的话？禅语有云，看山不是山。同理，看诗不是诗才是好诗。"文人扶着桌子，眼神迷离。

范思凤不耐烦，正色道："依我看，他们的诗词都不好。"

醉眼蒙眬的二人对视了一眼，立刻来了兴致，齐声问道："那谁的诗好？"

范思凤答道："仲殊的《渌水桥》最好。"说罢便摆脱了二人，走进店内。

文人在范思凤身后碎碎念道:"'南徐好,桥下渌波平。画柱千年尝有鹤,垂杨三月未闻莺。行乐过清明。南北岸,花市管弦声。邀客上楼双榼酒,舣舟清夜两街灯。直上月亭亭。'哈哈,果然是妇人之见,妇人之见。"

胥吏也笑了起来,道:"小娘子怕是南戏巷歌听多了,只觉辞藻华美就是好诗。"

二人笑作一团,又继续吃酒。范思凤心里不乐意起来,明明是他们二人非要叫她评论的,反倒被他们两个酒鬼嘲笑。不过,范思凤只是回头怒瞪了一眼,便干她的正事去了。

范思凤来到酒架前,上下左右地仔细打量着,直到掌柜一口钟上前询问。

"娘子要什么酒?若是自饮,某家推荐这款桂花莲子清酒。冯员外家的二娘子招娣马上就要成亲了,今天从某家买去了百来斤桂花莲子酒,此酒味道清甜,价钱也实惠,不管是宴请还是私饮都是极好的。"一口钟说着就打了一两盛在杯中,交到范思凤手中,还趁机在她的手上摸了一把。

范思凤一边打量着酒,一边用余光觑着一口钟。他看着应该是不惑的年纪,身形高瘦,满面洁净,一脸色相。范思凤思量着,此人既是混江湖的,又是做生意的,能耐肯定不小。想要对他下手,必须要拿出十二分的气力来才行。

范思凤清了清嗓子,尽量不显露出紧张的情绪来,而且还用一种更为柔弱的语气,说道:"爹爹让我来你家买酒,说是要一种别处都没有的酒。我看了这些酒牌,也没有哪一种酒是独一无二的呀。"

一口钟得意地打量着范思凤,虽然他并未明目张胆地卖临安风流泉,但也知道镇江只有他家卖风流泉的消息早就妇孺皆知,所以也不避讳。

"娘子既然知道那酒是独一无二的,也就应该清楚它的价值,岂是你随随便便拿个酒瓮上门就能买去的?"

范思凤摆出一副急切的样子,说道:"那怎样才能买到?我爹爹是个酒鬼,若是今晚打不到酒,回去肯定非被他打死不可。"

一口钟抱看双臂,高傲地摇摇头道:"买不到,能买到我家风流泉的人,哪个在镇江不是响当当的人物。你爹爹,是个什么东西?"

范思凤哀求道:"钟大官人行行好吧,我爹爹真不是什么东西,他就是一个酒鬼。只要您开口,多少价钱奴家都认了,还请官人通融则个。"

一口钟依旧一副死相,说:"不通融,若是随便哪个阿猫阿狗都能吃到风流泉,那酒价就折大了。"

一口钟话音未落,范思凤就抱住了他的手臂,说道:"若是奴家今晚回去被爹爹打死丢进运河,那奴家的鬼魂无论如何也要倾倒你家的酒船,尝尝让奴家丧命的风流泉到底是何般滋味。"

范思凤说话的时候阴沉着脸,一口钟不禁打了个冷战,一把将范思凤推开,骂道:"好你个泼辣妇人,多半是有疯病!你爹爹生你那晚也吃多了酒吧?若是你苦苦哀求于某家,没准也能匀你个半斤八两的。真是空有一副好皮囊,却是一副疯心肠!快给某家滚出店去。"

范思凤边退边哭,哭得梨花带雨,店内不少客人都心生怜悯,那个和胥吏对诗的文人犹是。他上前挽住范思凤的胳膊，对一口钟说道："掌柜的，你怎般不讲情面？娇娘香泪值万金，风流泉就算再金贵，也该卖她。"

一口钟冷笑一声，上前推搡了文人的肩膀，奚落道："还未请教您高姓大名啊？在进门的散座上吃酒，想必是哪家名门的高足？"

众人笑了起来，文人借着酒劲挺了挺胸膛，说道："在下齐见贤，如今还只是秀才，但迟早会高中进士。"

众人笑得更大声了，同伴胥吏拉了拉齐见贤的衣角，说道："见贤，发什么酒疯，这家脚店不是你撒野的地方。再乱说话，下次就不带你来了。"

齐见贤哪里服气，往前一步还要说话，范思凤赶忙拉住他。

"齐秀才能挺身而出，慷慨相助，奴家已经很感激了。一口钟蛮不讲理，若是再吃了亏，损了颜面，叫奴家怎么报答你啊。"说罢，便和胥吏一道使劲将齐见贤拉出脚店。

齐见贤被胥吏拉走后，范思凤长长地舒了一口气。范思凤借故打酒无非是想试探试探一口钟到底是什么货色，试探清楚之后便该退出再进行第二步了。齐见贤这个秀才文采不知道怎么样，脾气倒像个倔驴，要是他真从一口钟那要来风流泉，反倒坏了事。

从一口钟脚店出来后，范思凤就在绿水桥一带闲逛。看了沧州杂技，听了扬州弦词，便过了吃晚食的时间。范思凤踮脚看向蛤蟆巷口的一口钟脚店，包间的灯烛已灭了大半，厅堂散客也寥寥无几。

范思凤觉得时机已到，便来到一口钟脚店门口的石阶上坐定，而后楚楚可怜地哭起来。打扫卫生的杂役注意到了范思凤,辨认出正是下午那个疯妇,便进去告诉了一口钟。少顷,一口钟便抱着手,睥睨着走到了范思凤面前。

"我说你这疯妇,怎么敢在某家门前哭哭啼啼的,吓跑了尊客,我可要抓你来补偿。"一口钟口气很凶,想要把范思凤吓跑。

没想到范思凤却说:"官人最好将奴家抓了去,至少奴家也能免得一死。"

范思凤站起来,装作弱不禁风的样子走到一口钟面前,说道:"家父是个酒鬼,根本不顾我这个女儿的死活,成日只叫我给他买酒吃,买不到酒就打,往死里打。奴家今天买不到酒就不走了,钟大官人若要抓我、打我也只能悉听尊便了。毕竟,今天买不到风流泉,回去也是一个死,哪里死都是死……"

一口钟被范思凤这番话说得火冒三丈,骂道:"嘻!你这疯妇,某家今日就不卖你酒,有本事你就死在这里,看我有没有半毫半厘的损失?"

一口钟此话一出,范思凤哭得更加梨花带雨了。

"钟大官人,是奴家说错话了,奴家只是为了向你讨一瓮酒而已。官人要怎么才肯答应?"范思凤说着故意歪斜着走了两步,靠在一口钟的肩膀上。

一口钟喜上心头,却没有表露。

"疯妇,你并非什么美人,想色诱某家?只怕是徒劳。"

"徒劳就徒劳。奴家上辈子不知道作了什么孽,无依无靠,苟且到今日,铁了心不想再这样下去了。官人,方才我看你训斥姓齐的那个秀才,便知官人绝对是个忒有能耐的人。只要官人肯卖我一瓮酒，奴家愿意给你做个偏房，偏房做不了的话，做个外室也行。如果连外室都不行，那就做个婢女吧。只要能跟了官人，我那酒鬼爹爹就不敢拿我怎么样了……官人恁般大丈夫，总不能见死不救吧？"说罢，范思凤抬头泪眼婆娑地看着一口钟，一口钟浑身一颤，贪婪地咽了一口唾沫。

一口钟家中有一位与他同年的浑家，年老色衰不说，脾气还暴躁得很。他早就想纳个妾了，奈何浑家一百一千个不同意，家中闹得鸡犬不宁，一口钟也只能按下不表了。其实，一口钟也并非一定要纳妾，只是见了浑家就没了情欲，只能背着浑家招妓排解苦水。

眼前的这位小娘子芳龄不超二十，虽没有天仙之貌，却也是百里挑一的美人儿。看她的样子的确是有意跟随，倒不如安排她在店里做个帮厨，白天打杂赚钱，晚上夜夜春宵，岂不是一举两得？自从和浑家因为纳妾的事情闹僵，一口钟就常常住在店里，若眼前这位小娘子真的愿意留下来，那他也大可不必再回家去了。

想到这，一口钟竟嘿嘿地笑了起来。

"官人瞧不上奴家也罢，为何要奚落？奴家虽命贱身微，却也是个黄花闺女。奴家有意卖身，就不信没去处，大不了去风月楼……"

一口钟伸出手指堵住了范思凤的嘴，说道："娘子哪里的话，风月楼那种地方岂是雏凤能去的？那儿尽是些掉毛鸡。还没问娘子姓甚名谁、生辰八字、家中状况？"一口钟色眯眯地看着范思凤。

"奴家姓李，是家中独女，平时爹爹只叫我囡儿……官人，您这是什么意思？莫非是同意了？"范思凤佯装欣喜。

一口钟独自低语道："有恁般年龄相貌的良家女子愿意倒贴，老子再不答应跟王八有甚区别？"

"官人说什么？"

"啊，没什么。娘子情真意切，某家也是堂堂血性男儿，又岂能拒绝呢？"

范思凤故作惊喜道："当真？那官人也愿意卖奴家风流泉了？"

一口钟伸手搂住范思凤，大气地说："娘子哪里的话，我们郎有情妾有意，虽未行夫妻之礼，却已然是一家人了。岳丈人人好酒，别说是一瓮风流泉，就是百瓮千瓮，也全然不在话下。"

范思凤合掌憧憬道："爹爹，这下好了，以后不愁没酒喝了。啊呀，官人，百瓮千瓮日后再说，今日这一瓮可否先给奴家打上？"

一口钟没有二话，当即唤来跑堂的打了一瓮。范思凤接过酒瓮，说道："官人，不如随我一同归家见过爹爹？他若是知道我们私自相好，定会借着酒疯来找你麻烦。多一事不如少一事，不如今晚就把亲事给定了。爹爹若是知道官人能每日许他酒吃，一定会同意的。今晚若是定了亲事，官人就不要回脚店了，在奴家的私房住下，奴家定报答官人恩情。好不好？"

"好好好，某家就随你去！"一口钟现在脑子里尽想着洞房花烛，哪里想得到这馅饼其实是个陷阱。

二人一路往范家去了，一口钟好几次趁着夜黑风高要对范思凤搂搂抱抱，都被范思凤假装羞涩地巧妙躲开了。到了范家门口，范思凤早已将白灯笼摘下，所以一口钟并未瞧出异样来。

范思凤将一口钟引到院中，而后说道："官人稍等则个，容我进去与爹爹禀报。"

一口钟激动地在原地搓手:"快去,不要教某家多等。"

范思凤点点头便进了屋内,她故意轻声叫唤了几声"爹爹",旋即又从屋内踅了回来。

"爹爹醉酒睡着了,不到鸡啼是决然不会醒的。官人,这可怎么办?"范思凤面露难色。

"睡着了?叫醒不就得了,总不能因为他睡着了咱们就不洞房吧?"一口钟急了。

范思凤装作听不懂:"官人说什么?"

"哎呀,什么都没说!我去把他叫醒!"一口钟说着便要进屋,范思凤慌忙拦住。

"官人,我爹爹最恼睡梦中被叫醒。今夜月色清明,又颇有暖意,怎舍得教爹爹搅扰?奴家既然认定了官人,就已经视官人为夫君了。这风流泉爹爹没口福吃,那就官人吃。你且稍坐,奴家进去拿些吃食,你我把酒邀月,酒尽同卧,又无人打扰,岂不是快事一桩?"

一口钟高兴得要跳起来,又怕将岳丈吵醒,只是捂住嘴巴一个劲地点头。

"快哉快哉!"一口钟当即豪饮了数口。

范思凤朝一口钟抛了个媚眼,便去厨房佯装拿吃食,实则躲在格子窗里悄悄看着一口钟的反应。原来范思凤早在出门之前就在酒瓮里下了蒙汗药,酒倒进瓮中,蒙汗药自然都化进了酒里。

这一口钟喝了几大口下了药的风流泉,不多时就头脑发昏、目光涣散,心中猛然察觉到异样,于是强撑着想要离开,身体刚刚离开桌子，踉踉跄跄没走几步，突觉后脑一阵剧痛，接着眼前一黑，倒了下去。他的身后，是举着木棍、喘着大气的范思凤。

等一口钟再次睁开双眼，已是半个时辰之后，他双手双脚都被反缚着跪在地上，嘴里塞上了布团。他艰难地转动脖颈环顾四周，发现自己身处一个昏暗的陋室，正对面放着一个牌位，四周被招魂幡围绕着。一口钟心中大惊，分不清自己是死是活，再定眼一看，发现牌位上赫然写着"范邦彦"三个字，顿时心中了然。

这时候，陋室的门吱呀一声开了，进来的正是范思凤。不过此时的范思凤早已换了装束，披麻戴孝，一脸肃穆。她径直走到牌位前，上了香，又烧了纸，自顾自说道："爹爹，孩儿今晚就能为您报仇了。"说完掏出来一把匕首。

一口钟见此情形慌忙求饶，但他说不出话，只能一个劲地磕头。范思凤用匕首在纸钱灰里拨了拨，而后在一口钟面前晃了晃。一口钟七窍猛张，豆大的汗珠从额头上滴下来。范思凤手腕一旋，并未伤害一口钟，而是将他口中的布团挑出。一口钟警惕地看了看范思凤，又环顾四周，眼珠子滴溜溜地转。

"别寻思了，你若是胆敢大叫，我就一刀了结了你。之所以给你松口，是因为我想给你一条活路走。"

"囡儿，刚才不是还好好的吗？你为何要杀我呀？"一口钟装傻问道。

范思凤用刀尖指了指牌位："那三个字认识吗？我爹爹不是酒鬼，是被你害死的范邦彦！"

"你不是李囡儿？"一口钟装傻。

"淫贼，迷药还没醒透吧？"

一口钟思索了片刻，说道："范姑娘，我根本不认识你爹爹，害死之说从何说起啊？"

"爹爹死前查的便是你一口钟脚店偷贩风流泉一案，从爹爹的死状来看，正是五斗米帮会的手法。一口钟，我知道你家脚店就是五斗米帮会在镇江的落脚点，你也是帮中要员。只要你承认，因怕偷贩风流泉一事败露，遂责令帮中小弟杀害我爹爹范邦彦的事实，我就饶你一命。"范思凤说着从袖兜里掏出白纸和毛笔，放在一口钟面前，"你写是不写？"

一口钟摇摇头，冷笑一声，说道："你说某家是五斗米帮会的，又说是杀害什么范邦彦的凶手，你有证据吗？"

"我……"范思凤冷静了片刻，说道，"不需要证据，我就是知道。反正我这也不是官府，只要我认定你是你就是。"

"哈哈哈！"一口钟突然笑了起来，"放眼整个两浙路，有本事治五斗米帮会罪的还没有生出来呢！"

范思凤看着一口钟张狂的样子，心中更加气愤，骂道："嚣张！官府是你亲眷开的不成？"

一口钟张狂不减，索性承认了："那我就告诉你，范邦彦是我杀的，但和五斗米帮会无关。我不知道什么五斗米，我只知道范邦彦影响我赚买米养家钱，所以我就杀了他！姑娘，你能拿某家怎么样？"

"你说谎！"范思凤骂道。

"你有什么证据说某家撒谎了！"一口钟也不示弱。

"那……那你把杀害我爹爹的经过写下来！现在就写！"范思凤双手绕过一口钟的身体，想要将他的双手掰到体前来。没想到一口钟顺势压在范思凤身上,用脸一个劲地蹭她的身体。

"我不写,到了官府我再写,大宋子民不可滥用私刑,某家就是死也不能死在你一个女人手里。"

范思凤奋力推开一口钟,绕到他身后,用匕首抵住他的脖颈。

"信不信,我现在就杀了你替爹爹报仇!"

"要杀就杀吧,反正我不会给你留下任何证据的,哈哈哈!"

范思凤看着一口钟一脸嚣张的模样,恨不得立刻捅死他,但无论她下了多少大的决心,匕首就好像定住一般,没有刺下丝毫。

"囡儿,原来你根本不敢杀人啊?嗯?"一口钟瞧出了范思凤的害怕,说话时又故意往她的身体上蹭。范思凤像躲老鼠一样躲开一口钟,而后一顿拳脚伺候,并塞回布团,将其绑在柱子上。做完了这些,范思凤夺门而出,来到院中用冷水扑了脸,上气不接下气地喘着。

她的心思确实被一口钟瞧出来了,她不敢杀人,也没有杀过人,甚至连流浪的阿猫阿狗也不忍心伤害。

在镇江运河边的船坞内,曹举人终于将所有货物搬到了有市舶司水牌的船上。他正准备告知陀湛随时可以拔锚启程,却不知道他去了哪里。原来这个阇婆人陀湛一早就去了西津渡码头,远远地观望了犒军庆典,大宋官家和随行宰执就在码头之上,他闭上左眼,单用右眼做瞄准状,随后嘴里发出"嘣"的声音。

陀湛不是没有想过,在运河沿途大宋王师必经之地,为他们举行涅槃之礼。奈何王师有殿前司禁军随行,所到之处皆戒备森严,毫无实施的可能。而且,自己将石油运到镇江之时,王师已经抵达镇江,全无准备的时间。

如此说来,王子殿下韦铎将涅槃之礼设在临安是经过深思熟虑的。王子果然是王子。

犒军庆典结束之后,陀湛并没有急着回船坞,而是孤身一人来到了北固山。这座山是镇江的三大名山之一,自古有许多文人墨客在此留下诗词。陀湛虽是阇婆人,但从小仰慕中土文化的他,对此地也略知一二。不过,他今日特地前来,并不是为了瞻仰文人墨迹,而是要完成友人请托。

北固山下有座巴巴堂,堂内供奉的正是友人的祖父。友人祖父是大食教的传教士,来到中土传教后就再没有回去,教众为了纪念他,在北固山脚下建了一座巴巴堂。友人告诉他,北固山的巴巴堂内极有可能记载了其祖父的生平事迹,想请他抄撰下来,为自己留个念想。

这位友人对陀湛而言非同一般,他甚至可以拒绝王子韦铎的命令,但不会拒绝她的请求。

陀湛怀着恭敬的心情来到巴巴堂,一位大食教徒打扮的阿訇接待了他。

"这位乡佬,你说哈迪巴巴的孙女在临安?为何她不亲自前来?"阿訇问。

"眉珠此行跟随阇婆王子殿下韦铎来到中土,自是有要务在身,不便前来,所以才委托我来拜访。眉珠说,哈迪巴巴在其家族美名颇盛,韦铎王子也指派专人为其著书立传,但苦于对其一生知之甚少,所以特来访文求字,但愿能将哈迪巴巴的生平伟绩发扬光大于后世。阿訇,这是眉珠的拜帖。"陀湛说着递上了眉珠的拜帖和自己的蕃民证。

阿訇查验了几眼,便恭敬地将东西交还给了陀湛。

"哈迪巴巴一生奔波,潜心传教,也始终牵挂远在阁婆的家人。但吾跟随哈迪巴巴多年,知道他只写了几部教义大书,并未给自己立传……"

陀湛失望地叹了一口气。

"不过吾有每日记事的习惯,也会将哈迪巴巴的言论轶事记录在册,乡佬要是不嫌弃的话,尽管拿去便是。"

陀湛喜出望外,柳暗花明又一村,有了阿訇的记事本,也算是完成了眉珠交代的任务。

"那最好不过了,陀湛要是能得到如此宝册,那真真是三生有幸了。阿訇可有什么条件?陀湛必定全力满足。"

阿訇摆摆手,慈眉善目地说道:"要何条件?吾从小深得哈迪巴巴关怀,能为其尽绵薄之力也是万分应当的,且不敢说什么条件。乡佬要是有心就捐些贡金吧……"

陀湛得了阿訇的记事本,又捐了百两会票,自是不在话下。捐完了贡金,陀湛又在功德簿上题了字,上书"眉间愁语烛边情,珠玑璀璨梦中悬"两句藏头诗。

第四章
二月初七，甲辰（下）

大宋临安城庆和楼，酒楼内室有一南洋女子正用她独有的南洋腔调娓娓唱着大宋诗词，珠帘外挂着一块檀香花牌，上有"眉珠"二字。眉珠是这一两个月才到庆和楼的南洋艺人，据说原先只是名不见经传的路岐人，因唱了一曲东坡的水调歌头而名噪临安。果然是屈居南洋无人问，一曲苏词天下知。庆和楼花重金将眉珠买来，从此听众络绎不绝，甚至还惊动了教坊司。

教坊司的内官们听了眉珠的歌声也直呼此音只应天上有，当即邀请眉珠参加十日后的运河灯会。今年的灯会可不是往年能比的，往年的灯会只是百姓赶集，今年的灯会是为了迎接凯旋的王师，官家和宰执们都会莅临。这是何等的荣耀。

和往常一样，今日眉珠一曲又一曲，曲终人却不散，众人纷纷高呼"再唱一曲无？"

眉珠端坐于珠帘内，笑而不语，似乎在等待着什么。

这时，内室的格子门突然被人推开了一条缝，一个高大的身影悠然而入。与此同时，南洋女子朝着乐师方向轻轻颔首，示意再来一曲。众人纷纷回过头去看来者何人，有如此大的颜面。只见此人高大健硕,俊脸美须,虽鬓角已有丝丝黄发,但目光清澈,举手投足间干净利落,充满了力量感。

认出他的人和身边人私语道:"原来并不是什么王公豪绅,只是大内编修院的史官,名叫陆游。"

"哦,原来是绍兴陆务观,听说他才气逼人,奈何文人傲骨,叫官家把他从大理寺赶到了编修院?"

"正是此人。"

"那眉珠姑娘定不是为了他才重启朱唇的。"

在众人窸窸窣窣的奚落声中,陆游面不改色,找了一个偏僻角落坐下,随后闭上眼睛,手指随着乐器的韵律不断敲击着桌面。在座的十几个听众,多是附庸风雅的俗人,而陆游是真正懂音律,也喜欢音律的。他从前奏里听到了琵琶的铿锵和稽琴的激烈,便知词曲绝非风花雪月之流。

一串急促的仗鼓声响起,众乐器都收了声,在众人屏气凝神中,眉珠唱道:"白发将军亦壮哉……"只消这一句,陆游便猛然睁开了双眼,该词正出自他一个多月前创作的《闻武均州报已复西京》。

接着,一声悠扬的八孔龙笛声响起,眉珠再唱道:"西京昨夜捷书来……"

听了这两句歌词,刚才奚落陆游的人都涨红了脸,不自在地挪了挪位置——虽然陆游只是一介小小史官,但眉珠姑娘就是为他而唱的。

陆游惊讶过后,便开始享受起来,他掌握了眉珠此曲的韵律之后,甚至跟着她摇头晃脑地轻唱起来:"悬知寒食朝陵使,驿路梨花处处开！"

眉珠唱完了《闻武均州报已复西京》这一曲，便站起身来。陆游见状，赶忙也站起身来，朝珠帘的方向叉手致意。帘内眉珠以万福回敬，引得旁人投来羡慕的目光。

刚才奚落过陆游的雅士心中不忿，他们有意在陆游面前显摆地位和人脉。张公事、李舍人、王朝奉等人互相问候，姓氏后必带上头衔和官职，寒暄之事也离不开三省六部、民生社稷、结交高官、往来宴请，好像有意要演给陆游看。

陆游心中了然，也不提早退场，而是站在圈外旁观，时不时还赞许地点点头，颇有风度。

在场的人里有一位礼部的员外郎，见陆游候在一旁还饶有兴致的样子，索性问道："务观，有人说你是南渡后大宋第一才子，本官却知之甚少，着实失礼。今日天赐良机，务观何不替眉珠姑娘，再为诸君吟诗几首？"

陆游面不改色，说道："眉珠姑娘音姿卓越，务观狗尾续貂，实在不敢开口。"

"哎？务观为何以狗自称？当年毕竟也是报试礼部屡次第一的能人，如能顺利入职，与我也能成为僚友，实在是可惜啊。"

陆游摆摆手，笑称："不敢不敢，最多算是同僚，不敢与员外郎称友。"

员外郎面露得意，说道："你恐怕还不知道吧？尚书大人亲遣我策划今年运河灯会，教我寻访几位贤能为灯会著诗填词，增添新意。你且念诗来与诸君听，权当面试。若是好，本官必定推荐。"说完，员外郎高傲地看着陆游。

陆游却说:"员外郎何须劳驾?他日务观若有幸见到尚书大人再面禀自荐。"陆游语气不疾不徐,虽表面恭敬,实则根本不把这些跳梁小丑放在眼里。

与陆游相比,从六品的礼部员外郎也是"高官"了,受了陆游绵里藏针的轻视又不好发作,只好强行隐忍,憋红了双颊。旁人见员外郎出丑,也不好没有任何表示,纷纷对陆游指指点点,不屑一顾。陆游依旧笑着,当他们是夸赞。

"陆才子……"众人身后悠然传来甜美的呼唤,陆游转身看去,原来是眉珠的婢女,"姑娘遣我出来通报则个,说在后台恭候才子多时,让才子勿因鸦叫,舍了莺啼。"

众人大怒,骂道:"区区歌姬,怎般不知好歹,我们几位动动手指,庆和楼便没她的位置。"

"休说庆和楼,蛮邦女子,赶出临安也无妨。"

陆游连忙劝道:"大人必有大量,各位大人何必和歌姬一般见识,折了自己的前途。"

众人怒气更盛,有人骂道:"陆务观,你也不知好歹,区区史官敢咒我们折前途?"

说话的人龇牙咧嘴,陆游却还是笑着回答:"教坊司已经将灯会演艺名录遣驿员疾送给建王殿下了,日前建王殿下批准的回帖也回到了临安,诸位方才说要将眉珠赶出临安,那不是在驳建王殿下的意思吗?奉劝各位还是不要效仿务观,口无遮拦,着了下乘。"

陆游说完,众人面面相觑,支支吾吾说不出话来。

婢女上前,继续说道:"哦,眉珠姑娘还叫我带话给各位,风云吞吐寻常事,笑到最后乃赢家。陆才子,你且快随我去吧。"

陆游放浪地笑了一声,心想这位眉珠姑娘性情和自己倒是贴合,连忙应道:"有劳养娘带路。"

陆游和婢女离开后,留下一群寻乐不成,还失了颜面的人悻悻不悦。

二人踱步到后台,陆游果然见到一位绝色女子。只见她桃脸蝉发、杏眼柳眉,正满面含笑地整理着妆容。见陆游前来,她悠然起身,如清风般移步陆游面前,意态妖娆地道了个万福。陆游心肝都颤了起来,粉颈酥胸尽收眼底,顿觉失礼,偏头不敢再看,只连忙伸手搀扶眉珠起身。

陆游心中暗自感叹,眉珠果真是南洋之绝色,且尤甚都城之名花啊。

二人坐定后,婢女端上来干果点心几碟,又放置了一套雅致的煮酒器具。陆游依旧沉浸于心动的感觉中,一时难以自拔。眉珠朱唇微挑,瞧出了他的心思,莺歌娇语道:"陆才子,妾可否为你筛一杯清酒?"

陆游顿然回过神来,应承道:"那就有劳眉珠姑娘了。姑娘方才在台前替小可解围,又在幕后设宴款待,如此心善佳人,人间何处觅见?"

"陆才子真会说笑,妾身难道不在人间吗?"

眉珠双手奉上清酒,陆游双手接过,说道:"美酒佳人当前,自然不在人间,而在九霄之外矣。啊,方才眉珠姑娘为什么要以小可的《闻武均州报已复西京》压轴呢?"

眉珠饮酒的动作顿住,问道:"难道眉珠唱得不好吗?"

"小可岂有责怪之意,是欣喜若狂、受宠若惊才是,如此唱功,说冠绝临安城也不为过。更难能可贵的是,姑娘虽为南洋人士,却通晓大宋的诗韵音律,难怪教坊司要请姑娘去今年的运河灯会上献歌。"

眉珠被陆游说得面带桃红。"妾身是大食国人,幼时随父亲去到阇婆,因仰慕大宋文化,遂从小自习。说到为何要以《闻武均州报已复西京》压轴,那是因为妾身独爱贵诗,剑南诗集藏于枕下,每夜诵读。妾身以为,陆才子的文字才是男儿诗词,其他与之相比,不过靡靡之音尔。"

眉珠说出此话,陆游自然心中大悦,不禁为眉珠斟上一杯,敬了过去。

"眉珠姑娘身怀绝艺,从前从未听闻过大名,想必才来到临安吧?若是早来,恐怕早已名动皇家了。"

陆游说的都是真话,并无半点奉承之意,但眉珠只是云淡风轻地笑了笑。

"阇婆国距离大宋重洋万里,岂是妾身想来就能来的。"陆游知道,阇婆国的女子远没有大宋女子自由自在,背井离乡更是难上加难。想到这,陆游更为眉珠的才学而感叹,此女若是生长在大宋,又会有怎般作为呢?

陆游又敬佩地为眉珠斟酒,说道:"知音难觅,小可再敬姑娘一杯。"

酒过三巡,一直矜持的眉珠渐渐打开了话匣子。

"方才在前台口出狂言的几位高干,哪个有陆才子的才情?却都平步青云走到了阁下的前头,还出言不逊,实在令眉珠不快。"

陆游摆摆手,说道:"这种场面小可见多了,眉珠姑娘是在为小可打抱不平?"

"自然是的,妾身虽来临安不久,但因为仰慕阁下才情,所以一直在打听阁下的生平事迹,知道阁下十二岁始著诗文,早早就是登仕郎,屡次参加锁厅试都位列榜首,却一直得不到任用。妾身替阁下这些年来所受到的不公正对待感到不值得。"眉珠越说越动气,说到最后竟落下两滴泪来。

见世间绝色落泪,陆游一下子失去了方寸,不知如何安慰是好。

"承蒙眉珠姑娘心疼落泪,小可心中甚暖。其实,小可何尝不想得到朝廷的重用,或经世致用,或执戈北伐,诗文并非我生平志向。奈何奈何,奈何官家重用秦桧,一心议和。而我,又憋不住心中愤懑,喜论恢复,所以受到朝堂议和派的排挤和诽谤。说我自暴自弃,常常出入烟柳之地,不懂洁身自好,有辱儒人风骨,真是可笑,可笑!"陆游也动了气,豪饮了几杯清酒。

眉珠缓缓站起,走到陆游身旁,以掌轻抚其背以表安慰。

"其实阁下是什么样的人,妾身清楚。"

陆游一脸茫然地看着眉珠,说道:"你我今晚初识,岂能随口说了解?"

"并非随口说说,妾身此前虽没有见过阁下,但通过诗文已同阁下神交已久,知道您并非自暴自弃,而是在等待机会。妾身斗胆猜想,阁下公职闲散,家中无爱,总不能每日自怨自艾不思进取,又做不到结交权贵谋求机会,所以只能寄情风月,聊以自慰……"眉珠说完,心疼地看着陆游。

陆游注视着眉珠，心中实则大受触动。眉珠的一字一句皆说到了陆游的心坎上，十几年来，还真从没有人对他说过这样的话。

"你……你再说……"陆游的包袱似乎慢慢放下了。

"公职闲散，说的是朝廷不以要职相授，阁下雄图大略难以施展。家中无爱，说的是……"眉珠说到这里，顿了顿，似乎在照顾陆游的感受，"说的是阁下与挚爱唐婉被迫和离，又阴阳两隔，心中情愫只能自己排解。人心担着两头，一头外，一头内，若哪一头不如意，另一头能寄托念想倒也好。可阁下两头都不如意，又要如何寄托念想呢？"

眉珠说完，陆游已然眼含热泪，若不是和眉珠姑娘还不够熟稔，他真想和她抱头痛哭一场。陆游强行平复下自己的心情，而后恭恭敬敬地欠身道："方才小可说姑娘是知音，实则不然，该是知己才是！"

此时，陆游看着眉珠，已经看不见她绝色的外表了，而是看到了一颗善体人意的心。红颜易得，知己难求，眉珠这位突然出现在临安的南洋女子就像南洋的气候一般，温暖了他的心。

陆游离开庆和楼时已近子时。此时，从江北日夜兼程而来的辛弃疾终于赶到了镇江地界。为了能够尽快来到镇江，他还派了十匹快马同行，却只计俞不亮、泰山和猫耳押解张安国一同前来。一路上不曾休息片刻的四人饥困交加，十匹快马也累死了五匹，但辛弃疾却显得十分抖擞。

镇江紧挨着长江，是江南第一埠，也是大运河江南运河段的起点，无论是地理位置还是战略地位，都十分重要。官家决定在镇江多停留几日,一来方便处理事关前线的军政大事,二来也想证明自己并非如传闻那般"恐金"。

今晚,官家特意把建王叫到了行宫,与他敞开心扉,促膝长谈。

绍兴十一年(1141)冬,宋与金达成和议,以放弃旧疆和对金称臣纳贡为代价,换回了宋在淮河、秦岭以南偏安的局面。虽然朝中大臣对议和时有非议,但对于官家赵构来说,曾多次出入金国,甚至充当过金国人质,且父亲、母亲和兄长皆被金人掳走的经历,让他视议和为最好的选择,毕竟他立足江南未稳,大宋国力衰弱。

官家告诉建王,他曾经也是一位血气方刚的少年,山河破碎、靖康之难的仇他也想报。但自从登基以后心态就变了,他不再意气用事,学会了三思而后行。他心里不再只有被掳去金国的亲人,还有普天之下的百姓。他必须保持足够的理智与克制。

建王自六岁起就被官家养育在宫中,从小耳濡目染,自认为足够了解官家。可是今日这番父子谈话让建王彻底陷入了深深的自责之中,原来自己根本不了解父皇。

尤其是父皇最后一番话:"皇儿,如今完颜亮已死,完颜雍篡位,金国内部如绸团般凌乱,虽不敢说会自此由盛转衰,但总归是吾宋之机会。此次北伐,大宋收复了大部分旧疆,但游牧民族之劣性在于攻城略地之后并不经营,只顾烧杀抢夺。虽故土已复,但故土业已片片白土、民不聊生,想必也难以为继……皇儿,你看朕须发皆白,精力也一日不如一日,此次御驾亲征也算是强撑的了。其实父皇大可放手了……"

建王赶忙跪下倾诉衷肠:"父皇,朝中虽有主战大臣有所微言,但父皇定都临安、延续宋祚的功绩无法磨灭。况且父皇龙体康健,耳聪目明,实为大宋百姓之福,休要说放手之语,叫皇儿惶恐……"

官家温情地笑了起来,看着建王认真地说:"你是朕的皇儿,你的心思和能力朕最清楚不过。皇儿,作为一个皇子,有以天下为己任的想法并非大逆不道的坏事,朕恰恰最喜欢你这一点。朕最后告诉你一句话,认清时务,做最正确的选择。朕今口议和,并非代表大宋日后也要议和,而皇儿有朝一日若是举兵北伐,也并非不尊祖训、大逆不道,记住了吗?朕只是老了啊……"

从官家的行宫到住处,建王一直听不见任何声音,只有官家的几句话在耳边回响,声若洪钟。官家的意思他已经明白了,本应该踌躇满志才是,却怎么也开心不起来。因为,官家也曾经踌躇满志,但最终也只能把志向再转交给他来实现。官家虽贵为天子,却也有望洋兴叹之时矣。

马车在住处门前停下,刚掀开帘子,赵玮便看见史浩正和一位年轻军官周旋。时间已近子时,是谁深夜来扰,还惊动了史浩?来人见建王的马车停在门口,便撇下史浩,史浩欲派人上前阻拦,却马上被建王呵斥住了。

原来建王一眼就认出了来人正是深得自己敬佩欣赏的辛弃疾。建王想到上个月在建康府见面的时候,辛弃疾还是谦虚谨慎、礼数周全,这次不仅深夜来访,还和史浩大人吵得不可开交。

"幼安?"建王掀开轿帘,踱步而下,"果真是你?"

辛弃疾见建王没有责怪之意,心里便踏实了。

"建王殿下，幼安总算见到您了。幼安有要事禀告，此事非同小可，恐会威胁王师，惊扰圣驾啊！"

建王本是欣喜，听辛弃疾如是说，又严肃了起来："是矣，幼安你深夜前来，总不可能与本王闲谈来了。不过，王师有江淮驻军主力和殿前司护驾，还能翻了天不成？"

"幼安担心真的会翻了天……"辛弃疾看了一眼拦在门口的史浩，面露难色。

建王恍然道："先生，他日幼安领了圣旨回到江北，如果一切顺利，应该是和耿京一道率领太平军南归了，今夜为何独自一人闯我住处，定是有要事相报。先生不会就让我们站在这里说吧？"

建王此话一出，史浩便让出了路，但脸色终究没有和悦起来。建王领着辛弃疾，疾步来到议事厅，辛弃疾也顾不得礼数，直言道："殿下，那日我领着圣旨欢欢喜喜地回到太平军营，却见到尸横遍野、血流成河，耿京大人的项上人头竟被悬挂在营帐之外。经过调查，系耿大人的副将张安国所为！这个张贼，平日里喜做一些越货勾当，以中饱私囊，耿大人虽有不悦，但仍旧顾全大局，睁一只眼闭一只眼。不料，这个张安国愈发胆大，竟和阇婆人做起了石油生意。耿大人出面阻挠，张安国索性倒戈叛变，将耿大人杀害，害得太平军四分五裂，难以成军……"

辛弃疾说着说着又想起了太平军军营的惨状，不由得红了眼眶。

"你是说，张安国为了商利，竟然杀害了耿京，致使太平军溃散？此罪当诛！"赵玮愤愤道。

"殿下所言极是。张安国作案后带领旧部逃到了济州，好在还是被幼安擒了出来，并押解至镇江，死罪是逃不掉了。不过……张安国和阇婆人若仅仅是一般的商业买卖，耿京大人绝不会奋起阻挠，耿大人肯定已经洞察了其中的利害阴谋，张安国怕事情败露，这才杀人灭口！"

赵玮一脸震惊，辛弃疾接着说："殿下，阇婆人找张安国作为中间人买石油，不是十斤百斤尔耳，而是一万斤！"

"一万斤！"赵玮猛地从椅子上站起来，"自从宋金两国议和，以淮河为界后，石油的主导权便握在了金人手中。别说一般商贾了，就是朝廷一年也难能拿到一万斤的石油。本王伴驾出征之前还偶然听见军器监的主事抱怨没有石油，难以制造猛火油。幼安，一万斤石油能制多少猛火油？"

"幼安不知，但万斤石油若使用得当，可以抵万人之师。"

赵玮嘶地吸了一口气，心中暗忖：护驾王师的兵力也只不过一两千人，若阇婆人真的心怀不轨，莫说王师有危，还不知会伤及多少周遭的无辜百姓？

"阇婆人现在何处？"

"回禀殿下，买石油的阇婆人叫陀湛，现在恐怕……恐怕也到了镇江，正隐匿于某处。殿下，不管阇婆人是何意图，哪怕他们纯粹为了买卖挣钱，若是万一受了火烛发生意外，半个镇江也不够它烧的。"

赵玮焦急地踱着步，道："幼安所言甚是，先生！史先生，我知道你在门外呢！"

门外传来史浩尴尬的咳嗽声。"老臣正好经过，殿下有何盼咐？"

"这个时候就别拘泥小节了,快快遣人通传殿前都指挥使赵密来此商议!"

史浩推门而入:"不可。"

"不可?先生是觉得阇婆人并不会越轨,所以没有必要?"

"老臣并非此意,阇婆人的意图老臣又怎么会知道呢?老臣只是觉得让赵密来调查此事不可。"

"为何不可?赵密是殿前都指挥使,虽说王师出行的一切事务由我统领,但安全事务一直是由赵密负责的。"

"正是因为赵密责任重大,所以不可由他调查。殿前司直隶于官家,若要让赵密参与就必须让官家点头。而万斤石油的事,最好不要让官家知道。"史浩依旧摸着胡子,但表情渐渐沉着起来。

赵玮知道史浩在想什么,直言道:"先生,本王知道你在想什么,无非就是担心官家会觉得本王履职不力,徒增些看法和怀疑吧?都什么时候了,一切都是为了顺利凯旋,我想官家会理解的。"

"官家会不会理解,那是官家的事。老臣既然身为殿下府官,就应该确保事事都向着殿下您才是……"

"荒谬!"赵玮打断道,"难道为了本王的前途,先生可以置官家的安危于不顾吗?"

史浩不为所动,说道:"老臣岂敢?阇婆人要调查,但不能由赵密来调查,而是应该悄悄地调查。若有危机,也应该悄悄地化解掉,不可惊扰圣驾,这才是万全之策。"

赵玮觉得今晚的史浩有些顽固,听闻此言,更加火上心头:"先生,你没有本王之职,难懂本王的难处。说得轻巧,悄悄地调查，悄悄地化解，又不让本王驱使赵密，难不成教本王亲自调查？"

史浩身为建王府官多年，建王的性子他自然是最清楚不过的了。

"殿下少安毋躁，老臣以为调查此事的合适人选就在眼前。"说罢，意味深长地看了一眼辛弃疾。

"你是说幼安？本王虽相信幼安的才能，但官家只是授了他一个承务郎的虚职，并无查案之权，先生的合适之说从何说起啊？"

史浩徐徐道来："承务郎虽是虚职待补，但他仍旧是太平军的掌书记，阇婆人和张安国脱不了关系，和耿京之死亦有关联，辛承务为了调查耿京之死和张安国忤逆军法的证据，追查到了阇婆人身上，有何问题？而且知道此事的人越少越好，辛承务本就是局中人，可谓名正言顺，再合适不过了。"

赵玮听史浩这么一分析，心中明晰了不少。

"幼安，你意下如何？"

继续追查阇婆人本就是辛弃疾想要做的事情，他本想满口答应下来，但又担心自己能力有限。

"殿下号令正合幼安心思。只是，幼安举事征战都在淮河以北，虽自认有几分才能，但从未在淮河以南行事履职，路头不熟，鱼龙不识，凭一人之力恐难成事。"

辛弃疾态度诚恳，句句属实，没有半点推脱的意思。建王也正有此顾虑，转而对史浩说道："先生，既然不教赵密主导此事，让他派几个得力干将协助幼安，总是无妨害吧？"

史浩捋着胡子，思索了半天才说道："辛承务，你从江北而来，身边总有人干吧？"

辛弃疾答道:"有三人,都是下官心腹下属。"

"足矣,连辛承务一起四个人,足以调查清楚阇婆人的意图。若阇婆人真的有何阴谋,我们再叫殿前司介入不迟。"

"先生!"赵玮站到史浩面前,"你的意思是让幼安自行调查?"

"殿下,老臣刚才说了,辛承务是为了调查耿京之死和收集张安国违反军法的证据,当然得由他这位掌书记自行调查了。"

"若只是幼安自行调查,他大可不必深夜前来。再说了,此事并非太平军一家之事,还牵涉……"赵玮说话的时候,史浩一直注视着辛弃疾,辛弃疾从史浩的眼神里看出,他是不会让步的。

"殿下。"打断赵玮说话的是辛弃疾,"幼安甘愿自行调查,还请殿下放心。"

"幼安……"

"殿下,辛承务行调查之事时,老臣会从旁关注,适时予以帮助疏通,确保辛承务在最快的时间里调查清楚阇婆人的意图。"史浩补充道。

话已至此,无须繁述。为了能专心调查,辛弃疾将张安国交给建王府兵看管后,便准备带着俞不亮、泰山和猫耳离开。

临别前,赵玮悄悄将辛弃疾拉到一旁,塞给他一块有分量的铁牌。

"幼安自顾收好,这是建王府牌,若遇到危险务必出示此牌,好教对方知道,你辛弃疾是我建王的人。官家虽未立太子,本王也只是区区皇子,但一般官员仍旧会给我几分薄面。这几分薄面,希望能帮到你。"说完,在辛弃疾肩膀上重重地拍了拍。

辛弃疾恭敬地行礼道别，而后迈着铿锵的步伐出了院子。赵玮独自一人留在院中，看着没有星光的天空，不由得叹了一口气。赵玮觉得，他与辛弃疾惺惺相惜，又身在高位，却没能施以援手，这是一大憾事。

正当赵玮惆怅之时，身后传来史浩低沉的声音：

"殿下爱才心切，忠正厚德，是天下贤能之幸。但辛弃疾所报之事非同小可，确实不可提前声张。殿下试想，阇婆人的万斤石油是如何渡过长江运抵镇江的？王师所到之处应该审查严格，万无一失才是，官家若知道有万斤石油同王师一道抵达镇江，官家会做何感想？殿下有护驾之责，官家必然会认为这是殿下之大过矣。而且，辛弃疾是归正之人，殿下又对他了解多少？他所言是虚是实？殿下贸然参与无异于惹祸上身……"

"先生怀疑幼安另有企图？"赵玮不悦地打断道。

"老臣所言皆是逆耳忠言，殿下也知道，王师凯旋之行不得有任何闪失，殿下的凯旋之行亦不可有任何闪失！"

暗夜无光，湿润的风吹在身上寒意阵阵，赵玮知道史浩说的是对的。但这个对并不是绝对的，而是相对的，取决于自己从何种层面去看待这件事情，是一个皇子的层面，还是一个未来会成为天子的皇子层面。

第五章
二月初八，乙巳（上）

是夜，辛弃疾领着俞不亮三人下榻镇江驿馆，草草睡了几个时辰。三声鸡鸣后，辛弃疾便匆匆忙忙起了床，不过他没有想到，俞不亮已经喂饱了马匹，带足了干粮，腰带和绑脚都扎得又高又紧，看上去万事准备停当。

"不亮兄，你这是准备开拔去哪？"辛弃疾打趣道。

"不是去追查陀湛的下落吗？一万斤石油，虽说陀湛发动任何袭击都做不到轻而易举，但我们还是要紧追不舍，绝对不能给他可乘之机！"俞不亮边说边扣紧马鞍，说话间泰山和猫耳也都从驿馆里出来了。

辛弃疾欣慰地点点头，说道："不亮兄知我意，两位兄弟也都靠得住，那就先随我去京口闸吧。"

京口闸是江南运河第一要闸，所有进入运河的船只都必须在此验校文牒，尤其是王师驻跸镇江期间，殿前司还要求运河发运司对船货进行查验，无有例外。

京口闸就在运河边，除了闸楼这座主体建筑之外，只有一所卷棚矮房依在一旁。这卷棚矮房应该就是运河发运司下属闸务办公的公廨了。

因为王师驻跸,闸外靠岸等候查验拨发的船只并不算多。河面上晨雾霭霭,运河两岸也鲜有人走动,不过公廨内倒隐隐有微弱的烛光,里面的公人应该已经起身。

辛弃疾走到门前轻叩了几声,听屋内没有动静,便唤了几声,仍旧没有动静。辛弃疾稍稍使劲推门,门便吱呀一声打开了,并未上锁。

卷棚矮房的内部看上去十分逼仄,首先映入辛弃疾眼帘的就是堆在门口的各类度量工具。在积如小山的度量工具后头,是一张四脚木桌,木桌上有纸笔。辛弃疾伸了伸脖子,视线越过桌面,才看见四仰八叉半躺在椅子上的公人,脸上盖了一本麻纸麻线装订而成的盗版书籍。

"这位公人!"泰山走近公人,砂锅大的拳头重重地在桌子上敲了一下。

许是动静过大了些,这位公人猛然惊醒,书还没从脸上掉下来就一个劲地喊着:"东南打头风,下锚下锚,择日拨发!"

泰山无奈将他脸上的书扯下,但几张麻纸却依旧被涎水粘在他的下颌。

"哎哟,我手抄的务观诗稿!"

辛弃疾觉得好笑,上前说道:"这位公人,你没有看见杵在面前的四个大活人,眼睛却只盯着书看。"

公人只是瞥了一眼辛弃疾,觉得此人气宇不凡,心里不敢怠慢,但又怒气未消,只是问了句:"此时还未到上值的时辰,你们来做什么?"说罢便将下颌的几张碎纸揭卜,小心翼翼地在破书上拼了起来。

"在下太平军掌书记辛弃疾,正在追查一批从军中流散出来的财物。前日得到确凿消息,已经运抵了镇江城,所以想借阅贵公廨的船只来往细目,可否行个方便?"

公人好不容易拼完破书,才回复道:"有运河发运司的文牒吗?"

"有。"俞不亮走到公人面前,手伸进怀兜做掏东西状。公人凑过脸去准备查验,没想到俞不亮没有从怀里掏出任何东西,却结结实实给了他一个大巴掌。

俞不亮顺势揪住公人,说道:"我们只是借阅,看完了自然要还给你的,这般小娘子气概是为何呀?"说着就抓起细目本丢给了猫耳。

猫耳本就是张安国手下的一名承局,看起这些文书来特别顺眼,不消几个弹指就找到了陀湛的花押,边上还有一个"曹举人"的签字,陀湛是雇主,而曹举人是押船。不过猫耳丝毫不觉得高兴,因为在船货一栏里记的却是芝麻油,而且没有记清数量。

俞不亮捏着公人的领子,问道:"这是你记录的?"

"是,不是。应该说,有些是,有些不是。我看看……曹举人这艘船不是我记录的,这笔迹是陈闸务的。"公人磕磕巴巴地回答。

"你不是这公廨的公人?"

"我是,但我只不过是个相风,还有一位上司陈闸务。"说到这里,公人挠起了头,四下张望起来,"奇怪,昨夜明明跟我一起在一口钟脚店吃完酒回来的,人呢?"相风是运河上专门占卜预测天气的人。

俞不亮斜视着公人:"在爷爷面前演杂剧呢?你是认定我眼拙,还是觉得自己演技好?"

原先有些害怕的公人突然梗起脖子,反问道:"你怀疑我说谎?我齐见贤平日里虽沉溺文字,喜好自夸,但从不是一个说谎的人。我齐见贤说自己是京口闸的相风就是相风,你们几位若是不信就去运河发运司查好了。嗖,我又为何要与你们这些蛮人说这些,快放我下来!"俞不亮的话刺激到了齐见贤,使他好像换了一个人似的。

辛弃疾问道:"齐相风,我相信你。只是你说还有一位上司,他在哪呢?上司在登记曹举人这艘船的时候,你在哪呢?"

"我……我不知道他去了哪里。我只记得和他一起从一口钟脚店回来之后,我就坐在桌前拜读务观诗稿,读着读着,读着读着……"

"读着读着你就睡着了吧?"俞不亮不耐烦地说。

"对!应该是睡着了……后面的事儿我就不知道了。"

俞不亮朝辛弃疾摆摆手,自言自语道:"可不是睡着了吗?书都粘下巴上了。碰上这么一个假书生、真痴汉,教人怎么查下去啊。"

齐见贤仰头怒视着俞不亮,说道:"骂人做甚?私闯公廨、不遵法纪的是你们,反倒还是我的不对了?"说着径直走到门口:"你们走不走?不走我可就报官了。"

辛弃疾忙说:"齐相风怎么突然就生气了?我们不是坏人,也没有怪你。只是这批货确实事关重大……"

齐见贤打断道:"事关重大与我何干,我一个相风不知道的事情多了,凭什么说我撒谎?运货的船就是翻了、沉了,货都卷到运河底了也不关……"齐见贤说话间无意瞥了一眼闸口,突然尖叫起来:"陈闸务!啊!"

辛弃疾快步走到运河边,顺着齐见贤叫喊的方向看去,只见闸口底部有一个漩涡,而漩涡之中有一位穿着吏服的人插在里面,只露出一个头,随着漩涡不停地旋转。

整件事突然扑朔迷离起来,陈闸务不光没有如实记录曹举人船上的货物,还遭了杀身之祸。在齐见贤像只无头苍蝇的乱窜乱叫声中,俞不亮提醒道:"掌书记,京口闸出了人命关天的大事,官府肯定会介入调查,我们多一事不如少一事,您说呢?"

辛弃疾自然认同俞不亮的观点,陈闸务的死虽然与他们无关,但要接受官府问询,至少也会浪费半天时间。辛弃疾并非有意逃避,只是追查石油事大,只得抓大放小。

四人离开公廨,从京口闸开始沿着运河寻找蛛丝马迹。方才,猫耳在细目本上看到了陀湛和曹举人所乘船只的制式、料数和外观,虽难以明确,但也不失为一个线索。

天色渐亮,外出踏春、采野菜的人渐渐多了起来,可四人还未搜寻到一艘符合条件的船只。再行几步,又见到附近农家纷纷牵耕牛到运河边洗澡,还喂耕牛吃糯米团子,不禁觉得古怪。辛弃疾询问了农人,才知今日是春分时节,在江南一带流行犒劳耕牛、祭祀百鸟的习俗。

泰山问道:"春分时节,江南一带是不是也有不行船的习俗?

为何我们从京口闸一路而下,未曾见到一艘商船?"

农人被泰山的话逗笑了,说道:"大哥说笑,我们这一带只是水田野壑,商船停在此处做甚?"

"那商船都去了哪里?"

"大哥这话问得妙,做买卖的去埠头,修缮船只的去船厂,也有只是经过不靠岸的,农家又怎会知晓?"

四人听了农人的话便都扬鞭催马,一路上用不着细看,径直往镇江城方向而去。泰山性子急,一路上将陀湛和曹举人的祖宗十八代都问候了一遍。辛弃疾心里也急,却更有底气了,虽然绕着镇江和京口闸之间跑了一圈,但毕竟确定陀湛的船已经进入运河,也知道了船只的特征,假以时辰肯定能寻见那艘船的。

辛弃疾四人好不容易来到镇江城,彻底被眼前的景象惊住了——镇江城内的运河两岸,商船鳞次栉比,各种制式和规模的船只都有,符合条件的亦不在少数,几乎走几步就能看见一艘。

俞不亮和泰山、猫耳面面相觑后,畏难地看着辛弃疾:"掌书记,查吗?"

"查!"辛弃疾斩钉截铁地说,"但要悄悄地查,不可惊动船家和官府。"

三人得了令,默契地各自散去。辛弃疾站在原地停顿了片刻,他其实在镇江的地界上是有熟人的,在两浙运转可任职的范邦彦就是他的故交。范邦彦虽年纪稍长,但二人无论是政见还是志趣都相当契合。当初在山东,他和范邦彦都决心要南归朝廷,范邦彦拖家带口先归了朝廷,就定居在镇江。

辛弃疾来到镇江府可户院,找到一位当值的胥吏询问范邦彦的住处，胥吏只是按照规章过了过程序，然后就告知他范邦彦前几日被销了户，人已经不在镇江了。辛弃疾要接着问缘由，胥吏就向他要事由。辛弃疾借口说是为了查案，胥吏又说查案要有询函，那架势分明是不愿意帮忙。

辛弃疾血气方刚，常年在军中打拼，最见不惯不阴不阳的官僚做派，于是直接申请参见司户参军。可司户参军此时正与其他几位参军一同在议事厅参加转运使李椿年主持的集议，岂是说见就能见的。

"这位大人，您既不是范邦彦亲友，又没有询函，能告诉您销户这两个字就不错了。您是军人，应该知道军有军规，司户院也有司户院的规矩。"胥吏瞥了辛弃疾一眼，便转头忙活起其他事情来。常年打仗的辛弃疾又怎么会知道，胥吏说的规矩其实就是几两碎银。江南太平已久，太平的土地上滋生出来的野草总归是良莠不齐的。

范邦彦南归安顿好后，曾寄给辛弃疾一封信件，信中说他在转运司任职，在镇江定居。辛弃疾确定自己绝对没有记岔，所以销户就只有一种可能——范邦彦出事了。若真是如此，他就更应该见司户参军，问个清楚明白。

辛弃疾在镇江府内静候了一炷香的时间，终于见到从议事厅出来的司户参军。辛弃疾念友心切，上前草草拜见就问起范邦彦的事情。哪知方才议事厅里大家集议的就是范邦彦的事故，辛弃疾这一问，让司户参军起了疑心，只是摆手躲避，并不搭话。

辛弃疾拉住司户参军的衣袖，没好气地说："我辛弃疾与范邦彦是故交好友，近日来此公干意向拜访，只是想知道他住在甚厢甚坊，为何刻意回避刁难？"

司户参军一脸凶相地看着辛弃疾，回了一句："说什么故交好友，你是真不知道还是借机打探？再纠缠下去，本官可就通知司法院了，你蓄意不轨，一定要好好查一查才是！"

"我只是想知道他的住处，怎么就蓄意不轨了？等等！范邦彦是不是出事了？"

司户参军白了他一眼，丢下一句："不便相告！"

辛弃疾也是个硬茬，回应道："你我官阶相近，都是朝廷命官，不便相告四个字留着打发别人吧。"

二人僵持不下，起了争执，引起了最后从议事厅出来的李椿年的注意。他走到二人身边，犀利地打量着辛弃疾，而后问道："这位大人，你方才说自己是谁？"

辛弃疾二十出头的年纪，看到眼前这位满头银丝的老者，便多了几分恭敬。

"在下辛弃疾，太平军掌书记。"

李椿年眉头微皱，伸出枯瘦的手拍了拍辛弃疾壮硕的肩膀，说道："辛才俊，可否移步内堂？"

辛弃疾愣了愣，感受到这位老者耷拉的三角眼里有一种无法抗拒的力量。

二人来到内堂后，李椿年先是打量了一番眼前的年轻人，而后才说道："辛弃疾，范邦彦在我面前提起过你。"

辛弃疾轻舒一口气，心中暗忖，终于有一位讲道理的了。

"这位相公，不佞方才失礼了，未请教尊姓大名？"辛弃疾恭敬起来。

"老夫是李椿年,忝居两浙路转运使。"

"下官失敬,实属寻友心切,还请李大人见谅。"

李椿年摆摆手,示意辛弃疾不必拘礼。

"你寻友心切,老夫恐怕要让你失望了。"在辛弃疾不解的眼神中,李椿年缓缓道来,"范邦彦已逝许久,你怕是再也见不到他了。"

听了李椿年的话,辛弃疾只觉得全身血液突然被抽干一般,失去了神志和气力。"那日在信中,字里行间是何等欣喜若狂、踌躇满志?怎么突然就死了?"

"范邦彦之死并非意外,他是死在履职过程中的,为了查一个案子……"

"他是被人害死的?"

李椿年思索了片刻,说道:"也可以这么说。"

"他死于何案?被谁害死的?"

"不便相告,范邦彦之死老夫也没有调查清楚,待到水落石出那日,辛才俊自然也会知道的。"

"那……"

李椿年突然厉声打断道:"辛才俊!无论是为了范邦彦还是为了你自己,日后都休要打探纠结。你刚南归不久,诸事不明,不要给自己惹麻烦。"

辛弃疾顿时语塞,他并不是一个怕麻烦的人,只是没想到一生谨慎的范邦彦竟然会死于非命,实在是不解、不甘,难以接受。

"李大人,范邦彦应有一女随他定居镇江,如今宝眷可安好?"

"哎……"李椿年重重地叹了一口气,"实不相瞒,昨日我们还见过面,只是今早寻去家里,已是人去楼空。"

李椿年继续说道:"思凤报仇心切,昨日责怪老夫没有作为,自己孤身闯狼窝,胡乱做了一些傻事,现在下落不明,也不知死活……"

辛弃疾心凉到了底,抚膺叹息。在他手捂住胸口的位置,有一块长命锁一直贴身佩戴着,那是范邦彦将范思凤许配给他的信物。范邦彦说,这块长命锁上刻着范思凤的生辰八字,她一直佩戴至及笄才取下交给未来郎君。之前二人约定,待辛弃疾南归,一切安顿后,范邦彦再引二人相识相交,行婚嫁之礼。今日看来,一切都成了幻灭的泡影。

辛弃疾眼看时辰不早了,应该去和俞不亮三人约定的地方等待碰面,不料刚走到镇江府衙的门口就碰上了一个熟人。

齐见贤发现陈闸务的尸首后就第一时间报了官,接着又来到镇江府司理院接受问询,此时正坐在府衙门口的台阶上唉声叹气。辛弃疾先认出了齐见贤,他本想装作没看见,径直离开,不料却被齐见贤叫住了。

"这位相公请留步,司理院正在寻找目击者呢,可否去替我作个证?"

"作证?人要是你杀的,此时你已身在牢笼。你既然能安然无恙,说明司理院也没说人是你杀的,还要我作何证明?"

齐见贤一脸衰相地看着辛弃疾,支支吾吾地说道:"我被革职了,说我玩忽职守,可是我没有玩忽职守,我一个晚上都在公廨里守着呢,你可以替我作证。"

辛弃疾恍然,但是拒绝道:"我去的时候你正沉酣于美梦,又是宿醉,让我替你作证?我这人说不了假话。"

齐见贤低头寻思了片刻,猛然抬头说道:"你帮我,我就帮你。你不是在查曹举人和那个什么陀湛的船吗?我知道他们的下落。"

"你……清早在京口闸的时候为什么不说?"

"你们一个个来路不明,尤其你身边那三个破落户看着就不像好人……"

辛弃疾好气又好笑:"齐相风不光相风相得准,相人也不赖。去哪里找曹举人和陀湛,我丑话说在前头,你若是敢骗我,我就让那三个破落户好生招待你。"

齐见贤害怕地咽了咽口水,说道:"我也丑话说在前头,你若是不替我作证,我就……我就去司理院检举你。"

一个被革职的胥吏检举朝廷命官,辛弃疾觉得好笑。不过,这也不能怪齐见贤,今早他们四个的行为确实有失规矩。

辛弃疾应承下来后,齐见贤一路左顾右盼地带着他来到一口钟脚店。二人在脚店对面的铁钉铺佯装选货,齐见贤说:"我在京口闸也有数月时间,曹举人是何人我还是很清楚的。他是运河上有名的青面阎罗,五斗米帮会的话事人。一口钟脚店就是五斗米帮会在镇江的落脚点,掌柜的一口钟在帮会里大小也算是个人物。我猜测,曹举人如果在镇江,就一定会来一口钟脚店。"

齐见贤说起来眉飞色舞的,辛弃疾就没他如此乐观,没有什么事情是一定要发生的,只是目前也没有更好的线索,跟着齐见贤来碰碰运气再说。为了不打草惊蛇,齐见贤佯装为镇江府采购修船铁钉,在铁钉铺里颐指气使。店主知道他是个胥吏,却不知道他已被革职,被他唬得直发愣。

就在这个当口,一辆疾驰的马车在脚店门口骤然停下,车上下来几个人。辛弃疾走到齐见贤面前,踢了踢他的脚,提醒道:"货比三家,不如先去对面脚店吃酒。"

齐见贤反应过来,观察了一眼,就在辛弃疾耳边说:"对面穿着青色半臂衫的人就是曹举人,说什么来着,我齐见贤从不行欺骗之事,乃是……"话还没说完,车上又下来一位被五花大绑的女子,齐见贤惊得面色煞白。

"那女子是谁?"

"她……她怎么会被绑起来?人家只是来买酒不成,出言不逊了几句,果然是穷凶极恶的五斗米帮会!"

辛弃疾丈二和尚摸不着头脑,丢下一句:"我过去查看,你便宜行事。"

齐见贤反应过来,小声嘀咕:"找到曹举人就想撇下我?休想赖账。"跟着辛弃疾过了街。

二人悄悄来到沙鳅弄,这里破败不堪,堆满了附近商家、农户的柴薪破车,鲜有人至。他们踩着柴薪,攀上了院墙,曹举人、一口钟和被绑的女子都在院中。辛弃疾侧耳倾听,但因为离得远,实在难以听清他们所言何事。只见那一口钟时而在曹举人面前激愤地说着什么,时而又抓起女子的发髻辱骂。齐见贤紧张地抠着墙砖,嘴里碎碎念:"芳华稍候,小生定来救你。"

辛弃疾拍了拍齐见贤的肩膀以示安慰:"我不知你与院中女子是何关系,但若打草惊蛇,也算你这事没办成,定不替你作证。"

"你……"

"别说话！又来一人！"辛弃疾将齐见贤的脑袋往下压了压，一位南洋相貌的人走进了后院，曹举人立刻转变了神态，方才还对着一口钟居高临下，此时已点头哈腰地向南洋人打起招呼。

"齐相风，你认识此人吗？"

"一般的南洋商贾岂能让名震运河的曹举人如此恭敬，想必就是船只往来细目本上的陀湛了。"

辛弃疾心中大喜，只要铆定这两人，就一定能查出石油的下落。

陀湛对曹举人言语了两句，转身就走，曹举人和一口钟慌忙跟了出去，院中只留下被绑女子一人。辛弃疾准备继续监视两人，不料却被齐见贤拉住衣袖。

"辛相公，救救院中的芳华娘子吧。"

"要救你自己救，我得去跟紧那两人。"

"院墙太高，齐某实在不敢跳下去。曹举人和陀湛我去替你跟，只要相公帮我把人救出，日后我齐某任相公差遣，绝无二话。"说罢便爬下高高的柴薪，往脚店前门跑去。

辛弃疾趴在墙上两难，想到齐相风虽然莫名其妙，却也老实守信。院中有棵枣树，凭他的武艺跳下去救人，再借枣树上墙也用不了几个弹指的时间，就算是报答齐见贤吧。

辛弃疾这边救人，陀湛那边正对着曹举人咄咄相逼。

"曹舵主，我是你的雇主，我说此时开拔就要此时开拔。"

一口钟不服气，指着陀湛鼻子骂道："南洋蛮子，你算老几？运河上的事还轮不到你……"一口钟话没说完，曹举人的巴掌就打到了他的嘴上。

"也轮不到你插嘴,一边凉快去!陀东家,您说了算,我这就随您去。"临走之前,曹举人又对一口钟吩咐道,"一口钟,你堂堂五斗米分舵主竟让一个小妇人掳了去,要不是我曹举人出手,现在恐怕你已经是裙下孤魂了。你被掳的事情不能泄露,不然损了我五斗米的颜面。你且妥善处理,不要再出什么岔子!"说罢,便跟着陀湛走了。

一口钟晓得舵主的意思,五斗米帮会纵横运河,靠的就是震慑四方的威名。自己被妇人所绑的事情确实丢脸,想到这,他立马唤上两个小厮,提刀赶到院中准备雪耻,可那妇人却已不见了踪影。

"撞了鬼了!人呢!"

身边的两个小厮站在一旁摸了摸脑袋,同样一脸茫然:"钟大哥,要不要发动全城兄弟去查?"

一口钟一脚踹在一个小厮的屁股上:"发动全城的兄弟,我脸往哪放?没听见舵主刚才说什么?查归查,给我小心地查!还不快去!"

辛弃疾救出被绑的女子后,不消一会儿就听见脚店内人马出动的声音。所以,当务之急是赶紧从沙鳅弄里逃出去。辛弃疾扛着人一路狂奔到弄堂口,一辆马车不偏不倚地堵住了前路。

"快上车!"还好来者是齐见贤。

"前面那辆黑顶马车便是陀湛和曹举人的,我们跟着看看他们要去哪里。我齐见贤说过,从来不做欺骗之事,是个言出必行的君子吧?"

辛弃疾掀开帘子,将齐见贤拉进了车厢,自己则接过缰绳,驾起马车。

"快看看你的芳华娘子是否无恙。"

"哎呀,失礼失礼!"齐见贤连忙为蜷缩成一团的范思凤松绑,嘴上恭维道,"昨夜小生与姑娘在一口钟脚店有过一面之缘,不知姑娘是否记得?"

惊魂未定的范思凤试探地点了点头,说:"记得,一口钟为难我的时候,你替我说过话。"

"五斗米帮会横行运河多年,行事作风毫无道理可言!你只是与一口钟有口角之争,他就要取你性命,这种事教我齐见贤如何看得过眼,除了出手相救,我别无选择!"齐见贤义愤填膺道。

"好像……救我的人是驾车的那位吧?"

齐见贤面露窘色,好在辛弃疾马上解释道:"在下出手乃受齐相风委托。"

听闻此话,齐见贤脸色好转了些,含情脉脉地看着范思凤。范思凤被齐相风看得莫名其妙,往车门的方向挪了挪位置,借机询问起辛弃疾姓名来。出于礼貌,辛弃疾又回问了范思凤。

"妾身李囡儿。"范思凤低声说道,齐见贤见状岔开说,"辛相公,我们这是到哪了?黑顶马车没跟丢吧?"

"没,马车进了玉蛟船厂。"辛弃疾说罢,便勒住了缰绳,马车停在距离船厂不远处僻静的弄堂里。船厂坐西朝东,一条沟渠从北向南穿过船厂。辛弃疾顺着这条沟渠往下看,越过低矮的民房,可以看见密密麻麻的桅杆——这条沟渠是直通运河的。

"齐相风,我和几位同僚约好在翠月楼碰头,你可否帮在下一个小忙?"辛弃疾问道。

"为何？囡儿姑娘刚刚得救，我是不会离开马车的。"齐见贤警惕地说。

辛弃疾轻笑一声，道："不必离开马车，你只需替我暗中观察是否有船从船厂驶出，若有的话请帮我记录下水牌字号，我半个时辰就能回来。"

马车里的齐见贤探出脑袋来，问道："辛相公这是要去哪？别忘了你答应我的事，替我作证。"

"齐相风放心，待我和同僚商办完事项，就去替你作证。"

"如此甚好，辛相公且去，我自会监视船厂风吹草动。当然，还会保护好囡儿姑娘。"说完，又看了范思凤一眼。

范思凤此时无暇顾及齐见贤的秋波，她听出辛弃疾有跟踪曹举人之意，于是也探出脑袋问道："辛相公，妾身有个不情之请。"

辛弃疾看了看天色，有些为难地说："姑娘但说无妨。"

"若辛相公要跟踪曹举人，妾身请求随行则个。"

辛弃疾不假思索地回绝了："辛某此行所为之事非同小可，若姑娘随行恐有诸多不便，甚至还有危险。"说着便跳下马车准备离开。

不料这位李囡儿姑娘竟也跟随跳下马车，还一脸严肃道："五斗米帮会与妾身有不共戴天之仇，今日得幸知道了曹举人的行踪，又岂能眼看着他再次消失？辛相公放心，不管你此行为了何事，在你完成任务之前，妾身绝不擅自行事，更不会鲁莽坏事。"

"李姑娘，恕辛某难以从命。"

齐见贤虽不知李囡儿为何突然有这样的请求，但也从旁劝说："囡儿姑娘，你我如此有缘，难得再次相见，为何又要离我而去？

我齐见贤乃镇江府公吏，亦努力考取功名中，相信他日必定青云直上。囡儿姑娘有何难处，不妨跟我说，我齐见贤定能帮上忙的。"

范思凤根本不想搭理齐见贤这个自以为是的书呆子。

"辛相公，你我同船，万事皆可互相照应。若是不愿同船，妾身也可自行租赁一艘。届时，你我行程重叠，又都盯着曹举人，互相坏事，岂不是得不偿失？"

范思凤话中似有逼胁之意，让辛弃疾相当不悦。

"姑娘妇道人家，不知辛某肩上巨责，出言不逊，这次暂且不予计较。但辛某有话奉劝，我此次行程乃是公差，必定锋不可当、势如破竹，姑娘要跟着我，最好躲得远一点，若不慎误伤，实属辛某不愿。"

辛弃疾丢下这句话便快步离开了。他还有更重要的事情要做，不想继续与这位并无交情的李姑娘逞口舌之快。

伫立在马车旁的范思凤看着辛弃疾离去的背影，气得直跺脚。

"李姑娘，快上车来。你刚从一口钟脚店侥幸逃脱，别教五斗米帮会的人再认出你来。"

虽然范思凤不想和齐见贤共处一室，但他所言非虚，还是上车稳当。上了车后，齐见贤看范思凤的眼神没有了先前的轻浮，反而多了几分尊敬。

"一口钟因你言语得罪，将你缚至脚店，这已经是大恶了。不承想，姑娘为了这口气竟要杀五斗米的舵主，不是天煞星下凡是什么？齐某佩服得五体投地。"齐见贤并不了解范思凤与五斗米帮会之间的恩怨。

范思凤听着想笑，但又笑不出来，只好扭头不予理会。这个齐见贤，虽然心地尚且善良，但话里话外皆有图谋，还是敬而远之的好。

虽然范思凤不予理会，但这丝毫不影响齐见贤感慨抒怀："自我朝南渡以来，风骨渐失，气节趋没，好似人人都患上了'恐金病'，齐某深感伤怀，以为再也见不到顶天立地、无所畏惧的人了。不过，从今日开始齐某不必伤怀了，因为那些风骨气节我都在李姑娘身上看见了。这样的豪情，抵得过万金之躯，试问谁人不敬？李姑娘，你真教齐某欲罢而不能也！"

范思凤不禁打了个冷战，这个齐见贤不仅自以为是，甚至已经自恋到变态的地步了。

"齐相公自重，妾身已有父母之命，难以高攀。"范思凤听父亲说起过，已经将她许配给了一位年轻有为的才俊郎君。范思凤虽心有憧憬，但父亲未告知对方姓名家况，自己也不好觍着脸询问，只知道父亲将自己随身佩戴了十六年的长命锁交给了对方作为信物。但如今父亲已逝，自己又不知对方身份，寻也寻不得。对方若是知道父亲已逝，估计也不会把这门亲事放在心上，没准早已迎娶别家娇娘良眷了。

想到这，范思凤不由得叹了一口气。

"即便有了父母之命，李姑娘也用不着叹气呀？你我郎有情妾有意，断然可以无视世俗礼教，来个比翼双飞，做对神仙眷侣。而且，休要说什么高攀之词，你我日后必定是举案齐眉、相敬如宾的。"

范思凤突然觉得心口绞痛得厉害，这个齐见贤到底能不能听懂人话？罢了罢了，既然无法交流，索性就不要与他说话了。

辛弃疾赶到翠月楼的时候，俞不亮、泰山和猫耳已经在那候着了，都是低头耷脑的样子。辛弃疾看出他们一无所获，不过这已经不打紧了，他立即命令俞不亮租船先行前往玉蛟船厂渠沟与运河沟通处，自己则快马加鞭前往镇江府，可刚下了马，他的脚步就定住了。

难道真的要为齐见贤作伪证吗？齐见贤当值饮酒，同岗僚友丧命闸下，还放过了陀湛运着万斤石油的船，不是玩忽职守是什么？镇江府对他的处罚是正确的，自己何必昧着良心做所谓的善事？

辛弃疾如释重负，一路疾驰赶了回去。齐见贤还在一个人滔滔不绝，范思凤看见辛弃疾就像看见救星似的。她掀开车帘，张望了一圈，而后说道："辛相公，玉蛟船厂没有动静，岔口的那艘木屐船是你的吧？"

辛弃疾没有理会，只是和齐见贤说道："齐相风，方才在一口钟脚店，你求我救李姑娘的时候，是不是说只要能救出姑娘，以后任凭我差遣？"

"一言既出，驷马难追！"

"我也不想差遣你什么，只消答应我一件事即可。"

"辛相公果然心胸如这运河一般，可渡万船，齐某岂有不答应的道理？"

辛弃疾蹙着眉头，拉住齐见贤的手臂说："那好，我说的这件事就是，同意我不去镇江府为你作证。"

齐见贤顿时愣住，反应了半晌才甩开辛弃疾的手，说道："这算什么？辛相公且去为我作证，我齐见贤宁愿为你做牛做马。"

"哎？齐相风不是说一言既出，驷马难追吗？既然你都答应了，这件事就这么说定了。"

齐见贤被辛弃疾说得无法接话，只能扭过头去生闷气。

辛弃疾安慰道："齐相风，你玩忽职守是事实，我辛弃疾是光明磊落之人，岂能替你作伪证？再说了，阁下才高八斗，相信不日即可考取功名，又在乎什么公吏职务？说起来，我俩还真是有缘分，你喜欢陆务观的诗词，我也喜欢，等辛某办完了大事，还要向你好好讨教取经呢。"

齐见贤气得直摆手，范思凤却笑了起来："原来齐相公已经不是什么府衙公吏了，方才还在妾身面前大吹法螺，好在辛相公没有听见，不然真要笑掉大牙。"

齐见贤脸涨得通红，身子又朝车壁缩了缩，没脸再言语。

辛弃疾又说了几句宽慰的话，便要起身告别。范思凤见状也起身准备下马车，齐见贤见范思凤有所动作，也厚着脸皮准备下车。

"二位这是做甚？"辛弃疾问道。

"随辛相公上船。"范思凤说完就朝着岔口的木屐船跑了过去。范思凤一跑起来，齐见贤就跟着跑起来。

辛弃疾一边在后面追，一边怒劝，但范思凤的脚步却越跑越快，趁着船上人不注意，径直跑上了船。

就在这个时候，玉蛟船厂坞门大开，一艘硕大的货船从船坞内缓缓驶出，辛弃疾一眼就看见了站在船头的曹举人，以及船舱挑檐上挂着的市舶司水牌。

第六章
二月初八，乙巳（下）

市舶司大船正缓缓经过木屐船旁。

"下船！"辛弃疾有意侧身挡住范思凤，避免她被五斗米帮会的人认出来。

"妾身不下船，辛相公是非要劝我下船，眼睁睁看着曹举人远去呢，还是赶紧开船以免跟丢了？"范思凤死死地抱住桅杆。

"我辛某纵横沙场多年，鬼门关前也逛过几次，还从没见过像你这般难缠的小鬼！"若不是怕市舶司船上的五斗米帮会看见，他现在已经拔刀架在范思凤的脖子上了。俞不亮瞧出了辛弃疾的愤怒，他掏出匕首顶在范思凤腰间。

"我辛相公虽然一表人才、年轻有为，但姑娘如此厚颜无耻，未免太不知什么叫礼义廉耻了吧？"

范思凤冷笑一声，奚落道："怎么回事？一个齐见贤，一个辛弃疾，怎么一个比一个恬不知耻？后面的大哥，你如果不是在吓唬妾身，那就是匕首太钝了吧？想叫妾身下船，除非妾身死了。"

"欸？"俞不亮怎么也没想到，自己竟然没能吓唬住十几岁的小丫头。

辛弃疾焦急地看着市舶司货船,船帆已经全数升起,偏角也调整就位,自己的小木屐若再不发船,距离只会越来越远,跟丢是必然的结果。

"不亮兄,开船。"辛弃疾丢下这句话便钻进了船舱。

"欸?"俞不亮没想到辛弃疾这么快就转变了态度。不过虽然满心疑惑,仍旧起锚升帆,一气呵成。

范思凤如释重负,瘫软在甲板上。此番为了能给父亲报仇,她一次又一次做出疯狂的举动,虽然身心俱疲,但心里一直有个声音:必须要做。

范思凤蜷缩在一角想缓一口气,昨晚在脚店和一口钟周旋,又将其骗至家中捆绑审问,不但没问出个结果,还被五斗米帮会的人发现,反倒让自己险些丧命,可以说是一夜未眠。现在听着风声和浪声,以及运河上密集的欸乃摇橹声,竟昏昏欲睡起来。

"李姑娘,你真乃女中豪杰,若是投身行伍,怕也是与穆桂英、花木兰齐名的巾帼英雄。齐某越是对你多了解一分,越是多一分欲罢不能。"

讨厌的声音又在耳边响起,范思凤不用睁眼便知道是齐见贤,索性装睡不予理睬。二月的江风还有些微凉,这个齐见贤见范思凤没有回音,竟解下袍衫为其作被。范思凤修长的睫毛微微地颤动了一下,心中思忖这个齐见贤虽然讨厌,却也有他的可爱之处。至少,比船舱里那位叫辛弃疾的家伙可爱多了。

刚到镇江府丹阳县境内,曹举人的船突然就靠岸了。俞不亮等人一头雾水,辛弃疾却大喜过望。他将齐见贤唤至一旁,商议道:"运河上的七闸八堰都归发运司管辖,你是京口闸的公吏,前面就是丹阳闸，总归也是一家人吧？怎么样，丹阳这边有认识的僚友吗？"

齐见贤将自己的袍衫当作被子盖在范思凤的身上了，吹了一路的河风早已是瑟瑟发抖。此时他冻得双手抱在胸前，多了几分警惕之感。

"辛相公，我此行是为了追求李囡儿姑娘的，并无其他想法。况且，我已是除职之人，此时联系同僚名不正言不顺，有招摇撞骗之嫌。"

"齐相风这话说的，似乎在埋怨在下……我身为太平军掌书记，只要你愿意，我可以任命你为太平军的公吏。"

齐见贤感觉自己又活了，可又担心辛弃疾是在戏弄他，故作镇静道："上午你还说我齐见贤是罪有应得，怎么这会儿就要授我太平军公吏之职。"

辛弃疾诚恳道："一码归一码，陈闸务之死你确实有责任，认定你玩忽职守并无偏颇。但凭我对你的了解，齐相风在诸多方面依旧卓越，胜过辛某麾下公吏。"

齐见贤还想矜持一番，出口却是："我只道辛相公是慧眼识珠，在下有何好说的？任凭掌书记差遣。"说完还笑出了声，那笑声分明是憋不住了。

"如此甚好，齐相风，本掌书记有一计与你商议，不知是否可行？"

辛弃疾和齐见贤耳语起来，齐见贤蹙眉思索，一本正经，如此这般地提了许多建议，均被辛弃疾一一采纳。

范思凤不晓得睡了多久，被人摇醒的时候睁眼就见到一队衙卒打扮的人。她久睡刚醒,迷迷糊糊地瞥了一眼,惊得慌忙跳起。

"囡儿姑娘休慌,是我,齐见贤。"

范思凤揉了揉眼睛,这才发现摇醒自己的正是齐见贤,他戴着软幞头,穿着圆领窄袖短袍,一副公吏公干时的打扮。

"你们……这是要干什么去?是不是想撇下我?"

"囡儿姑娘哪里的话,我们的确要出去一趟,但应该很快就能回来,你大可放心继续休息。等齐某回来,再陪姑娘聊一聊丹阳地界的风土人情,丹阳这个地方啊……"穿着公吏服装的齐见贤,此刻真觉得自己的地位在衙卒装扮的辛弃疾等人之上,但话说到一半就被俞不亮踹醒了。

"哪那么多废话?真把自己当头儿了?"

齐见贤悻悻地退到一边,辛弃疾走上前,丢给范思凤一个钱袋子。

"既然是一条船上的人,就应该帮衬着做点事儿。这里有半袋钱,在我们出去的时候买些吃食回来。记住,多买饼馕鱼肉之类熬饥食物,少买零嘴糕点。"

范思凤先是一怔,而后露出了欣喜的表情:"这么说,辛相公愿意让妾身随行了?"

辛弃疾本想奚落几句,想着她与齐见贤交好,这齐见贤看上去又异常在乎她,索性闭口不言避免误会,只是点点头。

辛弃疾一行人别了范思凤,就沿着运河岸边往市舶司货船停靠的埠头走去。

"龚闸务,你可有十成的把握能上船查货?"辛弃疾在队列中,警惕地问道。

这位龚闸务就是齐见贤在丹阳县的好友。辛弃疾想冒充发运司官吏上船查货,所以齐见贤找到了丹阳县的地头蛇,也就是丹阳闸的龚闸务。

龚闸务拍拍胸脯说道:"我这辈子上得最多的就是船了。那艘船虽说有市舶司水牌,但水牌只是一块木头,谁都可以造假,我身为丹阳闸务上船查验文牒没问题吧?再说了,运河各闸堰对官府的货船只是说可以免验,并不是说一律免检。船上的人若要阻碍我上船,那也是没有道理的。"

这位姓龚的闸务看上去比齐见贤要老到许多,想必运河上的风风雨雨、蝇营狗苟都见得太多了,他有如此自信应该不是夸大其词。

不过,辛弃疾并没有龚闸务那么乐观。他可以小瞧五斗米帮会,但不能小瞧这艘临安市舶司的船,因为船上不是一般的货物,是万斤石油,况且还有底细不明的阇婆人。

果然,龚闸务一行在刚显露出要上船意向的时候,就遭到了五斗米帮会的拦截,理由是市舶司货船无须检查。

而龚闸务也执意要上船,理由是抽检通关文牒。"不知好歹的狗腿子!你们可以死守着不让爷上船,别以为爷不能把你们怎么样!丹阳闸,爷说开才能开,你们想过闸吗?"

拦路的帮众被龚闸务的气势吓得立在原地,不知如何是好。这个时候,船舷边缘悠然冒出一个脑袋来,是曹举人。

"你们都瞎了眼了吗?龚闸务也敢拦?"曹举人斥责一声,随后对着龚闸务赔笑道,"龚大哥,您别介怀,快快上来吃酒。"说罢,还嘻嘻哈哈地走下船来迎接。

"吃……吃酒？"龚闸务回头看了一眼辛弃疾和齐见贤，"吃酒就算了，我们瞧一眼市舶司的通关文牒就走。"

"好说好说，先上船吧，要看也得上船看，舱里暖和呢。"曹举人说着做出了恭迎的姿态，"兄弟们都上船去，吃杯酒暖和暖和。"

龚闸务在曹举人的邀请下半推半就上了船，辛弃疾倒显得十分愿意，就算是前方有豺狼虎豹等着，也是一定要上去瞧一瞧的。

进了船舱，热腾腾的饭菜和煮好的酒果然就摆在桌面上，但是桌上还坐了一个人，不是别人，正是丹阳县的知县大人。

"县……县尊大人也在啊。"龚闸务慌了神，立刻恭敬起来。

"龚闸务，眼看着运河上就要起风了，还如此敬业，实属公吏楷模啊。坐下吃杯酒啊！难得曹举人有心，从镇江给本官带来了鲜活的长江刀鱼，如此美味只应天上有，人间难得啖几回，大家都不要错过了啊。"知县打量了辛弃疾等人几眼，"这几位兄弟倒是看着眼生，不过也无妨，都坐下都坐下……"

龚闸务和辛弃疾、齐见贤对了个眼神，连忙说道："不了不了，下属看一眼文牒就走。"

知县放下酒杯哈哈大笑起来："本官都坐在这里吃酒了，龚闸务还要看什么文牒？难不成怕本官上了贼船不成？"

"哪里的话，下属不是这个意思。"龚闸务赔笑道。

"不是这个意思？那就是信不过本官了？"知县的脸色突然阴沉下来。

辛弃疾顿觉大事不妙，照这样下去非无功而返不可。

"嗬！有老鼠！"辛弃疾大喊一声，朝货舱的方向跑了过去。

"嗝！还敢钻进货舱！"辛弃疾抽刀断锁，一脚踹开货舱的门，一股刺鼻的气味扑面而来。他定睛瞧去，货舱里满满当当堆叠着百来个木桶，木桶上均贴着"延州石油"的字条。按照一百斤一桶去推算，不是一万斤石油是什么？

辛弃疾查看清楚之后，回到前舱，发现曹举人的脸已经快拉到甲板上了。

"龚闸务，曹某又没说不让你看文牒，指示手下人硬闯我货舱是何用意啊？"曹举人质问道，眼睛却死死地盯着辛弃疾，他觉得眼前这位衙卒与其他衙卒气质全然不同，相当可疑。

龚闸务慌忙开脱，但齐见贤却跳了出来："曹举人，你在京口闸押运过关的可是芝麻油啊，怎么到丹阳地界就成了石油？这里面不会有什么误会，或者说是猫腻吧？"

"京口闸？你们不是丹阳闸的衙卒吗？怎么知道京口闸的事情？"曹举人警惕起来。

"怎么？慌了？实话告诉你吧，京口闸的闸务死了，在他死之前偏偏记录下你曹举人过关的信息。发运司知道这绝对不是偶然，所以委托丹阳闸查验。"齐见贤现在是太平军的公吏，又有掌书记辛弃疾在场撑腰，就算身份暴露也不带怕的，索性信马由缰，张口就来。

不料曹举人却哈哈大笑起来。"笑话，诸如各位刚才所见，我曹举人自始至终运送的都是石油啊，不曾有隐瞒，不知这位兄弟为何要说京口闸的过关记录上写着芝麻油？"

"就是芝麻油！我亲眼所见的！"齐见贤情急之下说漏了嘴。

曹举人斜睨着打量起齐见贤来："你不是丹阳闸的吗？怎么

亲眼所见京口闸的记录？漏洞百出，今日怕是有意来为难曹某人的吧？"

曹举人此话一出，知县大人马上拍案而起："胡闹！要查验就查验，哪有这般鲁莽行事的？你们这帮人虽直隶于发运司管辖，不想给本官颜面也就算了，怎好随意捏造？"

"哎哟，县尊大人千万别这么说，下属们虽隶属发运司，但毕竟在丹阳界上讨生活，方方面面都受着县尊照顾呢。今日是下属们鲁莽了，我们这就下船，这就下船。"龚闸务慌得说话声都颤抖起来，自己身为发运司的公吏本来就常常受县衙的为难和掣肘，若再惹恼了知县，那这个闸务也就当到头了。

辛弃疾已经查清了货物，自然也不想影响龚闸务的前途命运，二话不说，跟着他准备下船。

"慢着！"不料这个时候曹举人却叫住了大家，"龚闸务不是要看文牒吗？看看再走呀。"

"不看了不看了，今日实在是对不住……"

"欸？休要这般说。我曹某人是奉临安市舶司的派遣跑船做这趟买卖的，文牒上写得清清楚楚，还是看一看比较妥帖，避免徒增误会和嫌隙。况且，我曹某人又不是只做这一单生意，日后跑船仍旧还要仰仗各位照应呢。龚闸务，请掌眼。"说罢，将市舶司的文牒递到龚闸务面前，龚闸务不敢收，齐见贤却伸手拿了过来。

只见那市舶司文牒上写得清清楚楚：今寄市舶司货船由曹举人装奉押运阇婆国陀湛延州石油壹佰桶，送平江府苏州文心墨坊宝号查收。如有上漏下缺以及交数不清，当扣留原船赔偿。绍兴三十二年春正月壬申。

齐见贤翻看文牒，并无造假的痕迹，不禁嘀咕起来："这就奇怪了，文牒上写的是石油，船上装的也是石油，为何陈闸务要写芝麻油？"

曹举人抢过文牒交由手下，冷冷道："那就要问陈闸务了，醉酒眼昏，胡乱登记也未可知啊？"

齐见贤心里咯噔一下，曹举人竟然知道陈闸务醉酒，肯定是杀害陈闸务的凶手。

"哎！走了！"辛弃疾重重地拍了两下齐见贤的肩膀，示意他赶紧离开。曹举人走到辛弃疾面前拦住去路，说道："看这位兄弟仪态不凡，怎么甘心区区做一个衙卒？不如跟着曹某人，绝不会亏待你的。"

曹举人是瞧出端倪来了，但辛弃疾心静如水，不慌不忙地说："日后有机会贫家再来拜访，今日多有得罪，先告辞了。"说罢一拱手，径直下船去了。

下了船，沉浸在调查快感中的齐见贤还不过瘾，说道："陀湛人呢？他应该也在船上的。"

经齐见贤这么一提醒，辛弃疾也反应过来，文牒上明明写了延州石油是陀湛的，由曹举人负责装奉押运，莫非陀湛已经先行离开了？

几人正思索间，一个南洋长相的人带着几位下属出现在了眼前——为首的人束发椎髻于脑后，锦布裹身，脚踏革履，正是阇婆贵族打扮。

"陀湛？"辛弃疾警惕地问道。

陀湛定住脚步，惊讶地看着辛弃疾，恭敬回道："在下正是陀湛，不知公人召唤有何吩咐？"

齐见贤抢问道："你不在船上，去了何处而返？"

其实，市舶司的船之所以在过丹阳闸前靠岸，就是因为陀湛要到附近拜访一位老人。这位老人曾经是阿迪巴巴的信徒，家中留存了许多阿迪巴巴的手稿。虽然眉珠只托他前往巴巴堂搜寻祖父遗墨，但对于陀湛来说，他肯定要为眉珠做得更尽善尽美一些。在拜访完老人之后，他意外撞见辛弃疾等人和范思凤争执的场面，心生疑虑，遂派出下属一路跟随，果然是上了他租赁的市舶司货船。对于陀湛来说，辛弃疾等人上了他的船，他又怎能不礼尚往来，还他们点颜色呢？

但这些事陀湛犯不着和眼前这些衙卒们说。

"陀湛不知公人所问何意？如果没有猜错，诸位是发运司的公人吧？陀湛只是去拜访故友而已，并未在诸位管辖范围内犯事呀。"

"这是自然，这是自然，只是问问，阁下请便。"龚闸务赶忙请走陀湛，又转向对齐见贤说，"大哥呐，你非要害死兄弟才肯罢休是不是？今日我只能帮你们到这了，接下来的事我管不了，也不敢管，你们可别再拉上我。"

"龚大哥，您才是我大哥啊，反倒……"

"别，你是我大哥，你是我爷爷，我回公廨去了！别再来找我了！"龚闸务走了几步，又回头强调，"别再来找我了！"

辛弃疾看着龚闸务的背影，心中满是歉意。若他真因为此事丢了公职，日后有机会一定要为他说一句话，以报情谊。他吩咐大伙回船，返回之前又看了一眼市舶司货船，只见陀湛正站在甲板上注视着他,眼神和嘴角的微笑都充满令人捉摸不透的诡异。久经沙场的辛弃疾心中突然有不祥的预感——这个叫陀湛的阇婆人,绝不是能轻易对付的善茬。

江南的二月气温并未完全回暖,若是遇上阴雨天气,便更加湿冷。辛弃疾一行人在回程途中,温度骤降,接着开始刮风下雨,有愈演愈烈之势。

这样的天气,市舶司的那艘货船却突然摇橹起航了。辛弃疾了然,对方想利用恶劣天气中大船通行能力高于小船的优势,摆脱辛弃疾的追踪。他下令众人加快脚步,立刻扬帆摇橹,紧咬对方不放。

这千钧一发的关头本应该没什么好犹豫的,但齐见贤却死活拉着帆绳不肯松手。

"辛相公,囡儿姑娘还没回来呢,不能就这样抛下她呀。"齐见贤一边和升帆的泰山较着劲,一边哀求辛弃疾。

辛弃疾咬咬牙,理智地说:"来不及了,下雨本就能见度低,再耽搁下去就真的跟丢了。"

"可辛相公明明跟李姑娘说大家都是一条船上的同僚了,怎么这会说舍就舍下了……我晓得了,辛相公是故意把李姑娘支开的,对不对?"齐见贤整个人都吊在帆绳上,双腿已经悬空,而泰山仅仅用了一只手而已。

"我并无齐相风说的企图,刮风起浪的事儿谁都说不准。事关紧急,我们得权衡计议,齐相风,对不住了!"辛弃疾右臂一挥,泰山双手抓住帆绳开始全力升帆,齐见贤距离甲板越来越高,最终因为气力用尽,重重地跌落下来。落地的齐见贤想跳上岸去，但帆一升，船就动起来了，此时已离岸一丈远，凭他的本事是跳不过去的。

齐见贤瘫软在地上，看着越来越远的河岸，哭诉道："囡儿姑娘，并非齐某人薄情寡义将你撇下，实乃力不从心、身不由己、无可奈何啊……你千万别误会我，待我上岸，我立刻回丹阳找你，你一定要等我啊，一定！"

俞不亮瞥了齐见贤一眼，他对辛弃疾有多忠心，对齐见贤就有多鄙视："大丈夫当志存高远，像尔等为了儿女私情哭哭啼啼，羞煞人也。我看掌书记把你留在身边实属仁慈，瞧你这番模样，哪里像干大事之人？"

"大丈夫就不能有儿女私情吗？像你们这般冷血的人才叫大丈夫吗？那这种大丈夫我齐某人不当也罢！"齐见贤扯下幞头丢进运河水里，生起闷气来。诸位见他如此反应，均没有搭理，也不想搭理，他们要么在认真开船，要么就是全神贯注地盯着前方市舶司的货船。

运河上，风猛雨大，行船甚慢，眼看市舶司的货船就要消失在茫茫雨幕中了。辛弃疾责问了两句，泰山挠挠头也无计可施，而坐在甲板上的齐见贤却发现了问题所在。

他听到甲板下面似有漏水的声音，就像是用瓮打水，泛起泡泡的那种声音。他猛地站起来，冲进底舱，一时没有站稳，整个人跌进了水里。齐见贤站起身来，发现底舱的水已经没过了膝盖。

"黄天老爷！船漏水了！"

随着齐见贤一声呐喊，众人的目光齐刷刷地看向船舱，俞不亮离船舱最近，立刻查看了情况，印证了齐见贤的话。

"奶奶个熊！俺不会游泳！掌书记，恁也不会游泳啊！"泰山惊地说起了山东话。

俞不亮骂道："瞎嚷嚷什么，你嚷嚷了俺们就会游泳了？看好你的船舵！"回头对辛弃疾问道，"掌书记，这下咱们怎办？俺跟你上刀山下火海，没想到会栽在水里……"

辛弃疾冷静地说："别慌，船还没沉呢。我记得船舱里有几个羊皮充气的浮球，快点拿出来。"

俞不亮跑进船舱，马上拎着羊皮球踅了回来："掌书记，就只有两个，你快抱上一个。"

辛弃疾摆摆手，问道："你们都不会游泳吗？"

猫耳和齐见贤举手称自己会游泳。

"不亮兄、泰山，这两个羊皮球你们抱着，我学过游泳，不碍事。"说着将羊皮球推给二人。

俞不亮拒绝道："幼安，我是看着你长大的，你会不会游泳我还不知道吗？"

"就是，咱们一起玩的时候也从没见你下过河。"泰山补充道。

辛弃疾急了，骂道："别跟个娘们似的叽叽歪歪，叫你们抱上你们就抱上，我是掌书记，我说了算。"

"掌书记也是人……"泰山上前劝道，欲要将羊皮球硬塞到辛弃疾怀里。

就在这个时候，齐见贤开口了："沉船之前船舱会吸入大量河水，形成吸力强劲的漩涡，大家要在船还未完全沉没之前就跳船游离，才能确保安全。"

齐见贤话音刚落，辛弃疾不想让俞不亮和泰山纠结，就一个猛子扎到了运河里。辛弃疾在运河里胡乱扒拉着，一时半会也没有浮出水面。

俞不亮骂道："齐见贤！你干的好事！"

齐见贤也被辛弃疾的举动惊住了，但他也不能接受俞不亮的责骂："掌书记还不是为了你们两个旱鸭子才这么做的，你们最好现在就跳下河去，以免漩涡卡住你们的腿和胳膊，跟着船一起沉到河里，那就真的枉费掌书记一片好心了！"齐见贤说完也跳了下去。

猫耳朝俞不亮和泰山点了点头，接着跳了下去。船上剩下的二人对视了一眼，而后大叫一声，一齐跳入水中。几个弹指过后，河水漫过木屐船的甲板，接着噗噗噗地冒起几个大泡泡后，木屐船彻底消失在了水里。

除了木屐船，消失的还有辛弃疾，他是最先跳下河的，却还没有露出头来，这样下去必然是凶多吉少。浮在水面上的人大声地喊着辛弃疾的名字，但此时仍在水底漫无目的扒拉的辛弃疾根本听不见他们的声音。辛弃疾感觉自己马上就要憋不住了，他连喝了几口运河水，又冷又腥。越是憋不住，就越容易张嘴喝水，他知道自己的处境很危险，只能更疯狂地扒拉着。终于，他扒拉到一块浮木，便像救命稻草一般紧紧抓住不放。辛弃疾随着浮木在水中打了几个转，又上下颠簸了三趟，终于重见了天日。

辛弃疾猛烈地咳嗽着，众人听见他的声音，再循声看去，发现他在距离大伙约十丈远的下游，于是纷纷向他游去。可惜辛弃疾怀中的那块浮木本就是运河岸边腐朽多时的杨柳木，被风吹折到运河里，经过河水的浸泡，现在又承受着一个人的重量，在波浪不停的拍打中又断成两截。辛弃疾突然觉得身下虚空，再次沉入运河中。众人还没来得及施救，辛弃疾又不见了踪影。泰山重重地拍打着水面，哭喊着掌书记，奈何耳边除了浪声就是风声，冰冷得如阴曹地府一般。

"啪!"一根长长的竹竿拍打在众人面前的水面上,激起了数尺浪花,"都给我起开!"

这声音齐见贤听着耳熟,仰头望去,只见李囡儿站在一艘乌篷船上,手持长竿,顶着风雨,和杂剧演的花木兰、穆桂英别无二致。

"囡儿,好囡儿,我的位置就是掌书记沉下去的地方,快用竿子掏一掏!"

范思凤白了齐见贤一眼,立刻将长竿插入水中翻搅起来。范思凤所驾之船并不是一般的船,而是一艘捞尸船。她手上的竿子也不是普通的竹竿,顶端还有一对羊角造型的钝铁钩子,它也有一个瘆人的名字,唤作"阎王钩",因为凡是被它钩上来的都不是活物,性命早就被阎王收走了。

果然,这个唤作"阎王钩"的东西在运河里掏东西可谓一绝,少顷,范思凤只觉得手上一沉,接着用力往上一抬,一个人骤然浮上了水面。此人面朝下,背朝上,但从衣着判断,正是辛弃疾无疑。

众人合力将辛弃疾弄上船,从小在运河边长大的齐见贤立马开始了一系列抢救操作。他先是疯狂地按压辛弃疾胸腹部,又将其倒背着跳起大神,最后让其趴在船舷上,猛拍其背部。终于,在齐见贤用尽所有办法之后，辛弃疾突然呕出半斤浑水，还全数呕在了低头查看情况的齐见贤身上。

苏醒后的辛弃疾看着斜眼睥睨、奋力撑船的李囡儿，和头上挂着菜叶子的齐见贤，便明白是怎么一回事了。

"市舶司的船呢？"辛弃疾猛然坐起，朝着下游方向眺望。

俞不亮拍了拍辛弃疾的背，安慰道："早就不知影踪了，又得从长计议了。"

辛弃疾不甘心地摇了摇头，跟丢市舶司的船虽然很遗憾，但此时能与同僚一起挤在乌篷船上已经是不幸中的万幸了。

众人纷纷进船舱避雨，范思凤是最后进来的，她拿出装得满满当当的食盒，有肉有饭有饼有酒，在此情此景之下可谓是饕餮大餐了。最后，她从食盒最底部取出一大碗汤来，介绍道："今天是春分，江南人有吃春汤的习俗。说是'春汤灌脏，洗涤肝肠。阖家老少，平安健康'。某人方才应该喝了不少运河水吧，快喝些春汤洗涤洗涤他的黑肝肠。"

范思凤在黑肝肠二个字上特意加重了语气，辛弃疾听得出来，这是在责怪他抛下她不顾呢。辛弃疾赶忙起身准备解释，头却撞到了篾棚顶。在逼仄的乌篷船内，辛弃疾只能弓着身子，态度显得异常恭谦。

没想到辛弃疾开口却不是先道歉，而是感谢："感谢李姑娘救命之恩，辛某日后必将姑娘视为再生父母，好生报答！"

"这就没了？"范思凤意兴阑珊，"就不再说说本姑娘以德报怨这件事吗？"

辛弃疾一脸严肃道："方才事发突然，情况紧急，无奈撇下李姑娘也是为了顾全大局，望李姑娘海涵。"

"只是叫我海涵，却没有一句道歉？"

辛弃疾清清嗓子道："若方才之事再发生一次，在下还会那么做。在下所为之事并无差错，为何要道歉？"辛弃疾面对救命恩人虽然已经没了之前颐指气使的语气，但字里行间仍旧太过于耿直，气得范思凤一脚将装着春汤的大碗踢到了河里。

齐见贤气恼地看了一眼辛弃疾，对李囡儿说了一番安慰话语："掌书记没有等你就开船确实有损道义，但掌书记说得也在理。囡儿你看，你当时若是上船了，这会儿我们应该一起在水里泡着呢，没准掌书记已经……"齐见贤的后脑勺突然被俞不亮重重地拍了一巴掌，他恼怒地回头瞅了一眼，但没敢发作，继续说："没有刚才撇下你的举动，就没有现在你英勇救人的丰功伟绩，这一切都是老天爷的安排。唉……要知道刚才我在丹阳的时候哭得有多撕心裂肺，我以为再也见不到你了，不承想你竟然如天女下凡一般救了我们性命，还安排了这么好的吃食，这不是老天爷的安排是什么？囡儿，你我缘分未尽呐！"说完，还含情脉脉地朝范思凤抛了一个媚眼。

范思凤只觉恶心，别过脸吃起单独为自己准备的那碗春汤。泰山伸了伸脖子，只见春汤是一碗红色的苋菜汤，汤里漂浮着一颗颗看上去软糯弹牙的鱼丸，还有小葱段和猪油花，看着就温热诱人。此时此刻，浑身湿透的泰山何尝不想来一口春汤呀。

此时，若是有人从岸上经过，一定会见到这样一幅滑稽的场面，六人挤在狭窄的乌篷船内，各个低头狼吞虎咽的样子。偶尔还会从船舷处伸出一只手来，那是泰山的手，这只手努力伸长手指，只为了去够漂在河面上的一颗颗鱼丸。

众人吃饱喝足之后，船已经驶离了丹阳县，此地前不着村后不着店，停船没有意义，只能任由小小的乌篷船顺着水流慢慢往下漂。

到了傍晚时分，雨停了，风也小了很多。众人不必挤在篾棚内听齐见贤讲那些献殷勤的话了，纷纷来到棚外。辛弃疾在船首待了一会儿，觉得自己方才说话确实过分了些，便支开了齐见贤，诚恳地对李囡儿道歉。道歉后，他见李囡儿脸色好转了些，便问道："李姑娘，你既然知道自己被狠心撇下，为何还要驱船赶来？还救了辛某性命？"

范思凤得意地翘了翘嘴角，说道："其实我早就置办好了吃食，只不过刚准备上船的时候发现一个南洋人带着几个人围着咱们的船不晓得在弄什么鬼手段。于是我躲到一旁，看清楚他们正在凿船呢！这可不得了，我当下想找你们商量，奈何又不知去何处寻你们。我就想着，这艘船既然没法用了，就先去租一艘船。没想到，我在租船的时候你们就回来了，而且等也不等地就走了。我料定那艘船行不了二里水路就会沉没，情急之下我只好将停在岸边的捞尸船撑过来了，不承想，这捞尸船竟立了大功。"

辛弃疾环顾了一周，突然觉得瘆得慌："这是捞尸船啊，难怪船上一件物什也没有……"

"可不是吗，这艘船估计还是第一次载你们这些能吃肉喝酒讲话的大活人呢！"

范思凤说着像奚落，可辛弃疾听着却不由得弯起了眼睛——打仗有的时候兵行险招反而会轻取对方，而李囡儿另辟蹊径也救了他辛弃疾的命。听了对方的这一番话后，辛弃疾突然觉得自己之前脑子里只装着建王的口谕和那一万斤石油，确实不近人情了一些。齐见贤和李囡儿这两个人都是他极力想摆脱的，不承想，一个帮了他大忙，一个救了他性命。如此一想，辛弃疾突然觉得眼前这位浑身湿透、面带憔悴的李囡儿没有先前那么刁蛮无礼了，反而还有几分俏皮可爱。

"辛弃疾……"李囡儿突然郑重地盯着他的眼睛，"你就像一艘在运河上追寻石油的船，那驳杂的人心和纷乱的繁华你都看不见，你的眼里只有石油。有的人是眼瞎，而你是心盲。"

辛弃疾似懂非懂地点了点头，欠身走出了船篷。

天色渐渐暗下来，除了水声和偶尔传来的兽声，四周一片寂静。乌篷船上的六个人各有姿态，有的躺，有的坐，有的趴，有的卧，都没有说话，应该是累得都睡着了。辛弃疾立在船头，看着幽黑的河面反射着点点星光，时不时跳出水面的鱼虾激起圈圈涟漪，倒像是遨游星河的神仙。

春分之后就正式入春了，明天应该会是一个好天气。

第七章
二月初九，丙午（上）

二月初九果然是好天光，鱼翔浅底，鸟鸣嫩梢，不过船上众人却都不约而同早早地醒了。他们不是被鸟鸣和浪声给吵醒的，而是被运河上的鼎沸人声给吵醒的。

这艘载着六人的捞尸船已经漂抵常州地界。运河贯穿常州全境东西，上通京口，下行姑苏，河川纵横，湖泊密布，让这里成了三吴襟带之邦，百越舟车之会。

辛弃疾掬了一捧运河水泼在脸上，又重新整理好幞头，就算是洗脸冠发了。他吩咐齐见贤带着猫耳和泰山去堰闸过关处查验市舶司那艘船是否已过关，自己和俞不亮二人去了常州巡检司。

"掌书记，您说申屠公子会帮咱们吗？"在前往巡检司的路上，俞不亮这样问辛弃疾。

辛弃疾不露声色地思索着，那表情很值得玩味，似乎也拿捏不定呢。

"我与申屠襄旗虽不如与泰山那般莫逆，但一起求学那几年也算是志同道合的朋友，比同窗之情还要再深厚一些的。"辛弃疾越说到后面声音越小。

"若申屠公子肯帮我们的话,那就有机会把曹举人和陀湛的船截留在常州了。"

"自然,申屠现在是常州巡检司负责水路巡检的都头,其实不管负责哪一块,只要是巡检司,那说到底就是围着一个'安'字在转。一万斤石油要先于王师在运河上走,此事安否?自然是不安的。申屠一定能权衡其中利弊,他是个聪明人。"

二人说着话就来到了常州巡检司的衙署,衙署的门庭虽然不够大气,但此时有一班衙役正在门口忙活着,砖瓦之类的建材堆放得满满当当。

门吏进去通报不久,辛弃疾就听见一道高亢的声音从衙署院内传出:"幼安兄,幼安兄!早就听闻你南归的消息,怎地到了这般辰光才来常州寻我,真是等煞我也。"

声毕人现,一位高大英俊、春风得意的巡检都头出现在辛弃疾面前。辛弃疾心中思忖,申屠还是原来的申屠,还是原来在学堂里跟在自己身后的小申屠。辛弃疾能感觉到,他们之间的感情一点儿也没变。

辛弃疾感受到申屠襄旗的热情之后,便也不再端着,上前迎了两步,二人结结实实地抱在了一起。

"幼安兄,第一眼见你脸面比之前更清削了些。现在一抱,真真感受到兄长一身腱子可瘦了一大圈啊?"申屠襄旗双手搭在辛弃疾的肩膀上,心疼地看着对方。

辛弃疾微笑着回应,趁其不备使出了一招拿腕卸肩的擒拿动作,一下就锁住了申屠的左臂。不过辛弃疾并未使劲,而且一招还未到尾,便松了手。辛弃疾打趣道:"我虽瘦了些,但力道可曾减了半分？"

"未曾未曾……"申屠襄旗假装按摩着手臂，嬉笑道，"就算是耄耋之年的幼安兄打弱冠之年的申屠，那也是易如反掌的。"

二人牵手来到申屠都头的居室，谈笑间回忆往昔岁月。茶过三巡，辛弃疾才点了题。

"为兄真想与你一直这么谈下去，最好再筛几斤清酒来佐兴，奈何兄弟你已经是水路巡检的都头，必定有诸多公务缠身，怎可与我在此蹉跎了辰光？"

"幼安兄休要这般说。王师驻跸镇江，不日将来常州，原来运河上那些个水贼船匪的早就销声匿迹，不知去哪个渠渠沟沟里躲了起来。申屠仰仗王师威仪，可以偷得浮生半日闲。方才幼安兄说到酒，是小弟疏忽了，走，我们去常州潇香楼吃酒去。"申屠襄旗说着就要拉起辛弃疾。

辛弃疾只好直言道："方才申屠你说运河安澜，但据我所知其实有一个天大的危机。这个危机甚至会威胁到王师和官家的安危！兄弟你是水路巡检都头，本就在你负责范围之内，希望你能帮为兄一把。"

申屠襄旗对辛弃疾突然的客气感到措手不及，连忙说道："幼安兄今日怎么如此见外？既然是我职责范围之内的事，幼安兄不辞辛劳特地前来相告，应该是在帮我，又何来帮你之说呢？"

辛弃疾示意申屠襄旗坐下，又出示了建王府令牌，并将一万斤石油走运河的前前后后都与对方说了一遍。

申屠襄旗一下子敬重起来："如此说来，幼安兄实则是领了建王口谕专程来彻查此事的？"

见辛弃疾点头，申屠襄旗突然陷入了沉思。从那副凝重的表情来看，似乎建王的任务是下达给他的一般。他思忖了良久，突然抬眼问道："既然是建王的命令，为何幼安兄却如此低调行事？你只要亮出建王府的令牌，就算把常州段运河掀个底朝天也未尝不可啊？"

"建王要求低调行事，自然有他的顾虑，你我兄弟现在考虑的应该是如何将那艘市舶司船上的货物扣押下来。"

"市舶司？"申屠襄旗的眼角颤了颤。

"没错，据我调查，阇婆人陀湛买了一万斤石油之后，找了五斗米帮会的曹举人帮忙押船。这个曹举人是五斗米帮会的总舵主，在运河上手眼通天，能耐甚大。就在丹阳，我们本可有所作为，不承想这个曹举人竟然邀请了丹阳知县上船坐镇，我们只能被迫放弃。"

申屠襄旗皱了皱眉头，说道："照幼安兄所说，这个曹举人的能耐果然厉害。阇婆人什么样的商运需要这样一号人物来押船呢？"

"申屠兄弟所言甚是，所以我猜测，阇婆人必有所谋之事，而且所谋之事非同小可。"辛弃疾虽然是猜测，但表情非常笃定。

"所以，幼安兄只是猜测？"

辛弃疾点点头，低头饮茶，申屠襄旗悄悄松了一口气。

"如此说来，那艘市舶司的船真应该好好地查一查了……"申屠襄旗意味深长地说。

辛弃疾欣喜地看了俞不亮一眼，说道："不亮兄，我说什么来着，申屠是聪明人，一点就通。"俞不亮也很高兴，适时向申屠襄旗送上几句奉承的辞藻。

申屠襄旗连忙摆手,豁达道:"兄弟之间说这个就见外了。幼安兄,你放心,我现在就派遣人手搜遍常州辖内所有水路,就不信揪不出它来!"

辛弃疾欣喜地合掌,随即又意识到了什么,问道:"申屠兄弟只是派遣人手吗?为兄的意思是,想一起去。"

申屠襄旗伸手抚在辛弃疾的背上,示意他不必如此紧张,说道:"幼安兄这又说见外的话了。只是找一条船而已,兄弟我好歹是个水路巡检都头,又何须劳驾幼安兄亲自出马?"

"这怎么是见外呢?这件事非同小可,为兄不想敷衍对付。"

申屠襄旗顿了顿,摆出一副恼丧的表情:"幼安兄是在责怪兄弟敷衍了事了?幼安兄,申屠已经不是以前天天跟在你屁股后面的申屠了,难道在你眼里,我还是一个乳臭未干的黄毛小子吗?"

"申屠……"辛弃疾一时哑口无言。

还好申屠襄旗也不是真的生气,马上又换了脸色,说道:"我就知道幼安兄不会瞧不起我的。这件事交给我,你就把心揣肚子里吧。"

"那我们闲着也是闲着,不如……"辛弃疾想说不如随行搜查,申屠襄旗却抢着说:"不如我们去孟河上的花舫里听曲吃酒如何?"

辛弃疾听罢连忙摇头,解释道:"要事在身,岂可寻欢作乐?"

"幼安兄。我派出去查船的人很多,多你们几个不多,少你们几个也不少。况且,别看我派出去的只是一般兵卒,你虽是叱咤江北的常胜将军,但在常州的地界上还不一定有他们厉害呢。强龙再强也强不过地头蛇,咱们就放心地去吃酒吧。"

辛弃疾还是不依,说道:"实不相瞒,为兄还有另外几个同僚也在调查此事,如果我撇下他们同你去吃酒,那……"

申屠襄旗知道辛弃疾是真的不想去,但他今日非要将辛弃疾拉上花舫不可。"幼安兄,你不必多说了。你我兄弟一场,我请你吃酒是情理之中,你却用各种借口百般推辞……没错,我申屠襄旗以前确实年少轻狂,没谱了一些,但我已经不是从前的我了,幼安兄就是不愿意相信?也许在你眼里我永远是那个捉弄先生、刁难同窗的小顽童……"

申屠襄旗似乎相当动情,连声音也颤抖起来:"既然如此,那申屠就陪幼安兄及几位同僚一起去搜船,一来好教幼安兄放心,二来也请幼安兄当面指正常州水路巡检的短板和不足。幼安兄,请……"说罢,他郑重其事地摆出邀请的姿势,像是下级面对上级巡视那般恭敬,这让辛弃疾心里很不是滋味。

"申屠,你知道为兄不是这个意思……我如果不相信你,又为什么要来找你呢?"这会儿,轮到辛弃疾抚着申屠的肩膀解释安慰了。

申屠襄旗故意摆出小时候赌气的姿态,将脸别到一旁去。他知道,辛弃疾是个重情重义的大丈夫,最不愿看到的就是兄弟之间有误会。

反观辛弃疾,他想的却是这位比自己小两岁的申屠虽为常州水路巡检都头,却也是个刚及弱冠的少年,他对自己肯定是一片赤诚,绝无算计之意,所以才会因此而生气。想到这,辛弃疾又有些心疼这位眼眶发红的贤弟了——申屠襄旗和他一样,都是祖籍山东的名门望族，奈何宋金交战致使家破人亡。好在申屠父亲在战死前就归正了临安朝廷，所以他才有幸恩荫常州巡检司的官职。恩荫官职多是虚职，他凭自己的才干一步一步坐到了都头这个职位，想必也是付出了许多辛劳与酸楚的，自己刚才确实有些小看了他才说要随行搜查，伤了他的心。

"申屠，早就听闻孟河一带风景如画，更有劈石、膳面等美石美食，为兄早已心向往之。今日既然申屠贤弟诚邀，不妨去见识一番吧。"辛弃疾妥协了。

申屠襄旗像是计谋得逞，开心地看着辛弃疾，说道："幼安兄当真？"

"当真。"

"我就说幼安兄不会如此不近人情。弟请兄放心，待我们吃完了酒，我的下属肯定找到了那艘市舶司的船。"

"申屠既然开口，肯定无须为兄劳神了。只是，吃酒可以，花舫就不必上了。"

"那就我们兄弟几人挑一艘合适的游船，只请一位歌姬奏唱助兴，如何？"

辛弃疾不好再推辞，只好勉强答应下来。

二人商定后，便驱马往孟河而去。俞不亮领了辛弃疾的交代，前去与齐见贤等人接头，而后一起也来到了孟河。

游船之上，申屠襄旗与辛弃疾等人围坐在一桌上，无论是像俞不亮这样元老般的人物，还是齐见贤这样一口酒十句话的讨嫌之人，申屠襄旗都恭恭敬敬地敬上一杯，给足了辛弃疾这位大哥的面子。

虽说是申屠襄旗做东，但他全程只顾着吃酒听曲，偶尔和辛弃疾耳语两句。反倒是齐见贤成了船上最活跃的人，他一会儿评诗论词，一会儿又针砭时弊，好像今日酒桌上的主角不是申屠襄旗和辛弃疾，而是他齐见贤。不过辛弃疾和申屠襄旗并不介意，他们各怀心事，在众人风卷残云、高谈阔论中，能够安然自处，何乐而不为？

酒过三巡，齐见贤又开始评论当今天下诗才词学谁人第一，谁人第二的话题了。这种争论其实永远没有定论，但在文人圈中却频频出现。

"当代陆务观的才情，窃以为不仅是南渡第一而已，而是有宋以来第一也！"齐见贤呷了一口酒，高声发表自己的意见。桌上的几人，除了辛弃疾以外，其余人皆是一辈子行伍，哪里懂什么诗词？辛弃疾想，酒饭吃得差不多了，齐见贤的话题也该消停了。再让齐见贤发挥下去，他何时才舍得下船？

"这个观点我不敢苟同，众人皆说东坡先生乃有宋以来第一全才，诗词造诣更是登峰造极。不知齐相风说陆务观第一，有何依据？"酒桌上的人见辛弃疾搭腔，都打起精神，兴致勃勃地看着齐见贤接下来要怎么说。

齐见贤清了清嗓子，说道："务观的诗词里处处都是家国大义，虽说东坡和务观诗词中均有不如意之'忧'，但务观更多的是忧于国家，忧于民族，而并非只是他一人之荣辱起伏而已。当下，百姓应当多读务观的诗词，巩固爱国之情操也！"

辛弃疾不禁点头赞同，这个齐见贤虽然嘴上功夫了得，但这句话却说到他的心坎里去了："其实辛某也甚是欣赏陆务观的诗词才情,从他的诗词中我也洞见他是一位爱国忠良,日后若是有机会,一定要拜访结交之。"

齐见贤知道,以辛弃疾现在的官职和地位,结交陆游并非难事,于是说道:"待到那日,还请掌书记携我引荐,见贤感激不尽。"

"齐相风的请求自然不在话下。"辛弃疾话锋一转,"呀,我突然想起李囡儿姑娘此时应该还守在那艘小小乌篷船里等着我们吧?"

"哎呀,齐某该死,竟为了吃酒把囡儿给落下了,日后还谈什么相敬如宾?掌书记,我们快下船吧。"

辛弃疾满意地点了点头,而后看向申屠襄旗,说道:"申屠,今日这顿饭是为兄在运河上吃得最妥帖的一顿了。现在酒足饭饱,应当干正事去了,不知贤弟意下如何?"

申屠襄旗正欲挽留,下属突然跑进厢房在他耳边低语了几句,申屠襄旗说道:"幼安兄,属下来报,有一队巡检发现了市舶司的那艘船,就在孟河下游,我们离得并不远,不妨驶过去看看?"

辛弃疾喜出望外,而后又谨慎地说道:"那艘市舶司货船戒备森严,还请贤弟多遣些人手过去。"

申屠襄旗似乎早有此打算,叫来属下吩咐了一番,而后那位下属也不知道发了什么信号,周遭的水路巡检公船纷纷向下游集结。辛弃疾偷瞥着申屠襄旗运筹帷幄的样子,心中满是欣赏。

那艘市舶司的货船此时正停靠在木材市场的码头。木材市场位于水上,此时有许多客商在此交割,他们将木材钉在一起,成为一架架木筏,而后将它们首尾相连,变成了形似长蛇的超长木筏。这些客商以木筏为船，买卖木材亦相当于买卖木筏。一直待在北方的辛弃疾虽从未见过如此新鲜的场面，但他根本新奇不起来，因为市舶司货船的周围都被木筏挡住了，船只根本无法靠近。

不过，辛弃疾的担忧马上就烟消云散了。那些打头的水路巡检船停靠在木筏附近，而后一个个穿着公服的巡检纷纷跳上木筏，朝市舶司那艘安若泰山的货船奔袭而去。辛弃疾见此情形，吩咐船夫快些靠岸，自己也迫不及待地跳上木筏，跟跟跄跄地站稳，而后以最快的速度奔向市舶司货船。

身后的俞不亮不由得为辛弃疾捏了一把汗，在他眼中，幼安从小就是个狠人，本以为长大之后能有所收敛，不料却越发天不怕地不怕。几个时辰前刚在丹阳县溺过水，这会儿连身上的衣裳都没有干透，依然敢学着水性极好的巡检们往木筏上跳。不过，在辛弃疾之后，申屠襄旗、齐见贤和猫耳也都一并跳上了木筏。俞不亮还没反应过来，也被泰山一把推到了木筏上。

一行人赶到市舶司货船下，都等着辛弃疾和申屠襄旗发号施令。辛弃疾仰头看着巨大无比的货船，心中恍然——与周遭吵闹的声音相比，眼前的这艘船显得如此静谧。它岿然停靠在常州木材交易市场码头上，是那么格格不入，那么显眼独特，似乎它根本不应该出现在这里。而它偏偏出现在了这里，似乎是有意让辛弃疾发现的。

申屠襄旗朝辛弃疾投来征求意见的眼神，辛弃疾点点头，申屠襄旗便大手一挥，下属们嗖嗖地向船舷发射了数枚飞爪，而后几个矫健的身形快速攀上了货船。旋即，货船上放下三架绳梯，其中一架正好在辛弃疾面前。他没有二话，抓住绳梯就往上攀缘，其他人紧随其后也攀上了货船。

辛弃疾和申屠襄旗刚登上货船,第一批上船的巡检已经完成了初检,他们来到二人跟前表示:"启禀两位相公,这是一艘空船。"

辛弃疾推开面前的巡检,熟门熟路找到了货舱,发现货舱里的确空无一物,只有甲板上排列整齐的圆形油渍。曹举人和陀湛果然谨慎,一万斤石油不是说搬走就能搬走的,他们必然是一到常州就着手这项浩大的工程了。

辛弃疾双手撑在船沿上,搜索着目之所及的所有船只,似乎每一艘船在他眼里都那么可疑,似乎陀湛和曹举人正在其中的某一艘船上,幸灾乐祸地看着自己。

而事实上,陀湛和曹举人就在不远处望着辛弃疾,但他们不是在哪一艘船上,而是在成百上千的木筏之一上。只不过此时的他们已经全部更换了着装,看上去与贩卖木材的商贩没有区别。

在他们的木筏上,还佝偻着一个相对羸弱的身影,此人穿着破烂衣裳,手腕和膝盖都被牢牢地捆在木筏上,远远看去像是跪在木筏上给木材打蚂蟥钉的杂役。此人虽手脚都不能动弹,但仍然费劲地转动脖子望向辛弃疾一行人。此人想喊却喊不出来,因为口中被塞了一团棉布,一对黛眉紧紧蹙在一起,鹅蛋般光滑的额头上布满了汗珠。此人不是别人,正是范思凤。

"李囡儿!"曹举人叫骂道,"再敢扭头,我就把你的头拧下来!"

范思凤不情愿地回过头来,眼中充满了不甘和怨恨——若是辛弃疾他们不去游船上吃花酒,她范思凤就不会独自调查,反被对方擒住。

两个时辰之前，上岸采办租船的范思凤回到约定的码头，却见到俞不亮与齐见贤等人上了一艘游船。这艘游船到了孟河，又和另外一艘更大更华丽的游船会合，范思凤定眼一瞧，辛弃疾正和一位地方官员模样的人坐在一起听曲喝酒，看样子甚是陶醉。

范思凤心中陡然生起一团无名火。她原本以为，不近人情的辛弃疾只是要事在身，不苟言笑而已。不承想，他也不过是一个道貌岸然的伪君子，表面上神神秘秘的，其实只是装腔作势。明明说好了各自都有任务，没想到却和同伴躲在这里喝花酒。

范思凤气得狠狠跺了一脚，自己竟然为了救辛弃疾这个伪君子撑着捞尸船，冒着生命危险在惊涛骇浪中捞人。若是自己因此而落水，那真是世间最不值当的事了。她看着游船中的人各个春风满面，尤其是齐见贤，简直不要太如鱼得水。她回想昨晚与这些臭男人共处一船，心中泛起一阵恶心。好在现在看清他们的嘴脸，及时离开还不算太晚。

想到这，范思凤调转船头，狠狠地划了一桨，与辛弃疾等人乘坐的游船分道扬镳，径直往孟河中流去了。

说来也巧，范思凤漫无目的地在孟河上游荡，竟意外撞见了市舶司那艘货船。此时它正停靠在木材交易码头，显得异常醒目。范思凤心中大喜，心想，纵然没有辛弃疾、齐见贤你们的协助，本姑娘也照样能找到市舶司的船。

范思凤在悄悄靠近市舶司货船的时候，也在心中思量，自己之所以当初绑架一口钟会失败就是因为太优柔寡断，太想让一口钟认罪。现在想来，其实招不招供又有何意义？她范思凤不是官府也不是提刑司，只要能替父亲报仇就可以了。

船身重重地晃了一下，靠岸了，范思凤心里也有了主见——她要杀了曹举人，为父报仇，为民除害。

此时，在货舱已然空空如也的市舶司货船上，众人皆短衣长裤，打着绑腿，穿着蒲鞋。纵然是陀湛和曹举人，打扮和其他人也无二异，全然没有先前的富贵模样。

"曹举人，你口口声声说能安全抵达临安的，现在倒好，大家都成了贩木的商贾。陪你演戏也罢了，我那一百桶石油要如何过关？"陀湛的语气像是在骂孙子，壮圆几次都想替总舵主出头，但都被按下了。

"陀东家少安毋躁啊，那一百桶石油本舵主不都藏好了吗？您放心，这种过关方法我们五斗米帮会经常干，稳妥着呢！陀东家就把心揣到肚子里吧。"曹举人一脸谄媚地解释道。

"在镇江的时候，你就说可以借助市舶司的船一路顺利南下，不料才到常州就落魄至此。且不说能不能把石油运到临安吧，照这样下去，我的性命能不能保全都是问题了！"

"陀东家，这只是权宜之计。我已经遣人通报无锡帮友准备了另外的船，只要出了常州，我们肯定一路坦途。"曹举人把胸脯拍得梆梆响。

陀湛冷笑一声，将案几上的茶杯扫到甲板上，说道："别老是说些还没有发生的事情来唬我。"陀湛冷冷地看着曹举人，继续道，"我知道，你曹举人在运河上有飞天遁地的本领，而我身上又有你私通金人大都督李通的信件，其实你早就想拿回去了吧？要么趁我不备偷走，要么以各种理由不断削弱我的实力，最后凭本事硬抢！"

"你……"曹举人的心里话是,你怎么猜得这么准,但出口却是,"你怎么拿门缝看人,把人看扁了!"

"有吗?在扬州,我有一艘太平军的军船,到了镇江就换成了官船,如今在常州呢?只是几艘破木筏!继续下去会怎么样?曹舵主,我会不会尸沉运河啊?"陀湛语气冰冷,眼神阴鸷,瞧得曹举人寒毛直竖。但曹举人也不是吃素的,他不管陀湛出于什么目的说这些话,他选择以同样的神态盯着陀湛。在运河上,没有一个人可以威胁他,就算不是陀湛,而是大宋官家,也是决然不行的。

二人对峙了一盏茶的工夫,陀湛突然哈哈大笑起来。

"这些信!"陀湛从怀兜里掏出信件,在曹举人面前晃了晃,"这些信只是你写给李通示好信件中的九牛一毛而已,你不会真的以为我会把鸡蛋都放在一个篮子里吧?你曹举人既然是五斗米帮会的总舵主,自然是不痴不傻的,想要拿走我身上的信件也情有可原。但是!"陀湛眼神又凌厉起来,"你如果图谋不轨,让我们阇婆人的计划落空,那所有的信件都会出现在皇城司的案几之上!就凭那些信件,不光你曹举人死不痛快,拉上你九族一同陪葬也是绰绰有余的吧?"说罢,陀湛放声大笑起来。

曹举人依旧面不改色地伫立在陀湛的对面,但背上却热一阵,冷一阵。站在他身后的壮圆看得清清楚楚,总舵主的后背被冷汗浸了个透湿。

僵持了良久,曹举人才突然说道:"陀东家怕是想多了,我曹举人没有害你的心思,即使有,也不会去做。就像你说的,我好歹是五斗米帮会的总舵主,岂会傻痴到那个地步?我还是那句话,你就把心揣肚子里吧。"曹举人压低声音,故作神秘道,"常州水路巡检都头是我的人，别说一万斤石油了，就是十万斤、百万斤也照过不误！"

陀湛知道曹举人并不一定在吹法螺，他的确有这个能耐，但仍旧摆出一副不屑一顾的表情，淡淡地说道："我甚是期待，但愿曹舵主不要教我失望了。一个人失望透顶的时候，什么事都干得出来。"说罢，将信件塞回怀兜。

曹举人嘴唇翕动了几下，似乎在悄悄骂娘："陀东家，烦请你们先行转移到木筏上去，我和壮圆他们几人再检查一遍货船，以防留下蛛丝马迹。"

范思凤躲在暗处，听见了曹举人的话和陀湛等人下船的脚步声。少顷，整艘货船再次归于平静，范思凤只能隐隐听见曹举人和壮圆在舱外的嗡嗡对话声。

"总舵主，您真吞得下这份委屈？"壮圆义愤填膺地说，"就算那个阆婆蛮人陀湛现在就去告发您，那又怎么样？我们五斗米帮会经过这么多年的经营，早已在江北诸多地区扎下据点。既然被说成是叛国，那就叛得彻底一点！"

曹举人抡起手臂，朝壮圆那蛮肉横生的脸抡了过去，力道之大，让体壮如牛的壮圆踉跄了三四步才得以站定。

"壮圆你记住，我曹举人从来没有想过叛国，我所做的一切都是为了生意，为了大江南北诸多帮众的生活。如果我真的投奔了金人，且不说叛国与否，江南运河上诸多生意谁来照料？成百上千帮众的生活谁来保障？那些人，像你和一口钟之流的只占少数，更多的是力夫、杂役、赶梭人……他们上有老下有小，若是因为我曹举人的事受到牵连，叫我如何心安？欠他们的孽债，教我如何偿还？"

壮圆被曹举人的一个巴掌打清醒了，他低头认错道："小的知错了！朝廷南渡后，与金人连年战乱，运河漕纲不济，水贼肆虐，靠河而生的那些人没了活计，也没了生计，是总舵主您不怕金人、不怕贼人，带着兄弟们在运河上杀出了一条血路，才有了今日这般光景。总舵主若是叛国之辈、贪生怕死之徒，就不会……"

壮圆越说越动情，曹举人却捂住了他的嘴，并朝他使了个眼色，示意有人偷听。处理这种情况，对曹举人和壮圆来说已是家常便饭。二人默契地拉开距离，但嘴上却没闲着。

"狗嘴里吐不出象牙，再说本舵主坏话，我就宰了你。"

壮圆跪在甲板上，用哭腔说："小的不敢，小的不敢！"

"你这不知好歹的破落户，还不快滚！"

壮圆应声重重地踏着甲板，模拟出离开的脚步声，实则隐藏到了一根桅杆后面。从所藏的位置，壮圆可以清晰地看到甲板上的情况，若是有人图谋不轨，他可以趁其不备，轻松反制。

果然，刚才偷听的人判断甲板上只留下曹举人一人时，就悄悄现身了。

范思凤蹑手蹑脚地靠近，她以为神不知鬼不觉，其实这一切都被壮圆看在了眼里。在镇江的时候，壮圆和一口钟的手下一起去解救了一口钟，并捉拿了范思凤，所以此时他一眼就认出了对方。除了暗自觉得好笑以外，壮圆也心生佩服，这女子竟如此胆大坚韧，侥幸逃出生天，竟又自寻死路来了。

曹举人从脚步声也听出，对方应该是个胆量比武功更高的货色，索性对着江面伸了个懒腰，还打起了哈欠。范思凤见曹举人放松了警惕，亮出藏在袖子里的匕首，一个箭步冲了上去。不料，匕首刚准备刺下的时候,手却突然定住了,接着手肘的位置传来了一阵钻心的疼痛。

范思凤强行扭动手肘想要挣脱,但疼痛感却更加强烈了,疼得连匕首都握不住,掉到了甲板上。

"小娘子既然有能耐逃出去就不应该再回来,如果还要回来,不是傻,就是……瞧上了我们舵主?"

壮圆说话的时候靠得很近,范思凤能闻到他身上浓重的水腥味和口臭。她使劲扭了扭身子,但是无计可施。

"又是你?"曹举人不怀好意地打量着范思凤。

"舵主,这毒妇一而再地想谋害帮会,不如将她五花大绑丢进运河喂鱼!"说罢,壮圆控制范思凤的双手使了使劲,她疼得瘫软在地。

不过,曹举人却摆摆手拒绝了壮圆的建议。他觉得这个叫李囡儿的小娘子不简单,她不光有能耐绑架一口钟,还有能耐逃走。最厉害的是,她还有胆量来偷袭自己。曹举人身为五斗米帮会的总舵主,暗算、刺杀几乎伴随了他小半辈子,但从未见过这样的对手。

"五斗米帮会到底与你有何仇怨?能让你宁愿舍掉性命也要一次又一次作死?"

范思凤冷冷地盯着曹举人,突然啐了一口唾沫,直接啐在了对方的鼻尖上。曹举人双眼盯着那团白白的液体,盯成了斗鸡眼。壮圆看着曹举人气傻的样子,呼呼地扇了范思凤两个巴掌。范思凤只觉口中一阵腥咸,呛出一口血来。

"舵主,此女留着也是祸害,我这就把她丢进运河!"

"慢着!"曹举人睥睨着范思凤,抓起她的手臂,轻轻揩去自己鼻尖上的唾沫，"这般如花似玉的姑娘竟然不怕死，但总该有怕的东西吧？怕不怕男人啊？"曹举人凑近范思凤耳边用极其暧昧的口吻挑逗道。

"啧啧，壮圆，你看看她看本舵主的眼神，憎恨中带着害怕。害怕就对了，她如果不愿意坦白刺杀我的意图，那我们就让她害怕一回。壮圆，此去临安还有多少水程啊？"

壮圆心眼直，一时间没有反应过来，认认真真掐着手指算了起来。没等他算完，曹举人又说道："哎，不管还有多少水程，这么多大男人在一艘船上，总归还是无趣了些。有了这位姑娘，我想她能做一些让大家都开心的事情……"

壮圆知晓了曹举人的用意，右手婆娑着下巴粗粝的胡楂，猥琐地笑道："舵主所言极是，让这般如花似玉的姑娘伺候，没有一个兄弟会嫌弃的。"

在二人色眯眯的注视下，范思凤终于忍不住尖叫了起来："你们敢！我可是官府中人，与我同行来常州的可都是军中贵人。你们若是敢动我分毫，他们绝对不会放过你们的。"

"哦？军中贵人？"曹举人眼睛滴溜溜转了一圈，"我曹某人在运河上讨生活，素来有两种人不敢惹，一是军人，二是闲汉。闲汉嘻嘻哈哈看不见真心，军人见惯了生死无所畏惧。其实曹某人不光不敢惹军人，还处处与他们交好。姑娘且说贵军番号，千万不要大水冲了龙王庙呀！"

曹举人的态度相当诚恳，说得壮圆差点就信了。但他相当清楚，曹举人没有不敢惹的人，也不曾与哪支军队交好。

可这番话却骗了范思凤，她神态渐渐放松下来，回想着在捞尸船上众人交谈的内容，而后一本正经地说道："说出来怕吓死你们！与我同行者乃太平军诸军官，领头的是掌书记辛弃疾是也，曹舵主有没有印象啊？"

辛弃疾三个字钻进曹举人的耳朵，丹阳闸务上船检查的画面突然闪现在眼前。他一直觉得闯入货舱的那位衙卒在哪里见过，现在他想起来了，就是辛弃疾！去年金主完颜亮大举南侵之际，江北诸军伤亡惨重，曹举人借机向诸军倒卖过一批金疮药，其中就有太平军。在买卖交割的时候，他远远地见过辛弃疾一面。

陀湛昨日曾跟他说起过，已经将对方的船砸漏了，而范思凤又说自己和他们一道来了常州。看来这帮人的能耐确实不小。

"哎呀，是掌书记辛大人，他们现在何处？若是与我同在常州，岂能不拜访乎？"曹举人合掌算计着，如果辛弃疾他们也来到了常州，说明他们的目标就是自己，以及那一万斤石油。

"他们……"范思凤想到辛弃疾几人正在游船上喝花酒，心中不免再次恼然，"他们正在寻我呢，还不快把我放了。"

曹举人哈哈大笑起来："你也不知道他们在哪里吧？曹某人斗胆猜一猜，他们是不是在找我？"

"知道就好，还不快把我放……"范思凤突然发现，说完话的曹举人已经换了表情，一脸的凶狠。

"把你放了？我怎么舍得把你放了呢……我还指望着利用你，和太平军掌书记会一会呢！"

曹举人阴鸷地看着水面，冷冷道："既然他盯上了我曹举人，迟早是要打照面的。宜早不宜迟，不管他辛弃疾扛着什么大旗，打的什么由头，都不能坏了我的事！"

第八章
二月初九，丙午（下）

二月初九的临安，风是杨柳风，水是桃花水，似乎这里是暖融融的春日气息最先抵达的地方。同样是泛舟，运河上的人是为了讨生活，而西湖上的人却是为了游玩。

西湖，是这个偏安之都最有名的销金窟，无论是春夏秋冬还是风晴雨雪，湖面和二堤之上最不稀奇的就是游船和游人。苏堤春晓、曲院风荷、平湖秋月、断桥残雪……西湖每个季节都有她独特的美，让喜新厌旧的文人和附庸风雅的俗人都趋之若鹜。

陆游从涌金门出，来到西湖边，一路上好些个他认识或不认识的人与他打招呼。绍兴三十二年入春之后，他的诗词就像是肆意生长的野草一般在临安蔓延开来，传播开去。有好友不止一次打趣他，其诗词传唱度如此之高，应该要感谢那些妙音歌姬，尤其要感谢当下临安城第一歌姬眉珠姑娘。这样的观点陆游虽然不敢苟同，但也从不反驳。歌姬纵然有些功劳，但主要还是因为自打进入绍兴三十二年，大家的心气和心态跟以前相比有了很大的变化。

金主完颜亮大举南侵，豪言渡江。江北诸军奋起抵抗，战绩傲人。金军失去信心，又遇完颜雍发动政变，完颜亮更是横死扬州，南侵的金人溃不成军。接着，官家御驾亲征，一路北上，督军建康府。江北诸军士气大振，战事更是连战连捷，甚至连西京洛阳也被收复了。

仿佛在一夜之间，上至文武大臣，下至平民百姓，融入血液的恐金症突然就被治好了。对于大宋的未来，没有一个人不踌躇满志、心怀高远。而在这样的氛围下，陆游写的"孤灯耿霜夕，穷山读兵书。平生万里心，执戈王前驱"不再是文人夸夸其谈的自我标榜；"秋风坠桐叶，新霜犯貂裘。君听马蹄声，中有千里愁"不再是书生的无痛呻吟；"悬知寒食朝陵使，驿路梨花处处开"不再是不着边际的幻想；"传闻贼弃两京走，列城争为朝廷守。从今父子见太平，花前饮水勿饮酒"不再是只会在梦境中出现的喜悦……

仿佛在一夜之间，陆游的诗词突然就被大家读懂了。突然有了许多知音，陆游自然是开心的，不过他最开心的是，收获了眉珠这样的知音。

眉珠，满足了他对知音的一切幻想。上次给陆游这样幻想的人是唐婉，他以为在唐婉之后，余生再也不会遇到那样炙热的眼神和那样真诚的仰望了。陆游真切地感觉到，自己如两鬓般枯朽的内心重新焕发蓬勃向上的力量，和这个春天里的万物一样，勃然生发。

所以，当正在旬休的陆游收到眉珠相约游湖的消息后，就满口答应了下来。这之后，他竟破天荒地开始思考自己的着装。思前想后，陆游最终拿定羽扇纶巾、白袍革履这身打扮，既有魏晋遗风，又有时兴潮流，自认为相当得体。陆游在西湖边的柳树下徐徐而行，边逛边等眉珠，突然自嘲似的笑了起来。眉珠是南洋女子，刚来临安不久，又怎么会知道士大夫间流行的穿着打扮样式？

也许在她的眼里，衣就是衣，裳就是裳，并没有那么多的讲究。

想到这，陆游便放松了下来。一放松下来，时间好像快了起来。不消一会儿工夫，杨柳岸就漂来了一艘游船。船帘轻轻抖了一下，眉珠露出了半张娇羞的脸。

"妾身失礼，教陆相公好等。"眉珠声音婉转动人，表情也含苞待放似的，陆游的心花先开了。

"本就离约定的时间尚早，陆某只是先到，姑娘有何失礼？"

二人打了招呼，船夫就泊好了船。陆游潇洒撩开前裾，从容地踏上甲板，撩开船帘，走进舱室。舱室中间摆着一张小方桌，桌上摆放着各类茶点和时下盛开的花朵，眉珠就坐在右侧靠窗的位置。在对门的主位上，已经摆上了一盏点好的茶，不必说，这自然是陆游的位置。

"在下赴眉珠女史邀约，理应坐在客位，岂能忝坐主位？"陆游客气地称呼眉珠为女史，并非虚假，而是心中确实对她非常尊重。

眉珠伸出纤纤玉手，做了一个请的手势，只是说："妾身乐意。"

陆游以为眉珠会说一些客套话，没想到只有这四个字，热情中带着些许俏皮，像是关起门来相互打趣的夫妻。陆游又惊又喜，支支吾吾不知道说什么，只好把那杯点茶挪到眉珠对面同样靠窗的位置，而后坐下。

"既然无主客之分，眉珠女史又是小可的体己知音，就应该相对而坐。"陆游说着便坐到了眉珠对面，一时二人四目相对，气氛暧昧。船缓缓划向湖心，陆游借着端杯喝茶的机会欣赏着对面的美娇娘。春风从窗子里溜进来，轻轻抚动着眉珠的发梢，精致的小盘髻上插着得体的美玉琉璃,一支显眼的桃花架在玲珑雪耳之上,与脸上的妆容相得益彰,真是人面桃花相映红。

陆游看得痴了,全然不知一杯茶早已呷完。

"陆相公这杯茶吃得好久。"眉珠含笑点茶,娇羞地提醒陆游。

陆游顿觉失礼,放下茶杯,胡乱抓了块茶点塞进嘴里,不料却是朵含苞待放的花蕾。陆游这才发现,小方桌上的桃花酥、杏花膏、杜鹃饼、梨花糖……这些糕点的盘子里也都以相应的花朵点缀,相当考究。陆游尴尬地咂了咂嘴,这才发觉口中的茶香似曾相识。

"这茶是绍兴的瑞龙茶?"

眉珠轻轻颔首,说道:"妾身听闻陆相公是绍兴人,所以伺候相公用家乡茶,想必会更称口一些。"

眉珠又为陆游点了一杯瑞龙茶,这一杯陆游不再心猿意马,而是慢慢品鉴,果然是极品瑞龙。"没想到眉珠姑娘如此懂茶,这极品瑞龙我有好些年没吃到了。即使在本家,也是难得一见的佳茗。眉珠,你是何处得来的?"

前几日,有一位绍兴茶商来到庆和楼听曲,喜出望外欲打赏眉珠。眉珠得知对方的身份后,特意讨要了三两极品瑞龙。但眉珠并不打算把这段故事告诉陆游,只是说道:"相逢莫相问,这茶和妾身一样都需要知心者来品。相公是知心者,所以它就来到了你的身边。"说罢,眉珠又递了一杯茶过来,而后开始为陆游抚琴。

眉珠的话一语双关,陆游不可能听不懂,只是他极力隐忍,才没有将内心的狂喜迸发出来。

在悠扬的琴声中，陆游还在回味眉珠方才的那句话，对面却传来一声轻轻的叹息声。陆游投过目光，只见眉珠眉眼低垂，玉指拨动琴弦，似乎略有心事。

"物是心非事事非，抬眼低眉。抬眼低眉，指上无声泪先垂。在下从姑娘的琴声中似乎听出了不安之意？"

眉珠抚琴的手突然顿住，而后又叹了一口气看向窗外："眉珠只是在思念故土旧人罢了，扫了相公雅兴实属不该。"

陆游关切地说道："你我既以知音知己互称，就不必在我面前掩饰。眉珠，你有何难处，尽管与我道来，在下乐意替你分忧解难。"

眉珠回过头来，含情脉脉地看着陆游，而后朱唇轻启："其实也没什么难事，妾身不敢劳烦相公。"

"哪里的话！"陆游急了，"眉珠你莫不是嫌弃我陆某人人微言轻，帮不上你的忙？"

眉珠慌忙说："相公误解了妾身的意思，只是……"

"没有只是，既然是误解，那眉珠只管说来便是……我以为知心是可以交心的，陆某人难道误解了知心二字的定义？"

眉珠蹙起蛾眉，面露难色道："既然如此，那妾身就实话实说了。相公也知道，临安城二月中旬要办一场运河灯会，据说是为了迎接凯旋的官家和王师。妾身有幸入了教坊司的法眼，在花舫上争取到了一席之地，奈何承办此次灯会的临安府说妾身没有保人，准备将妾身从演奏名录上撤下来。"

"眉珠你音容俱佳，官家一定会龙颜大悦的。临安府这么做是何道理啊？"陆游愤愤不平，也不能确定是不是与他发生过口角的礼部员外郎之流干的好事。

"临安府说眉珠是南洋人,又初来乍到,难以信赖。"

听眉珠这么说,陆游就明白过来了。教坊司负责选贤择良,只站在技艺的层面上筛选。而临安府是运河花灯的承办衙门,相比较安全、稳妥的需求,技艺的高低倒显得没那么重要了。

"若眉珠姑娘上不了今年运河灯会的花舫,那运河之上即便再流光溢彩也会失色不少。这样,我陆某人去临安府替姑娘说情,做姑娘的担保人!"陆游信誓旦旦地说。

但眉珠却没有高兴起来,摇头说道:"临安府说,除非有皇城司的保荐,否则谁说情也没有用。"

陆游思忖片刻,觉得临安府的要求也并非无理取闹。运河灯会是为了迎接官家而举办的,既然官家莅临,那官家的安危就高过九天。临安府如此小心行事也的确在情理之中。

"相公,你可有熟悉的皇城司内要员?"低头酝酿了很久的眉珠突然问道。

陆游思忖了片刻,回复道:"有倒是有,却并不熟稔。但如果能帮助眉珠获得皇城司的保荐,那在下愿意硬着头皮替你牵线。"

眉珠眼神里恢复了一丝光芒:"陆相公与谁相识?"

陆游认真地思忖着,而后说道:"既然是替眉珠姑娘找保荐人,那就找一位分量最大的。"陆游本不是一个喜欢攀龙附凤之人,但为了眉珠姑娘他愿意努力一把。

眉珠不动声色地呷着茶,眼睛时不时瞥向陆游不断敲击桌面的手指。她能看出来,找一位皇城司的保荐人对陆游来说是一件为难的事。

"眉珠，在下既然答应帮你，你就不必担心了。"陆游用温柔的声音安慰眉珠，眉珠缓了缓神，看向陆游成熟的眉宇，心里为之一动。眉珠为陆游心动过两次，一次是初读陆游诗时，还有一次是初见陆游容貌时。不管是诗词还是容貌，好像只要冠上了陆游的名号，一切都变得大义凛然，气魄冲腾。

从小在阴暗压迫的环境下成长的眉珠，就喜欢陆游身上那一股正义光明的力量。

眉珠起身向陆游道了个万福："那就有劳陆相公了。"话还没说完，游船突如其来的颠簸让眉珠扑向窗外，陆游一脚踩在小方桌上，前倾搂住了眉珠的腰往回拉。陆游脚下打滑，搂着眉珠摔在了甲板上，桌翻花洒，桃花、杏花、梨花纷纷如雨点般落在二人身上。

二人在花雨中对视，其实只有几个弹指的工夫，陆游和眉珠却都觉得时间长得可以看透一生一世。陆游能嗅到眉珠身上独特的胭脂水粉香味，眉珠能感受到陆游逐渐炙热的气息。直到这股气息炙热到眉珠难以忍受，她才幡然觉醒，从陆游的身上爬了起来。

二人自顾自整理衣裳和头发，偶尔偷瞄对方，竟是四目相对。陆游将近不惑的年纪，家中也已儿女成群，这种意外他当然可以泰然处之。反观眉珠就没有那么从容了，她小脸涨得通红，一对杏眼无所适从地飘忽不定，就连手上的动作也不太利索，精致的小盘髻越理越乱。

"眉珠，在下并非轻薄浮浪之人，只是……我此时若把心中所想都与你说，只怕你会觉得我陆某人是顺水推舟、火上浇油，乘机博取姑娘的好感。但不说我又憋得慌——小可仰慕姑娘才艺，更欢喜姑娘的一颦一笑，然小可乃圣人门徒，业已远远年长于姑娘，自然没有秦晋朱陈之奢望。只想日后常与姑娘谈诗论曲，还望姑娘不要嫌弃才是。"

眉珠一颗心听得怦怦直跳。若是陆游随便解释几句倒也没事，没想到他竟然如此坦荡，既表达了自己的欲望，又克制了自己的欲望。这样的男子眉珠又何曾遇见过？又怎能不心动呢？

眉珠正沉浸在自己的思绪中无法自拔之际，陆游又说话了："眉珠，刚才是在下不好，吓着了你。今日你我若继续同处一船恐怕都难以冷静，请允许陆某人先下船拜访皇城司，姑娘的事在下最迟明日与你回复。"说罢，便盼咐船家靠岸，而后叉手道别。

眉珠深知不好再挽留陆游，若是今日留他在船上，自己也会与他一样，情不自禁地说一些心里话。

眉珠看着陆游上岸后款款独行的背影，心中充满了不舍和敬仰。从内心来说，眉珠不想让陆游为难，但是为了顺利完成韦铎王子交代的任务，她不得不这么做。

到临安的这些日子里，眉珠接触了许许多多达官显贵，他们的地位和影响力不是陆游可比拟的。但他们接近眉珠只是为了一些难登大雅之堂的诉求，更别说有什么真心为她这个南洋歌姬鞍前马后了。陆游就不一样了，虽然官阶不高，但能听懂她的曲子，而且名声甚大，诗词才情被称为当世第一。

眉珠在心里告诉自己，既然已经选定了陆游来做这件事，就不要踌躇难舍。与高山流水相比，眼下决定自己生死的任务才是最重要的。

想到这，眉珠再次看向水光潋滟的西湖，不知这般自由自在的光景还能持续多久。眉珠与外人介绍都说自己是大食国人，但其实她人生大部分时间都在阇婆国度过。她的祖父是哈迪巴巴，父亲也同样是一位传教士。在祖父东渡之后，她的父亲带着她也开启了东渡之旅。不承想，父女二人刚刚来到阇婆国，父亲就生了疟疾，最终命丧他乡。那时候眉珠只有五岁，无人可靠也无技谋生，自然而然陷入社会最底层，沦为奴籍。

好在陀湛的父亲收养了她，并教授她琴技歌艺。陀湛的父亲虽然是个路岐人，但陀湛从小就喜好读书，长大后成了王子韦铎的幕僚。而眉珠作为王府的歌姬也成了陀湛一家讨好韦铎的筹码。

来临安之后，韦铎曾经许诺眉珠，待她任务完成后便还其自由身，无论是在临安做一名歌姬还是回阇婆国享受荣华富贵，任凭她选择。眉珠不想要什么荣华富贵，她现在心里只有一个念头，那就是尽早完成任务，而后自己就可以长长久久地留在大宋，留在临安，留在陆游身边了。

没了陆游的陪伴，眉珠也没了游湖的兴致。她高声道："船家，划得快一点。"

与此同时，木材商贩打扮的陀湛皱着眉头也向撑船的弟兄们吩咐道："划得快一点！"前方就是正成闸了，是江南运河常州段最后一个闸口了。若是能顺利通过正成闸，按照曹举人说的，那便是一片坦途。不过现在陀湛还不敢想坦途的事，毕竟这样的念想已经落空过一次了。当下，陀湛最关心的是，能否像曹举人说的那样顺利过闸。

正成闸是一个复合闸。所谓复合闸，即拥有上下游双闸口，而且闸口之间的距离很长，可以同时容纳五艘万料大船。之所以这么设计，是因为常州到无锡段运河水位落差较大，采用复合闸可以调节水位来衔接上下游水位差，实现船只平稳过渡。但是，从过船的速度来看，正成闸对船只的查验似乎比陀湛过的任何一个闸都要较真，上游闸每次打开和关闭，都要花费半个时辰的时间。

陀湛莫名地紧张起来，他低头看向脚下略显笨拙的木筏，从木筏的缝隙中能看见整整齐齐排列在木筏下面的石油桶，若是闸务要上伐查验，那保准就是一个死。

在紧张的等待中，木筏缓缓驶入了正成闸查验区域。上下游双闸之间的距离很长，足以容纳陀湛的超长木筏。上游闸关闭后，闸务们似乎并无特殊关照之意，照例查验了文牒之后便要上筏。所有人的心都提到了嗓子眼，纷纷捏起了拳头准备硬闯。千钧一发之际，岸上突然传来一阵急促的马蹄声，一队身着青兰公服的人疾驰而至。

年轻的领头人翻身下马，走到几个闸务面前厉声斥责了几句，闸务便低下头一个劲地认错。陀湛竖起耳朵，隐约听见："王师抵达临安之日会有隆重的灯会，那些木材都是运往临安准备在运河两岸搭建彩楼用的，要是延误了工期，你们有几个脑袋赎罪？"

岸上的闸务们一个劲地点头，而后一位接着一位传递着旗语，几个弹指之后，下游闸竟然打开了。查验区内的水流突然快了起来，带动木筏向下游而去。陀湛站在木筏上，远眺那位年轻的头领，心想这就是曹举人口中的自己人吧。陀湛注视着他，意味深长地朝他颔首示意。对方看见了陀湛的动作，别过脸去，有意疏离。

陀湛也不在意，将心思重新收回。木筏快速驶过下游闸，木筏下一个个石油桶互相撞击着,发出沉闷的咚咚声。"篙撑的用力一些,稳住木筏!若是桶破油漏,我们就全完了!"

好在那些油桶在藏于木筏下之前,都用藤条重新箍过,并未发生漏油的意外。所有木筏都顺利通过了下游闸,陀湛这才松了一口气。既然能顺利过闸,那曹举人所说的一路坦途又变得可以相信了。

从空空如也的市舶司货船下来之后,辛弃疾等人来到常州最大的一家船只租赁行。他们行动之前与范思凤分了工,吩咐其来此租船。但他们来到租赁行后不但没有看见范思凤,说清楚来意后,竟被气势汹汹的伙计们围了起来。

"你们来得正好,说吧,怎么赔偿?若是价钱公道,我就网开一面不去报官了。若是跟我打马虎眼,小心你们竖着进来,横着出去!"为首的人虎背熊腰,面生横肉,手上拿着一把伐木斧子,看样子就不是个善茬。

俞不亮、泰山等人纷纷做戒备状,齐见贤只顾着逼问范思凤的情况。辛弃疾意识到双方的话头都对不到一起去,个中必有缘由。

"这位大哥先别急,齐见贤你也闭嘴!照掌柜的意思,李囡儿确实来贵行租了一艘船?"

虎背熊腰的船行老大将租赁记录本丢到辛弃疾面前。"你自己瞧,上面是不是清清楚楚写了李囡儿的名字?"辛弃疾翻看了几页,便找到李囡儿借船的记录,上面不光有李囡儿的签名,还有船型、期限和租金。

"这么说李姑娘已经租了你家的船,那方才大哥所说的赔偿又是什么意思？"

"什么意思？你们不要在某家面前揣着明白装糊涂！你看看这是什么！"老大说罢，丢了一块木板给辛弃疾。那是一块船板，上面的字虽不完整，但也能辨认出来"常州顺风船行——丁酉号"几个字。顺风船行就是辛弃疾来到的这家，丁酉号则是船号。船行多以十天干来标注船型，以十二地支来标注序号。辛弃疾在此确认了租赁记录本，李囡儿租赁的船只正是丁酉号。

"这是船行兄弟发现后送过来的。丁酉号租给了李囡儿就只剩下这样一块碎片，我不要你们赔偿，难道还要请你们吃酒吗？"

"那李囡儿呢？"

"她不会有事吧？"

齐见贤和辛弃疾一人一句，口气中尽显关切。

"某家也想知道李囡儿在哪呢，若是让我先找到她，非得也让她像丁酉号一样，碎尸万段不可！"老大爱船如命，恨得咬牙切齿。

"也就是说，大哥既不知道李囡儿身处何处，也不清楚她是死是活？"辛弃疾追问道。

"哪那么多废话，李囡儿身处何处，是死是活与我何干？赔钱！"

"你这老大当得好没道理！"齐见贤叫嚣着，"我们只是问问，又没说不赔你钱！你这般一点就炸的样子，让齐某人不禁怀疑，是不是丁酉号这艘船本就是一艘破船，还因此害了我家囡儿的性命？"

齐见贤的话语戳中了这些江湖人的神经。

"狗东西敢在某家船行里乱哄哄，给我打死这些赤佬！"虎背熊腰的老大带着一帮兄弟骂骂咧咧地围了上来。

辛弃疾赶忙安抚道:"多少钱,我们赔了就是。都是运河上漂的,船头不见船尾见,不要伤了和气。"

"你要跳出来当葱头是不是?好啊,丁酉号值五百两,拿得出来今天就饶你们性命!"

船行的人这是明摆着要抢了,辛弃疾不想因为这件事耽误了大事,只想着尽快脱身。可他还没表态,齐见贤又跳出来说:"你们这些泼皮无赖,害了我家囡儿性命,还想再讹五百两钱财?也不看看我们是谁!"

"今天你就是天王老子,我也要剥你一层皮!"老大大手一挥,手下众人也不再含糊,纷纷动起手来。齐见贤见状大叫着躲到泰山的身后,泰山旋即为他挡下两拳三脚。

"泰山,谢谢你。"齐见贤从泰山腋下冒出脑袋致谢。

"我也谢谢你,谢谢你八辈祖宗!"说着将齐见贤的脑袋摁下,专心对付起船行的人来。

一开始,辛弃疾边格挡边解释,奈何对方已然气急,根本听不进去。这也惹恼了辛弃疾,索性手脚大开,把对方当靶子打了起来。俞不亮和泰山见掌书记认真起来,他们也不甘落后,拿出了上阵杀敌的劲头。半炷香工夫后,辛弃疾、俞不亮、泰山三个人把对方二十来号人打得人仰马翻,船行老大脸上也没有了刚才凶神恶煞的表情。

"你真要五百两?"辛弃疾见自己占了上风,也不居高临下,仍旧秉持着多一事不如少一事的态度。但这句话在船行老大看来并不谦逊,甚至充满了威胁之意。

"不，不要了。"

"那要多少？"辛弃疾继续追问。

"按照市价赔偿就……就行了。"

辛弃疾面露愠色，齐见贤适时从泰山身后跳出来，说道："原来刚才你说的不是市价，不能因为我们没有见到丁酉号长什么样就随意讹我们啊！行走江湖，靠的就是一个理字。有理走遍天下，无理寸步难行。你们无理在先，活该刚才挨一顿打……"

俞不亮朝泰山使了一个眼色，泰山无奈地摇了摇头，将齐见贤夹在腋下，捂住嘴，拉了回去。

辛弃疾欲上前继续与船行老大商量赔偿事宜，突然有个跑腿小厮举着一封信急急忙忙跑了进来，船行老大看见那封信的样式，脸上顿时像抽干了血那般煞白。

只见那封信封上写着"义气千秋"四个字，周围画有禾苗和量米斗的图案。齐见贤轻轻地嘀咕了一句："这是五斗米帮会的信帖！"

船行老大用颤抖的双手将信纸取出，而后抖开，汗珠便从额头上冒了出来，似乎刚才取的不是信纸，而是一张索命符。不过船行老大读完信件后却长长地舒了一口气，而后对着辛弃疾说："这信是给你们的。"

二月初九，丙午日黄昏时分。

辛弃疾手上拿着五斗米帮会的信，立在船头静看江枫渔火，内心却始终难以平静下来。五斗米帮会的信中说在天宁寺有一场谈判，而筹码就是失踪了半日的李囡儿。

唐人杜牧在《江南春》中写道：千里莺啼绿映红，水村山郭酒旗风。南朝四百八十寺,多少楼台烟雨中。在常州这片土地上,最有名的寺庙莫过于天宁寺,而曹举人将谈判地点选在这座古寺宝刹之内,不知是真慈悲还是假慈悲。

辛弃疾宁愿相信曹举人的用意是以和平的方式解决问题,所以他只带了齐见贤随行。当然,并不是因为齐见贤有什么过人之处,仅仅是因为他对李囡儿一片痴情,无论如何要跟来。

辛弃疾和齐见贤刚到山门,知客僧人便迎了上来,也不说话,只是笑笑往里引路。黄昏的天宁寺中梵音靡靡,大雄宝殿之内青灯熹微,应该是僧人们正在唱梵呗。辛弃疾不免松了一口气,他想,即使再残暴的人也不会在这样的地方刀剑相向吧?

知客僧人一路将二人引到香客厢房的小院落内才离开。小院落被五间房围着,只有东北角的房间亮着灯,里面应当就是曹举人。

二人推门而入,只见曹举人盘腿于榻上打坐,旁边侧卧着杂役穿着的人,齐见贤定眼一瞧,正是心心念念的李囡儿。

"囡儿!"齐见贤大叫一声,打破了周遭的宁静。李囡儿听见了齐见贤的呼唤,只是抬了一下眼皮又闭上了,可见已被五斗米帮会折磨得筋疲力尽了。

"二位官人怎么才来?"曹举人一边舒展筋骨,一边从榻上下来。

"你对囡儿做了什么?"齐见贤梗着脖子质问。

"官人放心,囡儿姑娘只是一日未喝水进食,又挨了几顿毒打而已,死不了。"

"囡儿……"

"辛相公!"曹举人打断了齐见贤的哀叫,眼神绕过齐见贤,径直看向辛弃疾,"太平军掌书记辛弃疾,不在江北收复失地,竟然出现在了运河上,某家可就想不通了。"说话间,曹举人恭敬地朝辛弃疾叉了一下手。

"曹舵主绑了个女眷藏在天宁寺,莫非是还俗的花和尚?"辛弃疾以居高临下的眼神看着曹举人。

"李囡儿这个筹码可是在我手上,辛相公好不客气!"曹举人骤然严肃起来。

辛弃疾指着李囡儿,毫不相让地说道:"曹舵主敢滥用私刑,好大的胆子!"

屋外冷不丁一声猫叫,二人四目相对,气氛越来越凝重。

"佛门清净之地,还是不要动粗了吧?曹舵主,你怎么才肯放回我家囡儿。"齐见贤问道。

曹举人渐渐和颜悦色起来:"还是这位官人通情达理,不过凭你可要不回李囡儿,要辛相公点头才可以。"

"什么条件,曹舵主又何必婆婆妈妈的。"辛弃疾问道。

"很简单,只要辛相公放弃追踪我,你们就能把李囡儿带回去。"

辛弃疾冷笑一声,说道:"不是放弃追踪你,是放弃追踪那·万斤延州石油吧!"

"辛相公既然知道某家的意图,那就说愿意还是不愿意吧?五斗米帮会在运河上做买卖,只喜欢吉利、顺利,只要辛相公不为难,就能救李囡儿。辛相公,救人一命胜造七级浮屠啊。"曹举人指了指窗外的佛塔,"某家也是在为辛相公积阴德啊。"

曹举人的话音刚落,齐见贤就迫不及待道:"好,我同意。掌书记,反正那些石油是运到平江府制墨用的,能有什么风险?"

"我不同意!如果是制墨用的,就不会三番五次躲着我们了。你别忘了,他们为了过京口闸杀了你的同僚!"辛弃疾转向曹举人,"曹举人,那些阇婆人所谋何事?"

"我不知道,某家只是收人钱财替人办事而已,其他的我一概不知。"

"好个一概不知!如果按照运河闸堰过关规范,别说几乎与王师同行,就是放在平时,一万斤石油也不是这么容易过关的吧?而你们为了过关使尽了手段,甚至不惜杀人!既然只是做买卖,为何选在通行条件如此严苛的节点?或者说,这一万斤石油为何非要现在运不可?"

辛弃疾的质问不偏不倚点在了关键处,似乎也点醒了曹举人。此前,陀湛只告诉他,石油的去处是临安,其他一概不说。迫于那些信件的威慑,曹举人没有过多询问,纵使有再多疑问也都烂在肚子里。

阇婆国,南洋的弹丸小岛,除了做买卖还能做什么?还敢做什么?阇婆自唐朝以来就认中土为宗主,在宗主的土地上,难道他们想拉屎撒尿不成?想到这,曹举人陡然想起镇江出发之前陀湛躲在房间里做的那场法事。说是法事也许有些不确切,因为它与宋人的法事全然不同。想要知道陀湛此行的目的,被供奉在中间牌位上的那串蚯蚓般的文字是关键。

曹举人手指轻轻地在裤子上划拉,好在还能记住那串蚯蚓的造型。不过,在弄清楚那段文字的意思之前,他必须像一条狗一样保护陀湛和那一万斤石油。他别无选择。

"辛相公,你就不要问了。不过我曹举人对天发誓,绝不会做对不起良心的事情。"

齐见贤急了:"曹舵主,你把一个柔弱女子折磨成那样,就对得起自己的良心吗?"

曹举人白了齐见贤一眼,依旧不想理会,只对辛弃疾说道:"既然辛相公难以苟同某家的建议,那某家也只好继续带着她了。若是路上辛相公又做了什么出格事体,某家也好有个筹码应付。"

齐见贤气得直哆嗦,却又无可奈何,就像是一只被逼到墙角、无路可逃的丧门犬。

"私通!"这个时候,一直处于半昏迷状态的范思凤突然说话,"曹举人私通金人,不要放过他!"范思凤在市舶司的船上偷听到了陀湛和曹举人的对话,大致知道陀湛有曹举人私通金人的证据,所以曹举人才会言听计从。范思凤觉得,不管事情真相到底是什么,曹举人和陀湛一行绝不是因为买卖。她强提起一口气提醒辛弃疾和齐相风,就是不想让曹举人全身而退。

"是了!延州如今已在金人的控制范围之内,若不私通金人,又怎么能拿到如此数量的石油!"齐见贤脱口而出。不过,买石油的是陀湛,曹举人只是负责押运,齐见贤的话不见得有多少逻辑。但当下这样的情形,逻辑已经是个奢侈的东西。从范思凤口中蹦出的"私通"二字,足以让在场所有人阵脚大乱,尤其是曹举人。

曹举人大喊一声:"壮圆!"床榻后的屏风处突然冒出一个又高又壮的汉子,那汉子二话不说抱起范思凤就跳到了窗外。

好在辛弃疾也留了后手,早已安排俞不亮、泰山、猫耳翻墙进入天宁寺,方才那声猫叫就是猫耳发出来的,代表他们已经在屋外就位。果不其然,壮圆一跳到外院,辛弃疾便听到了打斗的声音。

曹举人冷哼一声:"兵不厌诈,差点着了你们这些丘八的道!"

差点?莫非曹举人还留有后手!

辛弃疾刚反应过来,曹举人就一脚踹翻了屏风,跳进一个竹编箩筐,接着用力下拉一截麻绳,箩筐便猛地往上一弹,往屋外冲去。

在场的人这才看清楚,原来屋梁上有一根钢缆,延伸到窗外。辛弃疾等人快速跑到外院,刚好看见壮圆将范思凤高高地抛起,而后被曹举人接住,放进了箩筐。那箩筐悠悠晃了几晃,却是不停,继续往院墙而去。猫耳跳上院墙,看见月光下隐隐发亮的钢缆径直通向天宁寺外的运河,运河上还有一艘接应的船只,此时正明暗相间地闪着油灯的亮光,便叫了一声"不好"。

俞不亮猛地发力,跃上院墙,挥刀砍向钢缆。那钢缆极韧,又有曹举人和范思凤二人的体重绷着,将俞不亮的刀弹了回去,强大的反作用力险些让他摔下墙去。俞不亮继续蓄力,准备再砍,头上却被一颗石子打中。

"你休想砍断钢缆,害了我家囡儿的性命!"齐见贤又不知从哪找来一截木棍,蓄势待发瞄准俞不亮。

"齐见贤,看你相貌长得不赖,做起事情来倒像一条发情的公狗!怎么全无理智?"俞不亮气急败坏地骂道。

"像你们这般冷血的才不像人呢!别忘了,李囡儿可救过你们的命!"齐见贤红着眼睛反驳。

"李囡儿被曹举人掳了去也是凶多吉少……"

"不亮兄!"辛弃疾喊住俞不亮,"那钢缆是砍不断的。"而后使了个眼色,示意俞不亮合力擒住壮圆。

再看壮圆，送走了曹举人也没有丝毫撤退的意思，此时正和泰山斗得酣畅。壮圆与泰山体型相当，壮圆精通腿法，泰山擅长拳法，二人已经斗了三十来招，仍旧分不出个高低来。

正当辛弃疾、俞不亮和猫耳准备加入战斗的时候，院落里突然冲进来几个黑衣人加入了泰山和壮圆的缠斗。但与其说是加入，不如说是来帮助壮圆的。

这些黑衣人训练有素，配合默契，虽说在面对辛弃疾几人的时候不能完全占据上风，但让壮圆腾出空来逃走还是绰绰有余的。双方斗了十几招之后，黑衣人已经完全将壮圆保护在了身后。壮圆看准时机跳出了院墙，接着黑衣人也逐个跳出院墙。随着黑衣人越来越少，辛弃疾等人也得以再进一步，正当他们准备对最后几个黑衣人实施抓捕的时候，对方突然扬起手臂，丢出几个黑色的铁弹。那些铁弹在落地之前骤然爆裂，迸出一阵阵黄色的浓烟，气味极烈，只要吸入便呛得咳个不停。但是，即使屏住呼吸，也难免触及眼睛，辣得人睁不开眼。

辛弃疾等人虽是纵横沙场的军人，但平时接触的多是炮机、猛火雷这样的重型火器，反倒吃了几个会喷黄烟的铁弹的大亏。一着不慎，满盘皆输。等到黄烟散去，辛弃疾等人缓过神来，天宁寺院墙外早已归于一片宁静之中，运河上接应的船只也熄了灯火，不知所终。

此时，天宁寺的分夜钟响起，悠长而响亮的钟声提醒辛弃疾已是夜半时间。一天的时间又过去了，而搜查工作兜兜转转又回到了原点。

第九章
二月初十，丁未（上）

在与俞不亮等人商量好下一步计划之后，辛弃疾独坐在运河边，任凭身后的芦苇在风中摇曳狂舞，他的内心无比平静。事态越紧急，内心越平静，这是辛弃疾这几年在战场上练就的本事。虽然现在正值罡夜，但运河上仍旧可以见到三三两两的船只，他们披星戴月的方向是临安，运河最南端的城市。

俞不亮半个时辰之前去租船了，不出意外的话，再过一炷香的时间应该就能来接他了。坐上船之后，他们的方向也是向南。从镇江到无锡再到常州，辛弃疾追踪万斤石油的步伐已经不晓得经过多少集镇、码头、闸堰和村落了，每一次都差一点查到真相。但是，在查案这件事上，差之毫厘就是失之千里。

辛弃疾笃定，陀湛和曹举人的目的地一定在运河南边的某个地方——陀湛和曹举人知道辛弃疾在追他们，但他们每次逃走的时候仍旧执拗地沿着运河往南。而且，辛弃疾料定，陀湛和曹举人的时间紧迫，货物重大，只能走运河，因为这是最快的交通方式。

辛弃疾随手折了一根芦苇秆，在河边的沙地上画了起来。从这里出发，经清林镇、五牧镇，便到了无锡县境内。与镇江、常州一样，船只想进入无锡，同样需要过闸验牒，那么一万斤石油无论如何也会留下蛛丝马迹。

到了无锡，无论如何也不能让石油再从自己眼皮子底下溜走了，无论如何也要扣下盘问清楚再说。可是，辛弃疾意识到自己只是一个有着承务郎虚职的江北太平军掌书记，如何能将一万斤石油扣下盘问？辛弃疾也听说了一些早几年的旧事，那个时候大宋天天和金人打仗，不管是陆路还是水路，最多的便是军马和军船，以至于鱼龙混杂、真假难辨。有一些逃兵从军队里逃出来后，凭着脸上的刺字假扮军官到处坑蒙拐骗、强取豪夺，地方官府深恶痛绝，抓了不少冒牌货。

辛弃疾借着月光低头打量了自己一番，邋里邋遢的军装和沾满污垢的军靴，如果面前有一面镜子，想必还能看到参差的胡楂、凌乱的发髻和憔悴的面容。如果以此形象去寻求无锡官府的支持，不出意外的话，自己肯定会被当作招摇撞骗的团伙抓起来。辛弃疾暗自苦笑一番，努力想着破局之法。

正当辛弃疾苦思冥想之际，一声声高谈阔论不断钻进自己的耳朵。那是齐见贤的声音，此时他正和泰山、猫耳二人分享自己的真知灼见，认为到了无锡之后要如此如此，这般这般。

"掌书记来了。正好，我刚刚还在和他们两个卧龙凤雏说，石油要查，囡儿姑娘的性命也很重要。方才在天宁寺，曹举人见到我们如此在乎囡儿，肯定舍不得杀她，不然也不会将她掳到船上去。鄙以为，到了无锡县咱们先封城。掌书记您不是有建王府的腰牌吗？只要一亮，区区县府……"

"闭嘴！"辛弃疾没让齐见贤把话说完。

"掌书记你别着急啊，马上就到重点了。"齐见贤没有看见，背着月光的辛弃疾黑沉着脸，全然不是以前那般善待下属的模样。

"齐相风，身为胥吏，第一要务是什么？"

"胥吏胥吏，乃官员之吏，自然要以辅佐上司为第一要务。"齐见贤脱口而出，甚至还有些洋洋得意。

"既然如此，你为何要与本官唱反调？方才本官与曹举人对峙，哪里轮得到你插嘴？"辛弃疾说着走近了两步，齐见贤这才看清他的表情，也明白了他的意思。

"掌书记，齐某人只是想救李囡儿的性命，这有何错？毕竟人家李姑娘救过你啊。"

"虽然李囡儿救过我的性命，但追踪石油的去向和用途更为重要……齐见贤你听好了，为了这件事情我甚至可以不在乎自己的性命，所以又怎么会在乎其他人的性命？"

辛弃疾一脸正色，不料齐见贤却摆摆手，说道："掌书记，你这是打仗打多了。纵使你不在乎自己的性命，但殊不知，比自己性命重要的东西还有好些呢。比如说，所爱之人的性命。"

辛弃疾也听不进齐见贤说的："休要跟本官说情情爱爱、烟红柳绿的东西，本官……"

齐见贤打断道："所以掌书记根本不知道什么叫爱，也根本未曾有过所爱之人？生而为人，只是为了打打杀杀，你死我活吗？"

齐见贤这句话明显是在顶撞辛弃疾，所以被泰山一脚放倒，踩在了地上动弹不得。

"你这个龟孙懂甚？掌书记心系天下，以天下为己任……"

"哈哈！"齐见贤以笑声打断泰山，"以天下为己任？天下是官家的，最心系天下的人应该是官家吧？可官家照样一日三餐、昼起夜伏、三宫六院，反倒不像掌书记这副先天下之忧而忧的容貌呢？以天下为己任就非要这般不近人情吗？我还是那句话，李囡儿可救过你的命！"

泰山歪头思忖了片刻，俯身在齐见贤耳边教训道："齐见贤，你说的是什么歪理？虽有几分道理，但别想让我松脚，还不快认错？"

"掌书记，顶撞上司的错我认。但要救李囡儿这件事我认为自己没有错，如果掌书记不愿意救，那齐某人就自己救。"齐见贤的语气很平和，并无嘴硬赌气之意。

泰山脚上使了使劲，齐见贤便鬼哭狼嚎般叫了起来。

"猫耳！"辛弃疾问道，"像齐见贤这几日所作所为，在军中应受何种惩罚？"

猫耳沉思了片刻，脑子里冒出"死不为过"四个字，但他并没有脱口而出，生怕自己说出这四个字后，泰山会一脚踩爆齐见贤的脑袋。

猫耳支支吾吾没有说出口，泰山不问自答："顶撞上司，破坏军机，死不为过。掌书记，您一句话，让泰山了结了这厮。"

辛弃疾嘴唇翕动了片刻，又闭上了。要治死齐见贤，他还下不了那个狠心，齐见贤这一路上没少帮忙，自己也从没将他当作一名区区胥吏。尤其是在孟河泛舟畅谈陆游诗词的时候，辛弃疾更加觉得，虽然齐见贤在科举闱试中尚无建树，但抱负远大，并非蝇营狗苟之辈。

还有，齐见贤在对待李囡儿姑娘时表现出的那种热情与从容，更是充满了男子气概。相比之下，辛弃疾觉得自己太过于拘束冷漠，甚至对李囡儿表达救命之恩的时候还端着架子。

"泰山……放开他。"辛弃疾思考了良久。

"掌书记，我没听错吧？难道还要带上这个扫把星？"泰山愤愤道。

"齐见贤虽口无遮拦，但运河诸事帮衬良多，功过相抵，姑且放了他。"辛弃疾又转向齐见贤说道，"齐见贤，常州相别后，你我互不相欠。今后若有缘再见，也算是故交一位，茶酒相敬，自然不在话下。倘若……倘若你泄露机密，或像近日这般阻我查案，那也别怪我刀剑伺候！"

齐见贤狼狈地从地上爬起来，拍了拍身上的尘土。虽然是死里逃生，但仍旧故作镇定地说道："李囡儿姑娘我是一定要救的，倘若因为齐某救人途中坏了掌书记的好事，还请掌书记直接拿我开销，放囡儿一条生路。"齐见贤说罢，叉手往前一揖，拂袖而去，姿态之潇洒，竟让辛弃疾莫名其妙地羡慕起来。

齐见贤离开后不久，俞不亮便开着船前来接应。船只航行在倒映着星月光芒的运河上，俞不亮、泰山、猫耳三位下属都在，建王府的令牌也在兜里揣着，船上一应物资武器齐备，但辛弃疾总感觉少了什么。

辛弃疾的船刚刚离开常州城的时候，陀湛的木筏已经抵达了无锡县境内。不过，陀湛并未径直过闸，而是拐入了一条叫采菱溪的支流。继续航行了五里水路之后，陀湛便看见了前方隐隐的灯光。驶近一看，那些都是狭长玲珑、平头平尾的漕运粮船，也叫米包子。岸边足足停靠了十艘米包子，每一艘都掀开了油布，露出白花花的大米。也就是五斗米帮敢做这样的事情，即便是真正的漕运官船也不敢深更半夜如此露白，容易被抢。

陀湛的木筏一靠岸，还没等他招呼，岸上的力夫们就接二连三地上筏将藏在水底的油桶搬上米包子。每艘米包子上放十个油桶，再以大米覆盖，最后拉上油布，神不知鬼不觉。

陀湛对这样的伪装相当满意，跨踏着准备登船，不料却被拦住。拦住陀湛的人用手指了指采菱溪的上游，一艘客船正摇橹而来。

"曹舵主有交代，陀东家是南洋人，若是搭乘米包子，那无异于告诉他人米包子上运的就是石油。所以曹舵主说人货分开走，到了无锡再会合，确保万无一失。"

曹举人的做法甚是妥帖，更妥帖的是他已经提前将陀湛等人的南洋服饰以及盘缠放置在客船内，这样他们不必继续穿着粗布麻衣被误认为是南洋劳工了，身份又回到了雍容华贵的南洋客商。

二月初十日清晨，在镇江驻跸多日的王师决定拔锚南下。鉴于此前辛弃疾禀报的情况，建王下令运河沿途的府州县镇在王师抵达前一日肃清河道，以确保王师顺畅通行。建王想，如果辛弃疾所担忧之事成谶，如何确保王师安全？自己作为王师诸事总管，要做的第一件事就是肃清运河。

就建王个人而言，他十分热诚于跟进辛弃疾的调查情况，也深知势单力薄的辛弃疾将会遇到许多未知的困难与阻碍，想施以援手。不过，史浩却不这么想，他认为建王作为最有机会被立储的皇子,应当在绽放光芒之前学会韬光养晦。一个政治上合格并且成熟的皇子,不应该在这个时候为了一件不确定的事情去沟通上下、连接左右,况且要帮的人还是一位刚刚归正的军人。官家好猜忌,这种事若是让官家知道,煮熟的鸭子也有可能飞走。

诚然,建王并不是仅仅因为欣赏辛弃疾才想要帮他,而是作为王师诸事总管,理应排除一切不安定因素。换句话说,在目前这个自己不能亲自出手的时机,建王是需要辛弃疾的,需要他查出真相并且有所作为。

所以,即便史浩极力反对,建王也应当有所动作。

正当建王与史浩在内舱讨论之时,门外传来了士兵的汇报:"建王殿下,新一批的惠山泉已经送达,烦请移步验收。"

"知道了,先吊上来。"建王以大拇指轻轻揉搓太阳穴,如果说御驾亲征途中劳神劳心于军政事务,那么凯旋回程途中更多消耗心神的便是安排官家的行程和饮食起居了。此次伴驾出征的文武官员接近半个朝堂,军政事务乃国家大事,自然有各级官员分忧,似乎用不着建王过于费心费力。反倒是这锱铢细小内务,因为四司六局伴驾的人员有限,事事需要建王亲力亲为了。

建王踱步来到甲板,正好赶上最后一瓮惠山泉从货船吊到龙舟上来。仆吏将记录有灌装发运日期等信息的簿子交给建王,建王审视了一遍后,便吩咐开始查验水质。这一环节必不可少,而且最为重要,建王必须亲自在场督导。

惠山泉产自无锡的惠山,有天下第二泉的美誉。官家颇为欣赏的文人苏东坡有诗云:"独携天上小团月,来试人间第二泉。"神宗熙宁年间,苏东坡在前往临安任职途中,在无锡稍作停留,谒见了隐居于惠山的钱道人。苏东坡久闻惠山泉大名，所以专门携带了一种名为"小龙团"的佳茗前去试水。

在建康驻跸期间，建王见官家一连几日都在临摹苏东坡的《惠山谒钱道人烹小龙团登绝顶望太湖》诗，便建议御用惠山泉，官家以惠山在运河沿岸，交通便利，悦然允许。为此，建王依托运河驿馆，设立泉水递铺，专门为官家递送泉水。又因为驿馆递铺不是四司六局的专供渠道，所以每一批水都要经过细致的查验，方能成为御膳御茗的一部分，容不得一点马虎。

"'丞相常思煮茗时，郡侯催发只嫌迟。吴关去国三千里，莫笑杨妃爱荔枝。'唐末宰相李德裕爱惠山泉成癖，在长安和无锡之间设立泉水递铺。好在无锡去临安并没有三千里那么远，若官家钟情于第二泉，殿下也应当效仿，行臣子之孝道啊。"史浩来到建王身边，低声提醒道。

建王轻轻点了点头，并不反对——运河上每日来往于临安和各州府之间的漕船数以千计，托运泉水只是捎带之便宜，并不会劳民伤财。

"先生言之有理。既然如此，不光要修葺沿途的递铺，更要将惠山泉围护起来，仅供御用……"建王转向押运泉水的衙役，衙役立刻俯首听令，"我今日就撰写一则关于完善递铺的建议，由你等带回无锡，不容有失！"众衙役纷纷唱喏。

"建王雷厉风行。"史浩在一旁称赞道。

"先生教诲，凡涉官家事务一律不得马虎对待。"

史浩略有所思地点点头便离开了，建王则是松了一口气。

无锡城北关门外的黄埠墩是无锡的地标。这座小小的黄埠墩地处运河之河心，北为双河口，南望江尖渚，两岸河流众多，水面开阔，一直都是各地商贾云集之地。今日这原本热闹之地又多了一层热闹——在王师凯旋途中，官家将于二月十二日驻跸黄埠墩。无锡官府为了抓住这个机会好好向官家表现，决定在运河上开展龙舟竞渡。此时，来自各地的龙舟能手在此会集，为了能在官家面前一枝独秀，都在摩拳擦掌，不停地练习着。

在黄埠墩南岸有一通济茶肆，既以通济二字为名，自然与直通汴京的通济渠有关了。靖康之难以前，从无锡北上，经邗沟，过通济渠，可以直达汴京。靖康之难后，宋金交战，通济渠河道壅塞，河床枯竭，或被复垦为田，或被夺基建房，渐渐失去了沟通南北、济泽天下的功能。

靖康之难发生在1127年，建王赵玮正是这年出生，距今不过三十五载而已。然而，通济茶肆的顾客已经没有人会再谈起通济渠的盛况了，仿佛那条运河已经成了遥远的历史，今人所谈运河皆为江南运河，从镇江到临安这短短的一段而已。正如临安城外的一首题壁诗那样：白塔桥边卖地经，长亭短驿甚分明。如何只说临安路，不较中原有几程。

不过，此时坐在二楼挑檐处的一桌人既没有心思去想这些家国遗恨，也没有被五彩斑斓的龙舟所吸引。

"曹举人，你真要将那泼辣女子留下？"陀湛放下茶盏，朝楼下运河边摇晃不停的船努了努下巴，"这女子好不安生，片刻不得消停。"

"陀东家，这女子带着有用处哩。虽说我曹某人有把握不再让辛弃疾那伙人追上,但万一呢?万一被他们追上了,截住了,我们手上好歹还有一个筹码,对不对?"

陀湛细细品味着一块茶点,脑袋微微摇晃着,似乎很合他的口味。

"嗯……不过那女子狡猾得很,须严加看管,不能再节外生枝了。"

"节外生枝不了。"曹举人也朝嘴里丢了一块茶点,"陀东家刚才过堰闸的时候,没人查验吧?"

陀湛点点头,曹举人略带得意地说:"今早的消息,王师所到之处须提前一天封锁运河。若一路顺利的话,王师将于二月十二日抵达无锡。如此一来,无锡段运河明日一早就会封锁起来。官家在黄埠墩驻跸一日,前后各搭一天,算在一起就是三天。哪个讨生活的运河人愿意在无锡平白无故消耗三天?所以,不管是做买卖的生意人,还是卖艺的赶趁人,都希望趁着今天离开无锡。过关的船只猛增,各闸务自然会抓大放小了。客船能有什么油水?同样是查验船只,自然是货船更实惠了。"

陀湛斜着眼睛,嘴角微微上扬:"你曹举人果然是运河里的过江龙,什么都知道,什么都难不倒你。"

曹举人笑着敬了一盏茶水,问道:"陀东家这会儿相信我曹某人的一片赤忱了?"

陀湛思忖了片刻,没有正面回答,而是反问道:"曹舵主,我的货去哪了?自从我与那批货物在采菱溪分道扬镳之后,我就再也没有见过那几艘船。你让我在这家通济茶肆等,我以为是等货物呢,没想到只等来了你。"陀湛翻了一个白眼。

"陀东家，我曹某人既然来了，货物自然也丢不了，你就把心揣在肚子里吧。"

陀湛正色道："我丑话说在前头，像昨晚那样人货分行只是特例，接下来我的货物必须由我亲自押运。"

"呀……"曹举人面露难色，"陀东家应该清楚，人货分行是最稳妥的做法。你是南洋人，长相跟宋人不同，容易给他人留下印象。换句话说，你的行踪比较容易暴露。若是人货同船，那么辛弃疾只要找到你就能找到货物，那样风险太大了。我们在镇江、常州不都已经感受过辛弃疾的厉害了吗？"

陀湛嗤笑一声，说道："辛弃疾也没多厉害，最后我们不都顺利脱身了吗？"

曹举人舌头舔着牙齿缝里的碎茶叶，心想陀湛云淡风轻地顺利脱身，自己和五斗米帮会可是费了九牛二虎之力。不过，自己和帮派的努力陀湛不可能没有看见，他只是选择性失明，想要继续将这重担强行压在他曹举人肩上。

"话虽如此，但陀东家也不愿意那批货物出什么差错吧？"

"那批货物出不了差错。相反，我不与货物同行才会出差错呢。"陀湛意味深长地瞪着曹举人。

"我的货现在在哪里呢？"陀湛又问道。

曹举人一头雾水，但陀湛既然如此坚持，他反倒也不纠结了："陀东家，那些货物进无锡城的时候是米，出无锡城的时候就应该是水了。"

"水？"

曹举人笑了起来，说道："既然陀东家要亲自押货，不妨我们喝了这盏茶后亲自去看看？那水可不是一般的水呢！"

陀湛被曹举人说得兴致勃勃，连忙仰着脖子一饮而尽。

"哦，对了。"临行前，陀湛又问道，"辛弃疾那帮人没这么快追上我们吧？"

曹举人拍了拍胸脯保证道："放心，我在无锡城已经布下了天罗地网，他辛弃疾胆敢进城，那就是自投罗网。"

陀湛哈哈大笑起来："在下只见过猫抓老鼠，还没见过老鼠抓猫呢。不过，我自然是相信过江龙的本事，只是希望辛弃疾不要这么轻易就成为你的手下败将。"

陀湛此话一出，曹举人更加摸不着头脑了，他真想问陀湛一句：你陀湛到底是哪头的啊？让我曹举人脑袋别在裤腰带上替你卖命，你倒玩起了欲擒故纵的游戏。

曹举人领着众人从通济茶肆里出来，驱船离开的时候，距离无锡三百里的东面宽阔海域上，一艘平头翘尾的三帆海船正乘风破浪，径直朝南航行着。

"禀报韦铎王子，我们距离明州大概还有一日航程。"

那位被船工尊称为韦铎王子的人，此时正站在船头感受着熟悉但并不温热的海风，这样的海风与他的故乡阇婆国的完全不一样。但即便这样，韦铎也知道在这片被宋人称为东海的海域上航行，内心应当充满敬畏之情。

与陀湛的穿着打扮不一样，远在重洋之外的韦铎似乎无意隐藏自己阇婆人的身份。他盘在脑后的长发涂抹了鲸油，黑得发亮。比黑发更亮眼的是他脖子上戴的金铃和手上戴的扳指。除此之外，他的肩膀上还站着一只金刚鹦鹉，那只鹦鹉看着尾部的床舱，不断发出"特拉斯格尼、特拉斯格尼"的叫声。

"纳伽登！"韦铎声落，船舱里走出来一位皮肤黝黑、肌肉遒劲的光膀壮汉。那壮汉长得凶神恶煞，走起路来也踩得甲板咚咚作响，来到韦铎面前径直跪了下来。

韦铎用阇婆语交代了几句，纳伽登的脸上便露出了凛凛杀意。韦铎伸出戴着扳指的大拇指，在自己脖子的位置划了一道，纳伽登便明白了王子的意图——在明州登陆之后，船上的宋人必须全部灭口。

纳伽登受了韦铎王子的旨意后，重新返回了船舱，还若无其事地与船工们颔首致意。只不过，此时的纳伽登嘴角多了一丝轻蔑的笑意。他径直来到船舱最里面，双手抱胸，躺靠在一个木桶上。

从长江到东海，纳伽登谨遵王子旨意，除非王子召唤，否则一律待在船舱，须臾不离身后的货物。而经过了几日的颠簸，纳伽登也早已习惯船舱里刺鼻的气味。船舱里堆满了一样的木桶，每个木桶上都有"延州石油"的四字标签。

第十章
二月初十，丁未（下）

陆游答应眉珠的事情终于在二月初十这天有了眉目。石苆答应在西湖边的外宅见一见这位已经名冠临安的歌姬。陆游告诉眉珠，石苆是何许人也，此次见面的目的他自然是猜得到的，既然还肯相约，说明保荐之事，十有八九了。

不过，只要还有一二的变数，就应该全力以赴地做准备。眉珠一早就整理好了妆容，早食就吃补气润肺的轻食，早食后还以梨膏糖润喉。她曾在韦铎王子面前立下军令状，一定要登上运河灯会的演奏化舫。

陆游虽然没有立下什么军令状，但认真的态度更让眉珠放心。

"纵然眉珠姑娘天生一副好嗓音，那也需要一流的乐器来衬托。正所谓好鞍配好马，宝刀配良将，我今天带来的这把斫琴名叫清流戛玉。你可别小看了这把琴，政和元年的祭孔大典上，这把琴演奏了《大晟乐》，以太古之音追念至圣先师。先师主张礼乐治国，嗜琴如命，所以能出现在祭孔大典上的琴自然非同小可。当年在汴京，上至庙堂，下至瓦子，人人都以能赏玩一把为荣。要不是战乱流离，这把琴也不会意外流落民间，被家父纳入囊中。"

陆游说着，将双臂环抱的琴往前一送，说道："知音难觅，这把古琴放在陋室只能明珠蒙尘，我今日就将它赠予眉珠姑娘，希望姑娘能在运河灯会上惊艳官家，扶摇直上。"

眉珠怔在原地，藏在袖中的手不由得颤抖起来。她并不是因为清流戛玉的贵重而颤抖，而是因为陆游的款款深情而颤抖。如此情真意切、潇洒真诚的痴情才子，叫哪个娘子不为之倾倒？

但越是为之倾倒，就越要与之保持距离。眉珠的心情很复杂，她是活在阴暗里的女人，而陆游是一身正气。阴和阳，自然是会互相吸引的，但阴阳际会之时也会迸发出难以预测的电闪雷鸣和狂风暴雨。她，不是一个纯洁的女人，而是一个身处漩涡难以自救的人。眉珠不想把陆游也拖进这场漩涡中。

"陆相公的好意眉珠心领了，若是眉珠既受了相公的引荐，又受了相公的礼物，那岂不是太过于贪得无厌了？只怕妾身日后无以为报……"眉珠语调极为克制，尽量表现得十分客气。即使她知道，这样的客气会深深刺痛陆游。

"眉珠，那日在西湖游船之上，在下已经说得很清楚了，我对你既无非分之想，也不求任何回报，只是因为欣赏。知音难觅这句话你不会忘了吧？"

"妾身不敢忘记。"

"高山流水本就是清野旷谷中才能看见的，就不要被世俗风尘那些条条框框所羁绊了。你现在应该做的，就是收下这把古琴，好好地为石苇大人演奏，拿到皇城司的保荐信。眉珠，你做得到吗？"陆游期待地看着眉珠。眉珠觉得，那眼神真的好像自己的父亲，充满了力量——"眉珠，这是你第一次远航，从大食到阇婆一路上会有不少风浪。你做得到吗?"

眉珠想起自己小时候对着父亲重重地点了头,这会儿面对陆游时竟也鬼使神差地点了点头。等到眉珠回过神,陆游已经将古琴硬塞了过来,骑马离开了。

陆游回到住处后,半天都心神不宁,看书不出一刻钟定要神思飘飖。心中似乎有一千种一万种声音片刻不停地说着话,陆游很想将那些声音倾注于纸上,可刚一提笔,脑海中的喧嚣顷刻间荡然无存。他索性将毛笔丢进笔洗,双手背在身后,踱过来踱过去,一会儿驻足,一会儿摇头。陆游心想,眉珠是自己引荐给石茚的,即便石茚是在外宅私下会见眉珠,自己也可以在场旁听则个。倘若当时提出这个意图,相信石茚也不会拒绝。

想到这,陆游恨不得立刻出现在石茚的外宅,看看眉珠的表现是否能够为她争取到一张保荐信,看看……看看石茚有没有对花容月貌的眉珠动手动脚。

陆游不喜欢在官场上纵横捭阖,并不代表他不知道官场上那些规则。而外宅又是临安许多高官用于豢养歌姬优伶的地方,是放荡纵欲之所,陆游不得不多想。

他甚至觉得,自己是不是将眉珠推入了一个火坑?但他马上又打消了这个念头,眉珠是歌姬,正如她所说,来临安之后一直待在烟柳之地,是个卖艺之人。通过自身技艺获得石茚的青睐,那正是她所期待的事情。

但陆游又想,眉珠刚来临安,帝辇之下的混乱与不堪她并没有见过,搞不好会因此而吃了大亏。

想到这,陆游便片刻也等不了了,他现在就要去石茚的外宅,没准现在眉珠已经受到了欺辱，正苦苦等待自己的救助呢！陆游将墙上挂着的一幅字画取下卷好纳入锦囊，而后夺门而出，翻身上马，直奔石苃外宅而去。

到了地方，陆游禀报了来意，没想到院管却说："我家官人刚才还寻你呢，说是像眉珠这样名冠临安的歌姬能亲自上门献唱，真是蓬荜生辉，但是作为引荐人的陆相公怎么能不来呢？刚才，小的们寻你不得，还结结实实挨了指挥使一顿骂呢。陆相公快快进去吧……"

陆游暗自舒了一口气，如果石苃真这么说，那就说明他并没有对眉珠有什么非分之想。但愿自己是小人之心了吧。

"第一次拜访石府怎能空手而来呢，这是苏门四学士之一秦观的画作，也算是《鹊桥仙》的手稿，劳累院管替指挥使收好。"

"哎哟，如此高雅珍贵之物，依小老看还是由陆相公亲自交给我家官人吧。"说着就要将陆游往里引。院管将他引到一处耳院后就不再往前了，陆游径直入内，只见舞榭歌台、曲水流觞，该有的都有了。皇城司指挥使属正五品官职，石苃坐拥如此外宅，倒也符合他的身份和地位。

陆游双手捧着秦观的画作，疾步来到耳院中唯一的屋舍前，正欲禀报，却觉得有些蹊跷——眉珠既然是来演奏献唱的，为何屋内没有一丁点儿的声音传出？

莫非？

不安的情绪又在陆游心间蔓延开来。他鬼使神差地凑近门缝窥探，只见亮堂堂的屋内香雾弥漫，屋子中间摆放着一张琴桌，琴桌上放着的正是他送给眉珠的清流戛玉。陆游的眼神越过古琴和香雾，石苎正斜卧在床榻之上，双臂枕在头下，双目紧闭，面容安然，似乎正在酣睡。

陆游全然看不懂眼前这幅场景。眉珠明明是来献唱的，却没有唱。石苎明明专程腾出半天时间听曲，却睡着了。莫非眉珠在自己赶来之前给石苎唱了一曲催眠曲吗？

想到这，陆游又左右转动着脑袋，视线在屋里搜寻，不料在一张案几旁发现了眉珠的身影。此时，眉珠正俯身于案几之上，认真地撰画着什么。没错，陆游从眉珠运笔的轨迹判断，她应该不是在写字，而是在作图。陆游理了理头绪，再定睛观察，发现案几上还晾着几张画完的纸张。这时，窗外吹来了一股轻风，一张画被吹落到了青石地面上，陆游也得以看清眉珠撰画的正是临安城的舆图。

那张掉落的舆图所画的正是朝天门一带的情况，不光道路桥梁标注清晰，甚至还有隅楼巡视点。这不是一般的舆图，而是皇城司特有的城防舆图。临安城曾经流行过一句话，叫舆图在手，发家不愁。意思是只要别有用心之人得到这张舆图，便能轻松避开隅楼的监视和巡检的排查，轻松出入各厢坊，且神不知鬼不觉。

眉珠要皇城司的舆图做什么？难道她这次并不是真心献唱，而是项庄舞剑，有醉翁之意？

陆游站在门外，内心纠结得不知如何是好，他三番五次举起敲门的手又落下。来之前，他担心的是眉珠会不会受欺辱，来了之后又开始担心起石苎来。舆图是绝密，若是外泄，石苎免不了牢狱之灾。

但陆游又不想立即揭发眉珠，若是当下径直闯入，眉珠势必会惊慌尖叫,届时吵醒了石苇又引来了府内役卒,那么眉珠横竖都是一个死。思前想后,陆游想不出两全的办法。

正当陆游百般纠结之际,眉珠撰画好了舆图。她今日前来本只是为了安心献唱,不料石苇正在研究运河灯会那日的安防,见案几上摆放着那么多绝密资料,她临时起意,使出自己从小练习的"指下飞花",将随身携带的安眠药丸利用琴弦的作用力弹射进香炉。香火将无色无味的安眠药性催发出来,就是满屋子狮虎也能迷得晕,别说只是一个石苇。这些舆图虽然只是意外收获,但也是韦铎王子所需要的东西。眉珠心想,若是等王子来临安的时候献上舆图,他一定会对自己恩泽更甚的,比如说提前还她一个自由身。

眉珠将撰画好的舆图码齐卷好,塞进清流夐玉的腹腔之中,正准备对石苇的案几再搜寻一番之际,屋外却传来了人声。

"指挥使,指挥使,小可来晚了,还请指挥使休要责怪。"

眉珠听得出来,是陆游的声音。不过他的声音并不响亮,应该离得很远,也不足以吵醒石苇。

"指挥使愿意给小可三分薄面,小可也准备了一份薄礼奉上,是秦观手书的《鹊桥仙》。千古绝句'两情若是久长时,又岂在朝朝暮暮'就出自这里,还望指挥使……哟,怎么眉珠来开门了。"

陆游话说到一半,眉珠打开了大门。

"指挥使睡着了。"眉珠轻声回答,面色平静。

陆游装作什么也不知道,打趣道:"眉珠,你唱的是什么曲子,竟叫指挥使睡得这么香。在下最近也辗转难眠,什么时候也请姑娘去我府上唱一唱。"

"相公哪里的话,吩咐眉珠便是了。"眉珠道了一个万福,眼神瞟着陆游。陆游环顾了屋内摆设,见案几早已被眉珠收拾利落,便安心了。

二人你一句我一句,侧卧酣睡的石苢终于被吵醒了,睁开了惺忪的双眼。

"嗯?务观兄弟来了?哎呀……教兄弟看笑话,如此人间妙音,我竟然睡着了。"石苢抬起手轻轻拍了拍脑袋,似乎对自己睡着这件事情难以置信。

陆游装作一无所知,说道:"方才指挥使是睡着了吗?小可看指挥使的表情可不像是睡着啊,倒像是闭目凝神,沉浸于眉珠姑娘的弦歌之中……"

石苢摇摇头,有些尴尬地问道:"眉珠姑娘方才弹唱的是什么曲子?我竟全然没有印象了……"

眉珠从容地解释道:"妾身为大人献奏的第一首曲子是《高山流水》,这首曲子最能沟通奏者和闻者之间的心境,如伯牙子期一般。方才,妾身能感受到指挥使有一丝疲惫困顿之感,所以悄悄地降了音阶和节奏。见大人并无不适之感,索性慢慢过渡到了另一首叫《半山听雨》的曲子。妾身从小摸索琴谱,更通晓此曲有缓释疲劳、助眠消愁之功效,不承想大人真的睡着了。"

石苢听完眉珠的话,惊讶地瞪大了眼睛:"琴曲竟有如此妙用?倒像是给老夫喝了一碗安神迷魂汤。"

石苢说的是玩笑,眉珠却心头一震,不知如何接话。

"指挥使,小可出身杏林世家,自幼就听过以曲治病的传说,没想到今天在大人府上瞧见了!"陆游表现得喜出望外,石苢连忙叫他说下去。

"古医书上说，听曲之功效有三。愉悦身心，此为下等；疏解心结，此为中等；人曲合一，此为上等。何谓人曲合一？即闻者能懂曲意，曲者能通人性，闻者需要什么，曲子就能给他什么。当然，曲子的人性是靠奏曲者给的。方才，眉珠姑娘应当是通过奏曲走入了指挥使的心境，知道您近日应该夜以继日、黑白颠倒，需要休息，所以就给你了酣眠。"

石苕惊喜过望："务观是杏林世家，又通晓史记，想必错不了。如此说来……眉珠姑娘还是个医女咯？"

石苕越说越开心，忙要留陆游和眉珠二人共进晚食。眉珠哪里肯，言多必失，在石苕心里留下一些神秘感反而是好事。陆游趁机将秦观的书画献上，也劝道："指挥使，两情若是久长时，又岂在朝朝暮暮？"

见二人如此，石苕也不好强求，只好遂了二人的意。

出了石苕的外宅，陆游和眉珠又往涌金门的方向走了二里路，路旁柳树下的商贩渐渐密集起来，叫卖声也不绝于耳。尤其是提着篮子叫卖各种春花的孩童，比往日更多。花童并不知晓眼前的二位是何人、何种关系，只顾甜嘴蜜舌地说道："官人堂堂七尺身，宝眷步步生金莲，慷慨买枝春花戴，好彩年头到年尾。官人、娘子，不妨各买一枝互插于髻，讨个好彩头？"眉珠抬眼看去，时下虽不是隆春，但西湖边的游人，无论男女，头上均插上了各色春花。

眉珠很想赶时下的潮流，奈何陆游打从石苕外宅出来就一直兴致不高，只好悄悄买下一枝花戴在自己头上，而后朝花童摆摆手。

花童伸了伸舌头，识趣地走开，陆游突然回过头来看着眉珠，不动声色地问道："关于听曲的三大功效……"

"什么？"眉珠难以捉摸地看着陆游。

陆游接着说："关于听曲的三大功效，其实那些说辞是我临时胡诌的。还好指挥使没有听出来。"

眉珠心突然怦怦跳了起来："那……那相公为什么要那么说？"

"为了帮你解围。"

眉珠的心跳得更厉害了。

"石苇大人听着你的曲子睡着，要么是他不喜欢那首曲子，觉得无趣。要么是你的琴艺不精，没有提起他的兴致。其实，一首好的曲子是会吸引人的，不管他是困了累了倦了乏了，都能一下扣住对方的心弦。眉珠，我若是实话实说，石苇大人就不会替你保荐了。"陆游其实一路上一直在想要不要点破眉珠，最后他还是决定装作什么也不知道。毕竟，他不忍心看到眉珠在自己面前手足无措，更不愿意听到她撒谎。

眉珠想到自己在为石苇演奏时确实心不在焉，有些羞愧地低下了头。

"没事了，反正保荐信已经拿到了，接下来离运河灯会还有些时日，姑娘可要加紧练习啊。"陆游指了指眉珠抱着的清流戛玉。

眉珠看着手中的古琴，又想到陆游送给石苇的那幅秦观真迹，心里突然有一种难以名状的滋味。眉珠感觉自己背叛了陆游。

"陆相公，你为妾身做的事情，妾身一辈子都不会忘记的。"

陆游豁达地摆了摆手，说道："在下不用你一辈子记住，这些事都是我愿意为你做的。眉珠姑娘在音理乐器上有天赋，而且渐渐声名鹊起，切勿暴殄天物，浪费了一身好天赋，还有在下的一片冰心啊。"说罢，陆游拍了拍眉珠怀中的清流夏玉，因为枕木腹腔塞满了舆图，所以传到二人耳朵里的声音是沉闷且短促的。

眉珠失色，身体不由得颤了一颤。她以为事情要败露了，不料陆游只是意味深长地看了她一眼，而后头也不回地走进了涌金门。

身旁的游客来来往往，眉珠呆呆地立在原地，周遭很吵闹，但她只听见自己心脏怦怦跳动的声音。陆游方才说的话是什么意思？明明枕木发出的声音不寻常，他却没有当场指出，陆游是不是撞见了自己的勾当？撞见为何又不说破？

辛弃疾一行人乘舟抵达无锡城郊的时候，并不能确定曹举人或者陀湛是否就在无锡。可以说，辛弃疾这是在孤注一掷，如果他们不在无锡，那么辛弃疾将很难再追查到石油的下落。

辛弃疾和俞不亮、泰山等人蹲在船篷里商议，为了一个万全的策略想破了脑袋。

"其实已经没有什么万全的策略了，依据前几次的经验，诸位还是要先从闸堰的记录查起。"商量了半晌，辛弃疾无奈道。

"可是以前有齐见贤的那身公服，所以每次都特别顺利。这一次，不知道无锡的闸务司是否愿意配合。"泰山无意识地嘀咕着。

"泰山，说什么呢？我们以前打仗刺探敌情的时候可不需要对方的配合。没有齐见贤就不会干活了？"俞不亮责怪道。

言者无心，听者有意。辛弃疾的脸色看上去并不太好，他并不是因为想起了与齐见贤的过节，而是因为想起了李图儿。

前一晚，齐见贤与他在常州天宁寺外运河边争吵的话语一字一句在脑海中重现，最后突然有一个声音在他的耳边响起。那个声音不是齐见贤的，而是李囡儿的，虽然空灵却直抵内心。

"辛弃疾，你就像一艘在运河上追寻石油的船，那驳杂的人性和纷乱的繁华你都看不见，你的眼里只有石油。有的人是眼瞎，而你是心盲。"

辛弃疾重重地叹了一口气。

"掌书记，以前性命攸关的时候也不见你这般泄气，你这是怎么了？"俞不亮关切地问道。

"不亮兄，你说……我们要不要顺带着打听打听李囡儿的下落？"

俞不亮看着眼前这位容貌和精神均有些萎靡的上司，觉得他似乎哪里变了，变得可爱了。俞不亮呵呵地笑起来，说道："掌书记，你觉得呢？"

"我觉得应该找。"

"李囡儿是被曹举人掳走的，找到曹举人就能找到她。相反，找到她也能找到曹举人。掌书记，你这个点子不错。"

"不亮兄，我不是你说的那个意思。"辛弃疾边说边搔了搔脑袋，"我也说不上来为什么要救她。我甚至都没想过救她有什么好处，只是觉得要救她。"

辛弃疾虽然说得不清不楚，但俞不亮心里却跟明镜似的。在他看来辛弃疾一向是比同龄人成熟的，但辛弃疾那种禁绝儿女私情，只谈国事军务的表现又让俞不亮感到担忧。这不是成熟，这恰恰是不成熟的表现。今天俞不亮知道了，那个以前一心只想建功立业的幼安再一次长大了。俞不亮伸出宽厚的手掌，重重地拍了拍辛弃疾的肩膀，说道："幼安，你会找到李囡儿的，还有石油！"

突然，船身猛地一震，一阵疾行的脚步径直朝船篷而来。泰山条件反射般抽出了武器，贴在船帘旁的木板上，准备应对意外。

"掌书记，不亮大哥！"

是猫耳的声音。大家放下警惕，随之又疑惑起来，出去置办吃食的猫耳为何如此行色匆匆。

"大事不好了！"猫耳跌跌撞撞地跑进船篷，手上食盒正滴答滴答地流着菜汤，里面的食物想必早已东横西倒。

"无锡城外到处张贴着通缉我们四个人的画像，还指名道姓地说我们是在逃重犯！"

猫耳言罢，三个人猛地站起来，泰山个子高大，重重地撞在船篷上，险些将船篷顶出一个大窟窿。

"怎么会这样？通缉令上有没有说明缘由？"俞不亮问道。

猫耳摇摇头。

泰山又说："猫耳你是不是看错了，通缉我们？岂不是滑了个大稽。"

"错不了，猪一样的脑袋，鲶鱼一般的大嘴，况且还有你泰山的大名，不是你是谁？还有……哎呀，反正画得可真了。我方才往回赶的时候，还看见无锡的巡检们正在排查进城的人呢！"

"巡检司的人？"辛弃疾细细品味着猫耳说的这几句话，脑子里突然有什么东西爆裂开来，接着他感到一阵莫名的晕眩。这种感觉与在天宁寺遭遇黄烟铁弹时何其相似啊。也许其他人并不知道天宁寺那些铁弹的来历，但深入研究过《背鬼录》的辛弃疾知道，那是一种官用武器。《背嵬录》是岳家军中一位不知名的将士所著的武器谱，里面记载了岳家军发明和使用过的各类武器。黄烟铁弹的诨名叫大漠沙尘，相传是岳家军研制出来，并专门用作奇袭的。风波亭事件后，岳家军和岳飞一道隐入历史的滚滚烟尘之中，但《背嵬录》却在江北军中流传了下来。

《背嵬录》中记载大漠沙尘："其为铁制黑弹，内灌黄硝，无须明火引燃，受撞击即刻爆裂，释出靡靡黄烟，可助兵隐遁潜逃。其为岳家军所创，初仅于军中使用，后引入禁军，常为皇城司、巡检司使用。现以巡检司使用最为普遍。"

岳家军覆灭之前，军器监就掌握了大漠沙尘的制作方法。书中所说，皇城司和巡检司均有使用，而巡检司的使用最为普遍这样的说法是可以统计的，应当属实。而皇城司远在临安，只有巡检司才遍布各州府。辛弃疾有理由相信，当晚在天宁寺出现的那些黑衣人就是常州巡检司。

而今天，在无锡全城通缉他们的又是巡检司。这中间，没有巧合，只有预谋。

好在区区通缉令并不能真正拦住辛弃疾。想当初他刚在济南揭竿之时，仅靠着两千人就能在山东树起威名，靠的就是神出鬼没的游击奇袭。别说是全城通缉了，就算是戒备森严、蚊蝇弗进的军营，他还不是照样可以取敌将首级？

在俞不亮和泰山都急躁不安的情绪中，辛弃疾将视线转移到岸边首尾相连的五彩龙舟上。其中一艘外观普通、用料笨重的龙舟引起了辛弃疾的注意，于是辛弃疾悄悄上岸，找到正靠在岸边休息的桨手们。这些桨手一个个都靠在柳树上，人人嘴里都嚼着鱼鳖虾干,喷着沫子高声聊着些粗俗的话题,神态极为放松,与周边一个个伸展筋骨的桨手全然不同。这些桨手与其他还有更为明显的不同,便是他们更为瘦小,似乎都是经过精挑细选的。

"小生冒昧打扰各位兄台贵憩,敢问哪位是船头儿大哥?"辛弃疾询问的时候尽量表现出恭谦,含胸低头,毕竟这张脸现在是通缉重犯,万一被认出来免不了一阵骚动。

半躺着的人群中站起来一个中年男子,此人半裸着胸膛,露出根根分明的胸肋骨,腰间插着一面三角锦旗,辛弃疾知道这是龙舟上负责掌旗的执事之一,于是轻声问道:"原来是掌旗大哥,可否借一步说话?"

船头儿啐出一段鱼骨头,抬着下巴睥睨道:"哪个埠头的?"

辛弃疾缓缓抬起头,说道:"在下没有埠头,只有墙头,无锡城墙上贴着的都是在下的画像。诸位大哥看看像不像?"

船头儿定眼一瞧,警惕地后退了几步,嘴里骂骂咧咧道:"戳恁娘的……"横七竖八的桨手们也突然像是被惊醒似的,一骨碌齐刷刷地全站了起来。

辛弃疾笑着伸出双手往下压了压,说道:"诸位少安毋躁,千万别大喊大叫,不然你们藏在龙舟里的东西就不安全咯。"辛弃疾此话一出,船头儿身子惊诧地往后挺了挺,好像被雷劈中似的。

"你想干什么?"

辛弃疾依旧轻声说道:"现在愿意借一步说话了吧?"

船头儿和身边的弟兄交换了眼色,而后警惕地慢慢靠近辛弃疾,没想到辛弃疾一把搂住船头儿的脖子,压着声音说道:"不要跟做贼似的嘛,你大胆随我来,保准人船无事。"

就这样，辛弃疾搂着船头儿的脖子一直走到停船的埠头上。辛弃疾坐在石墩子上，也叫船头儿坐下，船头儿不坐，没好气地问道："你到底想干什么？"

"实不相瞒，在下和其他三个兄弟想进无锡城去。状况你也瞧见了，根本进不去，所以想请兄台帮帮忙，施个援手。"

船头儿连忙摆手道："我不晓得你是什么来头，但能让巡检司如此兴师动众的，肯定不是什么好鸟。我若是帮了你，不也成了你的帮凶……得罪官府的事情，打死我也不做！"

船头儿态度强硬，辛弃疾只是笑而不语，从靴子中拔出匕首，在他的龙舟船舷的木板上轻轻刮了一层白色的粉末，尝，船头儿神色大变。

"说得这么冠冕堂皇，我差点就信了你是个本分人。瞧上这艘龙舟，那也是有缘由的。明明都是空船，吃水线更大的龙舟还深，肯定是夹带了私货。而你这艘龙舟水干燥船舷上隐约有白色线条，我刚才尝了尝，咸的，证的线条就是盐线。大哥，我没猜错的话，你这艘龙舟船腹里夹带的私货就是盐吧？"

"你……你胡说！"船头儿手足无措地准备招呼岸边的弟兄们。

"我都说了，少安毋躁！像你这样投机的商贩我见多了，无非就想趁着龙舟盛宴、人多眼杂，做一些平时不敢做的勾当罢了。"

"我……我没有。"

"还不承认？你回头看看那些桨手，一个个瘦得跟缝衣针似的，凭什么跟人家龙舟竞渡？你们分明就不是来赛龙舟的，而是来做买卖的。船头儿，我都说了，只要你能帮我们进无锡城，我保证不坏你的好事。但你若是不答应，喏，巡检就在城门口，在下大不了去投案，你也逃不了。贩卖私盐是什么罪，你应该比我更清楚吧？"

一刻钟后，这艘夹带着私盐的龙舟缓缓绕过黄埠墩，往进城的水门而去，毫无意外地被巡检拦住。虽然船头儿出示了齐全的证照文牒，但巡检还是挨个检查了桨手的相貌。辛弃疾、俞不亮和猫耳三人就坐在船尾，低着头，侧耳听着岸上的动静。

就在这个时候，岸上的巡检突然叫了起来，他们在人群中发现了身材高大的泰山。泰山朝着藏匿在城墙根的三个蒙面人大喊道："巡检来了，快跑！"

"通缉的四人在这，快！追！"岸上的巡检发出号令，散落在各个关卡的巡检们开始向城门靠拢，在水门设卡的巡检也不例外。船头儿见此情形，挥了挥手中的旗，桨手们轻轻旋动手中的桨，龙舟便悄悄地滑进了北水关附近的水门。

一进水门，辛弃疾等三人就趁着没人的空当跳上了岸，迅速消失在无锡的通幽街巷之中。在实施这个入城计划之前，他们四人就已经谋划好了分工。进城后，猫耳打听阇婆人的下落，俞不亮探查五斗米帮会的踪迹，辛弃疾前往闸堰查验记录，而泰山则全力保全自己不被巡检抓住。四人还约定好，一个时辰之后，在下船地点集合。

一个时辰之后，落日的余晖将运河照得红彤彤的，像极了江南水乡少女的脸庞。北水关附近黑黢黢的弄堂里，跳跃着几个不愿暴露在渔火烛光中的身影。

"泰山，你果然顺利摆脱了巡检的追捕。"黑暗中，三个身影重叠在一起，是泰山、俞不亮和猫耳。他们互相拍打着对方，脸上洋溢着劫后余生的庆幸。

"你们查得怎么样了？"泰山问，俞不亮和猫耳都摇了摇头，表示没有进展。

正当大家一筹莫展之际，弄堂口闪过一个黑影，几个弹指之后，辛弃疾来到了三位面前。辛弃疾瞥了一眼众人的表情，便知道了他们的调查结果，而后轻轻叹了一口气，说道："怪事儿，我也查不到他们通过闸堰的记录。"

"他们会不会根本就没有来无锡？"俞不亮低声道，猫耳和泰山听了也点点头表示怀疑。

"有这个可能，其实我也不知道除了无锡，我们还能去哪里找陀湛和曹举人。"辛弃疾重重地靠在墙上，忙了一整天，最后一口气也抽离了身体。

就在这个时候，水门外突然嘈杂起来，龙舟上的火把亮光透过水门把四人面前的运河照得像日出一般。四人迅速隐蔽，往弄堂更深处躲了躲。紧接着，水门里一艘艘龙舟鱼贯而入，只要一入水门，龙舟上的鼓手、锣手就有节奏地敲了起来。哗哗、哗哗……桨手们跟着锣鼓的节奏声向南而去，那架势好像龙舟竞渡提前开始了。

后面进水门的龙舟也不甘落后，旗手或者锣鼓手一边指挥着，一边喊叫着鼓劲："都把吃奶的劲使出来，阁婆富商说了，若是进了三甲，一人奖励一片金叶子！"

"阁婆佬就在南水关候着我们，让他们瞧瞧咱们的龙舟比他们的兰卡蜈蚣船快多少！"

一艘艘打着火把的龙舟飞快地驶过,像极了黑夜中的流星,飞速朝着南水关而去。

"掌书记,按照他们方才说的,这场半夜龙舟竞渡难道是陀湛发起的?"泰山迫不及待地嚷道。

俞不亮抢着说:"不是陀湛还能是谁?我们一路来到无锡可曾见到第二个阇婆商人?掌书记,真可谓'踏破铁鞋无觅处,得来全不费工夫'啊!"

辛弃疾面无表情地点点头,内心实则充满了怀疑。陀湛既然已经彻底摆脱了追踪,为什么还要自露马脚?

"若想知道这个陀湛葫芦里卖的什么药,去一趟南水关就知道了。"辛弃疾嘀咕了一句,便带着三人继续隐入通幽巷陌的黑暗之中。

半个时辰之后,辛弃疾一行人出现在了无锡南水关埠头,但竞渡的龙舟早已偃旗息鼓,几家欢乐几家愁,不过拿到金叶子的龙舟手们一边晃着手中的金叶子,一边吆喝其他龙舟手一同吃酒,气氛又立刻欢快起来。

辛弃疾在环视了一圈没有发现陀湛的身影后,拦住从身旁经过的一位强壮水手,询问阇婆商人的下落。

"想吃热乎的得趁早啊,况且,你们连艘船都没有还想分一杯羹呐?小后生,阇婆人发完金叶子就回船上去了。喏,就是那艘花舫。"

辛弃疾朝着他手指的方向看去,只见一艘装饰得金碧辉煌的花舫正停在运河的中心,辛弃疾隐约能听到舫中的靡靡之音,看见推杯换盏的影子。

这可是千载难逢的好时机，不管有没有陷阱都必须上前瞧个明白。四人坐上泰山随手拉来的小舢板，悄悄地用手划着往花舫而去。

眼看着舢板距离花舫越来越近，越来越近，辛弃疾却听到夜空中从四面传来了呼啸之声。那些声音比箭声要响，但似乎又比箭要慢许多，是什么？辛弃疾瞧清楚了，那是钢索飞爪，不过瞧清楚也没有什么意义，因为飞爪已经落到了舢板上。十来个飞爪像章鱼一样爬满了船舷，接着辛弃疾只见到连着飞爪的钢索猛地紧缩，脚下的舢板便四分五裂，四个人均跌入运河之中。

第十一章
二月十一，戊申（上）

舢板上的人，除了猫耳，没有一个是会水的，这件事情已经得到过证实。上一次是因为有范思凤及时援救，所有人都活了下来。而这一次呢？这分明是一个想置他们于死地的局。

辛弃疾觉得自己应该是死了，他现在不能确定自己是灵魂出窍还是什么，反正他感觉很冷，鼻腔里充满了水汽和泥腥味，还有耳边悠远且低沉的讲话声。讲话的声音很粗，像是牛的哞叫和马的响鼻，听上去不是人的声音，是牛头马面吗？

听着模糊的声音，他突然发现自己的身体渐渐恢复了知觉，手指竟然能动，而且能感觉到一条粗糙的麻绳正绑在自己身上。接着，他能感受到透过眼皮的亮光，他使使劲，发觉眼睛也是可以睁开的。

眼睛睁开后，他看到了说话的两个人，不是什么牛头马面，而是正常的人，正是曹举人和陀湛。声音之所以听上去特别粗犷，是因为辛弃疾左右耳道里都进了水。

"陀东家，某家真是不明白，我们这一路上带着那些石油一直在逃避，本以为这一次能来个金蝉脱壳，没想到你却自曝行踪。"

"你以为老鼠都是被猫咬死的吗?其实老鼠是被猫欲擒故纵的游戏累死的。"

"到底谁才是猫啊?陀东家,我们才是老鼠。"

"不,我们是假装老鼠的猫。"

"那你知不知道,某家为了无锡这场金蝉脱壳使了多大的劲?换船、通缉、再换船……这都需要真金白银和人力物力对付的……"

"我知道啊,但那不就是你曹舵主的本职吗?"

"你以为很好玩吗?陀湛,要没有我曹举人,你都不知道死多少回了!"

"这我倒不在意,曹举人,我的命可没你的值钱呢。既然如此不情愿,要不我们就此分道扬镳?"

"你……你也就是仗着手中那几封信件来要挟某家!"

"怎么?舵主如今突然对那几封信件不再忌惮了?"

曹举人没有继续回答,辛弃疾半睁着布满血丝的双眼,看见一个人影向自己慢慢靠近。

"他醒了。"是曹举人。他虽然没有正面回答陀湛的问题,却用实际行动告诉陀湛,愿意继续为他服务。

辛弃疾想讲话,但他只能发出轻微的痰音。

"陀东家,坑归坑。一个时辰之后,我们的船准时出发,希望你别误了时辰。"曹举人丢下一句话便走出了船舱。

辛弃疾这才意识到,自己现在正身处那艘花舫之上,而船舱内此时除了他和陀湛以外,一个人也没有。

陀湛俯身凑近,辛弃疾感受到他离自己很近,甚至能感受到他的鼻息。

"掌书记?太平军的掌书记辛弃疾,你是想问与你一起落水的那些兄弟现在身处何方对不对?"

辛弃疾艰难地点点头。

"我只救了你,他们?算什么东西?"辛弃疾能感受到陀湛话语中的寒气,直沁骨髓。他不由得大口呼吸,身体起伏得厉害,如果不是绳索捆绑着,他感觉自己能跳起来了结陀湛的性命。

"我听说了,你孤身闯入济州城抓获了张安国?百万军中取上将首级,掌书记真神人也!可惜呀可惜,可惜如此神人现在只能匍匐在我陀湛的身前,你们宋人说的落汤鸡是不是就是掌书记现在这般模样?罢了,我也不跟你兜圈子了。如果你想查我那批延州石油,如果你想替你那些兄弟报仇,那么我就再给你一次追上我的机会。你应该知道我会去哪里吧?"

陀湛不知从哪掏出一柄镶满南洋宝石的匕首,抵在辛弃疾的心窝上,说道:"你到底知不知道我要去哪啊?如果不知道的话,那还不如现在就杀了你。"

陀湛话音刚落,舱外突然传来一声刀鞘拍门的声音。辛弃疾艰难地循声望去,舱外有两个身影,一个是曹举人的,另外一个看着也很熟悉,此时正趴在舱门上,听到陀湛要杀辛弃疾便欲闯进来。

陀湛转头面向那个拍门的声音,用戏谑的口吻说道:"哟,急了啊?放心,我答应过你的事情一定会做到。"随后,陀湛凑到辛弃疾耳边,轻声说道,"辛弃疾,日后我若落入你手,还请给我一个痛快,也算是报答我今日的救命之恩了。你记住,今日害你落水的人不是我,而是他!"陀湛朝舱外那个身影一指,那个身影猛地向后退去，留下一团模糊的黑影。

陀湛走了，曹举人也走了，那个人也走了。独留在船上的辛弃疾渐渐恢复了体力和意识，但因为被绳索捆绑着，他除了匍匐在甲板上听运河水声，其他什么也做不了。

迷迷糊糊间不知道又过了多久，辛弃疾突然感受到船身轻轻地晃了一下。这次晃动不是波浪引起的，而是受到了外力，比如说有人爬上了船。

"掌书记……"那是一个同样虚弱的声音，辛弃疾还能听到湿衣物在甲板上的摩擦声。此人刚刚从运河里爬上船，会是谁？俞不亮和泰山不会水，应该早就去龙王那报到了。所以应该是猫耳。

"猫耳？"辛弃疾终于能发出声音了。

"掌书记！您还活着啊。"紧接着，辛弃疾听到猫耳连滚带爬的声音，而后就见到了浑身湿透、面色惨白的猫耳。

"他们呢？"

"船被击沉以后，花舫里的人都出来了，他们拿着鱼叉对着河面，只要有人露头便刺。俞大哥和泰山都被刺伤了。我会水，不敢让掌书记被刺，所以潜入水中一直拉着您的腿。我本想把你拖上岸的，没想到等俞大哥和泰山没了动静之后，竟然有人撒网捞人了。网兜住了您的身体，我不敢跟您一起被拉上船，所以就悄悄地游走了。掌书记，您还活着真的太好了！"猫耳跌跌撞撞跑到辛弃疾身边，替他解绑。

"这么说，他们都死了？"

辛弃疾眼神发直地看着猫耳，猫耳手中的动作顿住了，随后又恢复了解绑的动作。

"掌书记,俞大哥和泰山既不会水又被刺伤,应该是没活下来。您……节哀顺变。"猫耳的心中何尝不悲痛,但他尽量克制住,不让自己情绪崩溃。

"掌书记,我们要不要先缓一缓,从长计议?毕竟现在您只剩下猫耳一个人了。"

辛弃疾沉默了良久,一直没有回答猫耳的问题。如今这样的境遇,他的确不知道应该怎么办了。石油是要查的,二人的仇也得报,但就凭他辛弃疾和猫耳两个人吗?

辛弃疾心里乱糟糟的没有头绪,在他想好下一步计划之前,新的访客又来了。

辛弃疾和猫耳二人疲乏至极,以至于船舷被另一艘船重重地撞了一下才反应过来。但等二人反应过来,一切都已经太晚了。一群身穿白衣的江湖人士闯入船舱,只说了一句"惠山金易帮相请,得罪了"。随后,辛弃疾只觉眼前一黑,被套进了一个黑色的麻布袋里。

辛弃疾和猫耳二人在船上漂泊了半个时辰,又在马背上颠簸了半个时辰,终于在天边泛起鱼肚白的时候到达了惠山。此时的惠山云海弥漫,太阳虽然已经超过了地平线却还没有冲破云海,它像一颗沉在海底烧红的铁球,让云雾沸腾,让万物嘶鸣。可惜辛弃疾看不到这样的场景,若是能看到,他该觉得自己的心境和这颗太阳何其相似。喷薄前的克制,是为了在克制中酝酿更强烈的喷薄。

二人身上的麻布袋被扯下之后,首先感受到明亮刺眼的光线,那白得出奇的光线让二人睁不开眼。辛弃疾乍一看,以为是一个挂满了镜子的房间,但等他眼睛适应了强光之后,才发现房间中的装饰、摆设都是清一色的银白色，而且光亮如镜。

"是锡器……"在一片银光之中，一位身着白色长袍，飘逸如仙的男子缓缓向二人走来，辛弃疾看清了对方，此人甚至连眉毛和头发都是银白色的。

"是锡器，所以整个房间才会如此亮眼。二位不必害怕，这并不是某家的下马威。来人，赐座。"

辛弃疾坐下后，银发男子开口道："有锡兵，天下争。无锡宁，天下清。惠山东峰，周秦两代大产铅锡，所以此地原名叫锡山。汉初，锡矿已告衰竭，因此此地又改名为无锡。早在千年前，无锡这个地方就没有锡矿了，但今日二位所见如何？大概某家的藏品比整个无锡城的锡器还要多呢。"银发男子骄傲地瞥了辛弃疾一眼。

在辛弃疾和猫耳莫名其妙的注视下，银发男子继续说道："某家才不是为了显摆才将你们请来的呢。你们俩哪个是辛弃疾？"

辛弃疾闻声行礼，说道："在下辛弃疾，太平军掌书记，官家亲赐承务郎……"

银发男子摆摆手，说道："我晓得你是辛弃疾就好了，其他事你不要说，我也不想听。我这里有一封故人给你的信件，你要不要？"

辛弃疾怀疑地看着对方，他不能判断对方是好是坏，也不能判断他的话是真是假，这一切犹如银光一般，来得太强烈，太直接，他根本回不过神来。

银发男子又说道："再跟你说一件事。我有这些锡器藏品并不稀奇，稀奇的是这座山都是我的。这是什么山？惠山！惠山上有什么？天下第二泉！"银发男子见辛弃疾还是无动于衷，心里相当失落,"官家御驾亲征一路上的用水,都是我的惠山泉。官家花钱买我的水,你听懂了吗?"

辛弃疾摇摇头,又点点头,他除了明白眼前的这位银发男子想要显摆之外,其他仍旧不知。比如故人的来信,到底是哪位故人。

"真没劲,你哪怕随便奉承两句某家心里听着也舒服啊。"

辛弃疾是何许人也,一般江湖人士又岂能让他不吝辞藻?好在猫耳心思活,他连忙夸赞道:"小的刚才就觉得相公气宇轩昂,并非我等肉骨凡胎。经相公这般自我介绍,小的更加笃定,您果然是人中龙凤。啊,还要感谢相公的救命之恩呢。"

"哎呀哎呀,听着怎么身上痒痒的,你不要说了。"银发男子不耐烦地挥了挥手,"我可没打算救你们,只是他们要放了你们而已。本来,得罪五斗米帮会的人,我们金易帮是不会碰的……"

辛弃疾突然打断道:"当然了,金易金易,坐拥惠山和天下第二泉,当然是即使拿了金山来换也坚决不肯易主的了。金易金易,拼在一起就是锡字。整个无锡都没有锡了,金易帮却有这么多锡,帮主无非是想说自己家财万贯,富冠无锡了。"

"你这人说话怎么这般无趣?"

"难道帮主想要表达的不是这个意思?除了在我们两个天涯沦落人面前臭显摆,还有什么意思?"

辛弃疾说的话着实让猫耳捏了一把汗。

银发男子在那跳脚,骂咧咧道:"这年岁,怎么连一个会夸人的人都找不到?真是气人。辛弃疾,你如此不知好歹,那么这封信也不要看了。"说着便佯装将信件往锡烛台上靠。

猫耳急着伸手阻止，没想到辛弃疾却说："你烧吧，你要是真就这么烧了，就不会千里迢迢把我带过来了。难道你堂堂惠山山主、金易帮帮主，无缘无故就是想对我这个破落户吹嘘？"

辛弃疾的话刚说完，银发男子突然哈哈大笑起来。"辛弃疾，你这么厉害，怎么猜不到这封信是谁寄来的？这样吧，反正某家闲来无事，就陪你玩玩。你猜吧，猜对这封信的来历，我就给你，还会给你指一条明路，怎么样？若是猜不出来……若是猜不出来的话就一直猜！我答应过给你写信的人要亲手把信交到你的手上，但他可没说我什么时候交给你，玩玩总无妨吧？"

辛弃疾算是看透了这位金易帮帮主的真面目，原来一头白发只是让他的外表看起来比较成熟，其实内心跟个孩子差不多。

猫耳急了，赶忙说道："帮主，我们可玩不起，掌书记他还有要事在身呢！"

"要事？还有什么事比这封信重要？再说了，没准可以事半功倍呢？"

银发男子本以为自己这棍杀威棒打得结结实实，没想到辛弃疾突然说道："信是从王师的船队里带回来的吧？"

帮主震惊地看着辛弃疾，而后又佯装镇定道："想套我话？别问问题，只管说是谁给你的。"

辛弃疾暗笑一声，说道："我本来不确定，但从你刚才的表现来看，我确定信就是从王师的船队里带出来的。如果是这样的话，那写信的人只有一个，便是……"

帮主连忙阻止道："哎！哎！辛弃疾，你不必真的说出来，这封信是机密，他不想让其他人知道他给你写了这封信。不过，在给你之前,你还得跟我说,你到底是怎么猜到的?"

辛弃疾摇摇头,自己心里都已经火烧火燎般难挨了,他却还在介意这个细枝末节。

"这么说吧,你方才有意向我透露了贩水的营生,想必经常往来于惠山与王师之间。另外,你不敢烧这封信,说明写信的人你根本不敢得罪。其实我也不能确定,只是胡乱一猜。帮主,还是你最后的脸色帮助我猜出了答案。说到底,我也只是在看你脸色行事而已。"

辛弃疾不忘顺带着夸赞帮主几句,帮主便回到了那个傲气十足的神态。

"辛弃疾,你果然不是一般人,难怪……难怪他看得上你。我也看得上你。"说着便把信件交到辛弃疾的手里,"另外,你刚才对金易帮的解读精辟卓越,入木三分。我之前可都没有往你说的那方面想呢。我之所以管自己的帮派叫金易帮,仅仅是因为,本人姓金名易。"

辛弃疾差点喷笑,但仍旧忍住对金易煞有介事地点了点头。

"好了,除了辛弃疾以外,闲杂人等都给本帮主出去。"金易说着便要赶人。

"金帮主,他是猫耳,是我的部下,可以在这里。"

金易决然道:"不可以在这里,连我也要出去。"金易凑到辛弃疾耳边,指了指信说道:"这是他的意思,这封信只能你一个人收,一个人看,看完了不可与外人道也!"

辛弃疾突然严肃起来,认真地回了个"是!"

辛弃疾猜得没错,信是建王写来的。建王在信中说,有情报称金国大都督李通挟持了阇婆国国王苏卡洛，虽然还不能确定这些买了石油的阇婆人和苏卡洛事件之间的联系，但可以推测阇婆人此举很有可能是为了营救苏卡洛而受金人所迫，必然会有所图谋。建王要求辛弃疾尽全力找出阇婆人的下落，查明他们做此勾当的目的。

信的最后，建王透露，为了确保王师的绝对安全，运河诸河段将会在王师抵达前一日封禁河道，言下之意再清楚不过了。建王希望辛弃疾破解此谜，如果破解不了，也要在王师抵达前一日将阇婆人和他们的石油赶出运河。

至于帮手，辛弃疾倒是希望自己现在能手握大军，以地毯式搜索排查出阇婆人的下落。奈何建王信中只字未提支援事宜，想必他还未说服史浩。建王虽贵为皇子，名号响亮，但手中并没有实权。辛弃疾并不埋怨，历经坎坷的他已经认清现实，会想办法借助甚至是求助于他人之手。

辛弃疾将信件付之一炬，他回想起自己从抓获张安国，到面对建王请愿彻查阇婆人，自己的决心从未动摇过。他之所以怀疑阇婆人，是出于从军多年的判断，纵然现在俞不亮和泰山命丧运河，自己身边只有猫耳一个帮手，他也会继续查下去。而现在建王来信了，他辛弃疾就更没理由放弃了。

辛弃疾摸了摸放在衣襟里的建王府令牌，心中安定了不少，至少还有建王府令牌，关键时刻定能堪当大用。辛弃疾在心里暗暗使劲，一定要查清阇婆人的阴谋，只有调查清楚，耿京才能泉下瞑目，自己才能告慰俞不亮和泰山，王师才能平安凯旋。

所以，即使是查到最后只剩辛弃疾孤身一人，他也要继续查下去。因为他是军人，是手足，是朋友，是臣子。

"心里有决定了吧？"金易推门进来。

辛弃疾点点头，说道："金帮主虽是江湖中人，却心系大局，日后必有更大的作为。辛弃疾在此谢过，时候不早了，我也该启程了。"此时的惠山早已雾消云散，太阳也升到了半空中。

"启程？你要去哪？"金易笑着问道。

"自然是去办建王交代的事情。"

"追踪阇婆人的下落？你知道他们去了哪里吗？"金易意味深长地看着辛弃疾。

辛弃疾略有所思地问道："难道，金帮主你知道？"

"我当然知道！"金易双手抱在胸前，又露出了高傲的表情，"我可以告诉你，但是你必须答应我一个条件。"

"什么条件？"

"你先答应。"金易后脑勺对着辛弃疾。

"只要是在下能做的，绝不推辞。"

"好，那就请你交出身上的建王府令牌。"金易双眼直勾勾地盯着辛弃疾，表达了自己不可妥协的态度。

辛弃疾毅然拒绝，说道："绝对不行，那可是建王府令牌，若是从我手上遗落江湖，在下百死难赎。"辛弃疾突然意识到了不对，"金帮主，我身上有建王府令牌这件事只有建王殿下和我知道，你是怎么知道的？"

金易看着辛弃疾，没有回答。

"莫非……莫非是建王殿下让我归还令牌？"辛弃疾感觉自己的心脏被狠狠地拧了一下，"建王殿下为什么要收回令牌，难道他也是嘴上一套，背地里一套？难道他并不想卷入这场没有头绪的纷乱之中……"

看着全然丧失神采的辛弃疾，金易内心不忍。"其实……其实，除了你和建王之外，还有第三个人知道令牌的事情。所以，辛弃疾你不必心寒，并不是建王殿下叫我收回令牌的，是……是另有其人。"

"是史浩大人？"辛弃疾看着金易，双眼已布满了血丝。

金易点点头，说道："我只是区区一个江湖人，史浩大人的命令我莫敢不从。辛弃疾，你也不要为难我了……"说罢，将手伸到辛弃疾的面前。

"你只管交出令牌就行了，你什么都别问，因为我什么都不知道。"金易说这些话的时候有些不忍心，但他不得不说。

"当然，你当然什么都不知道，但是我知道。放心，我不会让金帮主难做的，更不会让史浩大人难堪。"话音刚落，辛弃疾便将令牌放到了金易手上。建王交给辛弃疾令牌是想帮助他，而史浩欲将令牌收回是在保护建王。辛弃疾没有理由拒绝史浩的要求。

金易看着手中金光闪闪的建王府令牌，声音都颤抖了起来。"辛弃疾，你知不知道这张令牌能做多少事情？经营买卖、拉拢官员会省掉多少麻烦？这张令牌若是能给我用一年，我保证再造十个这样的锡屋，不！一百个也毫无问题！"

辛弃疾当然知道那张令牌的意义，别说是金易这样的江湖人，当今临安城，谁不以成为建王府幕僚为登云梯？建王是一条潜龙，等他飞升之际，跟他亲近的人都会跟着飞升。

"金帮主，你不会这么做的。"辛弃疾面无表情地说道，"你已经获得了史浩大人的信任，这样的信任难道仅仅值一百个锡屋吗？一百座金山也不易啊！"

金易重重地叹了一口气，说道："其实我也不愿意你归还建王府令牌，你毕竟不是做买卖的，而是去查案的。你的兄弟伤亡殆尽，要是令牌也没了，接下来的路会很难走。我不愿意看到这个，所以我想告诉你曹举人的下落。"

"曹举人的下落？金帮主，你知道曹举人的下落？"辛弃疾如获至宝。

"当然知道了。而且，曹举人的船还是我租给他的呢。"金易不自觉地又摆起谱来，"官家爱喝惠山的天下第二泉，所以建王殿下有意恢复无锡到临安的泉水递铺。有了建王殿下的授意，沿途官府都异常重视，荒废了数十年的泉水递铺一夜之间重焕生机。为了尽快恢复递铺的功能，四司六局要求泉水递铺常态化运行一段时日，避免官家回临安后出现差错。"

"五斗米帮会是运河上的第一大帮会，如此重要的信息他们又岂会不知？所以早早找到我，要求我协助他们将一万斤石油以泉水的名义运出城去。"

"所以，金帮主你答应了？"

面对辛弃疾的怒目圆睁，金易平静地解释道："我们金易帮虽然有钱，但江湖地位自然是比不过五斗米帮的，曹举人提的要求我金某人莫敢不从。这是咱们小帮派的生存方式。不过，掌书记你放心，经过今早这番较量，我们已然是一家人了。掌书记，我会帮助你追踪曹举人。"

随后，金易将曹举人等人借助的递铺名号和船号告诉辛弃疾，并将船只的航运路线也一并交给了他。

"既然曹举人有意借助递铺的名义运送石油，那么他就不会随意逾越航线。递铺的航船只有在规定的航线上才不会被检查，他曹举人不会冒这个险的。"金易信誓旦旦地说。

辛弃疾看了一遍航运路线图，警惕道："难道曹举人最终的目的地是临安？"

金易摇摇头说道："我只能确定，递铺航船最远的目的地是临安，但保不齐曹举人的目的地在无锡至临安之间的任何地方。"

辛弃疾略有所思地点点头，这些线索已经是意外收获了，他还能再苛求什么呢？

"金帮主，你方才说借了船给曹举人，那你知不知道连同货物一起，还有一位姑娘？"

"姑娘？什么姑娘？"

"那位姑娘的名字是李囡儿，是辛某的朋友，在常州被曹举人给掳走了。"

金易摇摇头："这个某家还真没在意。"说罢，他又叫来手下详细问了一圈，众人都表示没见到什么姑娘。

辛弃疾沉重地点点头表示感谢，思索了片刻又说道："金帮主，在下还有一个不情之请。"辛弃疾毫不客气，"在下如今的处境你也瞧见了，既然帮主认在下为一家人，那可否为我提供一艘快船？当然，我也要免检的。"

递铺的水船不大，为了方便运水，货舱奇大而客舱却比一般的船只还要逼仄。曹举人双手抱胸坐在船舷上，目不转睛地盯着河道渐宽的运河，眼神中流露出一丝杀意。

他这一路上受的委屈太多了,而且这些委屈还是来自南洋岛民陀湛,这就更让他心里不畅快了。他曹举人鞍前马后了这些时日,还处处受陀湛摆布威胁,作为五斗米帮会总舵主,他何曾受过这样的气?

现在,阇婆人占据了水船上唯一的客舱,又在里面举行着奇怪的南洋仪式,还特别吩咐过五斗米帮会的人不得打搅。倒不是因为陀湛在举行仪式不能打扰,而是陀湛想当然地把客舱作为自己休息的地方,任何时候都不允许其他人进入。曹举人心想,自己好歹是总舵主,凭什么在甲板上风餐露宿,像个野人?再这样下去,自己在帮中的威名还怎么维系。现在这样的场面若是传出去,他在江湖上也抬不起头。

曹举人下定决心要杀了陀湛这个阇婆鸟人。在哪里动手?曹举人心里早就盘算好了。他从怀里掏出金易帮交给他的递铺航线图,航线图里对水船的航行路线有着明确的规定,如果按照航线走,大可风平浪静地抵达临安。曹举人不知道陀湛最终的目的地在哪里,因为陀湛从来没有跟他提起过,只是让他一直沿着运河南下。

现在,曹举人已经不在乎陀湛的目的地了,因为他准备调整航向,驶入太湖。

太湖是五斗米帮会总舵根据地,太湖所有的一切都跟五斗米有关——所有的船只都是帮会的财产,所有的渔民、农人都是帮会的人,或者是帮众的亲眷。在太湖,五斗米帮会不仅拥有几十艘战船,还有两千水军。绍兴初年,当地官府想要剿灭五斗米帮会,每一次都伤亡惨重,最后不得不放弃对抗,转为合作。这几年,五斗米帮会都会向周遭的官府进贡，官府对五斗米在太湖的行为也总是睁一只眼闭一只眼。太湖俨然成了五斗米帮会的太湖。

曹举人猛地站起来，踌躇满志地来回踱步，心中暗忖："他娘的阁婆佬陀湛，等到了太湖，看我不把你碎尸万段！还有那些信件，也照样灰飞烟灭！"

在船的正前方，运河出现了岔口。往左打舵便进入了平江府的地界，往右打舵就是太湖的势力范围。他转过身，眼睛注视着船尾的方向，而后轻轻挥了挥右手。正在船尾掌舵的壮圆见状，将手轻轻地搭在船舵上，而后缓缓将船舵往右转，尽量让船上的人感觉不到方向的偏移。

此时，陀湛正并拢着双膝，跪在舱室内的地板上，进行着某种仪式。经过多日的颠沛流离，陀湛所进行的仪式在形式上已经简化了许多，但陀湛虔诚的态度、神龛内的牌位和冒着黑烟的石油灯一如既往。他嘴里咿咿嗡嗡念着阁婆咒语，全然没有注意到水船的航向已经发生了变化，也没有注意到船舱木板的另外一面有人在偷窥。

自从换了水船之后，范思凤就一直被关押在货舱之中。而货舱与客舱只有一墙之隔。当她听见隔壁传来奇怪的声音后，便悄悄扭动着被反绑四肢的身体，在木板墙上寻找到了一处缝隙。她从缝隙中看见，陀湛正跪坐在地板上，双目紧闭对着牌位和油灯祈祷，随后站起来，拿起牌位摆弄了几下，从牌位底座抽出一块木板来，原来牌位下面还藏了机关暗格。紧接着，陀湛从怀里掏出一捆信件，将它们塞进暗格，随后重新将木板扣上。

水船抵达太湖湖滨一个叫望渔铺的地方。这个地方是运河水的入湖口，同时也是太湖物产销往运河沿岸的集散地，商铺遍地，小贩众多。更重要的是，这些小贩都是五斗米帮会的人，他们只要放下秤杆，拿起刀斧，就能摇身一变成为帮会骁勇的打手。

陀湛察觉到了航向的异样，出来质问曹举人，态度还是一如既往的傲慢。曹举人极力克制内心的冲动，解释道："递铺的航线就是这么规定的，正好这里有集市，我们可以补充些物资。"

陀湛疑惑地看着远处飘缈无际的湖面，问道："这是哪里？"

"陀东家，前面就是大名鼎鼎的太湖了。"

"我们要往太湖走？"

"是的，航线就是这么规定的。"曹举人神态自若地回答道。

"去恁娘的航线，我说往运河走就往运河走，你敢擅作主张？"陀湛一脸的愤怒，口水都喷到曹举人的脸上了。

"按照航线走不会被盘查，而且太湖水面平静宽广，走起来比运河顺畅多了，不仅能提前抵达苏州，还能避免被封禁的风险。您想想，运河上的情况那么复杂，万一因为什么事被耽搁了，再被官府赶到运河支流里封禁起来，那不全耽误了吗？"

曹举人的话说到了点子上。关于运河要在王师抵达前一日封禁的消息，陀湛是知道的，运河上跑买卖的船只不想被封禁，都提前了日程，运河上确实比往常忙碌拥挤许多。这样的情况下，保不齐会发生什么意外，从而被辛弃疾追上。

"那就抓紧时间，采办完了就赶紧开拔。"陀湛说着便扭头要回客舱。

"陀东家，看您这一路上都闷在客舱里怪难受的。某家可是和您经历过许多风浪的，哪一次不是化险为夷，怎么，您还不放心啊？走，趁着采办的时间，我陪您吃鱼喝酒去。"

见陀湛还是要走，曹举人又说道："这太湖有三白，银鱼、白鱼、白虾。当地渔民喜欢将这三白放在一个锅里煮，煮出来的汤可鲜美了。许多像您这样从南洋过来的客商都好这一口，据说有大海的味道和家乡的滋味。某家特意教手下去安排了，还拿出压箱底的虾柔丹树酒呢！"曹举人说完，举起一个酒坛子在陀湛面前晃了晃。

"虾柔丹树酒？那是阇婆的酒。"陀湛的脚步怔住了。

"没错，惠山金易帮的兄弟听说陀东家是阇婆人，便特意送来这坛酒。金易帮在运河上专做名酒泉水生意，各国的名酒在他那都能找得到。陀东家，今天不是正好派上用场吗？"

陀湛的喉结上下动了动，一个久别家乡的阇婆人如何能拒绝虾柔丹树酒呢？

"那就随你去耽误半个时辰吧。"说着便将双手负在身后，准备下船。陀湛的那些阇婆随从也不用另外招呼，默契地跟了过来。

曹举人脸上笑嘻嘻地引着路，内心实则就快要憋不住了。陀湛啊陀湛，你现在有多神气，待会儿曹某就叫你有多落魄。一路上，曹举人暗自盘算：壮圆已经提前下船了，估计一切都已经安排妥当。按照原计划，这几个阇婆佬只要一进食铺就会被五斗米帮会的人包围起来。大家会先把陀湛的随从解决掉，而后将陀湛控制起来好生盘问，逼迫陀湛交出那些信件，再将其大卸八块丢进太湖喂虾蟹。

计划开展得很顺利，陀湛和他的随从仝数踏入食铺之后，那些和颜悦色的伙计突然变脸，从后腰、桌底、房梁取下早已准备好的各式武器，将阇婆人团团围住。

"曹举人！你果然还是动手了！"陀湛被随从护在中间，但他似乎并没有曹举人预想的那么害怕。

"叉恁娘的！憋死某家了，某家早就想给你点颜色瞧瞧了。"曹举人说罢，大手一挥，也不准备继续和陀湛废话，双方针尖对麦芒地打了起来。

战斗比曹举人预想的激烈得多，他没想到陀湛那些阇婆随从竟然这么能打，全然不像是商贾的打手，倒像是训练有素的士兵。他曹举人哪里晓得，陀湛本来就不是什么商人，而是阇婆王子韦铎的幕僚。他身边的随从全都是韦铎王子的府兵，自然格外善战。

壮圆原先只安排了十来个弟兄来对付那五六个阇婆人，没想到己方人数是对方的两倍，却占不到任何便宜，反而被打得节节败退，好几次险些让阇婆人突围。

曹举人慌了神，当一头狼露出獠牙的时候就必须战斗到底，不是你死就是我亡。今天若是让陀湛逃走，那自己的命数也就到头了。想到这，他将拇指和食指靠在嘴唇上，吹出一声尖锐的哨音，整个望渔铺集市立刻躁动起来。几乎所有人听到哨音后都停止了自己手上的活计，操着武器朝食铺赶来，一时间场面大乱。

就在这乱糟糟的场面之中，众人都没有注意到，一个灰头土脸的小伙计佝偻着身躯，快速登上了递铺水船。

第十二章
二月十一,戊申(下)

战斗进行了半炷香的时间,望渔铺集市上几乎所有的人都聚集到食铺附近,大概有百余号人。随着陀湛最后一个随从身中数刀倒在血泊中,陀湛也丧失了抵抗的体力,单膝跪地,双手艰难地撑在地上,不停地喘着气。

"陀东家,我曹举人是个江湖粗人,最看重的就是个人颜面。可是你一而再,再而三地挑战我的底线,是你逼我这么做的!"曹举人红着眼,将陀湛踹倒在地。

"某家纵横江湖数十载,最受不了的就是有人拿我和帮众的前途命运开玩笑。阖婆佬!恁娘的你也敢!"

"曹举人,你……你就不怕我把你与李通私通的信件公布出去吗?你竟然敢这样对我,是不是老寿星嫌命长了?啊?"陀湛虽然被曹举人踩在脚下,但气势犹在。

"怕,某家怕的不就是这个吗?不然,你也不能活到今时今日啊。快说,那些信被你藏在什么地方?"曹举人使使劲,陀湛便呕出一口血沫。

"哼!不讲信用的江湖莽夫,你这么有能耐,为何不自己找?"陀湛仍旧嘴硬。

"好啊,那某家就恭敬不如从命了!弟兄们,把这个阁婆佬的衣裤都给我扒了。"总舵主一声令下,帮众们哪里敢怠慢,三下五除二地将陀湛脱了个精光。不过,众人在陀湛衣物中搜寻了一番,却一无所获。

曹举人气得后槽牙咬得咯咯响:"恁娘的臭海贼,赶紧把信件给我交出来,兴许我还能给你一条生路!"

陀湛冷笑一声,说道:"你若是拿到了信件,我还有什么理由继续存活在这个世上?曹舵主,你放心吧,东西我是不会给你的。人死不过头点地,要动手就快一点。"

"你这阁婆佬骨头倒是贱得很,来人啊,把陀湛拎到船上去!我要在他面前一件一件地砸开他的家当,就不信找不到那些信件!"

陀湛被五斗米帮会的人像拎一只秃了毛的公鸡似的拎到了水船的客舱里。随后,这些常年在太湖上捕鱼的帮众,不用提前商议就像是拉网一样开始了全面排查。凡是经他们手的东西都碎得不能再碎,所以,当他们拿起陀湛祭祀的牌位的时候,陀湛的心立刻就提到了嗓子眼。按照五斗米帮会一如既往的细致程度,发现牌位暗格以及藏在里面的书信是必然之事。若是如此,那他陀湛今日势必会把性命交待在这儿,无法完成韦铎王子交办的任务。不仅如此,他远在阁婆的家人,也会受到"特拉斯格尼"之刑。

还有眉珠,她的自由之梦也会随之破灭,等待她的只有暗无天日的奴役之苦。

"嘣!"牌位被重重地砸在地上,碎成了四片,暗格的卡扣也随之崩裂。陀湛认命地闭上了眼睛，等待曹举人的审问。但是，陀湛等了片刻，打砸之声并没有停止，曹举人依旧站在原处，目不转睛地注视着帮众的行动。

陀湛将视线转移到甲板上，奇怪的事情出现了，四分五裂的牌位里并没有书信，甚至连影子也没有见到。

正当陀湛纳闷之际，有人突然跑进来在曹举人耳边低语了几句，曹举人便发疯似的冲到了隔壁货舱，而后破口大骂起来。从曹举人的骂声中，陀湛猜到，是原本被绑缚在货舱的李囡儿再一次逃走了。

"难不成李囡儿真的是仙姑？三番五次能逃出咱们五斗米的五指山？"

陀湛听见曹举人气急败坏的叫骂声后，思忖了片刻，突然哈哈大笑起来。

曹举人听见陀湛的笑声，迈着怒气十足的步伐踅了回来。

"恁娘的笑什么呢？告诉你，老子就算找不到那几封信也要弄死你！死到临头了还敢幸灾乐祸？"曹举人朝陀湛啐了一口唾沫。

"我笑，是因为总舵主还没想到消失的两个东西之间，有什么可能的联系。"

"恁娘的少跟我卖关子，老了……"曹举人突然意识到了什么，"你这个阉婆佬，是不是跟老子耍了什么鬼手段？"

陀湛止住笑，煞有介事地说道："信件不翼而飞了，李囡儿也不见了，总舵主，有没有一种可能是李囡儿趁乱将那些信件带走了呢？"

"怎么可能……"曹举人一开始并不相信,但随后又严肃起来,"陀湛!你好大的能耐!"

"客舱与货舱仅仅隔了一块木板,只要我想这么做,就能做到,跟能耐有甚关系。"

陀湛继续平静地胡诌,但曹举人却无法再平静了。

"曹举人,你今日若是杀了我,保不齐第二日五斗米帮会私通金人的消息就会传遍各州府。我保准能在黄泉路上等到你,总舵主!"陀湛的眼里露出了丝丝狠意,他现编的这些话似乎连自己都信了。

"李图儿去了哪里?"曹举人夺过身边人的剁鱼刀,抵在陀湛的脖颈上。

"你动手啊,反正我是不会说的。"

曹举人眼角剧烈地抽动着,看得出他很想砍了陀湛,但理智却控制住了他的手。曹举人天人交战了良久,最后将刀重重地掼在地上。

"陀……陀东家……把五斗米帮会上上下下都给害死,对你也没什么好处吧?"曹举人说话的时候并不看着陀湛。

"当然,一点好处也没有。"

"这些……这些石油到底运到哪里去?陀东家,某家答应你的事情还没有做完呢……"曹举人越说声音越小,似乎全然没了精气神。

"对啊,你们五斗米帮会欠我的呢,所以你们都死了对我有什么好处?"陀湛泰然自若地在地上找了衣物穿在身上,而后说道,"据我所知,太湖水系四通八达,从望渔铺出发,既可以去苏州,也可以去湖州,对吗?"

曹举人点点头。

"给我一艘船,我从湖州去临安。曹举人,我保证,只要我能平安抵达临安,你还能当太湖的土皇帝。"

"那……那一万斤石油怎么办?"

"你们仍旧驾驶着这艘船,就当什么事也没有发生。"陀湛顿了顿,"市舶司的文牒还在吧?你们就拿着文牒继续将石油送平江府苏州文心墨坊胡同仁宝号查收。"

曹举人一时不知道陀湛到底想要干什么。

"陀东家,市舶司的文牒只是为了方便运输找司内同仁伪造的。那可是一万斤石油啊,难道真的就送给文心墨坊了?"

陀湛说道:"文牒虽然是伪造的,但当真的使用也无妨吧?"

曹举人不知道陀湛的意思,思忖了片刻,说道:"司内同仁倒是造得真,无论纸张、印章与真文牒无异。"

"那就妥了,你们只管将这些石油送去就是了。"

"可……"曹举人还是不明白,"可文牒毕竟是假的啊……难道陀东家一开始并没有确凿的目的地?"

陀湛笑了,他诡异地看着曹举人,缓缓吐出两个字。

"没有。"

曹举人愣在原地,不知道再说什么好了。那可是一万斤石油,即使是从太平军手里低价购得,那最少也得消费万金。价值万金的石油,难道真的就便宜了文心墨坊?

"陀东家,你葫芦里到底卖的什么药啊?某家当初说好只是帮忙押运,陀东家若是不在船上,那我……我不成了货主了。"

"你不是早就想当家做主了吗?不然又怎么会对我动了杀心?别问那么多了,快给我备船!"陀湛提高了调门,想掩饰自己的底气不足,生怕再耽误一会儿谎言就会被拆穿。

当下这样的情况,曹举人已经完全失去了思考的能力。那些信件陀湛分明是带在身上的,李图儿手脚也都绑着,怎么能一起凭空消失了呢。陀湛说的话到底是真是假?听着像真的,但曹举人又从未发觉陀湛和李图儿之间有过联络。陀湛被带下船的时候,李图儿还绑在货舱里,她是怎么挣脱的,又是何时拿到那些信件的?

这些都是未解之谜,正因为未解,所以陀湛的一言一行在曹举人看来都充满了神秘感,还有他一路上进行的奇怪仪式,想到这些,曹举人不得不谨慎行事。所以,对于陀湛的要求,曹举人再一次选择了听从。

陆游在临安的宅邸是租赁的,在临安城西这片遍地都是皇亲国戚、勋爵豪绅的地方显得相当不起眼。但就算如此,陆游也要花费将近一半的俸禄才能负担日常开销,生活并不宽裕。每当节日庆典、父母生辰之际,他还要给居住在绍兴的家人寄钱,就更加拮据了。好在他应酬交际极少,只是喜欢窝家写诗填词,文房四宝还能应付得起。

平日里,陆游写诗填词只用市面上极其普通实惠的纸张,今日他却翻箱倒柜,拿出来一张砑花罗纹笺。这种纸工艺复杂,奢华绚丽,区区一张纸竟有绢帛的质感和效果,价格极其昂贵,非一般士大夫用得起。若是单凭陆游现在的财力,无论如何也舍不得这个买纸钱。好在其祖上在靖康之难以前也曾在东京做官,购纳了一些罗纹笺，留给了陆游。

陆游将纸张小心平整地铺在案板上，而后蘸墨提腕，一气呵成写下了：羌胡忘覆育，师旅备非常。南服更旄节，中军铸印章。驰书谕燕赵，开府冠侯王。赫赫今何在，门庭冷似霜。

这是一首挽歌词，是陆游写给刘锜的。今日早些时辰，一代名将刘锜殁于建康府的消息传到了临安，让陆游不禁潸然泪下。南渡初年，大宋有四个令金人闻风丧胆的名字，他们是张俊、韩世忠、岳飞和刘锜，只不过在朝廷议和政策下，每个人的命运都让人叹息。刘锜也曾被罢免兵权。绍兴二十九年，面对金主完颜亮准备南侵的形势，朝廷无人可用，只好又任命年逾花甲的刘锜重掌兵权。去年十月，刘锜拖着老迈病体还取得过"中兴十三处战功"之一的皂角林之战的胜利。不过，刘锜终因旧疾缠身，近日被朝廷召回，暂且住在建康府休养，不承想却将忠骨埋在了那里。

刘锜的死，是这两日陆游心神不宁的原因之一。还有一个原因是他无意间发现了眉珠并不是一个简简单单的歌姬。歌姬是不会以曲催眠的，更不会撰抄都城舆图。陆游回想起眉珠撰抄舆图的动作，简直与她弹琴歌唱一样，举手投足间尽显训练有素的样子。她到底是什么身份，如果不是歌姬为什么如此精通曲艺？如果是歌姬又如何敢在皇城司眼皮子底下撰抄临安舆图？陆游希望眉珠在石帚外宅的所作所为是遭人胁迫的，可从她得心应手的样子来看，绝对是个老手。

陆游这么一想，突然觉得眉珠这个阇婆女人并不简单，而且相当神秘。她在临安的成名时间极短，短得充满了预谋的气息。眉珠似乎是为了一件事才来的临安，而且为了办成这件事情，她必须要先在临安打出名气。想到这里,陆游心中似乎有了答案——眉珠应该是专程为了迎接王师的运河灯会而来的。陆游不自觉地将舆图和运河灯会联系在一起,不由得吸了一口冷气。他虽然想不明白其中的确切关联,但无论什么事情,只要上升到官家皇室的高度,就没有小事!

想到这,陆游决定去找眉珠。他已经给眉珠想好了两条路,一是坦诚相告并且交出舆图,二是若拒不配合便报官处理。对于陆游而言,他不愿意看到第二种情况发生,但如果眉珠拒绝坦诚相告,他宁愿失去一个知音。

庆和楼就在朝天门脚下,毗邻南瓦子和熙春楼,是临安城顶顶繁华热闹之地。陆游一路上穿街过巷,才从他那个人迹罕至的僻静之地来到了车水马龙的御街之上。他正准备穿过御街,直奔庆和楼而去的时候,忽然见到一辆马车从水巷桥驶过来,进入了兰陵坊。陆游认出了那辆马车,车檐下挂着一块朱红色的牌子,上面有"妙音"二字,正是庆和楼给眉珠配的马车。

陆游在一家扇铺前停下脚步,佯装欣赏扇面。眉珠的马车驶出兰陵坊后,便右转进了御街,径直往城北而去。陆游见此情形,不容多想,也跟了上去。好在御街上人车密集,眉珠的马车跑不起来,陆游又腿长步子大,一直没有跟丢。

一直过了观桥,眉珠的马车悠然左拐,往新庄桥方向而去。眉珠这是要出城了,陆游心想,出了城马车就能跑起来,到时候就算自己双腿再长也跟不上啊。

"务观?"正当陆游专心赶路的时候,身旁突然有人招呼自己。陆游侧头看去,有些眼熟,但又想不起是谁来。

"看你的表情,是把在下忘了啊?"

陆游定眼瞧了瞧,还是没认出来,又朝马车的方向看了看,眉珠已经快要过余杭门了。陆游见对方一身官员打扮,官阶应该在自己之上,只能客客气气地说道:"小可脸盲,不知阁下尊姓大名?"

"敝姓王,那日与礼部员外郎一道在庆和楼听曲,有过一面之缘的呀。"

陆游想起了那个当众奚落自己的员外郎,想必那个员外郎的朋友也不是甚好鸟。

"啊……小可想起来了,是王朝奉。"陆游话语虽然客气,但态度已然没有先前那么恭敬了,甚至立刻就想离开。

"瞧你瞧你,一说是员外郎的朋友,你的脸色就变了。那日在庆和楼,我可曾随大流说过一句不好听的话?人在朝堂,身不由己。我还是很欣赏汝之才学。务观,若是没吃晚食,不如与我一起去……"

王朝奉话还没说完,陆游就打断道:"多谢王朝奉美意,下官还有事,先行离开。"说着摆开架势准备往余杭门跑去。

"务观,你何事如此焦急,不如骑我的马去。"

陆游刚甩开的膀子突然收了回来,一脸认真地问道:"当真?"

王朝奉被陆游噎在原地,他原本只是想客气客气,没想到陆游却一点儿也不客气。

"当……当真啊。"

"多谢王朝奉救急!"陆游说罢便毫不客气地准备去扯缰绳。

王朝奉见状又拉住缰绳,为难了半天,一跺脚说道:"实不相瞒，今日你我相遇也算是老天爷牵线了。今天若不是巧合碰见你，也要去你府上请见。我就直说了吧。近日，上司杨大人给我牵了一门亲事，是吏部某司之女，此女精通诗文，尤其喜爱务观你的诗词，我见你常常著诗送人，可否也为我著……著诗一首，以博佳人好感？"王朝奉这话情真意切，并不虚假，他也知道陆游的脾气秉性，不会轻易卖弄诗文。如果陆游不同意，他也可以拒绝借马。如果陆游同意，那他王朝奉就赚大发了。

"好说好说，你先把马借我。"陆游直截了当地说。

"你答应了？"王朝奉不可思议。

"答应答应，就称赞你今日慷慨解难之德行。只是要等我回来，可否？"

"当……当真？"

"当真当真，君子有成人之美……"

王朝奉还沉浸在突如其来的惊喜之中，陆游早已跨上马背，驭马出了余杭门。

一出余杭门，扑面而来的是喧嚣的叫卖声和比御街更为熙攘的人车。陆游猛地拉住缰绳，将胯下马的双蹄都拉得抬了起来，才避免了与一辆运米车相撞。陆游忘了，临安有一句谚语，"东门菜，西门水，南门柴，北门米"。出了余杭门就是方圆二十里的湖墅米市，但是米市只是一个统称，并不恰当，所以时人更愿意称之为北关。

这里是江南运河抵达临安城的集散地，码头鳞次栉比。虽是日落时分，河中船只仍旧穿梭不停，樯桅绵延百里之遥。无论是前来公干的公船，还是做买卖的商船，都要在这里靠岸，该进城的进城，该卸货的卸货。运河两岸屋舍稠叠，商铺林立，彩楼酒旗目不暇接。此时，陆游就骑着马走在北关最繁华的街道之上，他伸了伸脖子，稍稍松了一口气。因为街道拥挤，他与眉珠的马车相距并不远，只消远远地跟着就行。

眉珠的马车一直到香积寺的青石广场才停下。香积寺是由运河进入临安的第一座寺庙，是杭嘉湖一带的佛教信徒到灵隐、天竺山的必经之地，香火甚旺。

此时，虽然太阳已经落山，但天色并没有全暗。陆游远远地将马拴好，而后徒步靠近，正巧看到穿着斗篷的眉珠从马车上下来，她双手抱着一把琴，陆游一眼就认出来那是自己送给她的清流戛玉。眉珠一只手握古琴凤颈，一只手把龙腰，陆游能清楚地看见古琴的琴底。清流戛玉的底板上有两个出音孔，一般称古琴较大的出音孔为龙池，称较小的出音孔为凤沼。正常情况下，这两个出音孔应该是空的，但此时清流戛玉的出音孔却被塞上了深色的布条。眉珠还时不时用手去试探，确保布条没掉。

不用想，从石苇家撰抄的临安舆图肯定还藏在琴腹之中。

眉珠走向山门，早已有知客和尚在门内等候。眉珠双脚一踏进香积寺的山门，两扇门便立刻缓缓地关上了。陆游知道，香积寺早已过了暮鼓的时间，不再接待香客，而眉珠却能让知客破例，想必不是一般的香客。

陆游看着紧闭的山门，想着自己无法像眉珠那样畅通无阻，索性在广场的柏树下坐定，等眉珠出来。他坐了一会儿又觉得不对，自己应该装作和眉珠巧遇才合理，于是又回到马匹附近，远远地瞧着山门。陆游心想，只要山门　开，他就牵着马走过去，恰好与眉珠来一个预谋已久的巧遇。

陆游牵着马,百无聊赖地等了两炷香之后,香积寺的山门重新开启,眉珠缓缓走出来,与知客和尚道别后,走向自己的马车。与进去的时候不一样,此时的眉珠已经双手空空,清流戛玉已然不在身上了。陆游赶忙挺了挺身子,押了押衣服,牵着马走上前去。

"眉珠姑娘,竟然在这遇见你了。"陆游说完干咳了两声,他还是不太习惯这种做作的行为。

"呀,竟是陆相公。天色昏暗,请恕妾身没有及时认出您来。"说罢,眉珠向陆游道了一个万福,神态不疾不徐,毫不惊慌。

"眉珠姑娘求佛?怎这般晚才出来?"

"哦,不算晚,其实妾身刚刚才进去不一会儿。陆相公如果说妾身是求佛,也算是吧。"

陆游心想,眉珠果然不是一般歌姬,面对询问竟然表现得如此泰然,全然不像做了亏心事的样子。

"这个时辰佛祖们也都禅休了吧?姑娘求的是什么佛?"

没想到眉珠马上回答道:"回禀相公,妾身已拿到石苇大人的保荐信了,想着在运河灯会上一定要弹唱好,切不能丢了相公和石苇大人的脸面。妾身白天一直在庆和楼忙,抽不出身来,只能这个时候前来拜求大圣紧那罗菩萨。紧那罗是梵语,意为音乐天和歌神,是佛家天龙八部之一。佛家云,紧那罗菩萨有美妙音声,能作歌舞,所以像眉珠这样的艺伶自然是要参拜的。"眉珠说着便看向布满舟灯渔火的运河,畅想道:"妾身希望紧那罗菩萨保佑我,运河灯会上在官家和全城百姓面前好好表现。这是妾身习琴学曲十几年来最大的梦想了,妾身一定要让自己的梦想绽放得如烟火一般，灿灿烂烂。"

陆游本想继续追问，但看着眉珠双眼里已然闪烁着动情的光芒，只是嘴唇翕动了几下，就再也问不出口了。

"眉珠姑娘有如此艺能艺心，届时定能惊艳全城。不要有甚压力，正常发挥即能惊艳四方。"

陆游诚恳地安慰了眉珠几句，二人又寒暄了片刻就在香积寺门前道了别。眉珠走后，陆游又想到了藏在琴腹中的舆图，心中不禁暗骂了自己几句：陆务观啊陆务观，你此行跟踪眉珠姑娘到底是为了什么，是为了勉励她，还是为了那几张舆图的真相？

罢了罢了，他摇了摇头。要让他陆游在心爱的眉珠姑娘面前咄咄逼问，他是做不到的。方才陆游什么也没说，眉珠姑娘只是动情的泪花在眼眶里一闪，他就投降了。如果自己真的逼问起来，眉珠姑娘断然也不会有什么好脸色，没准还会哭得梨花带雨，不教人心疼才怪呢。

陆游突然觉得自己还好没有追问眉珠姑娘，既然他已经知道舆图在清流戛玉里，而清流戛玉在香积寺里，那就神不知鬼不觉地将那些舆图偷出来付之一炬。这样既保全了眉珠姑娘，又保护了石苇大人，岂不是一举两得？

想到这，陆游情不自禁地击了一掌。就这么办，再晚一些趁着四下无人之际，潜入香积寺，拿回自己的清流戛玉。

现在已是酉末时分，但北关夜市正当热闹。不过这里的热闹和临安城里的热闹是不一样的，城里的热闹更显浮华，皇城、朝天门、御街、酒库、瓦子、厢房，城里的热闹总是顺带着一股子高贵和脂粉的味道。而北关夜市的热闹是属于平民老百姓的热闹，走南闯北的商旅，进京公干的地方官员，还有两岸的人家，似乎都以运河为纽带，紧紧地联系在一起。这是一种更为包容开放的热闹，即使是临安城中的达官贵人来到这里也会变得随和起来。就像一滴水融入了一条河，大家都好像一家人似的。

陆游心想，最近事多抽不开身，还真有好些时日没有来北关走走逛逛了，不如趁着空暇去喝一壶老酒。北关每天都有来自绍兴的商船往来，当然有不少黄酒商贩。陆游觉得，在这个乍暖还寒的时节，如果能温上一壶绍兴黄酒，佐以绍兴臭豆腐或者腐乳，那是最落胃的事情。想到这几样熟悉的家乡滋味，陆游不由得满口生津，便拉上王朝奉的马，沿街寻访起来。

不料北关这个地方还真有不少打着会稽风味的食店，陆游找了一间生意最好的，温了半斤黄酒，点了一碟腐乳，三两臭豆腐，半斤羊头肉，轻轻松松便打发了一个时辰的光阴。吃饱喝足以后，陆游瞥了一眼店内的水漏，时间将近戌时，便结了账走出了食店。

食店外，原本游人如织的街道上终于变得空旷起来，沿街商铺和沿途商贩都在收拾物什，准备打烊收摊。运河上，不管是官船还是商船、游船都已经靠在码头岸边，透过林立的桅杆，陆游可以看到河面上已经没有行船。

是时候了，陆游心想。他来到马匹旁，拍了拍马额，吩咐食店伙计代为照看，次日将马送回王朝奉的家。交代清楚这些事情，他才朝香积寺的方向走去。

陆游这么做自然是考虑过的，深更半夜人好藏，马不好藏。那个王朝奉虽不是什么大官，但也保不齐有人认出他的马来。自己此行去做的不是什么光彩的事情，万一露了馅，再把王朝奉牵扯进来,那就太不好意思了。

陆游在暗夜中独行,为了再隐蔽一点,他闪身进入一条窄巷,又在巷子里东绕西绕来到了香积寺的后院。后院周边都是高大的树木,陆游站在墙根下,连天上的星星都看不见,自然应该也没有人能看见他。他活络了活络筋骨,方才那半斤黄酒让他全身发热,精神头十足,翻墙进香积寺的后院也不在话下。

陆游不慌不忙地查看了一番周遭的地形,确定了方位之后,便开始行动起来。紧那罗菩萨供奉于香积寺主殿之中,陆游现在在后院,后院在北,他应该往南走。虽说这香积寺是临安名寺,但终究是佛门净地,一路上全然没有任何警戒,也没有什么巡院的武僧。

陆游心中默念着罪过,一抬眼便看到了挂着"天厨妙供"牌匾的主殿,主殿二楼檐下还有一块竖匾,上书"大圣紧那罗王殿"。找到了,陆游小心翼翼地推开佛殿的格子门,又轻轻地关上,生怕弄出一点声响来。陆游关上门,一转身,就见到了紧那罗菩萨,祂人眼圆睁,右手拿铜锤,左手伸一食指,好像正指着自己。陆游不自觉地惊了一下,马上双手合十,念诵了一声阿弥陀佛。

借着佛殿里的长明灯,陆游可以看见他送给眉珠的清流夏玉就供在佛前。他将琴翻了过来,扯开塞住底部两个音孔的布条,便看见了雪白的纸张。陆游用两根手指伸进音孔将那叠纸夹出来,翻开查阅后,的确是临安城的舆图。

陆游将舆图塞进衣兜,重新将布条塞进音孔,而后摆放在原来的位置。做完了这些,陆游退到佛前,跪在蒲团上,双手合十道:"小可陆游,今夜叨扰菩萨禅修实属无奈之举。这些舆图是绝密之物，我虽不知眉珠将其供在佛前有何企图，但终究不是应该在佛殿中出现的东西，若是从菩萨这里流失了出去反而会闹起些风波来。菩萨以慈悲为怀，就让小可把舆图带走销毁，既能保护石苇、眉珠的安危，也能保全菩萨清誉……得罪了。"

祷告完毕后，陆游随即起身准备离开，不料这个时候却传来了一阵叩门声。

"悟能，为师闻到酒味了，知道是你在里面。"

陆游一颗心猛地吊起来，他左顾右盼寻找藏身之所，最后躲在了佛像的后面。

"诚心向佛者必须铭记五戒，不饮酒，不杀生，不偷盗，不邪淫，不妄语。戒酒虽不是根本戒，但饮酒后容易破犯五戒中的其他四戒。方丈已经交代过为师好几回了，下回若再发现你饮酒，就将你逐出山门！但你有慧根，为师不舍……"

陆游心想，外面的和尚是把他误以为自己的徒弟了。

"今夜就罚你在菩萨面前忏悔，不到晨钟不准出来！"

紧接着，陆游就听见了锁门的声音，顿时慌了神。他从佛像后面出来准备解释，结果却被一个蒲团绊倒，等他爬起来赶到门口，门外早已恢复了平静。

"师父！师父！"陆游叫了两声，没有人答应。

第十三章
二月十二，己酉（上）

今日是二月十二，江南人称这一天为百花的生日，也叫花朝节。在这天，江南年轻男女最愿意做的事情就是踏青赏红。若是有了心仪对象，希望能顺利修好的，也会去拜佛祈福。总之，在这一天里，大家都愿意走出家门，寻陌上花开，积香火之德。

苏州城外的虎丘山被誉为吴中第一山，山下有一条山塘河。山塘河的两岸便是被誉为姑苏第一名街的山塘街，此街的开街人正是大名鼎鼎的前朝文人白居易。白居易任苏州刺史之际，在山塘河两岸插藕植柳，夹桃种李，春风一吹，风情万种。

花朝节这天，姑苏男女不管是沿着山塘街步行乘车，还是顺着山塘河坐船，都要在虎丘山头山门这个地方会合，于是这个地方在二月十二这一日，成了比姑苏城阊门还要拥堵的地方。一艘狭小的舢板船被如辐辏般密集的游船拦住了去路，破烂的席帘子被一根手指拨开了一条缝，芦苇棚里探出来小半张脸。

"呀，到虎丘了。哦，今日是花朝节哩！"齐见贤兴奋地对窝在芦苇篷另一头的范思凤说，"花朝节这一天就应该去踏青赏花，虎丘这个地方是顶好的去处了。连东坡居士都说，到苏州而不游虎丘乃憾事也。囡儿姑娘,如此良辰美景,你我又再次相聚,不可不谓之于缘分,我们真应该去虎丘山上求个姻缘呢。"

齐见贤说得眉飞色舞,范思凤仍旧窝在角落里不为所动。

"囡儿姑娘,你现在知道我齐见贤的真心了吧?若不是我趁着曹举人和陀湛两拨人打起来将你救出,恐怕你现在也是凶多吉少。不过一切都过去了,你放心,只要我齐见贤还活着,就一定会保护你的。"齐见贤把胸脯拍得梆梆响。

"齐见贤,从这里去苏州城还有多少水程?"范思凤保持着原来的姿势,只是冷冷地问道。

"山塘河东起阊门,西至虎丘,有'七里山塘到虎丘'之说。囡儿,从太湖过来,咱们九百九十九步都走完了,还在乎这一步?走,一起去虎丘山赶个热闹吧。"

"要去你去,我不去,我还有要紧事要做。"范思凤说着,双手紧紧地抱住身体,她必须要保护好从陀湛房间偷来的那些信。

"有什么要紧事?就为了那几封信?"

"这不是一般的信。"范思凤白了齐见贤一眼。这个齐见贤还当她是李囡儿,当然不会知道这些信可以置曹举人于死地,为父亲报仇雪恨。

"你是不是还想找那个辛弃疾?"齐见贤没头没尾地问了这么一句。

范思凤气不打一处来,这个齐见贤虽然救了自己,但满脑子想的都是情情爱爱,真是个在杨柳岸长大的江南小子。

"我必须找到辛弃疾,只有他才能帮我。"

"囡儿,我也能帮你的。我既然能把你救出来,就能帮你。"

齐见贤提高声量，面红耳赤。

"你帮不了我的，他是官儿，你是什么？"范思凤心想，这些信只有交到辛弃疾手里她才放心。五斗米帮会在运河沿岸的势力范思凤是清楚的，父亲死了这么久连一个说法都没有，保不齐曹举人在各地官府都有内应和帮衬，随便把信交出去搞不好会竹篮打水一场空。况且齐见贤只是一个被除了籍的前胥吏，能有多大能耐？

"好好好，反正那个辛弃疾什么都好，而我齐见贤什么都不行。可是囡儿姑娘，你别忘了，救你的人可是我齐见贤啊！辛弃疾再有能耐，可是人家根本就不在乎你。我当初之所以在常州和辛弃疾分道扬镳，就是因为他的心里只有查案，没有你，他根本没想过要救你。只有我！我在乎你，所以我一个人冒着生命危险，像条狗一样一路东躲西藏，嗅着陀湛和曹举人的气味，找到了你，救下了你。"齐见贤的声音不大，语气却极为委屈，边说边流眼泪。

"齐见贤，你的恩情我一辈子也不会忘记的。可是，我还是要找到辛弃疾。"

齐见贤感到一阵晕眩，身子向后塌去，心中有力却使不出来，就算好不容易使出来了，也是一拳打在棉花上，人家根本不在乎。

"齐见贤，谢谢你。如果你要去虎丘山的话，那我就在这里下船了。"范思凤说着便要起身。

"你别走！"浑身瘫软的齐见贤听见范思凤要走，突然像受了刺激似的，扑过来抓住她的肩膀。

范思凤强忍惊怕，并未立刻出手还击，而是质问道："齐见贤，你想干什么？别忘了，我可不是什么手无缚鸡之力的弱女子！我给你时间松手，否则别怪我翻脸！"

齐见贤又猛地收回双手。他惊诧地看着自己的双手,摇着头说道:"不是这样的,囡儿,我不是想要欺负你。我也不知道自己为什么会这样做。我……我只是不想让你走。你想去苏州城找掌书记?好,我也不去虎丘了,我带你去阊门。"

头山门一带人声鼎沸,不管是河中还是岸上,人人脸上都挂着笑靥。这些年轻人皆怀揣着对爱情的美好期许,全然不知道在这艘小小的舢板中有一位如此悲情的断肠人。齐见贤出了芦苇篷,俯身捧水拍到自己脸上。他狠狠地搓了搓自己悲伤的脸,又狠狠地用袖子擦干,最后狠狠地摇晃起船尾那一对橹。

苏州城周回十三里,城门名皆为伍子胥所取,每方二门,一共八门。苏州城内诸河之水在盘门、阊门汇聚,而后分流交贯,四直为经,三横为纬,逶迤东去,在娄门、葑门流出。苏州占据三江五湖之利,自古就闻名遐迩、富甲一方。而从虎丘山下的山塘河到阊门,再南下至胥门,沟通运河,工商贸易者云集,是翠袖三千、黄金百万、四远方言不同的江左第一大都会。

辛弃疾和猫耳二人自从惠山拔锚,便片刻不停地赶往苏州。因为曹举人和陀湛在太湖望渔铺的插曲,所以辛弃疾赶在曹举人之前抵达了苏州城。可辛弃疾并不知道曹举人的进度,一到苏州便吩咐猫耳前去闸务司、码头、货仓等地调查。辛弃疾相信猫耳的实力,自己放心地在阊门和胥门一带周旋。

阊门连接着山塘河和运河,胥门沟通着太湖,这是苏州城主要的两个入水口。辛弃疾心想,如果曹举人一行人进了城,猫耳肯定能查到线索。如果他们没有进苏州,那一定会出现在阊门和胥门的码头上。

辛弃疾沿着外城河不断往复于阊门和胥门之间，到了正午时分也没有看见可疑船只的影子，在城内调查的猫耳也迟迟没来外城河汇报，可见猫耳和他一样，都没甚进展。

外城河通过胥口和太湖相连，所以胥门外鱼市繁华。当辛弃疾再一次抵达胥门的时候，一旁茶铺酒肆中飘出来的酒菜香味挑拨着他早已饥渴难耐的神经。人是铁饭是钢，哪怕他辛弃疾是个强人，此时也抵挡不住饥肠辘辘。他来到紧挨着外城河的一家酒肆，找了一个临河的便座坐下，教店家随意安排几道特色饭菜。辛弃疾一刻也不敢大意地盯着外城河，心里一直盘算调查事宜。

不过，辛弃疾只盘算了几个弹指的工夫，脑子里便出现了李囡儿的影子，他便再也没办法思考下去了。辛弃疾想起那碗可以洗肝肠的春汤，也想起了她说的那句话："春汤灌脏，洗涤肝肠。某人方才应该喝了不少运河水吧，快喝些春汤洗涤洗涤他的黑肝肠。"

是啊，辛弃疾心想，李囡儿骂他黑肝肠一丁点儿也没有错。李囡儿自从上了他辛弃疾的船，不光没有添乱阻挠，还相帮了不少事体，甚至还救了他的命。如今，救命恩人李囡儿被曹举人掳去不知所终，自己却在这里吃香喝辣，一想到这，辛弃疾便重重地叹了一口气。

饭菜上来了，辛弃疾狼吞虎咽咀嚼着太湖鱼，将骨刺和鱼肉一同嚼烂咽下。辛弃疾不是不会吃鱼，而是伴随着食物下肚，他的思维再次活跃起来，脑子里又开始盘算起调查的事情，根本顾不上嘴里的情况。

按照曹举人一贯的行为，他大概率会驾船沿着运河航行，如果是这样的话，那么就应该去阊门看守，而不是在胥门。想到这里，辛弃疾便不敢在吃饭上耽误太多时间，他几乎是将一碗饭倒进自己的肚子里，而后又豪饮了一碗茶，用袖子揩了嘴巴就准备返回闾门去了。

正当辛弃疾准备走时，不远处响起了纤夫的呐喊声。胥口到胥门这一段河道水流平缓，现在还没到汛期，稍大的船只都需要纤夫拉纤才能顺利抵达外城河。辛弃疾叹了一口气，大船过河，小船只有先礼让的份，他悻悻地顺着纤声看去，突然就怔住了。眼前，由十几名纤夫缓缓拉动的正是他要找的水船——惠山金易帮最大的水船，船头有金易二字，字黑底蓝，正是金易透露给他的样子。

辛弃疾怔怔地看了一会儿，峰回路转的喜悦之情让他一下子不知道该干什么了。直到船头出现曹举人的身影，他才像突然解了穴一般，快速找了一顶小贩的遮阳伞躲了起来。好在曹举人并没有发现他，只见曹举人在船头环视了一圈之后，又消失在高高的船沿后面。

看水船的架势应该是要进苏州城了，为了方便跟踪，他索性留下了租来的小船，现雇了一艘小游船，既能掩人耳目，也可随机应变。小游船跟着水船从胥门进入，穿过风景如画的百花洲，而后转向南面，过程桥、庙桥，一直行驶到重昇院，而后又转向北，过了觉报寺，就在船舫桥一带停下来了。船舫桥一带地方开阔，遍地都是船厂、船坞。

游船的船夫告诉辛弃疾："船舫桥这一代有惠山泉的水铺，应该是交货来了。"

辛弃疾心中一沉，如果是石油的话，曹举人为何要来水铺交货呢？水船停下了，游船也跟着停下，辛弃疾在游船内悄悄地盯着，发现水船没有放下踏板，更没有人上岸，似乎在等待着什么。过了大概一炷香的工夫，从带城桥方向驶来了几艘小货船。这些小货船一来到水船附近，水船就立刻下锚放板。接着，不管是水船还是货船上的力夫们就开始忙活起来，将水船上一个个大木桶搬到一艘艘小货船上。

"劳驾靠近点。"

随着船家缓缓将游船靠近，辛弃疾看见了木桶上的字，不是"延州石油"，而是"天下第二泉"。辛弃疾不由得眉头打起了疙瘩，心想，难道这个曹举人不为陀湛运石油，倒为金易贩起了泉水？他又立刻打消了这个念头，不会的，金易应该不会骗他。此时，其中一艘货船缓缓驶向水船，货船上下来一位衣着光鲜的人，他拎着前裾，走下了货船和站在岸边的曹举人会合。

"这人是文心墨坊的胡掌柜。"船家告诉辛弃疾。辛弃疾这才稍稍出了一口气，这些标注着"天下第二泉"的木桶里装的都是石油无疑了。他给船家几颗碎银子，而后吩咐他将游船靠岸。辛弃疾在离曹举人、胡掌柜不远的地方下船，悄悄来到二人附近。这一带，满地都是靠在柳树旁等活计的力夫，辛弃疾将前裾后摆挽起，塞进腰带，猫着腰往力夫中间一坐，将头埋在胸前，也扮起等活的力夫来。辛弃疾的举动并没有引起周围力夫的怀疑，众人还挪了挪屁股给他腾位置。在运河上漂泊多日的掌书记如今身上未着官袍，前胸的衣襟上沾满了污渍，头发和胡须也是乱糟糟的，和一个靠力气吃饭的力夫没什么两样。

辛弃疾低着头，耳朵却警觉地听着身后曹举人和胡掌柜二人的谈话。

"伙计们在装船的便是你要的一万斤石油了，这是市舶司文牒，胡掌柜看看，如果没有问题的话就在这儿签个字画个押，我也好交差去了。"

胡掌柜拿着市舶司的文牒反反复复看了好几遍，上面的确清清楚楚地写着"平江府苏州文心墨坊宝号查收"几个字。他瞥了眼曹举人，又瞥了眼一桶一桶的石油，不由得咽了一口唾沫。他知道一万斤石油值多少钱，可是他又不敢收下来路不明的货物。

"哎呀，曹舵主，某家疑惑着呢，这些石油是一个阇婆商人陀湛委托你帮我送来的？"胡掌柜难以抑制心中的激动，声音也有些颤抖。

曹举人知道胡掌柜在疑惑什么，他不耐烦地点点头，说："胡掌柜在担心什么啊？文牒上不是写得清清楚楚吗？"

"是这样哩，是这样哩……"

曹举人斜了他一眼，故意说道："难道胡掌柜不知道这批货物？不会连货款也没有结算吧？"

胡掌柜也是个精明的商人，煮熟的鸭子绝不会让它飞走。"哎？哎呀，哪里是这个意思……这个陀湛我认识的哩，货款也结清了，我只是没想到这么快就送到了。"胡掌柜呵呵地笑着。

曹举人冷笑一声，心想，你认识陀湛个屁哩！天上掉馅饼的好事今日算是落到你胡掌柜的头上了。

"那不就结了，赶紧签个字，我还有事体要办呢。"

胡掌柜不再犹豫，从后腰抽出一支毛笔，而后在舌头上舔湿，就签上了自己的宝号。管他呢，按照文牒上写的，这些石油就是给自己的，管他里面有什么猫腻隐情先收下再说。若是有人来取货，大不了再还给他，若是没人来取货，那他奶奶的胡某人从此以后就发达了，也不用辛辛苦苦制墨，把两个鼻孔都给熏黑了。

曹举人将文牒重重地一合，塞进怀兜里，心想，这个胡掌柜得了这么大的好处，不趁机敲他一笔，就不是五斗米的做派。

"胡掌柜，货收了字也签了，你也应该犒劳犒劳我们这帮兄弟吧？阇婆佬陀湛可跟我说过，这批货的价钱可甚是低廉啊，相当于白捡。我说，你胡掌柜今大是赚大发了。"

胡掌柜心里咯噔一下，他看着曹举人那副嘴脸，心里又后怕起来。世上哪有天上掉馅饼的好事？搞不好这些石油不是热乎的馅饼，而是烫手的山芋哩。

胡掌柜支支吾吾地说："听总舵主这么一说，某家心里也犯嘀咕哩，你说那个阇婆人会不会没安什么好心？拿了一批假货来糊弄我呢？要不还是先留在贵帮的水船上，等我问清楚了再说。"

曹举人见胡掌柜有退缩之意，立马抓住了他的手腕，说道："胡掌柜莫怕呀？我五斗米帮会押运的东西还能有什么问题？你放心大胆地把货运回去……我只是叫你请大家伙儿吃个饭，喝个酒而已嘛，胡掌柜不会是只铁公鸡吧？"

"哎……我怎么会呢，饭要吃哩，酒也要喝哩，就是这货……能不能先缓一缓？"

"不能！"曹举人直截了当道，"你字都签了，货却不收走，到时候再去官府告我曹某人，说我无故私扣你的货物，难道想让我曹某人黑馍配凉水，蹲大牢去吗？"

"哪里敢，哪里敢啊。"

曹举人哈哈大笑起来,对着搬运的力夫们喊道:"弟兄们,把吃奶的劲头都使出来,干完了活胡掌柜请我们吃饭喝酒,逛青楼装阔佬啊!"

"要逛青楼?那可不敢现在就把劲头使完哩!"力夫中有人冒了这么一句话,众人皆哈哈大笑起来,只有胡掌柜哭丧个脸。不过,他咬了咬牙又想,怕甚哩,请这些粗汉消遣能去几个钱?但愿顺利把这些人打发走,自己就是苏州城屈指可数的富豪了。

众人装好了货物之后,胡掌柜强挤出笑脸,和曹举人坐上打头的货船,引着船队往墨坊的仓库驶去。辛弃疾也从力夫中间站起来,沿着岸边小径不紧不慢地跟着。

辛弃疾不知道,在他跟踪船队的同时,有一个人也在远处跟着他,腰间晃荡着巡检司的腰牌。辛弃疾沿着栽满柳树的河边一直走,柳树已经萌发出了嫩绿的新芽,在他眼前朦朦胧胧地拉上一条透绿的帷幔。透过这层帷幔,辛弃疾能看到河道两旁清一色的砖瓦房,有的挂着酒旗,有的飘着炊烟。河道里,船只虽然拥挤,但并不拥堵,熟能生巧的船家们或撑篙或划桨,流畅地操控着船只,相熟的船家互相点头问候也干脆利落,行云流水。跟随着墨坊的船队拐过带城桥,映入辛弃疾眼帘的是一片红的紫的小花,星星点点散布在桥下的一片空地上,像一块鲜艳名贵的波斯地毯。扎着满头髻的孩童们,就在这块地毯上和自己的小黄狗一起嬉戏扑蝶。

辛弃疾目之所及皆春意盎然,生机勃勃,不由得微笑起来。可当他看见时不时擦肩而过的年轻情侣,又莫名忧伤起来。辛弃疾想起了李囡儿,方才双方在卸货装货的时候他一直都从旁观望着,并没有看见李囡儿的身影。他回忆起在惠山上,金易帮也表示没有见到过李囡儿，莫非李囡儿真的没有登上水船，那她会去哪里呢？会不会已经……

辛弃疾不敢往下想了，他敛了敛思绪，眼睛继续盯着那批货船。他能看到曹举人和胡掌柜还在第一艘船的船首上谈笑，突然，他似乎被雷劈中一般立在原地动弹不得。

阇婆人陀湛呢？陀湛没有出现，李囡儿也没有出现。辛弃疾跟丢的这段时间里，他们到底发生了什么？

原本以为峰回路转的辛弃疾再一次迷茫起来，眼前仿佛有重重迷雾笼罩着自己。令他更为担心的是，曹举人此行没准只是为了吸引他的注意，虚晃一枪，真正的石油和李囡儿姑娘已经由陀湛运走了。

辛弃疾能听见自己心脏突突地跳动着，如果这是一个计谋，那他已经上当了。

货船行驶到孝光坊一带就停了，这儿是手工作坊的聚集地，文心墨坊的商铺和仓库就在这里。墨坊的货船停靠码头后，胡掌柜就开始指挥力夫们卸货。既然摆脱不了曹举人这些狗皮膏药，就心安理得地收下，他胡掌柜也不是初春里才长出来的嫩草，什么风雪没见过？曹举人要是敢乱来，他就去报官，有市舶司的文牒呢，道理肯定会在自己这边。

力夫们在卸货的时候，胡掌柜就将曹举人邀请进了墨坊的后院，他在那儿设了一间雅座，平时专门用来接待官员。

"曹舵主，你晓得的。我这里是墨坊，不是酒楼，这间雅座一般不对外人开放。总舵主专程替我跑这趟买卖，某家感激涕零，今天咱们就在这里好好放松，吃好喝好。"胡掌柜又凑到曹举人耳边轻声补充道,"外边有的,我这里全都有。"

曹举人会心一笑,虽然他的主要目的不是吃喝玩乐,但奔波了这么长时间确实也需要进补。

"胡掌柜盛情难却,那曹某就不客气了。不过,帮中一起忙活的兄弟们可不少,这一张桌子坐不下吧?"

"不怕,我已经吩咐下人在院里也摆上两桌。"

"胡掌柜爽快。你放心,我们吃饱喝足了就走,绝不为难你。"曹举人拍了拍胡掌柜的肩膀,心想,陀湛怎么让你走了狗屎运?老子一路上拼死拼活什么好处也没有!你等着吧,俗语云雁过拔毛,今天你胡掌柜不拔下几根毛,我就不是五斗米帮会的总舵主。

众人抵达文心墨坊时已经过了午食时间,都饿着肚子。胡掌柜催得急,所以酒菜很快就上齐了。大家都是买卖人、江湖人,不喜欢文人墨客的那一套,立刻气氛热烈地吃了起来。酒过三巡,胡掌柜摇摇晃晃地站起来称自己酒量不行,急着要登东。曹举人笑话了两句,并没有当作一回事。其实,胡掌柜商海沉浮数十载,什么样的酒量都练出来了,他之所以要借口登东,是想趁机验一验货。

胡掌柜从墨坊的后院出来,拐了个弯,溜到了仓库里,那一百桶"天下第二泉"整整齐齐地码在仓库中。他打了个酒嗝,嘿嘿一笑,俯身撕下一张标签,果然在"天下第二泉"的标签下还贴着一张"延州石油"的标签。他激动地搓了搓手,拿起一旁的撬棍,虽然力道不足,但依旧动作娴熟地撬开木桶的盖子。映入眼帘的是漆黑如墨的石油,他用手指在木桶里搅了搅而后凑到鼻子前闻了闻,果然是上好的延州石油,除了水汽重了一些,一切都好。胡掌柜满意地盖上盖子,水汽重了些怕甚哩,这一路走的都是水路,自然是有水汽的。

胡掌柜哼着小曲，心满意足地回后院去了。而他不知道的是，这一切都被躲在窗外的辛弃疾瞧了个正着。

本来，辛弃疾已经决定，只要追查到这批石油就立刻查封或者销毁，以免出现任何危及王师的意外。但从今天的情况来看，那个叫陀湛的阇婆人果真把石油送到了文心墨坊，而且还顺利通过了心思缜密的胡掌柜的查验。如果这真的只是一个买卖行为，那难道是他多心了？

辛弃疾窘迫地待在原地眨了眨眼睛，不，这绝对不可能。如果仅仅是买卖行为，那陀湛和曹举人的所作所为就说不过去了，况且他们还掳走了李囡儿。辛弃疾当下决定，还是要找曹举人来当面对峙清楚。可是眼下他也没有什么帮手，有什么资格和曹举人对峙？

看来只能拿满满一仓库的石油来做文章了。辛弃疾想到，曹举人和胡掌柜等人都在后院吃喝，没人管这仓库，他可以把仓库的门窗都锁死，而后以点火相威胁。这满满一仓库石油若是着了火星子，别说是文心墨坊了，方圆五里之内都会被炸成一片火海。不过，这个代价太大了，辛弃疾根本不会这么做，他只是想试探试探曹举人和胡掌柜，若是他们不上当，也只好抽身撤退，另寻他机。

想到这，他就立刻着手准备了。就在这个时候，他突然听见背后草木里有突兀的动静，警觉的他立刻回头，却看见一个蒙面黑衣人正迎面扑来。身为军人的辛弃疾见过太多这种千钧一发的局面，当即抽出佩剑格挡住了对方的当头一剑。黑衣人身形一滞，似乎在为辛弃疾的反应感到惊讶，不过惊讶的时间非常短促，他立刻又开始了第二次攻击。

接着，辛弃疾和黑衣人一来一去搏斗了起来，二人都用剑，但明显可以看出黑衣人是在拼尽全力，而辛弃疾却游刃有余。这样打下去，辛弃疾是稳赢的结果，但他随着过招的深入，眉头却不由得皱了起来。此人不管是身形，还是招数，都与自己的一位旧相识很像。

在接下来的过招中，辛弃疾显得有些心不在焉。突然，他一招解错，暴露给对方半个身位。黑衣人目光一凛，识出了辛弃疾的破绽，一个箭步上前，剑尖直指辛弃疾心窝。正当快要得逞之际，辛弃疾身形一闪，那半个身位的优势消失了，黑衣人的要害部位却进了辛弃疾的攻击范围。黑衣人难得抓住一个机会，速度冲得很快，辛弃疾借力打力，飞起两脚踹在黑衣人的膝关节，黑衣人只觉得双腿一麻，便跪倒在地，想要再站起来，双腿却丝毫使不上力气。下一个弹指，辛弃疾的剑已经架在了黑衣人的脖子上。

"果然是你！"辛弃疾质问跪在地上的黑衣人，但没去扯他的面罩。

黑衣人也不再回避，索性扯下了自己的面罩，是申屠襄旗。

"为什么要这么做？"辛弃疾直截了当地问道，但从声音中可以听出，他的心很痛。

"幼安兄如果还认申屠这个弟弟，那今天就离开苏州，别打这些石油一丝一毫的主意。"申屠襄旗背过脸，不敢看辛弃疾。

"怎？你是在保护曹举人，胡掌柜，还是陀湛？"

申屠襄旗咬了咬嘴唇，没有底气地说道："都不是……"

"所以你今日来，毫无缘由地要杀我？申屠，你是不是有什么难处？"对待申屠襄旗，辛弃疾仍旧是兄长的态度，仿佛刚才发生的不是生与死的较量，而是兄弟争吵罢了。

申屠的眼睛红了："幼安兄，如果这批石油出了问题，那你的申屠贤弟就是一个死！"

"怎么死？这些石油是你爹娘不成？"辛弃疾骂道。

"有人叫我保护这批货物，我用性命立下了军令状。"

"谁？陀湛还是曹举人？他们一个阉婆人，一个江湖人，还能让你这个朝廷命官立下军令状？"

申屠襄旗没有回答，辛弃疾又说："是曹举人对不对？"

"幼安兄，你别猜了。"申屠襄旗快要哭了。

辛弃疾脸色黯淡地说道："其实，从你招待我们上花舫游乐的时候我就猜到了。那样的阔气场面岂是你这样一个初出茅庐的都头负担得起的……曹举人和他的五斗米帮会常年在运河上跑买卖，你把自己卖给他们了吧？"

辛弃疾猜中了，申屠襄旗懊恼地捶着地面哭了起来。

"幼安兄，我能怎么办？我来南方的时候还小，又不像你这般有能耐，哪里应付得了官场上的事情？曹举人帮我打点关系，给我买宅子，我不帮他做点事情又怎么说得过去？"

辛弃疾痛心疾首地用剑身抽打着申屠襄旗的背，骂道："升官、发财，这是两条路，再难也不能和买卖人做朋友。你以为他们敬重你的官职，可怜你的遭遇，其实他们只是在利用你！你收了曹举人的恩惠，就等同于将把柄交到他的手里，这些道理我跟你讲过多少次了。你怎么……"

"道理我都懂，可真的深陷其中，我哪里分辨得清楚啊！"申屠襄旗抹了一把鼻涕，"幼安兄，是我申屠没有出息愧对了你的厚望。你杀了我吧！与其身败名裂地死，不如死在幼安兄的剑下，这样下了黄泉也有脸去找父亲母亲了……"

"你做了这些丑事，还敢说自己有脸……"辛弃疾也抹了一把眼泪。从天宁寺被大漠烟尘迷住双眼，到曹举人和陀湛顺利逃出常州水闸那会儿起，他就已经猜到，那个跟在自己身后的小申屠已经变了。不过，如果申屠襄旗今日没有出现在苏州，他也不准备把常州的那些事情当作一回事。毕竟人都是会变的，变好或是变坏，结局如何也是他们自己的造化罢了。但令辛弃疾没想到的是，申屠襄旗竟然能为了曹举人而抛下公职不管，还要杀他，申屠襄旗还有底线和良知吗？就算有，只怕也是不多了。

正当辛弃疾懊恼之际，跪在地上的申屠襄旗突然用拳头不断敲打自己的头部，甚至将自己手上的剑搭在脖子上准备自刎。辛弃疾哪里舍得申屠自杀，他赶忙打掉申屠手上的剑，一把将申屠抱住。

"申屠，如果你还认我这个兄长，就听我一句劝，去自首吧。两浙路提刑司的府衙就设在苏州城内，我陪你去……"

"我……我不能，我不能……我还想好好活着，我还年轻……"

"大丈夫能屈能伸，自首之后也许你的处境不会好，但我也快在朝廷站稳脚跟了，到时候我再想办法帮你。现在朝廷正是用人的时候，像你这般有才干的年轻人，一定还会有机会东山再起的。相信为兄……"

"不，幼安兄，你不知道我收了曹举人多少钱多少恩惠，我要是去自首那也是死罪……"

"若是死罪，那也是你自找的，大丈夫敢做敢当……"

"不！"

申屠襄旗大声地叫了起来，接着辛弃疾突然感到胸口被什么东西狠狠地刺入，接着一股热流涌了出来，涌到了他的肚子上。辛弃疾低头看去，一把匕首正插在自己的胸口，匕首附近的衣物早已殷红一片。

辛弃疾心绞了起来，他并没有感觉到伤口的疼痛，他的痛感来自申屠襄旗那执迷不悟的眼神。辛弃疾大口大口地喘着气，眼睛所看到的东西慢慢地变暗，好像太阳正在飞快地落山。满脸涕泗的申屠襄旗缓缓地站起来，面对着辛弃疾，辛弃疾只能看到一个高人的黑影笼罩在自己头顶。是的，那已经不是小申屠了，而是一个魔鬼般的黑影。

"幼安兄，我还舍不得死，对不住……"

辛弃疾看见那个黑影抬起脚，朝自己肩膀踹过来，接着他感觉到身体失去了控制，重重地跌进了河道里。辛弃疾不会游泳，而且汩汩流出的血液已经带走了他所有的力量，他只能眼看着自己慢慢下沉，下沉。

建王，臣恐怕要辜负你了。

不亮兄，泰山，我来了。

囡儿，对不住了。

第十四章
二月十二，己酉（下）

陆游在佛殿内绕了一圈又一圈，就是没有找到可以出去的地方。无所适从的陆游一屁股坐到了蒲团上，看着怒目圆睁的菩萨正瞪着自己，不由得有些心慌。他伸手摸了摸放在衣兜里的临安城舆图，决定索性直接销毁了事。自己深夜逗留香积寺，第二天肯定会被开门的师父抓个正着，到时候免不了审问和辩解，身上放着舆图实在太危险了。

陆游走到香炉面前，将眉珠细心抄撰的舆图在蜡烛上点燃，而后丢进香炉。他见纸灰和香灰有所不同，又将边上的香灰拨过来盖住纸灰。做完了这些，他松了一口气。刚才他在寻找出路的时候就看见，佛殿的角落里堆着许多蒲团，那些蒲团上都写着香客的姓名，是贡品。他将那些蒲团一一摆在地面上，而后和衣躺了上去，嘴里碎碎念着阿弥陀佛。

这一夜，只要稍有动静陆游就会惊醒，直到平旦时分，他被偷香油的老鼠吵醒，就再也睡不着了。他躺在蒲团上，看见高大的菩萨正睥睨着自己，便惊坐起来再也睡不着了。早起的陆游重新归置好蒲团，又准备去赶老鼠，突然想到菩萨心肠软，以慈悲为怀，便由着老鼠肆意妄为了。他推了推门，又顺着门缝窥了窥门外，还是一片寂静。陆游无聊地在佛前踅过来，踅过去，脑子里凌乱地冒出近几日的事件。他啊呀一声，想到自己答应了王朝奉，要送一首诗给他的，便开始构思起来。一炷香的工夫，陆游已经在胸中写好了准备送给王朝奉的五言律诗，正好瞧见佛案右侧有僧人抄经的笔纸，闲着也是闲着，就将其写了下来，放进了自己的衣兜。

又过了半个时辰，寺院里的僧人几乎都起床劳作了。花朝节，香积寺的香客也比往常要多一些，甚至在晨钟之前，香客们就开始敲山门了。一些虔诚的年轻人赶着来进头香，寺庙知道这些年轻人都是官宦子弟或者年轻有为的官员，不敢也不愿意教他们等，索性就大开山门放他们进来了。于是，所有的僧人都提前进入一种忙碌的状态，以至于悟能的师父早已把被困在大圣紧那罗王殿的"徒弟"给忘记了。

陆游听见一串脚步声正慢慢地靠近大圣紧那罗王殿，便正了正衣冠，清了清嗓子，准备如实面对僧人的质问和香客的疑问。不过，当他走到门边的时候，却听见了王朝奉的声音。

"那还有假！昨天傍晚陆务观亲口应承我的，我还把马借给他使了呢。"

"这么说来，王朝奉家以后也会挂着陆游的赠诗了，当朝有几个人有这般待遇？"

王朝奉和友人说笑着跟着开门的小僧走过来，陆游心中一紧，飞快地思考着：要是让王朝奉知道自己在香积寺过了一夜就麻烦了，虽说昨晚只是借了王朝奉的马出城，但寺院要是较真起来甚至要上公堂打官司的，万一把王朝奉牵涉进来就说不清楚了。陆游这样想,心里就急得不行。"咔嗒",殿门已经被打开了,巨大的格子门缓缓地向陆游打开过来,他一咬牙,往旁边闪了一步,躲到了格子门后去了。几乎同时,王朝奉等一行人走了进来。

一进殿门,这些求姻缘的年轻人就开始虔诚地一尊佛一尊佛地拜了起来。陆游悄悄地探出半个脑袋,可以看见这些人都已经跪在了蒲团上,有的一上一下地拜着,有的双手合十闭目祷告着,王朝奉则整个身体都趴在了蒲团上,双手掌心朝上,甚是虔诚。

总之,所有人都面朝紧那罗菩萨,没有人会注意他。于是,陆游悄悄地从门后走出来,像一只猫一样来到这些人的身后,找了一个空余的蒲团跪了下去。没有一个人发现他的行为,他放松地呼了一口气,规规矩矩地又拜了一次紧那罗菩萨。

王朝奉一行人拜完了紧那罗菩萨,纷纷起身准备退出大殿。王朝奉一转身,竟然瞧见陆游也正好从蒲团上站起来,惊讶地问候道:"陆务观,您怎么也在这里?"

与王朝奉同行的几位年轻人正侧目看着陆游,用袖子掩住嘴巴在说笑。

陆游知道,自己这个年纪来香积寺求姻缘太另类了,况且与唐婉和离之后,自己又娶了妻,生了子,求姻缘完全是多余的。

"哈呀,王朝奉。我刚才进来瞧见打头的人最虔诚,原来正是王朝奉你啊。"

"您也是来求姻缘的吗?"王朝奉打趣道,众人也不藏着掖着,嘻嘻哈哈起来。

"哪里哪里,务观已年近不惑,还求什么姻缘啊?务观是来悼念故人的。红酥手,黄滕酒,满城春色宫墙柳。东风恶,欢情薄，一怀愁绪，几年离索。错错错。"陆游没有撒谎，他刚才跟随大家一起拜佛的时候，心里想的就是唐婉。

随着陆游的声名鹊起，王朝奉这些人多多少少读了一些陆游的诗，知道陆游方才念的是《钗头凤》，正是悼念唐婉的。最近，临安城的瓦子里一些弄潮的说书人已经在说陆游和唐婉的爱情故事了，虽说这个故事的结局并不完美，但陆游和唐婉却成了年轻人羡慕的样子。于是，王朝奉这些人看着黯然伤神的陆游，心中不免敬重起来。在爱情的范畴内，陆游绝对是这些年轻人的前辈，毕竟这些年轻人此时还没有得到爱情。

王朝奉自然不用说了，他喜欢的吏部某司之女正是听了陆游与唐婉的故事后，才痴情于陆游的诗词的。

"哦，昨日答应王朝奉的诗，今日有缘，索性就当面给你了。"陆游说着从衣兜里掏出一张叠得整整齐齐的纸，交给王朝奉。

王朝奉正想着怎么开口问诗的事情呢，没想到陆游已经写好了，便欣喜地双手接过。他小心翼翼地展开纸张，快速地浏览了陆游为他创作的五言律诗和落款，又小心翼翼地叠好放入衣兜里。王朝奉感激地抱了抱陆游，说道："务观兄，饭否？"

"天色尚早，陆某还未吃早食。"

"听说花朝节这天，西山花圃院专门制作了春日融融姻缘汤，只有一百零八碗，去晚了就吃不到了。务观兄和我们一道去讨个彩头吧？"王朝奉诚心地邀请道。

陆游摆了摆手，借口道："今日主事给我安排了许多公务，这里去西山还有些路程呢，我怕耽误了时辰，就不和大家一起去了。"

王朝奉笑了笑，心里想官家不在临安，今日又是花朝节，况且陆游待的那个地方还是编修院,能有什么要紧的公务?

陆游也知道自己的理由牵强了一些,于是在王朝奉再次开口之前,他又说道:"况且,陆某已经无须姻缘了,还是把那碗春日融融什么汤留给年轻人吧。"

"怎么不需要姻缘?据我所知,庆和楼的眉珠姑娘就特别中意陆务观,虽然她是南洋女子,但也是才貌双全的佳人,务观你可不要错过啊。"王朝奉说完,身边的人又笑了笑,不过陆游听得出来,他们的笑声不再是奚落,而是羡慕且真诚地想要与他增进友谊。

陆游看着王朝奉等人真诚的样子,心中想:人在官场确实需要几个朋友,难得他们真心,再拒绝就有失礼数了。于是,陆游便应承了下来,随他们一道沿着花红柳绿的运河堤,往西山花圃院去了。

苏州孝光坊虽是手工作坊的聚集地,但其北侧沿河一带均为各作坊的后院,平时就人迹罕至。辛弃疾与申屠襄旗发生打斗时并没有人瞧见,当然辛弃疾被偷袭落水也没有人瞧见。

齐见贤和范思凤刚从山塘河进入外城河的时候,恰好看见辛弃疾驱船往胥门而去。他们本来能追上辛弃疾,奈何外运河上的商船着实太多,不巧又遇上了碰船事件,硬生生地拦住了他们的去路。等到外运河再次疏通,他们紧赶慢赶来到胥门,却又见到辛弃疾进了城。他们又跟进了城,一直到船舫桥他们才判断出,辛弃疾可能已经查到了石油的下落。

按照范思凤急切的心情,她恨不得立刻找到辛弃疾,将身上的信件交给他。这会儿再迫切也要挨住了,若是坏了辛弃疾的好事,人家届时又怎肯帮忙?所以,辛弃疾上岸,再跟着货船一路走到孝光坊,范思凤和齐见贤都在船上跟着。不过,他们并没有发现申屠襄旗的身影,就像申屠襄旗没有发现他们一样。

到了孝光坊,齐见贤告诉范思凤:"囡儿姑娘,掌书记现在应当有要事要忙,我们不如去寻点吃食吧?实不相瞒,齐某已经饿得前胸贴后背了。"

范思凤不允,只在船上等着,生怕自己错过辛弃疾从孝光坊出来的瞬间。

"那这样罢,齐某去买些吃食来,在船上吃,也别有一番滋味。如何?"

范思凤无所谓地点点头。她不是一个不知道感恩的人,她当然知道齐见贤为她所做的事情,但她也知道齐见贤的心思,为此,她对齐见贤压根就亲近不起来。无缘无故的爱总是让人受宠若惊的,但有所企图的爱却令人望而生畏。

齐见贤很快买了一些苏州当地特色的吃食回来,他眉飞色舞地介绍着,范思凤却没什么心思听。相反,在齐见贤热情的声音中,范思凤隐约听见船篷外有打斗的声音。

"听见了吗?"

"什么?"齐见贤手舞足蹈的动作突然定住,显得十分滑稽。

"外面好像有人打斗,不会是掌书记吧?"

齐见贤也侧耳听了片刻,说道:"还真有人在打架。"

"不是打架,你难道没听见刀剑的铿锵声吗?一定是掌书记!他有麻烦,我们得去帮忙。"范思凤说完立刻要去摇橹,不料却被齐见贤抓住了手臂。

"囡儿,我们什么情况都不知道,如此鲁莽恐怕不好吧?再说了,我没有功夫,你的功夫也是一般,去了没准会帮倒忙。"

范思凤甩开齐见贤的手臂。

"那你就待着,我去!"

"囡儿,你怎么不明白?我们去了万一被对方逮住,然后对方反过来以我们来要挟掌书记,那该怎么办?"

也许齐见贤的话有些不讲情理,但也并非全无道理。可是此刻,这些话在范思凤听来就是荒谬的无稽之谈。

"镇江已经过去好远了,你却还在吃醋。"

齐见贤脸唰地红了。

"齐某并非吃醋,或者说,并非完全在吃醋。囡儿,你仔细想想,我说的话有没有道理?"

范思凤一掌拍在齐见贤的手臂上,疼得他赶忙抱着手臂跳开了。

"有恁娘的狗屁道理!我只知道喜欢讲道理、卖嘴皮子的人不是甚男子汉!"

齐见贤夸张地揉着手臂,突然他警觉地说道:"你听,好像又没有打架的声音了。我就说,囡儿你不必……"

"遭了!"范思凤知道,打斗停止,不是赢了就是输了,辛弃疾孤身一人赢的概率自然不高。

范思凤保持着警惕,尽量不发出声音地缓缓靠近,岸上没有一个人。

"啊!"齐见贤大叫一声,又赶忙捂住自己的嘴巴。

范思凤顺着齐见贤惊愕的眼神看去,只见河面上有一摊晕开的血团,正在水流的作用下不断变幻着形状。但血团似乎并未被河水稀释,不断有新鲜血液从水下漫上来。范思凤努力抻着脖子往水中看去，隐约能看见一个黑乎乎的人形。

"是掌书记！"

齐见贤拉住准备往下跳的范思凤。

"你怎知是掌书记？万一是其他人呢？"

"那也要救上来一看。"

"万一救的不是掌书记，而是曹举人、陀湛之流……"

"哎呀！齐见贤！哪怕现在水里的是猛兽，我们救上来也不碍事，你还担心水里的这个人能把我们怎么样吗？要是救错了，大不了再丢下去！"范思凤急了，她极力挣脱开齐见贤，而后用缆绳捆住自己的腰，紧紧地打了一个死结。她不会水，但事到如今，也不得不下水搏一把了。

正当范思凤捆好缆绳准备往下跳的时候，身边突然飞快闪过一个身影，接着听见扑通一声，那个身影已经钻进了水中。范思凤回头看去，只见甲板上留着一堆衣服，齐见贤已经不见了踪影。

范思凤感激地松了一口气，而后又焦急地趴在船沿上看着那个越来越模糊的身影，心里默默地给齐见贤鼓劲。

大概过了几个弹指的工夫，齐见贤的头率先冒出了水面，他喘了几口大气，而后身子稍稍往下一沉，托出了一张惨白而又熟悉的脸，正是辛弃疾。齐见贤用一只手托住辛弃疾的头部，而后侧着身子用另外一只手不断划动，终于缓慢地向范思凤而来。

范思凤见齐见贤托着辛弃疾一沉一浮的样子，赶忙将腰上的缆绳解下，一次又一次地抛向齐见贤，终于被抓住。齐见贤将缆绳在手腕上转了几圈后，范思凤便开始用力，她像一个兢兢业业的纤夫一样，瞪着眼睛，屏着呼吸，鼓起腮帮子，甚至全身的肌肉都在颤抖。她并不是因为费劲，而是因为紧张，她担心齐见贤会体力不支或者对方什么人突然出现在岸边。此刻，她只想将辛弃疾和齐见贤两个人以最快的速度拉上来，如果此时出现任何意外，那水中的二人都会有致命的危险。范思凤不想失去他们中的任何一个人。

二人好不容易上了船，齐见贤累得趴在甲板上呕吐起来，范思凤感激地拍了拍他的背，而后便立刻去查看辛弃疾的情况了。范思凤将辛弃疾的身体翻过来，扒开他的外衣，原本白色的内衣已经被血晕成了淡红色，左胸位置的衣服上红色最为明显，还有一个豁口。范思凤推测，辛弃疾左胸的位置受了伤，接着她又小心地扯开辛弃疾的里衣，比伤口更先出现在范思凤眼前的是一块长命锁。这块长命锁她瞧着如此眼熟，与自己佩戴了十几年的那块是如此相似，不，简直就是一模一样。范思凤将辛弃疾的长命锁拿起，而后翻到背面，背面刻着的正是自己的生辰八字。

范思凤眼前一黑，脑袋嗡地炸开了。原来辛弃疾就是父亲范邦彦指定为婿之人。她抚摸着他受伤的胸膛，一种复杂的感觉涌上心头，父亲、婚配、报仇、救人各种情愫交织在一起，她反而不知道自己该干什么了。

"咳！"昏迷状态中的辛弃疾猛地咳嗽了一声，左胸的伤口随即冒出一小股带泡的鲜血。范思凤猛然醒悟过来，赶忙将其沉重的身躯拖进船篷，而后又快速跑到船尾调转船身，沿来时的路返回。她在跟踪辛弃疾时，路过船舫桥一带看见附近有许多打着治疗跌打损伤的幡旗，应该是医馆。

船舫桥一带是苏州城内最忙碌的码头之一，大批力夫聚集在此。这些干体力活的人常年以身体换银钱，自然常常会受伤或者劳累过度，所以这个地方医馆扎堆也不足为奇。但是医馆扎堆并不意味着辛弃疾就有救了。范思凤划着船一家医馆一家医馆地问过去，医生们往往上船看一眼辛弃疾的伤口便逃走了。这些经验丰富的医生知道那是刀剑所伤，而且还在心口的致命位置，一般的力夫怎么会受这么重的伤？

这样的伤者，这些医馆有一半是没有能力医治的，有能力医治的也不敢乱医。这些码头的医生不光行医经验丰富，行走江湖的经验同样不少。像辛弃疾这样受此类伤害的人，医不好会有麻烦，医好了同样会有麻烦，所以按照江湖经验，一般选择回避。

不过，也不是所有的医生都如此谨慎。俗语说，有钱能使鬼推磨，只要价钱到位，还是有医生愿意冒险一试的。有一个大胆的医生收了钱，又因为医术不高下不去手，心中过意不去，于是告诉她："小娘鱼，这样的病人只有龟老敢治，找其他人怎么就是完结。"

这位医生说的是苏州话，但范思凤大致听懂了。她如获至宝，又问怎么才能找到龟老。这位医生告诉她，龟老已经不坐堂行医了，只有去红鸭桥才能找到他。

范思凤想继续打听龟老的详细地址，那位医生只是摇摇头，说道："没什么地址，龟老就住在红鸭桥的桥洞里。如果他不在，就是去买酒了……不过，不晓得你这个弯爪猫朋友等不等得住了。"

范思凤听医生这么说，赶忙划船去红鸭桥。好在红鸭桥离船舫桥并不远，只绕过一个坊就到了。范思凤和齐见贤找到医生所说的那个桥洞，范思凤在洞口探问了几句，并没有人回答，看来真是买酒去了。

"囡儿，先把掌书记背进去吧说吧。看看洞里有什么能用的医具药物，在这里干等着肯定不是个事儿。"背着辛弃疾的齐见贤如此建议，范思凤觉得有理，便不顾礼节，率先低头钻进了那个黑黢黢的桥洞。

一钻进桥洞，一股酸腐的臭味就冲进了二人的鼻腔。那气味就好似一只从没洗过澡的流浪狗，叼着一只死老鼠，跳进了腌菜缸。齐见贤情不自禁地干呕了几声，他原本怀疑是不是找错地方了，但转眼就看见墙根底下杂乱摆放着药罐医具，这才打消了怀疑的念头。

"这是能救病治人的地方吗？别说是像掌书记这样受伤的人，就是没受伤、身体健全之人在这待久了也会生病吧？我看咱们还是不要把希望寄托在这样的医生身上吧？"齐见贤捏着鼻子说。

"没时间了，苏州城内医生成百上千，我们能慢慢找，可掌书记等不了了。我们需要的是能救命的医生。"

"那也不能病急乱投医吧？"

范思凤没有理会齐见贤，而是蹲下身子在墙根旁翻找起药罐来。齐见贤见范思凤决心已定，便不再说什么。他本想将辛弃疾安置在哪里，然后帮衬范思凤一起找药，但他四下观察了一番，发现这个桥洞里能落个脚就不错了，何谈安置一位伤者，索性继续背着。

"哪里来的小野鸡偷爷爷的神药？"突然，二人身后悠悠传来一声苍老而又干瘪的质问，把二人都吓了一跳。二人转身看去，只看见一堆破烂，并没有看见人。

"腌臢菜，你往哪里看，爷爷我在这里。"

齐见贤这下子听清楚，声音好像是从自己脚边的位置传来的，于是低头看去，猛地看见了一张苍老且肮脏的脸，吓得一个跟跄,险些将辛弃疾摔在地上。

接着,那一堆破烂开始动起来,龟老破"土"而出,伸了一个长长的懒腰,然后双手顺势指着二人骂道:"哪里来的小野鸡!腌臜菜!竟然闯到了爷爷的地盘,扰了爷爷的清梦,你们晓不晓得,这个地方连平江知府都不敢来!"

龟老话说完,人也完全从破烂堆里钻出来了。只见他头顶着油腻的长发,胡乱用毛竹丫挽在头顶,一张不大的脸上沾满了各种污垢,张嘴说话的时候牙齿就像是年久未清洗的厕屋坐板,口气也和厕屋里的一模一样。再看他那身衣服,不分男女制式,囫囵套在身上,前襟残留着各种食物残渣,后背是雨天溅上的淤泥。还有那双鞋子,均朝前开着大口子,黑腻腻的脚趾就这样肆无忌惮地暴露出来,不穿也罢。

齐见贤捏着鼻子鄙夷地说:"是啊,平江知府自然是不敢来的,天皇老子也不敢来啊。"

"腌臜菜,你说的什么话?这么说来你们比天皇老子的胆还要大咯?不想来就趁早滚蛋,爷爷可没有邀请你们!"龟老抓起尿壶,朝齐见贤丢了过去。齐见贤虽然躲避及时,但身上难免还是溅了些腥臊的尿液。

"囡儿,我们走吧!这么个疯老头子哪里像是什么医生!"

"谁告诉你们我是医生的?你们背个将死之人过来做什么?不要坏了我桥洞的风水!"

龟老说着就要赶人,范思凤赶忙上前劝说。她双手握住龟老的双手,解释道:"龟老先生,我们未经允许私闯贵宅是我们错了,看在人命关天的分上,您就不要跟我们计较了。您是船舫桥那一带医馆的医生推荐的,他们说只有您能帮我们。"

情绪激动的龟老,听一位温柔有礼的姑娘这么一说,怒火便灭了七分。

"这只小野鸡讲话倒挺有礼貌。船舫桥那些医生都贼精贼精的,他们哪里是医术不好?是医德不行!行医济世者,哪有见死不救的道理。"

龟老突然卖弄起来:"既然是船舫桥医生不敢收的病人,想必不是什么好鸟。我且问你,腌臜菜背上那个将死之人跟你是什么关系?我啊,只有病人至亲之人委托才肯动手的。"

"我……"范思凤想到了那一块长命锁,但未婚妻三个字却怎么也说不出口。

"哎呀,我们只是病人的朋友,你救是不救?若是不救我们就另请高明!囡儿,这个地方我是一刻也待不下去了,再待下去我会比掌书记先死的。"

"腌臜菜!好,既然只是朋友,那两位请便吧,门在那边。"龟老说罢伸手向桥洞口一指。哪有什么门?齐见贤心中暗骂:虚张声势而已,别说是医生了,说他是乞丐也是抬举了。

"龟老先生,我们不走!那位病人……他,他是我的未婚夫。我,我是他未过门的妻子!这,算不算是至亲的关系?"

"唔……虽未成亲,但也算得上亲。小野鸡,本人救人先要约法三章,其一……"

龟老正准备侃侃而谈,不料齐见贤突然发起怒来:"什么小野鸡小野鸡的?她叫李囡儿,是个才貌双全的黄花闺女,你再这么叫我可要揍人了!还有,我也不是什么腌臜菜,我叫齐见贤,是……"他本想夸耀一番自己胥吏的身份，顿时想到自己已经是个老百姓了，"我叫齐见贤，日后也是要高中进士的，怎能让你这般奚落？"

龟老扭过头来，不悦地看着齐见贤，突然哈哈大笑起来，说道："进士，就你？你一个读书人连审时度势都不知道，日后怎么做进士，当大官？还不如小野鸡。罢了罢了，你们骨头倔得很，既然如此就不要勉强了，走吧走吧……反正爷爷我的酒也没有醒透呢。"

"龟老，我求求您，一定要救救他！"范思凤扑通一声跪在地上，"我在这个世上，就只有他一个亲人了。我本是山东人，母亲早年死于战乱，父亲归正后在转运司做官，后也死于迫害。他，是我的未婚夫，是我在这个世上唯一的亲人了。求求您，救救他。"

齐见贤听着她的话，心里不好受。这个李囡儿为了救辛弃疾，竟然能说自己是他的未婚妻。要是将死之人是自己，她会这么说吗？齐见贤不得劲地撇了撇嘴，心中骂道："辛弃疾啊辛弃疾，你积了多大的德，能让囡儿这般待你！"

范思凤的样子像是动了真情，哭得梨花带雨，龟老看着看着，也叹了一声。"罢了罢了，姑娘你好生站起来，放心，我一定把你的未婚夫救活。腌臜菜，把这位姑娘的未婚夫放在我床上。"

齐见贤虽心中不爽，但也不再继续跟龟老计较，只是遵照执行。

"龟老，你的床呢？在哪呢？"齐见贤没找到床，为难道。

"你瞧我刚才是从哪里爬起来的？你这头不开窍的腌臜菜！"说着便转身摆弄起那些看起来并不干净的药罐医具了。

"这堆破烂啊，这就是你的床？哎哟，叫我怎么放得下去啊？

不会有老鼠吧?"

"齐见贤,叫你放你就放!哪那么多废话,是干净重要还是救人重要?"

听见范思凤这一声骂,齐见贤赶忙将辛弃疾尽量平放在那堆破烂之上。刚躺下的辛弃疾因为姿势转换,猛烈地咳嗽起来,嘴角甚至还吐出带血的沫子。

"龟老!"范思凤慌了神色。

"不要慌张,你们刚进来的时候我就用眼睛诊断过了,你的未婚夫不会有生命危险的。虽说利器伤了他的左胸,但离心脏还有距离。不打紧的,用我的药来调理,不出一日他就能清醒过来。"

范思凤松了一口气,对着龟老忙碌的身影还是奉承起来:"其实我一进来的时候就闻出来了。"

"嘿,闻出什么来了?"

"贵宅的气味并不是肮脏所致,而是龟老先生您特意为之。这样的气味乍一闻并不好受,但细细品味,里面似乎有酒醋麝黄之类的气味,还不是您有意为之?"

龟老心满意足地回头,看看范思凤,再看看齐见贤,最后指着齐见贤说:"腌臜菜,看看,像姑娘这样的人日后才有机会考上进士。你?再读十年圣贤书也没有她这两下子。"

齐见贤脸唰地红了,范思凤则对着他轻轻地摇了摇头,示意他不要往心里去,再说出一些不该说的话来。

嗣后,龟老先将调制好的药膏抹到辛弃疾的伤口上,又给他灌了些药水下肚,而后龟老又使了一通针灸火罐,把辛弃疾折磨得哭一阵喊一阵。范思凤起先还有些担心,但看见辛弃疾脸色慢慢红润起来，也渐渐放心下来，赶忙支使齐见贤去买些吃食来犒劳龟老。

没想到这个齐见贤买了各色饭菜，唯独忘了沽两斤酒水，也不知道是故意的还是无意的。龟老笑笑说道："好了，他没事了。你们在这看着他，我去打些酒来。"

龟老走后，桥洞渐渐安静下来，只能听见轻轻的水流声和辛弃疾均匀的呼吸。齐见贤掰了一只鸡腿递给范思凤，借机坐到她身边。

"囡儿，你为了救掌书记竟能说自己是他的未婚妻，实乃真性情，我齐见贤果真没有看错人。这般女子，除了你世间还能寻出第二个来吗？来，你吃鸡腿。"

范思凤没有理会齐见贤，却伸手在辛弃疾额头上探了探，烧也完全退下去了。

"吃点东西吧，囡儿。囡儿，刚才龟老说得对，你比我优秀得太多了，不过不打紧，我一定会考上进士的，你一定等我，待我鲜衣怒马迎娶……"

范思凤挥手将鸡腿打落在地。

"齐见贤，我是感激你的，但还没有到想要以身相许的地步。你为何一次次言语轻薄于我？"范思凤根本没有心思听齐见贤说这些不着边际的情话。

"囡儿……"

"别叫我囡儿囡儿的，我的名字不叫李囡儿，叫范思凤！"

"范……范思凤？在一口钟脚店，你明明说自己叫李囡儿……"

"叫李囡儿是假，替父买酒也是假！"

"那你之所以被五斗米帮会的人所擒,是因为……"

"是因为我化名李囡儿,骗取一口钟的信任,将他绑了起来。要不是被五斗米帮会的人发现,一口钟现在已经死在我手里了,而我也为父亲报了仇。"

"什么?"齐见贤一时难以理解范思凤话中全部含义,不过困惑的表情转眼就在他的脸上消失了,"不打紧的,范思凤,范姑娘,我喜欢你可不是因为你的姓名。"齐见贤突然抓住范思凤的手放在胸口,"思凤,思凤,这个名字还真好听。思凤,思凤,我齐某人日思夜思的就是范姑娘这只金凤凰啊。"

"齐见贤,我警告你放手,别忘了我的功夫……"

"我知道你有功夫,但是,你可知道,这一路上我一直等着你回心转意呢……"

"咳咳!"一个酒葫芦从桥洞口飞过来砸在齐见贤的背上,齐见贤疼得一挺身,范思凤顺势从他怀抱中逃了出来,"就算是这位姑娘的未婚夫也不能在爷爷的桥洞里行如此苟且之事,况且你还不是她的未婚夫呢?进士大人!"

齐见贤的脸上火辣辣的,害臊得都有些疼了。

"囡儿,不,思凤,我……我的心思你还不明白吗?我一定不会亏待你的。"

"那我的心思你也应该明白的,我对你根本没有那层意思。你一而再再而三地言语轻薄,我都没有计较,看来我应该一开始就跟你计较的!"

"凭什么?思凤,凭什么我齐某人为你做了这么多,你连正眼都不愿意瞧我?而掌书记,他什么都没有为你做,甚至在你救了他性命之后连一句像样的感谢也没有,你为什么还要对他这么好?还说自己是他的未婚妻?龟老!范思凤才不是辛弃疾的什么未婚妻呢!你被她骗了,你不该救他的,你不该!"

龟老笑笑说:"年轻人,你难道想让我用医术让他回到将死的状态吗?我龟老只救人,不害人!"

"你们……哼,你们凭什么瞧不起我齐见贤?是,他是承务郎,是掌书记,但是又如何?今日若是没有我,他也会死在苏州河里!"

"吉人自有天相,今日如果你不救他,自会有其他人来救他。佛语有云,救人一命胜造七级浮屠,所以你大可不必把救人之事挂在嘴上,老天爷都看在眼里呢,不会亏待你的。"龟老走过来,轻轻拍了拍齐见贤的肩膀,以示安慰。

齐见贤挥手甩开龟老,径直跑出了桥洞。

"姑娘,你不去追追他吗?"龟老眯着眼睛问范思凤。

范思凤心里是想追齐见贤的,毕竟除了自作多情以外,他完全算得上一个靠得住的朋友。但是她又怕,怕把他追回来之后,他又开始自作多情了。

"罢了,让他一个人静一静吧,这一路确实仰仗他许多事情,等日后有机会了再好好感谢他吧。"

"嘻,年轻人啊,都没什么大不了的事。"龟老说着从地上捡起那个酒葫芦,靠在桥洞的墙壁上,开始自顾喝起酒来。

这个时候,躺在龟老床上的辛弃疾突然大叫了一声,开始说一些呓语:"抱歉……"

"掌书记!"范思凤将手搭在辛弃疾的额头上,并没有发热的症状,她求助地看了一眼龟老,龟老喝了一口酒,悠然说道:

"不打紧的,他开始讲梦话就说明已经慢慢恢复了意识,要不了几个时辰他就能醒过来了。"

范思凤松了一口气,伸手在他身上轻轻地拍了拍,那力度和神态都好像是在安抚一个襁褓中的婴儿。

"抱歉……"范思凤不再大惊小怪,只是轻轻地拍着他,听他说下去,"建王,不亮兄,泰山……抱歉,我做不到了……"

"抱歉……"

范思凤心里嘀咕,道什么歉啊,你又没死,等醒了,没办成的事儿再去办就是了。

"抱歉,囡儿姑娘……"

范思凤的手停住了。

"囡儿姑娘,辛某真应当帮你报仇的,你是我的救命恩人……"

范思凤见昏迷中的辛弃疾仍旧一脸认真,双眉紧蹙,心中突然怜惜起来。她凑到辛弃疾耳边低声说道:"仅仅因为我是你的救命恩人吗?"

"囡儿……抱歉……"

"我不要你的抱歉。"范思凤继续低语。

"囡儿……"

范思凤噗嗤笑了,不为别的,就为辛弃疾昏迷中念叨她的名字最多次。

"咳咳!"龟老打了一个酒嗝,"姑娘怎么和呓语搭起了腔?你还是不要说话的好,他说几句就会睡着的,这个时候切不能乱了他的心神。哎呀,过不了多久他就会醒的,到时候让你们聊到海枯石烂！"

范思凤转过脸，感激地看着龟老，随后缓缓站起身，道了一个万福。

"妾身感激龟老先生救命之恩，今日身无旁物只能道个万福谢礼，他日定好生拜访。"

坐在地上的龟老豁然地摆摆手，说道："万万不可。我救人也是在给自己积阴德。爷爷这一辈子不好过，你瞧瞧，家徒四壁的，还能指望过什么好日子？即使过上了还有几天享受？我啊，只求被救之人念我一声好，积个阴德，给我的九泉之路谋个好光景，不要在受够了做人的苦难后，还要受地狱的苦难，这就足矣。"

范思凤不知道再说什么好，这个龟老简直就是一个活菩萨，辛弃疾，你的命也不该绝！

辛弃疾，原来是你啊。范思凤看着辛弃疾的脸，不知为何心里暖洋洋的，眼泪也情不自禁地流了下来。爹，我找到他了，我不再是孤独的一个人了。

申屠襄旗杀了辛弃疾之后，坐在去常州的船上，心中百感交集。他将身子探出船沿，看着运河中自己的倒影，似乎不认识了，那倒影上上下下哪里还有一点像原来的申屠襄旗？如果是申屠襄旗，又怎么会在杀害辛弃疾时那般不假思索？

他重重地叹了一口气，心想自己为了保住官位，连这辈子最重要的朋友都可以杀，以后在仕途上还有什么事情做不得？曹举人说过，只要什么事都做得出来，在仕途上便大有可为。我将不我，便无人可以阻挡。他用力地咬了咬腮帮了，至于那些所谓的礼义廉耻，都见阎王去吧。活着，就代表着一切可能；活成人上人，谁还在乎你杀过朋友，坏过道义？

申屠襄旗长长地吁了一口气。正当他踌躇满志畅想未来的时候，却被船屋外的人打断。

"都头，常州巡检正在运河上拿人！"

申屠襄旗扬着脖子，一脸傲气地准备骂人，见到来人却是留守的小跟班。申屠襄旗甚是信任这个小跟班，所以此次外出办案特意让他留守司内料理事务，没想到他竟然自己跑来这里。

"你不好好在衙署里帮衬着我料理公务，自顾跑到这里来做什么？常州巡检怎么到苏州来拿人？再说了，我才是常州巡检水路都头，谁敢擅自行动？"

"是……是新的常州巡检水路都头。"小跟班一脸惊魂未定，"申屠都头，新都头要拿的人就是你！"

申屠襄旗猛地站起来，抓住手下的衣领："你到底在说什么？"

手下哆哆嗦嗦地从袖子里掏出一张半湿的纸，申屠襄旗一眼就认出来是巡检司通缉的布告。

"申屠都头，你和五斗米帮会的事情暴露了。"

第十五章
二月十三，庚戌（上）

二月十三庚戌日，天刚刚放亮，文心墨坊的胡掌柜就遣老伙计去阊门外枫桥旁的寒山寺讨要素斋。

"曹举人那些个天煞星我们可惹不起，昨夜要宝带糯米糕作夜宵，今早又要寒山全素斋，真不晓得待会儿他还要什么。哎，真真是引狼入室啊。"胡掌柜心里这么想，可看到起床撒尿的五斗米帮员却仍旧客客气气，甚至还相当恭敬。

那个送来万斤石油的好心人陀湛到底是谁？自己名下只有一家墨坊，一辈子也鲜干过什么积德行善的好事，这么大馅饼怎么就落到自己的头上了？海外贸易这一块，文心墨坊虽稍有涉猎，但也主要是和日本有来往，与阇婆从未做过买卖。

不过，任凭胡掌柜怎么怀疑这件事的合理性，一万斤石油是实实在在锁在自己的库房里。莫名横财，加之狗皮膏药一般的五斗米帮会，让他既欣喜，又焦虑。

去置办全素斋的老伙计已经走了半个时辰了，还得让人去置办一些落肚的美味和拿得出手的礼品，胡掌柜在心里暗自下决心，今天无论如何也要把曹举人这尊神送走。若是能顺利送走，那曹举人就是他胡掌柜的财神，若是送不走，那曹举人指不定还会整出什么幺蛾子为难他，那就是瘟神了。

胡掌柜正内心天人交战之际，肩膀猛地被人从身后拍了一下。

"胡掌柜，今天这天儿真不错哈？"

来者正是让胡掌柜头疼的曹举人。

"是不错，看样子又是风和日丽的一天，如此天气利于行舟呀。"胡掌柜借机说道。

曹举人斜睨了胡掌柜一眼，笑了一声："胡掌柜这是想赶我走了？"

"欸？曹舵主哪里的话呀，我只是顺口这么一说。住在运河边的人，脑子里只有一件事，那便是跑船做买卖，不管什么事，都习惯性地联想到行船上来嘛。"

"也对，脑子里总想着做买卖不是坏事，不做买卖难道喝西北风啊？"曹举人微微点头，"胡掌柜，我出去一趟，等我回来也有桩买卖要跟你做。我的那些兄弟陆陆续续都起床了，辛苦帮衬着照应照应吧。"

胡掌柜赶忙应承了下来，心里推敲了一遍曹举人的话。他说要同自己做买卖，做什么买卖？胡掌柜知道五斗米帮会是什么来头，只要是他们做的买卖，还没有折本的。当然，是他们自己不折本。

胡掌柜又愁容满面了。

曹举人从文心墨坊出来之后，就一直朝着平江府衙的方向走去，帮里有个颇具才学的兄弟在府衙当值，曹举人要去找他。这些年，五斗米帮会在官府内部安插了不少暗桩，有像申屠襄旗这样靠把柄控制的，也有帮里培养成才送进官府的。当然，虽说帮会需要花费九牛二虎之力才能将一个人送进官府，还只不过是胥吏而已，但曹举人始终乐此不疲。就像他的名字一样，父亲希望他能做一个读书人，日后可以进官府做点什么。在父亲心目中，甭管在官府做什么，就算是个伙夫，也比开酒楼的掌柜强。曹举人对父亲的观念不敢苟同，但他也知道背靠大树好乘凉，背靠官府好做买卖。所以，这几年他总是乐此不疲地把帮会里有出息的年轻人安排进运河沿岸各地的官府，回报已经超过了当初的投入。

此时，曹举人的心情异常放松。一来，他终于完成了陀湛交给他的任务，如果陀湛说话算数的话，那他应该还能继续做他的五斗米总舵主，太湖乃至运河上的一霸。二来，昨天从申屠襄旗口中得知，他已经将那个像狗皮膏药一样黏人的辛弃疾给杀了，更没有什么后顾之忧了。

所以，他今早才有了闲心思来平江府衙署找自己的小兄弟。当然，他此行并不是为了找小兄弟叙旧，而是要解开心中一个疑惑。

这位小兄弟大名叫耿波，是个胥吏，任职于平江府的签判厅。门吏前来通报耿波，有太湖老乡来找，他便立即出来迎接了。接到曹举人后，耿波一路上手背在身后，只顾在前带路，时不时用手指提醒曹举人两句，一副胥吏的派头。曹举人在耿波身后谨慎地跟着，一路上不管碰见谁都点头哈腰，老乡就要有老乡的样子，而且他也怕被人认出来。

耿波领着曹举人，过了签判厅，来到马院内才急忙放下一直端着的身段，向曹举人行了一个帮礼。曹举人连忙摆手，说道："你我在府衙内就不必行帮礼了，万一被人瞧见就暴露了。"

耿波说："马院这个时候没有人，耿波怎好继续在总舵主面前摆架子？舵主，今早突然前来是有何急事吗？"

"说急也急，说不急也不急。其实事情倒无所谓，就是来见见你。"曹举人在马院内踱步，时不时摸摸马头，拍拍马屁股，"都是好马啊。"

"欸，阿波啊，本舵主之前听人说起过，你除了写得一手好文章，还通晓南洋语言？"

"回禀舵主，通晓谈不上，只是掌握了几种而已。南洋诸国都是弹丸岛屿，不光地盘小，各岛还都各说各话，只怕阿波再学十年也够不上通晓二字啊。"

曹举人皱起了眉头，问道："那阇婆语呢？你有没有学？"

"回禀舵主，阿波近日学的正是阇婆语。"

"好！"曹举人大喜，"近日才学的，肯定掌握得最好，我们野狗吃热乎屎……啊，不对，是趁热打铁，你帮我把这几个阇婆字翻译翻译。"

曹举人顺手从马院的墙角拿了一根通马粪的木棍，在地上画了起来。曹举人画的这几个字正是陀湛祭祀时供奉的牌位上的字。曹举人虽然没有读过几天书，但好在脑子灵光，记性也不赖。

曹举人在地上歪歪扭扭地写好了字，将木棍丢到一旁，耿波便一脸认真地研究起这几个字来。

"特、拉、斯、格、尼……"

"特拉斯格尼？"

"特拉斯格尼！"耿波肯定地说，"这几个字就是特拉斯格尼，翻译过来就是火之盛宴！"

"火之盛宴？吃宴席当然要烧火做饭了，这是什么意思？"

耿波半仰着脑袋思考了片刻，说道："南洋阇婆人还远没有大宋子民这般开化，他们信奉所有事物都有神灵，想要什么就拜什么为神。舵主，火之盛宴这几个字并不能仅看表面意思，这里的盛宴也不是人类的盛宴，而是火的盛宴。"

"火的盛宴？"曹举人听不懂。

"换句话说，阇婆人要为火神准备宴席。"

"请火神吃饭？"曹举人更迷糊了，"火神有牙口吗？吃什么？"

"在阇婆人看来，不管是火神、水神还是其他万物之神，他们都需要人类的供奉。阇婆人要请火神吃饭，就是要献祭！"

"献祭！"

"对，舵主，在阇婆人看来，所谓献祭是必须要付出生命的！"耿波顿了顿，又说道，"舵主，您是在哪里看见这几个字的？"

曹举人将他与陀湛的来往经历说给耿波听，耿波听了之后眉头紧紧地锁在了一起。

"舵主，您方才说陀湛让咱们帮他运的是什么？"

"石油啊，一万斤延州石油。"

"石油！特拉斯格尼！火之盛宴啊！舵主，阇婆人势必要用石油来完成对火神的祭祀！"耿波肯定地说。

曹举人抽了一口凉气，他猛然回想起陀湛在进行奇怪仪式的时候，那盏代表火神的灯就是用石油点的。

"戳他娘的，这些阇婆佬想烧死谁！"

耿波问道："舵主，那批石油不会还在您手上吧？"

曹举人摇了摇头，说道："陀湛这个阇婆佬叫我送给文心墨坊的胡掌柜，可市舶司的文牒是伪造的，也就是说这批石油根本不是给胡掌柜的。莫名其妙,也不知道他唱的是哪一出……"

"事出反常必有妖。"耿波说,"一万斤石油确实也足够阇婆人完成一次惊天骇地的特拉斯格尼了。"

曹举人摆摆手,说道:"完成不了。石油在文心墨坊,陀湛已经从太湖经湖州去临安了。难不成阇婆佬会什么妖法,可以远在临安发起什么特拉斯格尼?"

耿波摇摇头:"虽有一些南洋史料中说到阇婆人会妖法巫术,但并没有人亲眼见过,或许只是传说罢了。"

曹举人双手背在身后,来回踱着步,猛地抬头说道:"管他个屁,管他是特拉丝还是特爱拉屎,跟我曹举人有个屁干系!反正石油是陀湛买的,现在又在胡掌柜手上,真要发生什么火之盛宴,跟我也没有半文钱关系。对!就是没有半文钱关系,陀湛威胁老子辛辛苦苦押运可是一分辛苦钱也没有给呢!"

耿波不清楚曹举人说什么,更参悟不透阇婆人的意图,也只能站在旁边听总舵主发牢骚。曹举人发完了牢骚就说要走,耿波又将他送出了平江府衙。

在回去的路上,曹举人心里很是不痛快。昨晚,曹举人还想着强欺胡掌柜,侵吞那一万斤石油呢。就算不能全占,也要占一部分。现在看来,那一万斤石油就好比寡妇的腰,碰也碰不得,一碰就会引火上身。

他原本想参透那几个阇婆文字,破解出陀湛购买石油的秘密,以此寻找机会反制,从陀湛那里拿回那几封信件的。但现在信在哪里都不晓得,又怎么拿得回来?破解了阇婆文字,自己仍旧还是被动。

走着走着，曹举人突然定住了。他既然知道阇婆人想要发动火之盛宴，就有机会变被动为主动了。若是火之盛宴真的会发生，目标会是谁？或者说谁最忌讳碰上？自然是凯旋途中的王师了。对，他要把这个消息想办法通报给王师，绝对是大功一件。到时候陀湛如果出尔反尔，依旧将信件交给官府，没准能将功补过。如果陀湛言而有信放他一马，那他曹举人可就真的有机会在官府谋职，也算是告慰了父亲的在天之灵了。

想到这，曹举人高兴地合掌，当下决定盼咐他最信赖的扑圆去办。

齐见贤从龟老的臭桥洞里跑出来之后，在苏州城内漫无目的地闲逛了许久。他不知道自己要去哪里，也不知道自己为什么要跑出来。

"是啊，思凤只是为了救辛弃疾才说自己是他的未婚妻，自己这一跑反倒显得肚量小了。反观自己求爱的攻势确实有些鲁莽，对思凤姑娘动手动脚很不符合仁义礼信，这种事情放在哪个正经姑娘身上对方都会生气的。而且，思凤虽然嘴上说对自己没有那层意思，但那也仅限于当前情况。日后呢？日后的事情还没有发生，谁说得清楚？"这么一想，瘟鸡一般的齐见贤立刻又活过来了。他一直将辛弃疾作为情敌，但范思凤也许只是想求他帮忙，根本没有更深的情愫。辛弃疾就更不用说了，他在对待范思凤这个救命恩人时似乎并没有什么感恩之情，更不用说有爱了。

眼下，辛弃疾还没有醒，齐见贤心里暗暗下决心，必须趁这个时候好好表现一番，让范思凤改变对自己的看法。范思凤孤身一人跟着辛弃疾一路南下，无非就是为了替父亲报仇，若是自己能帮他报了这个仇，何愁范思凤不报恩？

齐见贤抬头看了看方位，判断出文心墨坊的位置，而后三步并作两步朝墨坊赶了过去。一进孝光坊，他就看见了曹举人的船仍旧停靠在墨坊的埠头上，可见曹举人还没走呢。"我要杀了曹举人，让思凤姑娘看看齐某人这颗真心。"齐见贤自顾自嘀咕着，慢慢向墨坊靠近。

齐见贤这一辈子没干过什么惊天动地的事情，一想到自己将为了爱情杀人，先被自己感动了。此刻，他觉得自己就是举世无双的痴情好男儿，就算为了这事搭上性命也在所不惜。如果自己真的死了，范思凤会不会内疚一辈子？或者，为他守身一辈子？若真是如此，那他真真是悲壮而又伟大的人物了。他突然觉得，自己和史书上记载的那些英雄人物可以并驾齐驱了，真应该把这段经历写下来，以供后人观效。

他越想越激动，恨不得现在就杀了曹举人。可是，杀曹举人，要怎么杀？齐见贤英勇无前的脚步停住了，他并不是因为不知道怎么杀人而停住的，而是因为胆怯。他要杀的人可是五斗米帮会的总舵主曹举人，运河上威名震天的天煞星，他要怎么才能杀了他呢？他在苏州没有帮手，自己也没有功夫，凭什么能杀了曹举人？

想清楚了自己的实力，齐见贤的双腿便不由自主地开始颤抖了。但他却在心里告诉自己，齐见贤，你不是孬包蛋，你有这份心就已经很好了。转而他又想，若是能做点什么，整出点动静让范思凤知道自己有这份心就更好了。

对，来都来了，决不能就这样一事无成地回去。

在天人交战良久之后，齐见贤想到了那一万斤石油。库房就在墨坊附近，如果自己将石油点着，会不会把曹举人烧死？不，石油会爆炸，没准会把曹举人炸死！可是，库房也在孝光坊内，不远处就是密密麻麻的民房，也会让无辜的人葬身火海。

没关系！齐见贤心想，自己是为了范思凤才做这样大的事情的，这是多么伟大的爱？足以伟大到范思凤没有勇气拒绝他！

齐见贤的心又开始突突地跳起来。今日这一把火将会载入汗青，比牛郎织女、梁祝化蝶、长恨歌又如何？有过之而无不及！想到这，他片刻也等不了了，他撬开了文心墨坊库房的门锁，而后从怀里取出火折子吹亮，一朵无情的小火苗就在齐见贤手上跳动起来了。

"思凤，今天就让你看看，齐某人对你的爱有多轰轰烈烈！"说罢，齐见贤就将手中的火折子扔向了那一堆石油桶。齐见贤扔出火折子后便赶忙掉头跑出去，他刚一扭头便瞟见眼前有个黑影闪过，朝火折子飞过去了。等他站定回过神来，火折子已经被截住了，拿在一个人的手上。那人不是别人，正是他要杀的曹举人。

原来，曹举人送走壮圆后就来到库房，发现了鬼鬼祟祟的齐见贤。

"原来某家一直看错齐相风了，你倒还是个猛男子。"曹举人拿着火折子，慢慢走向齐见贤。齐见贤已经被曹举人犀利的眼神牢牢地钉在原地，浑身上下似乎除了心脏不会颤动，其他部位全在颤动。

"怎么？你要炸库房，是不是为了杀我啊？"曹举人凑到齐见贤耳边说，那声音带着寒气，逼得齐见贤瘫倒在地。

"总……舵主，借我一百个胆也不敢杀您啊。我……我走错地方了。"齐见贤说着便往外爬,曹举人看见他下半身的衣物已经被尿湿了。

"不忙不忙,来都来了,吃完饭再走吧?"话音刚落,曹举人便拎起浑身瘫软的齐见贤,用麻绳将他绑在库房的柱子上。

曹举人不用问都知道,齐见贤肯定是来对付他的,但胡掌柜并不认识齐见贤,他可以截住齐见贤好好地向胡掌柜邀功,而后要一大笔钱。将齐见贤绑好的时候,曹举人就已经想好了计策。他赶忙叫来胡掌柜和一干帮众。

"胡掌柜啊胡掌柜,你怎可如此麻痹大意,库房要被烧了都不知道!还好被某家碰上了。这个东西,要烧你的石油啊!"曹举人大惊小怪地说道。

胡掌柜谨慎地打量了齐见贤一番,心想,这个曹举人又要作什么妖?

"你是何人?真是来烧库房的?"

齐见贤慌乱地点了点头,说道:"我叫齐见贤,这位掌柜行行好,能不能放我一马?你看,火也没点,什么都没烧,能不能好心和曹舵主说说,给后生家一个机会?日后……日后我还要考进士哩。"

众人大笑,曹举人笑得最厉害。

胡掌柜没有笑,他隐约感觉到曹举人和齐见贤是认识的,这就更加蹊跷了,他问道:"你为何要烧我库房啊?某家经营墨坊数十载,可从没有什么冤家仇人啊,你是受了谁的指使?"

胡掌柜刚问完话,曹举人的笑声戛然而止,拉着脸突然挡在胡掌柜面前,说道:"这个狗东西善诡辩,事情我都调查清楚了,我来说!"

"让他说。"胡掌柜坚持道,"我倒要听听他凭什么要烧我的库房。"

曹举人不顾胡掌柜反对,凑到他耳边说道:"这个狗东西是阇婆佬的人,你还要听他说吗?"

"陀湛的人?就是送……卖石油给我的那个阇婆人?"

曹举人点点头,继续说道:"知道特拉斯格尼吗?"

"什么?某家听不懂。"

"这是阇婆语,译成宋语便是火之盛宴。"曹举人故意压低了语气,"陀湛把石油运到你的库房,然后遣齐见贤这个狗东西来纵火,创造一场火之盛宴。不然,你以为陀湛为什么要白送你这一万斤石油?"曹举人故意在"白送"二字上加重了语气,胡掌柜顿时脸色煞白。

"你全都知道了?"

曹举人点点头:"胡掌柜不必羞恼,天上掉这么大馅饼,谁不捡谁是傻子。一开始,我也不知道陀湛为何要送你如此大礼,更不便相问。没想到今天让我碰巧抓到了齐见贤,解开了这个谜团。"

胡掌柜慌了,他知道一万斤石油爆炸的威力。如果齐见贤真的得逞,不光自己会被炸死,家产估计也会被官府全数没收,家人则会被流放琼州。

不过,害怕归害怕,胡掌柜到底是生意人,仍旧问了齐见贤一句:"你真是陀湛的人?"

齐见贤知道陀湛是谁,连忙摇头否认。

曹举人把一脸疑惑的胡掌柜拉到一旁,说道:"哎呀,胡掌柜你是个生意人,应该很精明才是,怎么会问出如此愚蠢的问题?你这么问他，傻子才会承认呢。胡掌柜，这批货是我押运的，出发伊始，我就看见陀湛对他面授机宜！齐见贤，你还敢抵赖！"

曹举人狠狠地瞪了齐见贤一眼，齐见贤就再也不敢摇头了。

"可是，陀湛为什么要害我？我与他无冤无仇……"胡掌柜还是想不明白。

"这件事怪只能怪胡掌柜你自己了。谁叫你把一家墨坊开成了三吴一带最大、最有名的墨坊呢？好歹是一万斤石油呢，来去说辞当然要有理可循了。"

"我是说火之盛宴，阇婆人为什么要发动火之盛宴？"

曹举人在叫来胡掌柜之前就已经想好了说辞，他不紧不慢，若有其事地说："这两年，宋军在江北连战连捷，就连金主完颜亮也命丧战场，我大宋有光复之势。胡掌柜，金人哪会眼睁睁看着抢来的土地被我们夺回去？"

"总舵主是说阇婆人和金人勾结，才要弄这什么火之盛宴？"

"胡掌柜果然是精明人，一点就通。金人在江北打不过我们，就来江南闹事情，让我们不能安生地对付他们。想想看，一万斤石油如果被齐见贤这厮点着了会是什么后果？我说半个苏州城将会陷入火海也不过分吧？"

曹举人说的话虽是胡编乱造，但也不是完全没有道理。眼下，凯旋的王师马上就要经过平江府了，官家对苏州一向有好感，想必也会驻跸一两日。王师到达苏州之前，如果发生了火之盛宴，死伤大半个苏州城，那对于官家和王师将会是多么大的震慑啊。

胡掌柜打了个激灵："快快快，来人来人，把这个叫齐见贤的破落户扭送官府！"

"哎，胡掌柜怎么又糊涂了！"曹举人赶忙拦住，再次将胡掌柜拉到一旁，"你把他送到官府去，这不等于把自己往火坑里推吗？到时候官府一审问，这个狗东西满口胡诌乱语，把你牵扯进去，你怎么说得清楚？"

"怎么说不清楚，我胡某人一直兢兢业业，苏州城上上下下都看在眼里，谁人不知，谁人不晓？"

曹举人忍不住笑了一声，这个胡掌柜就快要上钩了。

"那你说说看，陀湛为什么要把一万斤石油送到你这里？"

"那是我胡某人运气不好，被阇婆佬给看上了。"

"这个理由太牵强了。如果我是齐见贤，我就会说，阇婆人和胡掌柜已经事先串通好了，有市舶司文牒为证。"

胡掌柜也不甘示弱，似乎现在就在公堂上似的："说我串通，也是要讲证据的。"

"证据？我没有，但我问你一个问题。你说没有和阇婆人串通，那这些石油就是你买的咯？"

"对啊。"胡掌柜梗着脖子说。

"那请问胡掌柜，付款的票据在哪里？"

"我……"胡掌柜这才意识到问题的症结所在，没有票据就证明不了付款，没有付款谁敢把这么贵重的商品运送过来？况且与之交易的还是一个南洋阇婆人，要说此事里面没有猫腻，没有阴谋，恐怕胡掌柜连自己都说服不了。

"哎呀，早知道当初不贪这个便宜就好了。"胡掌柜懊恼地蹲到了地上。

曹举人也蹲下来，手搭在他的肩膀上，安慰道："胡掌柜，我们是买卖人,该占的便宜还得占。你别气恼,某家有一计,可以让你继续保留这些石油,还能与阎婆人彻底脱钩。"

"是何良计?世人都说曹举人你是运河里的龙王,能耐大得很,快帮某家破了这个难局。"

曹举人嘴角一撇,说道:"很简单,就是把齐见贤这厮宰掉!"曹举人用手做了一个抹脖子的动作。

"杀人?"胡掌柜惊得身子一挺,险些翻倒,"曹举人甚会说笑,别说杀人了,某家这辈子连鸡都没杀过。再说了,某家是做正经生意的,怎么能做这种十恶不赦的坏事?要是真做了,以后我胡家还怎么在苏州商界立足?不对,还谈什么立足啊,杀人是要偿命的,杀了他我也是死罪。"

"哎呀,胡掌柜,某家什么时候说过让你来杀人了?这种上不了台面的小事情就让五斗米来做嘛。实不相瞒,杀人这种事情我们这些小兄弟们隔三岔五就得干一次,不干心里还痒得慌呢。"

曹举人笑着说,胡掌柜听得脸色煞白。胡掌柜心里清楚,杀人可不是请客吃饭,没有谁会无缘无故帮你杀人的。果然,曹举人马上就开始提意见了。

"依某家之见,杀人的事我们可以帮,你只要支付点劳务费就可以了。"

"多……多少?"曹举人只是叫胡掌柜付钱,胡掌柜便没有了杀人的罪恶感,觉得这变成了一笔买卖。

曹举人伸出一只手,说道:"这个数,五百两。花小钱办大事,如何?"

"五百两?"胡掌柜头摇得像拨浪鼓似的,"曹舵主以为开墨坊是什么赚钱的营生吗?"

"开墨坊当然赚不了大钱,所以我才说了五百两嘛。"曹举人心里早就替胡掌柜评估过了,五百两对于他来说确实太多了,但咬咬牙也未必拿不出来。

"胡掌柜,那可是一万斤石油啊。就算一斤五百钱,你算算能赚多少钱?要是把这些石油都转手了,以后你在平江府还不是地皮踩得砰砰响的人物啊!"曹举人竖起大拇指,似乎胡掌柜现在已经是个人物了。

"五百两,五百两……"胡掌柜站起来,边搓手边踱步。他奋斗了大半辈子,除了文心墨坊这点名声和房产,手头上也就只有四五百两存银。继续这般奋斗下去,到死应该能给子孙后代留个千两资产。但也仅仅是千两资产而已,哪怕是拼死拼活也突破不了两千两资产。曹举人说的没错,有了这一万斤石油作本,自己可以在一两年之内成为苏州城内排得上名号的富贾。

"三百两,曹舵主,我只有三百两。"胡掌柜说道。

曹举人嘿嘿一笑,摇摇头说:"胡掌柜还真是个精明的生意人,有些钱可以省,有些价可以还,但买命钱可千万讨价不得。"曹举人有信心今天能讹胡掌柜五百两银子,他在这方面的经验好比精明的商贾在买扑酒醋勾当一样,叫价总是精准得让对方难以一口回绝。

胡掌柜思忖了好些时间,最后一咬牙,刚准备开口答应,不料曹举人先说话了。

"哎呀,既然胡掌柜不同意这个价,那就算了。兄弟们,把齐见贤给我绑走。"

曹举人话音刚落，两名肌肉发达的力夫立刻将齐见贤从房柱上解下来，一边一个架着他准备走。

"总舵主，我想过了，五百两就五百两。"

胡掌柜说完，没想到这会儿轮到曹举人不同意了。

"算了罢，胡掌柜。某家知道你有难处，五百两确实不是小数目。到时候胡掌柜再到处说我占了你的便宜，那某家脸面往哪放啊？算了，人我带走就是了。"

"总舵主，我这不是同意了吗？五百两，说好了，我现在就去给你取会子票。"

曹举人摆摆手，说道："五百两是我拿你当朋友的价格。胡掌柜方才考虑了这么久，显然是不把我当朋友看，认为我讹你。我也算看透了，原来胡掌柜根本不把某家当朋友。"

"总舵主哪里的话啊……总舵主不会想要坐地起价吧？"胡掌柜听出了曹举人的言外之意。

"胡掌柜，话不要说得这么难听。什么叫坐地起价啊？我给你开价了吗？我现在答应帮你杀齐见贤了吗？"曹举人露出一脸凶相。

胡掌柜心里有些怵，但毕竟也不是吃素的："那既然如此，这个人就让某家自己杀吧！总舵主敢杀人，我胡某人也没什么不敢的！"

胡掌柜自认为话说得很硬，但没想到说完以后，五斗米帮会的人全都大笑起来。

曹举人在夸张地笑了几声之后，突然挂下脸来，说道："可是现在齐见贤也不是你胡掌柜想杀就杀得了的了，他可在我们手上。他的命，由我说了算。"

此时的齐见贤早已被吓没了三魂七魄，还在一个劲地感谢曹举人不杀之恩。

"曹举人！你不要欺人太甚，别忘了这可是我的地盘。"胡掌柜叫嚣起来，身边几个伙计操起扁担、烧火棍之类的物件准备给五斗米帮会些颜色瞧瞧。

"哟哟哟，有五个伙计呐。两个七十岁一个十七岁，还剩两员大将，一个斗鸡眼，一个罗圈腿。胡掌柜，我好怕啊。"曹举人说罢眼神一凛，身边突然窜出十来个力夫，三下五除二的功夫就把胡掌柜的人踩在脚底下了。

"曹举人，你欺人太甚。我都答应你五百两银子了，还想怎么样？"

"我现在要一千两！"曹举人瞪着眼睛叫唤起来。

"笑话，光天化日朗朗乾坤，你要在苏州城抢劫的话也应该先去问问官府答不答应。就算你今天真的能抢走一千两又如何？你前脚走，我后脚就去报官，看看你能不能离开苏州城。"胡掌柜气急败坏地骂道。

没想到曹举人却显得异常淡定："哦，这事儿官府确实应当管。也罢，还是让官府来管吧。兄弟们，把齐见贤这个不值钱的狗东西押到平江府去。齐见贤这厮是勾结外邦的卖国贼，官府肯定有奖励。我们再同官府告一状，文心墨坊的胡掌柜与齐见贤是同伙。抓贼抓一双，报酬肯定更为丰厚。"

曹举人此话一出，五斗米的帮众情绪显得特别高涨。胡掌柜当场愣住。

"别别别，总舵主有话好商量，我们不是说好了五百两的吗？"胡掌柜好似换了一张脸，姿态身段放得极低。

"谁跟你说好五百两银子的？某家从没想过什么五百两，打一开始就准备要你一千两。一千两买个前途命运、衣食无忧，你还在这觍着脸不知好歹？"曹举人终于在胡掌柜面前露出了真面目。

"可是我哪有一千两啊。"胡掌柜近乎哀求地说道。

"你有没有一千两关某家什么事？反正某家就要一千两。"

胡掌柜知道，如今一万斤石油在自己的库房里，齐见贤又在五斗米帮会的手上，无论黑白软硬都赢不过曹举人。今天这一千两银钱，自己是掏定了。

胡掌柜抱着脑袋，蹲在地上痛哭流涕起来。曹举人走过去轻轻踢了踢他的屁股，说道："胡掌柜，与其在这里对着我哭，不如回家对着父母妻儿哭？哭着求他们把房契地契统统拿出来抵押，一千两怎么也凑出来了吧？胡掌柜！我就等你两个时辰，时辰一到，你就是捧着两千两、一万两来找某家，某家也不会再搭理你了！"

曹举人的话像是圣旨，胡掌柜噌地站起来，唤上身边的伙计就往外跑。

"哦，忘了告诉你。胡掌柜，我有个兄弟说要感谢你这两天的盛情款待，刚才非得赶到孝光坊私塾里把令公子接出来，现在应该不知道去哪儿买糖人吃了。你别见怪啊。等你捧着一千两会子票回来的时候，我保证令公子已经回到私塾了。别愣着了，快去快回吧。"

曹举人笑眯眯地朝胡掌柜摆摆手，胡掌柜只觉得一股寒气从脚底板冒上来，一直窜到了天灵盖。

胡掌柜跟跟跄跄地跑远之后，齐见贤才反应过来，自己命不久矣了。自己现在之所以能活着，就是因为自己这条命值一千两。

"齐见贤！"正在齐见贤为自己命运担忧的时刻，曹举人突然喊起了自己的姓名。他不禁吓了一跳，只觉得双膝一软，裤裆又湿了。

"齐见贤，胡掌柜走了，我们有时间好好叙叙旧了。你的能耐挺大啊，辛弃疾和他的那些属下都死了，你却还跟着我。阴魂不散啊！"曹举人抡圆了手臂，一个巴掌打在齐见贤的脸上。齐见贤顿时觉得天昏地暗晕头转向，好像自己正向着地狱坠落。

"辛弃疾都死了，你还追着我不放干甚？活得不耐烦了，是不是？"曹举人又打了齐见贤一个巴掌。两个巴掌挨下来，齐见贤已然眼冒金星，口吐血沫。

"不过你来了也好，让某家白赚了一千两。放心，待某家拿到一千两会子票也不会亏待你的。"曹举人凑到齐见贤耳边说道，"我会选一把锋利一点的刀子！"

齐见贤原本已经觉得自己快要死了，听了曹举人的这句话，浑身一颤，迷迷糊糊地想着："我还不能死，我还不想死。为了一个从未得到过的范思凤去死，太不值当了。死，太可怕了。"

于是，齐见贤突然发出痛苦的呻吟，接着从满是血沫子的牙齿缝里挤出一句话："辛弃疾，还没有死。"

第十六章
二月十三,庚戌(下)

在昏迷了一天一夜之后,辛弃疾终于在二月十三这天傍晚醒了过来。他意识渐渐清醒的过程中,先是听到了龟老凶悍的呼噜声和一股刺鼻的恶臭,接着他感觉有什么动物正在撕咬自己的发髻,从声响判断应该是一只大胆的老鼠。他努力想睁开眼睛,但奈何眼皮根本不听使唤。不仅如此,他全身上下的肌肉几乎都处于游离状态,他甚至感觉不到手脚的存在。

他不知道自己身在何处,所以不敢发出任何声音,就安静躺着,状态和昏迷时看上去没什么两样。只是他自己在暗自运功,想要加快身体的复苏。

很快,他已经能感觉到手脚的存在,只是双腿和双臂都酸麻得不行,仍旧做不了任何动作。伤口的痛感也像潮水般接连不断地汹涌袭来,他每呼吸一次都能感觉到撕裂般的痛。他已经可以睁开眼睛了,从洞口斜射进来的夕阳和哗哗水声判断,自己应该身处一个桥洞之中,只是具体哪条河、哪座桥,他并不知道。

耳边依旧传来凶悍的呼噜声,他还闻到了一股酒味。辛弃疾心想,凭自己的伤势,如果没有人救他,是必死无疑的。而现在,自己却能从一个桥洞中清醒过来,耳边还响着如此鲜活的气息,不是大难不死是什么?

他眨了眨眼睛,思绪也开始活跃起来,他甚至回想起自己刚才做的那个冗长的梦。梦中,他见到了建王、俞不亮和泰山,他们一个个只是看着他不说话,眼神中有失望,有痛心,更有不甘。梦中,他不知道如何面对他们,只是一个劲儿道歉。

他还梦见了李囡儿,也跟她道了歉。辛弃疾想,他应该跟她道歉。睡梦中,他似乎还听见了李囡儿的回应。她的声音是那么温柔,没有丝毫责怪的意思。

建王、俞不亮和泰山都没有回应他,唯独李囡儿回应了他,这让他打心里涌起一股暖流。

不过,这一切都是梦,梦是无须去深究的。不管怎么说,自己现在还活着就算大吉,关于陀湛和曹举人,关于那一万斤石油,都还有查清楚的可能。

正当他思考着关于梦境和现实的一切的时候,突然从洞外飘来了一阵白米粥煮肉糜的香味。这本不是什么美味,但此时此刻却让人垂涎。

接着,辛弃疾听见洞口传来轻盈的脚步声。

"龟老,起床吃晚食了。"

辛弃疾猛地一惊,这声音和睡梦中听到的回应一模一样,不是李囡儿是谁?是李囡儿救了他,他兴奋得想要叫一声李囡儿,但喉咙却发不出任何声音。

"姑娘就端了一碗粥吗?再端一碗,你的未婚夫醒了。"

"掌书记他醒了?"一声高兴的惊呼声过后,辛弃疾的视野里出现了李囡儿那张秀气的脸庞,以及从耳边垂下来的几缕黑发。发梢触到了他的脸颊,穿过桥洞的微风轻轻一吹,在他脸上挠啊挠啊,挠得他浑身发痒。最后,竟然挠得辛弃疾猛地坐起来,两人的头碰到了一起。

"好了,你竟然能坐起来,说明体内的气脉已经畅通了。不愧是年轻的习武之人,若是像我这样的老骨头,没有十天半个月可坐不起来。"龟老也高兴,端起粥碗呼呼地吃了起来。

范思凤高兴地双手扶着辛弃疾的肩膀,仔仔细细地端详着。端详了半天才注意到辛弃疾那略带诧异的眼光,赶忙松开了手,羞红了脸。是啊,自从知道辛弃疾就是爹爹给她安排的夫君之后,心里的情绪就好像是花骨朵遇见了阳光,情不自禁地雀跃起来。她甚至还想了很多日后可能会发生,也可能不会发生的二人生活。

"龟老,您真是神了,怎么您说他醒他就醒了?"范思凤为了缓解尴尬,转而问龟老。

"不是我让他醒的。其实他已经醒了好一阵了。"

"您怎么知道的?"

"人昏睡时的气息和苏醒时的是不一样的,我一听便知。只是,他受的伤较重,即便清醒过来也需要时间来唤醒身体。真没想到,他只是看了你一眼,竟然就坐起来了。"龟老喝了一口粥,继续说,"可见你们之间的感情还真的不一般哦,果然是未婚……"

"哎!龟老先生,请喝粥,不然该凉了!"范思凤赶忙打断龟老的话,害羞地低下了头。

"囡儿姑娘……"辛弃疾虚弱地叫了一声,没想到话还没讲全，就被范思凤打断了。

"哎呀，掌书记你别听龟老先生乱说。龟老，反正现在掌书记已经醒了，我也不怕实话告诉您，他不是我的未婚夫，我也不是他的未婚妻，我当初这么说只是为了让您救他。您……您不要误会了。"

龟老喝着粥，笑眯眯地摇了摇头，没有说话。

"掌书记，你也不要误会……"范思凤转而对辛弃疾说，却不敢正眼瞧对方。

"囡儿姑娘，其实我没听清楚你和这位龟老先生到底在说什么。我方才叫你……只是想向你讨一碗粥喝。辛某实在有些饿了。"

"噗！"一旁喝粥的龟老突然笑了起来。

范思凤回头瞪了龟老一眼，龟老连忙收起笑脸，说道："病人要喝粥，说明身体恢复得很快。姑娘，别瞪我，快去舀一碗粥来。啊，快去。"

范思凤此刻只觉得羞煞人也："掌书记稍等，妾身这就去舀粥。"范思凤说罢，还不忘再瞪龟老一眼，才快步朝桥洞外走去。

过了一会儿，范思凤便将粥端来了。

"谢谢囡儿姑娘。"

"对了，掌书记，其实妾身并不叫李囡儿。这个名字只是妾身应付齐见贤时乱说的，没想到被你们叫了一路。其实……"范思凤看着辛弃疾，"其实，妾身的真名叫范思凤。"

说出自己的真实姓名，范思凤紧张地低下头。可辛弃疾对范思凤这个名字并没有什么特别的印象，也根本没有意识到眼前这位姑娘就是老友范邦彦的女儿。

"原来是范姑娘啊。是啊，行走江湖哪有那么容易，况且姑娘还是女儿身，更名改姓也是情理之中的事情。"说罢，便喝起了粥。

范思凤看辛弃疾并没有什么反应，心想，看来爹爹并没有把她的名字告诉辛弃疾。若是辛弃疾知道范思凤是谁，接下来叙旧相认便是情理之中的事情。可麻烦的是，辛弃疾根本不知道她范思凤就是范邦彦的女儿。这种情况下，让她继续觍着脸说出自己的身份来又显得太轻浮了些。罢了，既然掌书记已经醒了，那以后便是来日方长，总有机会表明身份的。

范思凤正想着自己的心思，辛弃疾却突然放下粥碗，想要起身行礼，范思凤赶忙上前拦阻，辛弃疾却一脸严肃道：

"范姑娘，这已经是你第二次救辛某了，如此大恩大德辛某没齿难忘。今日，辛某在范姑娘面前起誓，一定帮助范姑娘报杀父之仇。曹举人横行运河，作恶多端，毁人良材，实在是该死！"辛弃疾说这话的时候，想起了申屠襄旗，伤口突然一阵绞痛。他捂着伤口跌坐在地。

"气脉刚通，切不可动气！"龟老跑上前来，边教训辛弃疾边用推拿手法帮助他顺气。

气息刚刚恢复平稳，辛弃疾又问道："范姑娘，你是怎么救的我？那日你在常州天宁寺被曹举人掳走后，我一直都查不到你的下落。"

范思凤见他又问，怕他因为心急影响伤势恢复，只好将事情始末原原本本地告诉了辛弃疾。辛弃疾听完，恍然大悟："原来是范姑娘和齐相风一起救的我。范姑娘，你不知道，你被掳走后的那晚，我也把齐相风给赶跑了。我待你们二位如此粗鲁，你们却一而再地救我性命。实在是……"

辛弃疾猛地咳嗽起来,范思凤劝他不要再说话了。辛弃疾却摆摆手,依旧说道:"齐相风呢?他在哪里?"

范思凤不知道怎么回答,只好搪塞了一句:"他出去打探消息去了。掌书记,我被掳走禁足在曹举人的水船上的时候,以为自己再也不可能活着出来了。"

辛弃疾点点头,说道:"好在范姑娘吉人自有天相,毫发未损地活下来了。对了,不知范姑娘有没有在苏州城见过我的部下猫耳?那日我与他在阊门分别后就再也没有他的消息了。"

范思凤摇摇头,心想,就知道问齐见贤和猫耳,也不知道安慰安慰死里逃生辛辛苦苦的她。

"哎呀,你赶紧休息!少说话!龟老,是不是?"

龟老突然被范思凤点名,莫名地一愣,立刻点头表示赞同。

桥洞里,三人虽然都各怀心事地喝着粥,但总归辛弃疾醒了,桥洞里的阴郁气氛被河上的风一吹就散去了。就在这个时候,桥洞外突然传来一串窸窸窣窣的脚步声。

范思凤和辛弃疾对视了一眼,压低声音问道:"有人?"

辛弃疾点点头,也轻声说道:"来人鬼鬼祟祟,且不下十人,看来是专程找上门来的。"

"怎么办?"范思凤操起做饭的火义,面对着洞口警戒起来。

辛弃疾心想,此行人大概率是申屠襄旗的人。凭他的行事作风和能力,在发现辛弃疾被人救走以后继续追杀过来,是完全有可能的事情。

"范姑娘,你快带着龟老先生离开,他们应该是冲我来的。"

范思凤没有回头,双眼盯着黑漆漆的洞口,问道:"你知道对方是谁?"

"不出意外的话,应该是推我入河的人。你们快走,此人是个迷失了心智的强人,再不走就来不及了。"辛弃疾心急地撑着洞壁站了起来,他强忍着胸口的疼痛和剧烈的晕眩感,想要走过去将范思凤拉回来。但是,没走出去三步,他又捂着胸口蹲到了地上。

"你这小子!给我老老实实地躺着休息。你这条命是我救回来的,我就不准你这样不爱惜。你别怕,我也去帮忙。"龟老说着便将酒葫芦别到裤腰带上,而后从墙角拿了一竹罐不知名的药物,快步走到了范思凤的身边。

辛弃疾看着两人的背影,既无奈又感动。可是感动归感动,这两个人哪里是申屠襄旗的对手啊。申屠手下的巡检司可都是狠角色。情急之下,辛弃疾操起身边用来刮药膏的竹匕首,扶着墙壁走到了二人跟前。"既然如此,那辛某决不能让二位受到伤害。"

"掌书记,你……"范思凤心疼地看着辛弃疾,"都伤成这样了……你其实不用把我们都背在身上。"

龟老眼神犀利地注视着前方,说:"你小子,你手上那把竹片刀是我救人用的,你敢用来杀人我就对你不客气!好了好了,对方来势汹汹,拦住他们只能靠我这个老头子了!范姑娘,快带着你的未婚夫从另一侧洞口逃走。"

"可是您……哎呀,龟老还是我来拦住他们,您扶着掌书记走吧。"

龟老身子一弓,拧开了手中的药罐:"婆婆妈妈的,他们来了。"

话音刚落,龟老将药罐往外一扬,一股墨绿色的粉墨瞬间在空气中弥漫开来。

"这是我亲手研制的蚀骨销魂散,闻者要么走不动道,要么分辨不清楚方向。"

龟老说完,范思凤立刻伸手捂住了辛弃疾的口鼻。

"姑娘休怕,方才我们喝的粥里有蚀骨销魂散的解药。"桥洞外已经响起了声声痛苦的呻吟,"对方人多,我这一罐销魂散也撑不了多久。快,我们往后面的洞口走。两位,下了桥洞是一片河滩地,两岸的百姓都种上了蔬菜,眼下管不了这么多,你们只管踩过去便是,日后由小老赔偿。你们径直往前走,看见第一棵大柳树就往北走,走到饮马桥集市一带,打问一个叫诸葛角的地方。那地方是我的老宅子,你们进去之后只要锁好门窗,他们就休想闯进去。哼,诸葛角诸葛角,可不是随便胡诌的名字。"

范思凤说:"龟老先生难道是诸葛后人不成?"

龟老一怔,还没有回答,辛弃疾却站着不走了。

"龟老先生交代得这么仔细,难道不愿意跟我们一起走吗?"辛弃疾问道。

龟老哈哈一笑,说道:"你这后生,心思这么密累不累啊?你们只管走便是了。我老了,腿脚也不方便,跟你们一起走只会拖累。再说了,看看墙角这些独家研制的密药,蚀骨魂魂散只是其中之一罢了,今日我非要好好试验一番不可!快走!"

"走?往哪走啊?"此时,后侧桥洞口突然传来一个熟悉的声音,辛弃疾和范思凤几乎同时反应了过来,是曹举人。

"嘿哟,你们还真躲在这个桥洞里啊。"说话间,曹举人走进了桥洞,那张狰狞的脸在烛光下也渐渐清晰起来。

"哪也别走了,你们跟我走吧……"

"休想!"曹举人话还没说完,龟老就抓起墙角的一个竹罐,向他丢过去。曹举人惊得往后退了两步,而后一个手下突然从侧边窜过来,双手撑起一张黑布,将竹罐和泄漏的药粉一股脑儿包裹起来。

"戳恁娘的,齐见贤说得没错,你这老鬼果然有许多稀奇古怪的药。好在我早有防备!都给我来啊,拿下!"当三人还惊讶于齐见贤告密这件事情时,曹举人的手下已经将龟老的药罐都搜刮一空。

慌乱之余,辛弃疾只听到曹举人最后说了一句:"看你们还有什么能耐!"接着,辛弃疾眼前一黑,被一只麻袋从头到脚套了起来。在逼仄而又黑暗的空间之中,他看不见也摸不着,只能听见不远处传来范思凤和龟老忽强忽弱的叫骂声。看来他们也被一起掳走了。辛弃疾胸口又是一阵绞痛,晕厥过去。

当辛弃疾被一盆冷水泼醒的时候,发现自己正和范思凤、龟老一起被绑在一根房柱上,而对面的房柱上绑着齐见贤。齐见贤发现辛弃疾清醒过来,立刻别过脸低下头,不敢面对辛弃疾。但此时的辛弃疾并没有心思和齐见贤置气,因为曹举人正在折磨范思凤。

"阇婆佬是不是交给你一些信件?在哪里!"曹举人扯着范思凤凌乱的衣领喊道。在质问范思凤之前,他已经上上下下粗鲁地搜了一遍她的身体,并未发现信件。

范思凤咬着牙,身体因为屈辱和害怕不停地战栗着,但什么也不说。

"范姑娘,你就把信交出来吧。能免受些罪就免受些罪吧,曹举人可什么都干得出来……"

齐见贤还没说完,就被曹举人和范思凤犀利的眼神吓得连忙把头低下去。

"曹举人,那些信能置你于死地,为我报杀父之仇。你知道的,我不可能还给你。"范思凤坚定地挤出几个字。

"既然如此,那你就和你爹一起去死吧!"曹举人恶狠狠地看着她。

"如果我死了,你就没可能拿到那些信。你就这么肯定,它们有朝一日不会重新浮出水面吗?"

"哼!你休想唬某家!"曹举人的声音比刚才还大,但范思凤知道,这只是为了掩饰内心的慌张而已。

"命运的铡刀指不定哪天会突然落到总舵主的头上,可就没法像今天一样跟我吹胡子瞪眼了。"范思凤深吸一口气,继续说道,"是,今日被你绑在这里我确实是害怕了,因为我是个人,我也怕死。总舵主,人家都说你是运河龙王,看来并不怕死。但是,不怕死的话为什么又非要逼我交出那些信来呢?"

范思凤讥笑了一声,而后说道:"我若是用那几封信来交换我们三人的性命,不知道总舵主愿不愿意?"

齐见贤听见范思凤只说"二人",自然是没有包括他的。

"思凤,捎带着把我也救了吧。说到底,我也是为了帮你报仇才被曹举人抓的。"齐见贤恳求道。

"齐见贤,你还有脸开口?那我们三个人又是因为谁才会被绑在这里?"齐见贤又低下了脑袋,但范思凤旋即说的话又让他重新把头抬了起来。

"如果总舵主肯放了我们四人,信立刻就能交还到你手上,如何?"

曹举人冷笑一声,说道:"在做买卖这件事上,从来只有我多占别人的份……"

"曹举人不是应该觉得我们四个人的命能换你今后的太平安生,是一笔稳赚的买卖吗?"

"可是,放了你们四个人,我在这个世上又多了四个想要我命的人。放虎归山这种事情,傻子才会做吧?"

"曹举人真是抬举我们了。况且,你是五斗米帮会的总舵主,运河上下又有多少仇人?有多少想要杀你的人呢?你不还是活得好好的?"

曹举人哈哈大笑起来:"你这泼辣女子说话虽不中听,倒是句句属实。那照你说的,我这么有能耐,又为何要将那几封信放在眼里呢?你以信换命,我凭什么答应?"

"那几封信件在我手里你当然没什么好怕的,但要是到了朝廷的手里,就算你是真龙王下凡也逃不了一死吧?"

"朝廷?"曹举人冷笑一声,"五斗米帮会盘踞太湖数年,朝廷派兵围剿了数次,你看可伤了我分毫?"

范思凤以前从父亲口中听说过一些关于治理运河的政策,于是理直气壮地说道:"总舵主创立了五斗米这个运河第一帮会自然是人生难有之大功绩。但是,如今天下未靖,正因为如此,五斗米帮会才有了生存衍发的空间。但总舵主如果觉得五斗米帮会的日子今后会同样好过,那就大错特错了。如今,朝廷在战场上连战连捷，占尽了上风，一直被金人追着打的局面已经一去不复返了。无论是继续北伐，还是保境安民，朝廷的底气和能力都更足了。待到战事消停，朝廷腾出手来整饬民生农商，而五斗米帮会不光欺民霸市，总舵主更是勾结金人的卖国贼，会落得什么下场还需要我来说吗？"

这些道理曹举人当然心里清楚明了得很，要不是飞来陀湛这样的横祸，他早就率领帮众革新帮制了。他相信，凭借五斗米帮会在官府的人脉以及民间的威名，想要从良洗白并不是一件难事。但突然冒出的那几封信件彻底打乱了他的阵脚，就好像一个即将嫁作人妇的娼妓在新婚之夜突然被以前的恩客认出来一样，不仅窘迫，而且绝望。

现在，他有机会拿回证明自己是贱籍的文牒，只要拿回来，自己就还能继续完成从良大业。

"好个泼辣娘子！本舵主答应你，只要你拿回那些信，我就放了你。"

"还有其他三个人！"

"当然，我可以让你们一个不少，毫发无损地从这里走出去。"曹举人大手一挥，"我只给你一炷香的时间。"

曹举人让人给范思凤松了绑，但她并没有急着走，而是先松了辛弃疾和龟老的绑。辛弃疾突然拉住范思凤的手，轻声说道："范姑娘，你趁着出去拿信的机会赶紧走，别管我。只要信还在你手上，曹举人就不敢拿你怎么样，你也还能为父亲报仇。"

"我必须要救你们出去。"

龟老也说："姑娘莫要犯傻，有多远就逃多远。只要日后官府惩治曹举人和五斗米帮会，就算是替我们报仇了。"

"我哪也不会去的。"范思凤说着将手伸进辛弃疾的衣襟里，掏出了一叠信纸。面对辛弃疾疑惑的眼神，范思凤解释道："那时候你昏迷不醒，在给你上药的时候悄悄藏到你身上的。掌书记不要见怪。"

范思凤拿到了信件，不顾辛弃疾和龟老的劝阻，径直走向曹举人，交出了信件。看得出，在交信的时候，范思凤看着曹举人的眼神是多么痛恨和不甘。曹举人拿到信后快速地浏览了一遍，果然都是自己写给李通的信件。

"曹舵主，我答应你的做到了，现在轮到你了。"

曹举人笑笑，就近打开了一桶石油，将信件蘸了石油而后付之一炬。"当然，行走江湖靠的就是一个信字。兄弟们，把路都给我让开。还有齐见贤那厮，给他松绑！范姑娘，我答应让你们毫发无损地走出去，就会让你们毫发无损地走出去。"

正当众人松了一口气的时候，曹举人转而露出了狰狞的表情："但是，你们一旦走出这个门，之后的事情我就不能保证了。"曹举人伸出手指数落道，"你们几个贼配军，三番五次想要某家的命，某家饶得了你们，可我的兄弟们早就想替我报仇了。"

齐见贤急了："你怎么出尔反尔啊，信都已经被你烧掉了，我们还有什么威胁？"

"哈哈，笑话。那菜市上的鸡鸭鱼鹅有威胁吗？没威胁的人就不能死吗？"曹举人回答。

"出尔反尔非君子所为！"

"你齐见贤还好意思跟我提君子二字？出卖朋友就算君子

了?"曹举人指了指范思凤和齐见贤,"我只说过保你们安全走出去,可没说要放过你们!"

"你……"齐见贤还要说,却被辛弃疾拉住了。

"齐相风不要再与他多费口舌了。总舵主保我们安全地走出去,那我们就走得慢一点。总舵主,如果我们兀自待在这库房里,你的兄弟们要对我们不恭敬,你是不是还得保我们毫发无损?"

"我……"曹举人怔了怔,叫嚷道,"戳恁奶奶的,兄弟们,把他们给我赶出去!"

五斗米帮会那些力夫听了总舵主的号令,一个个摩拳擦掌准备动粗。范思凤和龟老挡在辛弃疾面前,准备抵挡。齐见贤则死死地抱住房柱,一个劲地哭喊道:"我不出去,出去就死了。啊,思凤姑娘,今日恐怕你我都难逃一死了。但是,齐某做鬼也喜欢你,这不了情缘,我们去了阴间再续上。"

范思凤不悦地瞪了齐见贤一眼,心想,这个齐见贤果然是个情爱牲畜,到了生死关头脑子里装的还是这些东西。

曹举人朝地上啐了一口唾沫,骂道:"你这没骨气的东西,哪个女子会看上你啊。兄弟们,你们不会真的想让本舵主背上背信弃义的名声吧?不想的话就抓紧把他们赶出去啊,没吃饱啊!"言罢,力夫们像饿狼扑食一样冲了过来,齐见贤直接被抬出了库房,而范思凤也只是抵挡了数招便落了下风。旋即,三人就被力夫们牢牢锁住了手脚,架了出去。

突然,门外如闪电般射进来几道寒光,电光石火之间,几支弩箭就放倒了为难辛弃疾的力夫。曹举人往门外看去,申屠襄旗和胡掌柜正带着一队人马赶过来。曹举人正想开口教训,却看见他们人眼中并无惧怕之意,于是慌忙组织力夫们准备抵抗。

申屠襄旗进门之后,像一只红眼鹰隼一般死死地盯着曹举人。

"我怎般信你,你却要断我的后路!"申屠襄旗用弩机指着曹举人。

曹举人警惕地举起双手,一脸无辜地问道:"襄旗,你在说什么啊?为什么我一句都没听明白?"

"你以为我还会被你诓骗吗?你许诺我,杀了辛弃疾便助我有一条坦荡的仕途,可你是怎么做的?你悄悄地去常州衙署告了密,现在知州已经撤了我的职,还叫新上任的水路巡检都头来抓我。全完了,我的人生全被你给毁了。"申屠襄旗吼完这些话,瞄着曹举人连射了三箭,但都被他身边的守卫挡掉了。

这个时候,曹举人哈哈大笑起来:"申屠啊申屠,看来你都已经调查清楚了?"

"若是没调查清楚,我申屠襄旗还有命来这跟你理论吗?"申屠襄旗恶狠狠地盯着曹举人。此时,辛弃疾默默地看着眼前发生的这一幕,心中却无比欣喜。好啊,小申屠,迷途知返仍是好男儿。

申屠襄旗此时似乎也与辛弃疾心有灵犀,感知到了辛弃疾的心里话。他凛冽的眼神在人群中寻找了片刻,当看到辛弃疾的那一刻,他的眼神瞬间温柔下来。一时间遗憾、歉意、自责猛地涌上心头,他立刻将眼神移开,好似没有看见辛弃疾。

"兄弟们,如今我已不再是常州水路巡检都头,但你们仍旧愿意跟着我来蹚这趟浑水。你们是我申屠襄旗的真兄弟!我也切身明白了一个道理,人的眼里不该只有权势和金银,情义更值得珍惜……当一个人钻进了官帽钱眼，他的见识会变得多么闭塞，多么狭隘！我已经见识到了，就是我自己现在的模样。好在，你们跟我不一样。幸有清溪三百曲，不辞相送到黄州，兄弟们，既然你们来了，就助我杀了曹举人这个贼人！"

辛弃疾听见申屠襄旗的这番话，心中颇受感动。他知道，申屠襄旗这番话是对身后追随的下属说的，也是对他说的。申屠啊，浪子回头金不换，只要肯回头，什么时候都不晚。

申屠襄旗的人和曹举人打了起来，申屠襄旗得空从打斗的乱局中抽身，来到辛弃疾等人的身旁。

"快走，五斗米帮会在苏州有分舵，而我在苏州没有帮手。好在我这些兄弟都是巡检出身，要比五斗米帮会这些山野船夫更能打，趁现在还能拖住对方，快走！"说着，申屠襄旗就把他们往库房外赶。

"申屠，五斗米帮会的帮手一到，你和这些兄弟……"辛弃疾忧心忡忡地说。

"我知道，我的这些兄弟也知道。"

齐见贤焦急地看了一眼库房外明亮的阳光，说："快走吧，你们不走我可先走了。"可在场的没有一个人回应他，龟老和范思凤都没打算走。

"你明知今天是有去无回，为什么还要来救我？"辛弃疾拉住申屠襄旗的手问道。

申屠襄旗像被闪电击中一般缩回了手："掌书记，我杀过你一回，你不用关心我，我也不值得你关心。快走吧。"

辛弃疾知道，申屠襄旗这是在责怪自己，所以他今天一定会拼了命补偿。但越是这样,辛弃疾就越放心不下。

"跟我们一起走。申屠,只要你肯回头,仍旧是大道坦途,我们当不了官还能干别的。"

申屠襄旗鼻子一酸,突然跪倒在辛弃疾面前:"幼安兄,我做了如此大逆不道的事情,你竟全然没有责怪之意,还处处为我着想。幼安兄,申屠该死。"

"休说那话!你不是回来救我了吗?知错能改善莫大焉。再说了,你还只是个刚及弱冠的孩子。"

"幼安兄,你也只不过比我年长两岁而已,为什么我这般傻,你却这般通透。"

"没事了,如今你也跟我一般通透了,走!"

申屠襄旗看了他们一眼,辛弃疾重伤在身,范思凤是个女流之辈,龟老和齐见贤也不堪重用。申屠襄旗又回头看了一眼正在鏖战的场面,双方势均力敌。他一咬牙,必须要趁现在五斗米帮会的人还没赶到,立刻将幼安兄他们送出苏州城。于是,申屠襄旗将辛弃疾等人送上马车,亲自驾着车离开。一路上,只有齐见贤一个劲地在喊快点、快点,其他人均默不作声。

申屠襄旗专心致志地赶着车,不仅要躲避五斗米帮会的追兵暗哨,还要择机选取最近的路。他突然想起来,自己的马术就是幼安兄教的。当年,幼安兄手把手教他怎么掌握缰绳。今天,他握着缰绳,发誓要将幼安兄平安送出苏州城。

马车一路飞驰,一直出了盘门,到吴门桥才停下来。"申屠,跟我一起走吧。你孤身一人归正朝廷,这些年必定吃了不少苦头。日后,我们还和以前在济南时一样互相帮衬着生活,如何?"辛弃疾紧紧握住申屠襄旗的手。

申屠襄旗眼里闪过一丝感动与惆怅，他心里清楚，辛弃疾一定会这么说的。

"若是幼安兄早一年来找我该多好，那个时候……我还没有认识曹举人，也还是原来的小申屠。可是，幼安兄，如今一切都回不去了，我也必须为自己的选择负责。"

申屠襄旗深吸了一口气，笃定地说："幼安兄，我该走了。在文心墨坊，也有我的兄弟在为我卖命呢，我不能丢下他们不管。放心，只要我还活着，就不可能让曹举人追上你。快走吧。"

申屠襄旗话音刚落，苏州城内突然升腾起一道明亮的光线。那道光线在空中停留了数个弹指，而后渐渐熄灭，天空又回归漆黑一片。这是巡检司用来传递情报的信号弹，信号弹亮起的方向就是文心墨坊。

"不好，五斗米帮会的人赶到了。我的兄弟们快招架不住了！幼安兄，快走！"申屠襄旗说着推了辛弃疾一把。辛弃疾一个趔趄，刚让自己站稳，就想要去拉申屠襄旗。

"申屠都头，等等！"辛弃疾还没说服申屠襄旗，没想到范思凤又跳出来说道，"申屠都头，妾身同你一道回去！"

齐见贤懊恼地挡在范思凤面前，说道："思凤，好不容易逃出来，为何又跳回那个火坑！君子报仇十年不晚，眼下可是九死一生的境地，识时务者为俊杰啊。"

"你不能去！"辛弃疾对范思凤厉声说道。

范思凤心头一暖，说道："妾身跟随掌书记从镇江来到苏州，不为别的，就为了给父亲报仇。现在有申屠都头和他的兄弟们帮助,这是个绝佳的机会,我不能就这么放弃。"

辛弃疾顾不上申屠襄旗,又转而对范思凤说:"范姑娘,辛某答应帮你报仇,就一定会做到。虽说今日确实是九死一生的境地,胜算并不大,但杀父之仇不共戴天,如果范姑娘一定要回去的话,那辛某就陪着你一起回去。"

范思凤不可思议地看着辛弃疾,眼前这个男人脸上那股劲头果然和爹爹告诉她的一样,是个勇毅可靠的男子。范思凤没想到辛弃疾会这么毅然决然地做下这样的决定,这会儿,轮到范思凤为难了。父亲的仇当然得报,自己为父而死也理所应当。可如果要为此搭上辛弃疾的性命,她却一万个不愿意。自从看见辛弃疾贴身佩戴的那个长命锁之后,许许多多奇怪的情愫就不断地在范思凤心中沉浮,让人辗转反侧,瞻前顾后,理不清也道不明。

她不知道该怎么拒绝辛弃疾,或许,根本就拒绝不了。是啊,如果辛弃疾知道她的父亲正是他昔日挚友范邦彦,那他更会挺身而出。

"咻!"漆黑的夜空又被一支从文心墨坊升起的信号弹点亮。时候不多了,申屠襄旗顾不上那么多,转身上了马车。范思凤、辛弃疾和龟老也义无反顾地上了马车。

"思凤!你真的要去送死吗?"齐见贤声嘶力竭地喊道。

范思凤看着齐见贤,不知为何,让她烦了一路的齐见贤这会儿看去竟然并没有那么讨人嫌了。

"齐见贤,如果我这一次能够全身而退的话,我一定会好好感谢你的。"范思凤诚恳地说。

"可是我不要你的感谢,我要你从马车上下来!"

"齐见贤！你看，我在马车上，你在马车下，这就是我们的选择，这就是我们的不同之处。我知道你对我的心思，但我们根本不合适。"

申屠襄旗重重地抖了一把缰绳，马车朝着盘门的方向奔跑起来。齐见贤也跟着马车一块奔跑。

"为了你，我也可以上马车的。"

一直没有说话的龟老向齐见贤伸出手来："那就上来吧，趁现在还赶趟儿。"

齐见贤努力地奔跑着，他想要伸出手，但手却不听他的使唤。已经不那么寒冷的风吹在他的脸上，他却想起了曹举人凶神恶煞的模样，浑身一激灵，像尊冰雕般直直地立在原地动弹不得。

"可是，识时务者为俊杰啊……"齐见贤怔怔地看着远去的马车，暗自嘀咕着。他终究没有胆量登上那辆送死的马车。齐见贤心想，范思凤是对的，他和她根本就不是一类人，甚至他和辛弃疾也不是一类人。关于生死，他看得可重了，而且日后他还要考进士呢。

想到这，齐见贤突然豁然开朗，心中的负担似乎全都放下了。他想起曾经称赞过范思凤是巾帼不让须眉的女英豪，他齐某人就是喜欢这样少见的女子。现在，站在吴门桥上的齐见贤看着运河水静静地流淌着，自嘲地摇了摇头，愈发觉得还是寻常女子好。

第十七章
二月十四，辛亥（上）

夜半时分，姑苏城外寒山寺的钟声悠悠鸣响于虹桥以西、阊门之外。一艘趁着夜色潜行的客船悄无声息地抛锚于枫桥下，而后船身开始剧烈地摇晃起来——船上下来了一队黑衣革甲、背负长刀的队伍。这支队伍训练有素地穿过枫桥，来到运河北岸，而后径直往东边的渡僧桥而去。

从枫桥到渡僧桥这一地段，因为沟通着运河与阊门，所以一直都是繁华喧闹之地。不过，此时正值罡夜，沿河的商铺民宅均熄灯休憩，除了柳树与酒旗随风招展以外，一切似乎都已经沉睡。而那支度过枫桥的夜行队伍此时正在屋前树下快速地穿行着，直至第三个街口才突然停下。这个街口与其他并无二样，只不过此街口的东南方向长着一棵大柳树，柳树上挂着一个灯笼，灯笼的纱布上写着"太平"二字。

夜行队伍来到柳树下，打头的人取下灯笼，吹灭了里面的蜡烛。就在蜡烛熄灭的那一刹那，柳树上蹦下一个身影。打头的人身形往后一闪，分明是吓了一跳。

"吓死恁爹，你这鬼崽怎躲在树上呢？"打头的人瞧清楚是谁后悻悻地骂道。

"躲哪不是躲？兄弟们辛辛苦苦从山东赶来找我，总不能叫你们找不着吧？"树上跳下来的人吹亮了一个火折子，走到队伍里挨个确认了身份。

"还真的一个不少都来了，看来我们在太平军营里喝的酒、发的誓都作数了。真不愧是好兄弟！"

"废话！猫耳，大丈夫一言既出驷马难追。我们长刀队不光是你猫耳的好兄弟，更是掌书记的死忠。"

"郝勇哥，诸位兄弟，当初掌书记独闯济州城带走张安国的时候，我们可都是站在掌书记身后的，没想到你们后来又倒戈了，只有我一个人赶来追随掌书记。郝都头，要不是前日在苏州城遇到了前哨的兄弟，我还真不敢相信你又带着兄弟们找过来了。"猫耳欣喜之余，又疑惑地问道，"郝都头，这段时间到底发生了什么？"

郝勇摇摇头说道："嘻，说起返回济州的事情就惭愧啊。不过猫耳兄弟，你要知道，长刀队组建于济州，都是济州人，半数家室在城内，没有家室的多多少少也会有些宅基田产。若都是孤家寡人，一走了之无非是个人之事。可他们不一样，他们走了之后呢？妻儿老小怎么办？张安国的那些旧部还不将他们当作俎上鱼肉来宰割吗？"

郝勇重重地长舒一口气："现在好了，这段时间兄弟们都安排好了家室财产，此次南下也算是轻装上阵了，可以一心一意帮扶掌书记了。哎？说到掌书记，他人呢？"

郝勇一提到掌书记，猫耳的脸色瞬间阴沉了下来："掌书记现在可能有危险。"

"猫耳，掌书记现在有危险，你却还在这里与我摆龙门阵！胡闹！"郝勇骂道。

"郝都头谅解，猫耳并不是怀疑诸位兄弟的气节，只是掌书记近日形势危急，若是再带回去几个……几个不怀好意之徒，恐怕是火上浇油。现在好了，我晓得你们是来雪中送炭的了。郝都头，诸位兄弟，随猫耳来。"

其实猫耳早就心急如焚，方才等候长刀队的时候，还瞧见了城内文心墨坊方位先后升起两个信号弹。猫耳虽不明白信号弹的含义，但他料定肯定没有好事儿。现在好了，猫耳不停在心里念叨：掌书记你无论如何也要坚持到我赶来，猫耳带着太平军的兄弟们帮你来了。猫耳一路上带着长刀队的队员抄近道、走小路，一口气也没歇地赶到了孝光坊。

刚一入孝光坊，猫耳和郝勇等人便听到了文心墨坊里的打斗声。可说来也怪，这打斗声如此刺耳，而且也并非持续了一时半会，为何这坊内人都跟聋了似的没有反应？周遭甚至连一个官兵衙卒也没有看见。

其实，猫耳刚才只顾着赶路，并没有发现隐藏在孝光坊附近的两支人马。一支是苏州巡检司，另一支是五斗米帮会苏州分舵的强人。这两股势力在外围互相盯梢较劲，谁也不敢轻举妄动，只能焦急地观望。

苏州巡检司和五斗米苏州分舵的人注意力都在对方身上，没有注意到江北的太平军长刀队已经悄悄潜入了文心墨坊。

猫耳来晚了，可又没有晚到无法挽回。他一进文心墨坊，就看见掌书记、申屠襄旗和一老一妇被对方近二十人围在中间，申屠襄旗横刀挡在最前面，脸上和身上都沾满了血迹，地上横七竖八躺着的都是常州巡检司的人。

"掌书记，郝都头带着长刀队来了！"猫耳大声喊道。

"杀啊！"郝勇一声令下，长刀队的人纷纷从后背抽出了近五尺长的长刀，墨坊的库房里顿时一片寒光。

曹举人还没有反应过来，就已经有五六个兄弟被斩了手臂或是小腿，躺在地上疼得原地打圈。曹举人高声呼喊提醒着，可是即便是在场所有五斗米帮会的人都已经反应过来了，却也远远不是长刀队的对手。

长刀队那可是在江北与强悍的金人面对面厮杀过的，无论是个人武力还是团队合力放在抗金诸军中都是叫得上名号的。五斗米帮会虽然是运河上的第一大帮，也就敢欺负欺负老百姓。当这群江湖匪帮遇上久经沙场的长刀队，无异于以卵击石。不消一刻钟的工夫，五斗米帮会的人就已经被全数斩杀。曹举人边战边退，退到了墙角。这个位置原本是有窗户的，但此时已经被石油桶堵得严严实实的，曹举人已经无路可退了。

俗语云，狗急了也会跳墙。这个曹举人发现自己退无可退，竟然挥刀撩下绑在房柱上的火把，而后将一桶石油推倒、劈裂，推向落在地上的火把。

曹举人握着刀，死死地盯着辛弃疾，恶狠狠地说："要死就一起死吧。"

此时的辛弃疾已经顾不上个人的生死了，他知道石油遇火之后的结果。那桶距离火把越来越近的石油会燃烧、爆炸，接着库房内其他油桶溅上火苗，也会相继爆炸。辛弃疾眼睛瞪得大大的，惊恐地注视着那团火,似乎灾难已经在他眼前发生了,他已经看见了半个苏州城燃起熊熊大火,生灵涂炭。

"不!"辛弃疾苍白无力地喊道。

长刀队见此情形,纷纷后退,将辛弃疾等人保护在身后。石油桶内的液体不断汩汩流出,蔓延的范围越来越大,眼看着就要触及火苗。长刀队的队员们纷纷别过脸、背过身,准备迎接一场浩劫。

可是,就在石油接触火把的那一刹那,火把上跳跃的火苗竟然呲的一声熄灭了,只留下一股细小的青烟。

在场所有人都看傻了眼。这样的情况完全没有可能,却实实在在发生了。

曹举人不甘心地撬开另外一个油桶,用刀尖浸挑了一下,抽出来确认是石油无疑。于是,他又推倒了这个油桶,结果诡异的事情发生了——倾倒出来的液体只有一小部分是漆黑如墨的石油,后面涌出的大量液体竟然全都是水。曹举人简直不相信自己的眼睛,伸手挽了一窝,凑到鼻子前闻了闻,又伸舌头尝了尝,确实是清水无疑。曹举人又挥刀撬开身边的几个油桶,都是一样的情况。

曹举人立时怔在了原地,他的脑袋飞快地思索着,首先怀疑胡掌柜趁着他不注意将石油换成了清水。但他马上打消了这个念头,胡掌柜没有这个本事,更没有这个工夫。他几乎都待在文心墨坊里,胡掌柜根本没有时间去干这个事情。

是陀湛,那个阴险狡诈的阇婆人。曹举人的眼前飞快地闪过几个画面——市舶司文牒、开桶验货、无偿送给胡掌柜……原来,他曹举人被阇婆佬给骗了,还从江北骗到了江南。

曹举人突然笑了起来。陀湛这个阇婆佬着实狡诈，他知道石油轻于水，所以他先在油桶里装上将满的水，而后倒入足以覆盖水面的石油。这样，即便是开桶验货，不知内情的人自然会上当。

"陀湛啊陀湛，某家真不明白，你让某家豁出性命押运的竟然是一百桶清水，一百桶清水……哈哈。你为什么要这样做？为什么要这样做！"

曹举人好像突然失去了所有气力一般咚地跪倒在地，他索性双手撑在地上，一会儿哭一会儿笑，进入了疯癫的状态。他能不疯癫吗？堂堂五斗米帮会的总舵主，被一个阇婆人要挟着押运货物也就算了，但这些货物竟然是毫无用处的清水。他为了这一百桶清水，不光搭上了许多兄弟的性命，还险些搭上自己的性命和五斗米帮会的未来。

这已经不是一百桶清水了，而是赤裸裸的嘲笑与戏弄，戏弄他的还是一个来自弹丸小岛的阇婆佬。这件事若是从文心墨坊传到江湖上，那他曹举人还当什么五斗米帮会总舵主？倒不如死在这里算了。

就在曹举人独自宣泄情绪的时候，范思凤突然行动起来——此时不就是给父亲报仇的绝佳机会吗？她趁着众人的注意力还在石油闹剧上，悄悄地贴着墙壁慢慢靠近曹举人。等到范思凤接近曹举人的时候，众人先是一惊，又不敢惊动曹举人，只好一个劲儿地做手势要求她回来。但此时范思凤的杀父仇人就在几步之外，她又岂会放弃？

范思凤已经来到曹举人身后，手中握着一把匕首，随时可以发动袭击。对面的辛弃疾紧张地捏了捏拳头，他听见，龟老的呼吸声也不由得加重了。

就在范思凤跨步冲向曹举人之际,一直疯疯癫癫的曹举人突然清醒过来,双手撑起身体,单腿向后飞踢,踢中了范思凤的小腹。范思凤惨叫一声,身体向后飞去,后腰撞到了油桶上。范思凤腰腹受伤,跌落在地之后,一时间难以站立起来。曹举人一个箭步上前,夺过范思凤手中的匕首,顺势搂住她的脖颈,将匕首抵在她脖颈一突一突跳动的经脉之上。

如此转机,连曹举人自己都觉得不可思议。

"天不亡我啊。某家原本以为,这个叫李囡儿的姑娘报仇的执念太深,迟早会害了我的性命。没想到啊没想到,今朝倒会救我一命。哈哈。"

曹举人边胁迫着范思凤,边往库房的门口走去。

"辛弃疾,一命换一命,如何!"曹举人伸着脖子看向辛弃疾。

辛弃疾不假思索地说:"曹舵主,若你真愿意一命换一命,我辛弃疾没有丝毫犹豫。放了囡儿姑娘,你走便是了。"

"若是我放了她,你不会再来追我吧?你都追了我一路了,现在我只要想起你这张脸,我就头疼。"

"我追你只是为了这批石油,现在它们就在这间库房里,我还追你干什么。"

"可是这些并不是石油,而是清水啊。"

辛弃疾沉思了片刻。是啊,他得到的情报是,张安国与陀湛交易的是真真切切的石油,而并非兑水石油。现在可以明确的是,曹举人押运的这批石油是假的,那么真的石油去哪里了呢?

"所以，曹舵主你知道那批真石油去哪了吗？"

曹举人苦笑起来，说道："所以，辛弃疾，你还是不会放过我对吗？"

站在辛弃疾身边的龟老急了，轻声说道："傻后生！你哪怕说句谎唬一唬曹举人也行啊。"

辛弃疾没有听从龟老的建议，而是问道："曹举人，你回答本官，到底知不知道石油的真实下落？"

曹举人冷冷道："我若是说不知道，你会相信吗？"

辛弃疾没有言语，曹举人接着说："在这起事件中，某家也是受了陀湛的诓骗。与你一样，也属于受害者呢。"

"可是，张安国与陀湛交易的确实是石油。"

"你瞧见了？为何在这一味地质问某家呢？何不去问问张安国。"

可是张安国已经死了。难道这件事自始自终都是一起骗局吗？辛弃疾摇了摇头，立刻打消了这个念头。如果这件事是个骗局，那么到目前为止只是牵扯了自己入局调查，而自己只是一个太平军掌书记，头上还有一顶承务郎这个虚职的乌纱帽。辛弃疾虽胸中有万丈长虹，但他自知以目前的地位和职级，想让外邦人如此兴师动众拉他入局，恐怕根本就不可能。

既然已经无法询问张安国了，那么交易的另一方阇婆人陀湛就成了最后的突破口了。

"曹举人，其实我一直都想问问你，陀湛怎么没有跟着你一起来苏州？"

"某家和阇婆佬在太湖分手，他借道湖州去了临安，盼咐某家继续带着这些石油按计划行事。这个杀千刀的阇婆佬，本来已经死到临头了,都有办法骗老子!等老子找到他,定要将他碎尸万段。"在太湖上的时候,陀湛诓骗曹举人,范思凤拿着决定他身家性命的信件去了苏州,没想到竟然歪打正着了。只不过,范思凤是偷出来的,而并非受陀湛指使。现在,那些信件已经被他付之一炬,那个该死的阁婆佬自然就没什么好怕的了。

辛弃疾心想,这个曹举人行走江湖多年,诡计多端,自然是信不得的。眼下这样的情况,范姑娘肯定要救,但曹举人也不能让他轻易离开。

"某家也学着他们模样叫你一声掌书记,今日某家自知已经穷途末路,但你可别小看了我这个江湖人。逼急了我可什么事都做得出来。如果掌书记今日肯给某家一条生路,我就放了这位姑娘,而且发誓今后五斗米帮会再也不与诸位作对。如何!"曹举人的语气不像是商量,因为他知道手里人质的分量。

辛弃疾陷入了两难,正准备想一个万全之策的时候,一直站在身边横刀护卫的申屠襄旗突然轰地倒了下去。当众人反应过来的时候,申屠襄旗口中的鲜血早已喷了一地。

"申屠!"辛弃疾惊怕地抚着申屠襄旗已经毫无血色的脸颊,瞪着双眼打量着对方的身体。辛弃疾这才发现,方才一直挡在最前面抵御的申屠襄旗早已身受重伤。脖颈、胸口、腹部都有多处伤口,有的伤口还在汩汩冒血。

龟老走过来轻轻拍了拍辛弃疾的手背,示意他让开。而后,龟老在申屠襄旗身上点了几处穴位,又给他喂了一颗暗红色的药丸。龟老做完了这些,申屠襄旗的面色稍稍好转,伤口的血也都止住了。辛弃疾正准备拜谢龟老,没想到,龟老却摆摆手,说道:

"这个小后生已经救不过来了。我这么做也只是让他最后一程走得没那么痛苦,诸位节哀吧。"

龟老的话像一记重拳,打在了辛弃疾的胸口,本来就有伤在身的辛弃疾顿时吐出一口黑血来,跪倒在申屠襄旗身旁。

"掌书记!"众人大惊,慌忙围了过来。

就在此刻,曹举人瞅准时机,一脚踹开范思凤,而后纵身一跃跳上了停靠在库房外的马车。这辆马车原本是申屠襄旗为辛弃疾他们逃亡准备的,马力车况都是极佳的。曹举人一抖缰绳,马车便立刻冲进了孝光坊的夜色之中。

等到众人发现的时候,追击已经来不及了。况且还有重伤的辛弃疾和申屠襄旗二人,大家也都没了追击的心力。

跪着的辛弃疾抚膺调整了大概一盏茶的工夫,开口说的第一句话就是:"郝勇,我要你带着长刀队去把曹举人追回来。范思凤姑娘的杀父之仇还没报呢,岂能让宵小逃逸?"

郝勇领命,正要带队出发,申屠襄旗却抬手说道:"幼安兄,先不劳忙。能不能把那个叫范思凤的姑娘叫过来?"

辛弃疾不知道申屠襄旗意欲何为,但在此生命垂危之际说出这样的话,恐怕是有重大隐情吧。辛弃疾招呼范思凤来到申屠襄旗的身边。

申屠襄旗抬起重重的眼皮,审视了范思凤一眼,便说道:"范姑娘,你的父亲是不是在无锡调查五斗米帮会偷漏税赋时被杀害的?"

范思凤点点头。

"那就对了,姑娘既然姓范,那姑娘的父亲是否叫范邦彦?"

申屠襄旗已然气若游丝，但范思凤和辛弃疾却听得一清二楚。申屠襄旗说的就是"范邦彦"，辛弃疾和范思凤两个人的心里都咯噔了一下。

"范邦彦，就是妾身的父亲。"范思凤咬着嘴唇说道，心中悲痛之余瞥了一眼辛弃疾，辛弃疾正惊讶地看着她。

申屠襄旗似乎得到了某种满足似的闭上了眼睛，过了半晌才又睁开："杀害你父亲的凶手不是五斗米帮会的人，不是曹举人也不是一口钟……是我，是我杀了范邦彦。"

"是你？"辛弃疾和范思凤异口同声地问道，辛弃疾诧异得说不出话来，范思凤泪流满面。

"是你？你为何要杀我爹爹？"范思凤用力摇晃着申屠襄旗，龟老忙过来劝住范思凤。

"姑娘，你再摇下去他就要死了。让他说，让他说为什么要杀你爹。"

范思凤听了龟老的劝，却突然捡起申屠襄旗掉落在地上的佩刀，架在对方的脖子上。

"你说，为什么要杀我爹爹？你快说啊！"

申屠襄旗咽了咽满嘴的血沫子，而后忍着巨大的疼痛说道："你父亲已经查到五斗米帮会偷漏税赋的证据，所以我就杀了他。"

"申屠，你是不是受到了五斗米帮会的胁迫？"

辛弃疾知道曹举人和他之间的关系，所以问道。没想到申屠襄旗却摇了摇头，说道："我并没有受到五斗米的胁迫，是我自己决定要这么做的。"

"为什么，为什么？难道你已经被曹举人控制得像一个真正的江湖帮匪了吗?"辛弃疾痛心疾首。

申屠襄旗无奈地笑了笑说道:"是因为范邦彦已经查到了我的身上,我是五斗米帮会偷漏税赋背后最大的帮手。"

申屠襄旗缓了缓劲,又说道:"如果范邦彦告发了我,那申屠可能在幼安兄到常州找我之前就出事了。我……我从中贪了好多钱,说出来的话,幼安兄也会吓一跳呢……"

"现在好了……范姑娘,你动手吧,我就是你的杀父仇人……咳咳……"申屠襄旗又吐了几口鲜血。龟老见他气数将尽,又从怀里摸出一粒药丸,准备喂进他的嘴里。

申屠襄旗摆摆手,拒绝道:"不忙活了,我已经看见我爹娘来接我了……爹,娘,孩儿不孝,给您二老丢人了……孩儿……咳咳……范姑娘,你快动手吧,再不动手我就要跟他们走了……"

范思凤握着刀的手微微地颤抖起来。如果面前躺着的是曹举人,她一定会毫不犹豫地刺下去。可却是申屠襄旗,方才若不是他拼了命地保护,她和辛弃疾可能都已经死了。她,怎么下得去手?

"啊!"范思凤悲痛地大喊了一声,将手中的刀狠狠地丢了出去。申屠襄旗看了一眼范思凤,又看了一眼辛弃疾,最后满怀愧疚地闭上了眼睛,吐出了一口长长的气,直至胸腔不断萎缩,最后再也没有鼓起来。

申屠襄旗气绝了。

明州码头海域,一轮猩红的太阳从海平面缓缓升起,平静的海面上顿时光芒万丈,波光粼粼。亮眼刺目的阳光叫醒了躺在船舷上休息的纳伽登,这位高壮的王子随从揉了揉眼睛,坐起身子向码头看去。码头上,赤裸着上半身的阇婆人正充当着力夫的角色,将一个一个沉重的木桶从货船搬到牛车、马车之上。纳伽登伸出手指点了点,船上剩下的木桶已经不多了,大概再有一个时辰就能全部完工了。

此时,距离纳伽登不远的船舱内传出一声声"特拉斯格尼"的鹦鹉叫声,他知道,韦铎王子已经起床了。

纳伽登恭敬地跑过去准备侍奉,舱门却吱嘎一声打开了。舱门里先迈出一只脚来,脚上穿着的并不是阇婆人日常的木屐,而是一双草鞋。纳伽登惊讶地抬起头来,看见韦铎王子身上已经没了阇婆王子的打扮,业已换上了大宋农夫的打扮。

"还要多久?"韦铎用阇婆语问道。

"一个时辰。"

"装完车之后,我要你们所有人跟本王一样,换上大宋百姓的衣服。"

纳伽登重重地应了一声。

韦铎问道:"陀湛来消息了吗?他是否已经抵达临安?"

纳伽登摇摇头,说道:"王子殿下,我们抵岸也不过几个时辰,消息还没有传来。不过,凭陀湛大人一贯行事作风,殿下何须劳神担忧?陀湛大人何时让殿下失望过。"

韦铎会心一笑,点点头不再言语。那个聪明人陀湛倒是深得人心,但越聪明的人想法就越多,想法越多,自然就越不可信。尤其是他和眉珠之间的关系。从一开始,陀湛就不同意将眉珠卷进来,直到韦铎以还其自由身相诱,陀湛才勉强应承下来。

哼!这个陀湛,仗着本王对他的信任和器重,竟然敢忤逆本王的意图。韦铎双手背在身后,边走边想,缓缓来到面海的船舷:"陀湛啊陀湛,说到底你还只是一个庶民的孩子,再精干又如何?还不是会纠缠于儿女私情。不过这样正好,有弱点的人才容易被控制,这是父王一直教导的道理。父王啊,您一定要坚持住,孩儿已经在救您的路上了。"

面对着日出和辽阔的海面,韦铎伸出双手深深地吸了一口新鲜的空气,用低沉的阇婆语吼道:"烈焰一般的初日,耀眼,炙热,伟大!初日一般的烈焰,更加耀眼,炙热,更伟大!特拉斯格尼,我要将你带去临安!"

临安城的庆和楼,因为眉珠而顾客盈门。如果非要说这帝辇之下的老百姓有什么得天独厚的优势,那便是近水楼台先得月。现如今,整个临安城的文人墨客都知道,庆和楼的眉珠姑娘要登上运河灯会的花船为官家献艺,所以但凡有点虚荣心的人,都想要抢在官家前头先一睹眉珠姑娘芳容。

不过,乐众人事小,乐官家事大,庆和楼的掌柜郑大利哪怕再贪财也不会让眉珠姑娘在这个节骨眼卖命挣钱。要是能在运河灯会上出彩,多少钱都能赚得回来,又何必在乎这一天两天呢?郑大利掰着手指,算着距离运河灯会的时间,心里乐开了花。一想起眉珠这个宝贝疙瘩花落庆和楼那天的场景,他就忍不住偷笑。郑大利还记得眉珠第一次出现在庆和楼的时候,是一个叫陀湛的阇婆人送来的。那个阇婆人要北上做买卖,身上没有盘缠了,于是把眉珠卖给了他。陀湛当时要价二百两,郑大利还嫌贵,最后验了眉珠的才艺才咬牙买下。现在看来,别说是二百两了,就是五百两,一千两,那也不折本。

所以这几日,郑大利像对待亲闺女一样对待眉珠,只教她上午献艺一场,其他时间自行安排。眉珠也没有像别的艺人,一得空就疯耍,而是本本分分在房间里练曲子,偶尔也会在后院散散步或者出去散散心,郑大利放心得很。今日的票也早就售卖一空了,除了几位临安城叫得上名号的富贾豪绅以外,都是大内王府腰配鱼符的相公。不过,在这些爱听曲子的贵客里头,要说最特别的,那就只有陆放翁一人。一般的弄潮儿只会来一次,爱听眉珠曲子的也只是隔三岔五地来,陆放翁是几乎天天来。只要郑大利把献艺的招旗往外一挂,不出半刻钟陆放翁准过来买票,就跟在附近蹲守似的。

郑大利也是个机灵人,知道陆游的俸禄,根本撑不了他看几回眉珠,索性就在角落里给他安排了一个免费定座。这可是全临安城谁也羡慕不来的好福利。郑大利这么做,自然有他的私心——纵然眉珠是百灵鸟,那也有曲尽词绝的那一天,真到那个时候,他就去请通晓诗词音律的陆游来为眉珠谱曲填词。有这一对绝世佳人坐镇庆和楼,那还不火到天上去?神仙也要下凡来庆和楼花钱听曲了。

郑大利正乐着呢,抬眼正好瞧见陆游进来,赶忙敛了敛表情,跑上前去招呼。陆游自然是瞧出了郑大利心里的小九九,所以也不觉得有所亏欠,自顾走进了内室。

端坐于内室里的眉珠看见陆游准时准点地走进来,心里一沉,一对黛眉顿时蹙了起来。

陆游依旧同往常一样,坐在属于自己的角落里,一边轻叩手指附和着眉珠的节奏,一边闭目哼唱。听着听着,陆游的眉头和眉珠的一样，慢慢紧了起来。眉珠所弹唱的前两首都是时下较为流行的曲子，一首是《云水禅心》，另一首是《暗香》。这两首曲子曲调平和，依眉珠的水准应该是轻松拿捏的，从曲牌上看，她也是拿这两首曲子热热场。不过，颇懂音律的陆游却在这两首曲子里听出了五六处瑕疵，这要是一般的歌姬倒也没什么，可她是眉珠啊。陆游缓缓地睁开眼睛，朝眉珠看去，不料却发现珠帘里的眉珠正在看自己。当二人视线相交的那一刹那，眉珠立刻将视线转移，手下的弦音也有些短促慌乱，又留下一处瑕疵。

陆游心想，莫不是眉珠姑娘有什么心事？难道是运河灯会迫近，反而有些心慌意乱了？凭眉珠的年纪和经历，虽说技艺过人，但又哪里见过什么世面？自然是会紧张的。想到这，陆游又闭上了眼睛假装安心听曲，不过心里却在合计今日应当找个时间好好开导开导她。

六曲唱罢，内室的客人三三两两地离开了。珠帘内的眉珠，时不时道个万福，以示送客。见客人都走得差不多了，陆游走到珠帘前问道："眉珠姑娘，今日天光正好，风和日丽，小可可否借光小聚，为姑娘排解心结。"

"相公怎知妾身心有郁结？"

"姑娘虽未言说，但小可能从音律中听出来。"

眉珠怔怔地站了一会儿，她确实心有郁结，但今日并不适宜与陆游出游。眉珠道了一个万福，客客气气地说道："妾身今日只是身子不适，并非心有郁结。感谢相公美意，眉珠休憩一下就会好的。"

陆游失望地抿了抿嘴，安抚道："运河灯会在即，眉珠姑娘无须心慌。依小可看，姑娘只需正常发挥，即可惊艳四座。啊，小可听闻即将参加运河灯会的艺伶这几日可以申请住在教坊司，眉珠姑娘若是有需要，小可可以去帮姑娘询问，争取个名额下来。"

眉珠慌忙说道："不劳相公费心了，庆和楼，也不差的。"

"姑娘若是有意，郑大利掌柜那里我可以替姑娘去说。郑大利是个明白人，不会强留你在庆和楼的。"

眉珠连忙摆手，说道："掌柜很好，相公也很好，眉珠真的只是身子不舒服而已，睡一觉就没事了。相公放心，眉珠定不让相公失望的。只是……只是需要休息而已。"说着，眉珠伸出玉手轻轻地揉起脑袋。

陆游见此情形，自知有些失礼了，慌忙叉手作别。眉珠感激地冲陆游点点头，转身离开，珠帘轻轻一抖。看着眉珠离去的背影，陆游突然想起了香积寺里那架清流戛玉。

"眉珠姑娘。"陆游叫道。

"相公？"眉珠停下脚步，回头走了几步，"有何事？"

"嘻，陆某今日见姑娘演奏的时候用的不是清流戛玉，想问问姑娘，用得不顺手吗？"陆游说完，双眼注视着眉珠脸上的表情。

只见眉珠双眉一跳，立刻恢复了镇静，说道："怎么会呢？那可是相公送给妾身的清流戛玉啊。相公知道的，前几日我将清流戛玉送到香积寺大圣紧那罗菩萨前供了起来。紧那罗，音乐天也，妾身也是为了取个好兆头。"

陆游装作恍然大悟的样子："多用多练才会顺手嘛，小可觉得还是将清流戛玉趁早拿回来练习为好。"

眉珠赞同道:"相公说得极是,其实妾身也准备今天去一趟香积寺将清流戛玉拿回来呢。"

"哦,那陆某陪同姑娘一起去吧……"

"不要。"陆游话音刚落,眉珠就突然拒绝道。她立即意识到自己的失态,又解释道:"我是说,不必劳烦相公了。再说,妾身还要先去休息一下呢……没准今日晚些去香积寺,若是起晚了就明早去。相公不必担心妾身了。"

陆游已经得到了想要的信息,于是摆摆手解释道:"哦,如此说来那陆某还真不一定有空了。官家和王师快回来了,编修院这几日也没得消停。既然如此,那陆某就先行告退了,望姑娘保重玉体,一鸣惊人。"

"眉珠谢相公厚爱。"

和眉珠道别之后,陆游就出了庆和楼。他笃定地认为,眉珠今日之所以心烦意乱肯定与清流戛玉这架琴有关系。因为她还不知道,琴腹里的临安城舆图已经被陆游毁掉了。如果眉珠今日把琴拿回来,发现舆图已经消失,她会做什么呢?

看来,想要解开这个谜题,只能去一趟香积寺了。

第十八章
二月十四，辛亥（下）

东南形胜，三吴都会，钱塘自古繁华。烟柳画桥，风帘翠幕，参差十万人家。云树绕堤沙，怒涛卷霜雪，天堑无涯。市列珠玑，户盈罗绮，竞豪奢。重湖叠巘清嘉。有三秋桂子，十里荷花。羌管弄晴，菱歌泛夜，嬉嬉钓叟莲娃。千骑拥高牙。乘醉听箫鼓，吟赏烟霞。异日图将好景，归去凤池夸。

阇婆人陀湛行走在北关的街道上，街旁酒楼里传出歌姬弹着琵琶，模仿着眉珠的唱腔在唱柳七的《望海潮》。去年腊月，陀湛和眉珠跟随韦铎王子来到大宋的都城临安，也听到了这首《望海潮》，不过当时听来只是一片惘然，如今却觉得柳七这首词一字一句都写得那么贴切。

在抵达临安之前，陀湛早已在南洋那条海上商道听闻了关于临安的传说，他心里早有了千百幅璀璨华贵的画面，不过，直到抵达临安城的那天他才知道，自己的想象是多么寒酸，多么小气。他看着繁华的都城和车水马龙，自诩学富五车的他竟也找不出一个词来形容眼前的景象，直到他听见御街瓦子里传出的《望海潮》。东南形胜，三吴都会，钱塘自古繁华。陀湛知道，临安城的景象会像梦魇一样在他的脑海里停留一辈子了,《望海潮》这首词也如是,会成为他以后怀念、感慨、追忆这段特殊日子的媒介。

不过,更让陀湛激动的是,他将在这样一座天城,和眉珠、韦铎王子一起做一件惊天动地的事情。这是阇婆人崇拜一座城的方式,更是阇婆人征服一座城的方式。特拉斯格尼,就是阇婆人的方式。

陀湛贪婪地感受着临安的一切气息,直到一缕缕清香飘进鼻腔,他才缓缓停下脚步。陀湛顺着香气飘来的方向看去,一片绿荫之中,香积寺的山门威严伫立着,似乎在向这位阇婆人诉说,即便是如此繁华豪奢之地同样有令人敬畏的信仰。陀湛不由得恭敬且虔诚起来。

"陀湛公子,奴家已在此等候多时。"正当陀湛走向香积寺山门的时候,路旁的树荫里突然传出动听的声音。陀湛嘴角浮起一丝笑意,这个声音他再熟悉不过了,是那样沁人心脾。

"眉珠,我听闻你已入大宋教坊司的选拔,将会在运河灯会那日,登船为大宋皇帝献唱。你真不愧为我们阇婆一等一的歌姬,韦铎王子没有看错你。"纵然见到眉珠让陀湛早已欣喜若狂,但他仍旧端着一副架子。

"感恩火神庇佑,奴家只不过遵从了火神的旨意而已。"

眉珠回答得十分妥当,但陀湛并不开心。

"你应该感激家父,若非家父从小教你学艺,你区区奴籍如何会有机会为国效力,行火神神旨。"

"是,爷乃奴家再生父母,奴家粉身而不敢忘也。"眉珠欠了欠身体,显示出一副谦卑的姿态。

陀湛摆摆手,示意眉珠不必行礼:"不过,你也争气。家父要是知道你在大宋临安的作为,一定会很高兴的。今日你约我在香积寺见面,是不是还有什么好消息?"

眉珠轻轻地点了点头,而后走到陀湛跟前,凑到他耳边低语道:"奴家拿到了临安城的舆图。"

这又是大功一件,陀湛本来不想笑的,但眉珠凑到他耳边低语了几句,他闻到了眉珠香甜的气息,只好轻笑两声,以掩盖心中的躁动。

在二人接头之际,陆游正在不远处的树荫下注视着他们。眉珠领着陀湛来到香积寺紧那罗菩萨殿,陆游也在二人身后不远不近地跟着,他已经猜到,眉珠撰画下来的临安舆图应该是准备交给这个叫陀湛的人。

眉珠和陀湛进入佛殿后,陆游就在格子窗下半蹲着偷听。

"图呢!"里面传来陀湛愤怒的声音。

"奴家……奴家真的将舆图藏在这架古琴之中的。奴家也不知,舆图为何会不翼而飞。"

"不翼而飞?这么重要的东西你竟然不随身携带!"啪!陆游听见巴掌的声音,接着传来眉珠轻轻啜泣的声音。

"奴家是从皇城司指挥使石苐大人那偷撰来的,石苐大人何等精明?奴家怕他万一发现了来查奴家,所以才想到放在琴腹中……"

啪!又是一个巴掌。

"你既然这么怕死,为何又要做这么危险的事情呢?我们此次随韦铎王子来大宋,就应该抱着必死的决心,你怎可如此踌躇胆小?"

"若是奴家不能活着等到陀湛公子回来,完不成韦铎王子交代的任务,那岂不是白死了?"

"区区几日不见,你倒学会了顶嘴?我有没有教过你,贱奴的嘴是用来做什么的?可不是用来顶撞主人的!"

眉珠咚地跪下,一个劲地磕头认错。"奴家错了!公子放心,奴家能进石府一次,就能进第二次。奴家再进石府一次,一定把临安舆图带出来。"

陀湛双手抱胸,冷漠地睥睨着眉珠,心里却也是心疼:"罢了罢了,我只是想提醒你,为国办事,行火神神旨,一丁点马虎不得。好在这件事只有我知道,若是让韦铎王子知道你把到手的舆图弄丢了,会有什么后果?"

"奴家谨记!"眉珠不知道韦铎的手段,但他是王子,只要他想,他都能做到。

"好了,韦铎王子已经在明州登岸了,留给我们的时间已经不多了。"

"公子,需要奴家做什么?"

"你暂时什么也不用做,回庆和楼继续当歌姬。"

"奴家……奴家已经过了这么久的安生惬意光景了,不能再让公子一个人忙碌了。"眉珠的语气近乎哀求。

"你别多想。你现在是临安城的大红人,走到哪都有人认出来,反倒不方便行事。安心当歌姬吧,有需要,我自然会到庆和楼找你。"陀湛扶起眉珠,伸出手指揩去她嘴角的血。

"回去搽些药,别让郑大利看出来。"陀湛趁机轻抚着眉珠细嫩的脸颊，心中一阵悸动。

"眉珠啊，韦铎王子答应过你，只要这次特拉斯格尼成功就还你自由身。如果恢复了自由身，你想做什么？"陀湛试探地问道。

眉珠畏畏缩缩地抬起双眼，看着陀湛，说道："爷收养我，教我学艺，公子您也处处为奴家着想。奴家……奴家生是公子家的人，死是公子家的鬼。即便是恢复了自由身，奴家还是愿意回到公子家报恩。"

陀湛欣慰地抚摸着眉珠的头："你有这份心，说明我们没有看错人。你放心，等你恢复了自由身，我不让你再为奴了。"

"真的？"眉珠双眼放光，说道，"若是不用为奴，奴家倒想……"

眉珠想留在临安继续当歌姬的愿望还没有说出口，就被陀湛厉声打断："你倒想干什么？你还未脱离奴籍，倒先憧憬起来了。你的未来，我说了算。"

陀湛怒瞪着双目，眉珠感觉陀湛能一口把她吃了。

"若不用为奴，奴家还是想跟着公子。公子，奴家不敢多想……"眉珠低着头，浑身因为害怕而战栗起来。

陀湛伸出两根手指捏住眉珠的下巴，将她的脸缓缓抬起来，说道："你天生一副好姿色，又身怀绝艺。你老实告诉我，在临安这段时间，曾有纨绔子弟追求？"

"未……未曾有过……"眉珠气息颤抖，似乎要哭了。

"没有最好。眉珠，你最好记住自己刚才说的话，你生是我的人，死是我的鬼。在阇婆，有多少王公将相想要占有你？我还不清楚吗，他们不光要你的艺，还要你的人。我家教养你十余载，等你脱了奴籍之日，便是你报恩之时，你哪也别想去。"陀湛贪婪地审视着眉珠的身体，突然一把将她紧紧抱住，疯狂地吸吮着她脸上细嫩的皮肤，"我说的话，你都听见了吗？"

"听……听见了。公子……这是佛殿……"

陀湛那双在眉珠身上肆意游走的手突然停住了，而后立刻恢复了正经的样子。陀湛从怀兜里掏出几本册子，丢在眉珠面前，说道："这是我为你撰抄的哈迪巴巴的生平。"

惊魂未定的眉珠捡起那些册子，泪眼婆娑地翻看了几眼，而后珍惜地抱在胸前，低头啜泣了起来。

"你要记得我的好，走了。"

陀湛丢下这句话后便离开了香积寺，眉珠蜷曲着身体，抱着记录有哈迪巴巴生平的册子久久没有回过神来。作为主人来说，陀湛已经足够好了。可眉珠现在是红遍临安城的歌姬，见识过许多自由且充满诱惑的场面，她就不再甘心做一个合格的奴隶了。想要继续在临安当歌姬，成为一个真真正正的人，她就必须脱离陀湛的魔爪，坚决不能再回阇婆国去。

大宋这个地方，是她先人哈迪巴巴耗费一生的地方，他活在这里，死在这里，最后埋葬在这里。她不知道哈迪巴巴为什么选择了大宋，但她已经感觉到了大宋的魅力，她不愿意离开这里，她也要将自己的一生耗费在临安这个地方。

格子窗外的陆游早已双拳捏得发白，三番五次想冲进佛殿帮助眉珠开脱，不过最后还是忍住了。相比帮助眉珠开脱，他现在更应该弄清楚特拉斯格尼的含义。还有那个已经在明州登岸的王子，这些阇婆人到底想在临安干什么？陆游谨慎起来，为了特拉斯格尼，眉珠甚至偷撰了临安城舆图，所谋之事岂会小哉？

陆游一口气从香积寺赶到临安城朝天门。朝天门内是三省六部、五府太庙衙署驻地，陆游当职的编修院隶属于门下省，衙署紧挨着玉牒所。不过，当陆游穿过朝天门的时候，一路上见到的都是散衙的公人。陆游抬眼眺望不远处的大内和宁门，和宁门上置有苏颂发明的水运仪象台，那是以漏刻水力驱动，可以观测天文、推演报时的天文仪器。此时，水运仪象台第一层的正衙钟鼓木阁右门已经打开，里面弹出一个穿紫色衣服的木人正在叩钟，说明此时已是申时正中，正是散衙的时辰。

"放翁兄这是要去何处呀？饭否？一起吃酒去啊。"散衙人群中传来熟悉的问候声，陆游搜寻了几眼才看见已经换上闲装的王朝奉。

陆游朝王朝奉拱了拱手，说道："院内有点临急之事，王朝奉美意小可心领了。"

"放翁兄辛苦啊，这么晚了还要去衙署。来，带上这个。"王朝奉说着往陆游手里塞了一个沉甸甸的纸包，"这是王阿盖家的定胜糕，肚子饿了就当点心吃。"

陆游着急赶路，也没有闲工夫与王朝奉推辞，收下定胜糕之后便一路往编修院跑去。陆游赶到编修院门口的时候，院管陈老头正准备关门。

"陈院管稍等，放翁还有公事未了。"

"一整天都没看见陆编修的人影，临昏散衙了，陆编修倒冒出来了。"陈老头没好气地说。

陆游也管不了那么多了，强行从门缝钻了进去，而后将王朝奉给他的定胜糕送给了陈老头。"这是王阿盖家的定胜糕，拿回家给宝眷尝尝。再等我一刻钟啊。"说罢，便不由陈老头多说，钻进了库房。

编修院库房里，最多的便是各类史书。陆游记得，去年整理库房，晒书除虫的时候，看到一本《南洋诸国岛语全书》，要想知道特拉斯格尼的意思，找到那本书便能解答了。陆游顺着索引一个架子一个架子地翻找过去，还真找到了。他赶忙翻开《南洋诸国岛语全书》，里面果然记载了阇婆国常用语的发音与写法。可是陆游查看了片刻，并没有在书中找到特拉斯格尼的含义，这就是说特拉斯格尼并不是一个词，而是一个句子。陆游犯了难，他不知道特拉斯格尼这句话里有几个词，几个字，"特"算是一个字吗？还是"特拉"，或者"特拉斯"？

特拉斯格尼，区区五个字，却有多种组合，而每一个发音栏里都对应着至少十几种意思。如果把各种组合的每一种意思都罗列出来，将会得到起码上百个合理的句子。陆游嘭地合上那本厚厚的书。看来，想要知道特拉斯格尼的意思，就只能问眉珠了。

陆游从编修院走出来的时候，夜幕已经笼罩了整条御街。但夜晚的降临反倒让御街更热闹了，而最热闹最繁华的地段就数朝天门一带了，庆和楼就在朝天门附近。除了听曲和宴请，陆游很少在庆和楼消遣，一来是因为这儿的消费实在太高，二来是因为这儿的熟人实在太多。不过，今日这顿晚食不得不在庆和楼吃了，因为他刚刚看见眉珠姑娘的婢女拎着食盒进了欢门。

"养娘，养娘留步。"陆游三步并作两步，赶到婢女身后叫住她。

"呀,是陆相公。陆相公是来找眉珠姑娘的吧?姑娘晚上是不见客的,郑掌柜亦特别吩咐过,看来要教相公失望了。"婢女直截了当地说道。

"陆某知道。"陆游顿了顿,而后拿起柜台上的纸笔,"我给眉珠姑娘写个便帖,烦请养娘带到?"

"那相公得快一点,姑娘要吃李家肥羊,凉了我可要挨骂。"婢女抬了抬手中的食盒。

陆游点点头,抬笔写道:"姑娘胸中有沟壑,不应藏在古琴中,清流戛玉有分教,今夜酉正狗儿山。"罢笔后,陆游将墨迹吹了吹,而后折好放进食盒里。

看着养娘走进内室的背影,陆游心中陡然难受起来,若眉珠只是一位身怀绝艺的单纯艺人该有多好,果然娇艳的花骨朵都是带刺的,世上又美又好的事物终究只是少数。

狗儿山是临安城内少有闹中取静的地方,它地处城东,南望朝天门和南瓦子,临安城的喧嚣繁华可以尽收眼底。然而它又紧挨着众多官营作坊与匠人铺舍,沾尽了临安城的烟火气和匠气。狗儿山下有一妙喜庵,庵中求姻缘甚是灵验,所以这狗儿山也顺带着成为临安城内年轻男女幽会之地。陆游伫立在狗儿山的观景台上,注视着灯火璀璨的临安城,山风吹在脸上已经有些暖意了。陆游身边时不时有结伴而行的男女伴侣走过,他心想,在这个地方约见眉珠姑娘倒是个好主意,至少不会引人怀疑。

酉正时分,眉珠准时登上了狗儿山。她身穿黑边百花长褙子,肩头搭了一件朱红披帛,发型和妆容虽不像表演时那般庄重,但也清新脱俗。只是她在简单的偏髻上插了一朵桃花，在这幽暝之中，不细看容易被忽视。不过，反倒说明了眉珠是精心打扮了才来赴约的。眉珠看到陆游，径直来到了他的身边。她顺着陆游的视线看了一会儿，而后说道："原来清流戛玉里的东西是相公拿走了。"

陆游见眉珠毫不避讳，心中不免有些许遗憾。他知道自己想的没错，她根本不是一个简单的歌姬。

"哎……其实那日你趁着石苇睡着后做的事情我都看到了。你知不知道自己在做什么？若是被皇城司发现，你知道后果吗？"

眉珠抿了抿嘴唇，说道："我当然知道。原来相公早就知道了。"

陆游没有回答。

"照此说来，相公那日说的听曲之功效有三，愉悦身心，疏解心结，人曲合一，只是当场胡乱编造的，意在为妾身开脱？"

"那是古医书上说的，岂能有假？姑娘的琴技歌喉自然是毋庸置疑的。"

"那相公知道眉珠在做坏事还要帮我？就不怕引祸上身吗？"

眉珠说得不慌不忙，陆游业已憋不住了。他侧过身，双目紧盯着眉珠，问道："特拉斯格尼是什么意思？"

眉珠怔了片刻，而后强装镇定道："相公跟踪我？"

"陆某乃朝廷命官，姑娘你撰画了临安城舆图，难道陆某不应该调查清楚吗？"陆游厉色道。

"相公正直公义，为何不直接告发了眉珠，抓我去报官？"

"那是因为，陆某不想因此失去一个身怀绝艺的朋友。陆某不忍心。"陆游的语气又温柔起来,"眉珠,我知道你是被逼的。只要你想,我愿意帮助你。你别管什么公子主人,这里是大宋的临安,区区外邦人,掀不起什么风浪的。"

眉珠靠在观景台的护栏上,双手紧紧地抓着护栏。陆游所说的,不正是她在香积寺里想的吗?她需要一个靠山,现在这座靠山来了,还需要惧怕陀湛吗?

一想到陀湛,她的呼吸就急促起来,双腿也觉得快站不住了。她深深地吸了一口气而后吐出来,她说服不了自己。那可是陀湛,从小到大无时无刻不在给她输送恐惧的人。别说他现在就在临安城内,哪怕是他死了,提起他的名字还是会害怕。

"我不能说。"眉珠说道。

"如果姑娘不说,那便是阇婆人的帮凶,陆某知道特拉斯格尼不是一场游戏,到时候你以为你们可以全身而退吗?"陆游又恢复了严肃的神态。

"不管结果怎么样,我不能背叛。至少在特拉斯格尼之前,我不能背叛。他们……他们什么都做得出来。"眉珠别过脸,不敢看陆游。

陆游叹了一口气,从袖子里掏出一本书。他拿着那本书在眉珠的面前晃了晃,说道:"其实我早就知道特拉斯格尼的含义了,我今天约你出来只是想给你一个弃恶从善的机会。相信我,他们或者说你们,是完不成特拉斯格尼的!"

眉珠看到书的封面上"南洋诸国岛语全书"几个字,不由得咬起了腮帮子。

"相信我,好好准备运河灯会的献艺吧。从现在开始,跟阇婆人撇清关系。"

撇清？怎么撇清？她在陀湛家当了十几年的艺奴，那种刻在骨子里的从属感，是说撇清就能撇清的吗？

"关于特拉斯格尼的一切，你们都已经调查清楚了吗？"眉珠半低着头，试探性地问道。

陆游思索了片刻，说道："还没有全部调查清楚，但已经在调查了。运河灯会之前，阇婆人一定会有动作，只要他们有动作，我们就能一网打尽。"

陆游说得头头是道，眉珠已经忘了他只是编修院一位普通的编修官而已，既不是皇城司也不是巡检司的干事。

"眉珠，陆某已经给你机会了。如果你还执迷不悟，我就真的帮不了你了。"

眉珠呆呆地伫立在原地，指甲深深地抠进了木栏杆里。

"陆相公，你真的愿意帮助我？"

陆游语重心长地说："从你我认识的第一天起，你就应该能感受到陆某的真心。我真的想帮你。"

眉珠天人交战了良久，最后一咬牙，说道："其实，妾身也不愿意看到特拉斯格尼真的发生。如果真的发生了，我不知道会有多少无辜的生命葬身火海。阇婆人的火神并不是光明之神，而是邪恶之神。"

火，格尼是火的意思。陆游猛地想起来，在书上瞄到过"格尼"读音的字，火是其中之一。照此推测，那特拉斯格尼就是火灾。

"阇婆人想在临安制造一场大火？"

见眉珠点头，陆游的双眉皱到了一起。他虽然只是一位编修官,但也知道临安这座城市太过拥挤了。临安城内屋舍俨然,好似北关外运河上一艘挨着一艘的船只。厢连着坊,坊连着厢,高低错落好似钱塘波涌。在排除人为纵火的情况下,临安每年至少会有三至五起大火,每次烧毁的屋舍,伤害的人命不计其数。若是人为制造一场大火,不知会造成多么严重的后果,陆游想都不敢再往下想了。

"他们……想要怎么制造特拉斯格尼?"陆游一脸严肃地问道。

眉珠摇摇头,说道:"除了一场即将发生在运河灯会那日的特拉斯格尼,其他我什么都不知道。陀湛目前给我的任务是登上运河灯会的花船。下一步要怎么做,他还没有吩咐我。"眉珠说着说着就低下了头,像是一个做错了事的孩子。

陆游顾不上安慰眉珠,他的脑子快速思索起来:一场大火、运河灯会、王师凯旋。几个阇婆人胆敢在大宋临安制造一场大火,目标绝对不是一般的平民百姓。特拉斯格尼的目的应该是制造混乱、恐怖或者警告。特拉斯格尼的目标应该是凯旋的王师,是龙船上的官家、皇室钧眷和文武百官。

"可是这样一场大火要怎么实现呢?那可是王师!在王师凯旋抵达临安之前,禁军和皇城司、巡检司会排除沿途一切安全隐患,这是毋庸置疑的。"陆游双手交叉在身前,想不出一个所以然来。

"妾身也不知道。"

陆游突然想到什么,抓住眉珠的双手问道:"除了你和陀湛,还有谁?"

眉珠向后缩着身体，害怕地说道："还有阇婆国的王子韦铎，不过目前在临安城内的只有我和陀湛二人。"

"王子？他现在在何处？"

"我不知道……相公，你弄疼我了。"缩着身体的眉珠害怕得快要哭出来了。

陆游意识到失态，赶忙松开了双手。

"眉珠，既然你已经选择相信陆某了，那你愿意在接到下一步计划时立刻告诉我吗？"

眉珠思考了半晌，最后还是点了点头，并说道："相公，自从父亲死后，我一直生活在龙潭虎穴之中，从来没有像相信相公这般相信一个人。相公一定不能骗眉珠。"眉珠说完，就轻轻地啜泣了起来，像是一个终于找到依靠的流浪儿。

陆游很想抱住眉珠好好地安慰一番，但他知道自己不是来和眉珠幽会的。

"请眉珠姑娘放心。不过，为了避免被怀疑，你还是趁早回庆和楼吧。只要我们能齐心阻止阇婆人的特拉斯格尼，我就一定能护你周全。"陆游真诚地看着眉珠。眉珠重重地点点头，像是自我安慰般想到，如果连这样正气凛然的男人都不能相信，那还能相信谁呢？

送别了眉珠，陆游呆立在狗儿山上，思绪乱得像一团麻线。

现在基本可以确定阇婆人想在临安制造一场大火，而且参与的人来头不小，虽然不知道陀湛是什么人物，但韦铎的确是阇婆国的王子。这件事怎么看都觉得有些荒谬，当今天下，连金人都开始忌惮大宋，为何阇婆人却敢在临安做一件这样的事。还有，制造一场大火，说难也容易，竟然有一个外邦王子亲自参与，这种行为无异于对宋宣战。

陆游想不明白阇婆人的目的是什么，更想不明白他们要如何才能达到目的。

这件事情太荒谬了。陆游看着不远处热闹繁华的朝天门，心想，不管是把这件事通报给皇城司还是巡检司，他们都会一笑置之吧？江北连战连捷，王师又凯旋在即，举国上下都沉浸在喜悦和憧憬之中，有谁会相信一个弹丸小国会突然对大宋图谋不轨，而且还是通过制造一场大火？

即便如此，陆游觉得还是应该和石苇说一声。但只能说这个情报，不能把眉珠牵涉进来。不管怎么说，陆游还是希望眉珠能登上运河灯会的花船，为官家献唱，这是她配得上的荣耀。

想到这，陆游片刻也不能等了。他从狗儿山下来后，先去了皇城司，又去了石苇外宅，最后在临安府找到了石苇。运河灯会将近，石苇这几天忙得脚不着地。陆游找到石苇的时候，他正在和临安府尹商讨王师巡游路线和沿途巡护等事宜。

当陆游把自己从眉珠那里获得的情报告诉石苇之后，石苇不出意外地笑了起来。

"务观啊务观，官家的巡游路线今晚才刚刚敲定呢，你说阇婆人已经在策划一场大火。他们连路线都不知道，大火往哪烧啊。"石苇呷了一口茶，有些不屑地看着陆游。

"但我说的都是真的，我亲耳听见的。指挥使若是不信，现在就遣人去搜捕一个叫陀湛的阇婆人，只要把他抓来问一问，就什么都清楚了。"

"陀湛?"石苈认真地回问了一句,而后又笑了起来,"务观,是不是还要本官再去抓一位叫韦铎的人?"

陆游惊讶地问道:"指挥使怎么知道他们是一伙的?"

"废话!"石苈重重地在茶案上拍了一掌,"那个叫陀湛的是阇婆国东宫首辅,那个叫韦铎的是阇婆国皇太子!去年腊月,在官家御驾亲征之前,他们一行人就谒见了官家。他们是国宾,你让皇城司去抓国宾?务观兄弟,你怎么想的?"石苈说完,没好气地看了一眼对方。

"他们是国宾?照指挥使这么说,他们是来访问国事的?"陆游蒙了。

"大宋虽然被金人掳走了半壁江山,但大宋依旧是大宋,像阇婆这样的南洋小国年年春节前都会派使臣来访,有什么好奇怪的?"石苈说。

石苈话说到这个份上,陆游就知道了。南洋诸国每年确实都会派出使臣谒见官家,使臣的级别越高,说明该国对大宋越是向化。阇婆国派出皇太子作为使臣,自然是极高的规格,若是不对他们礼尚往来,就损了国体。所以,陆游想要说服石苈去搜捕陀湛,这无异于天方夜谭。

"务观啊,你也别叫我去抓了。你自己去吧,他们就住在班荆馆。你要是进得去的话,自己去问问他们,是不是要在临安纵火啊?"石苈打趣道。

大宋接待外国使臣的馆驿有都亭驿、怀远驿和班荆馆等处,属班荆馆规格最高。而住在班荆馆的外国使臣获准在大宋国境内考察游玩三个月,所到之处各级官府都要依照国礼相待,不得有丝毫怠慢。

这一切只能在班荆馆找到答案,外国使臣的一切个人信息和外出路线都要提前在班荆馆备留,只要能找到阇婆人备留的信息,就能从中查出蛛丝马迹。可是,班荆馆是隶属于礼部的高级馆驿,陆游一个区区编修官怎么才能进去呢?

陆游脑子里突然冒出一个人来,那就是近日一直对自己相当热诚的王朝奉。王朝奉是礼部的朝奉郎,若是他肯出面相帮,进入班荆馆查阅备留资料,还不是小事一桩?

想到这,陆游赶忙道别了石苇,回到家中写了一张拜帖,又连夜遣人送去了王朝奉府上。陆游心想,王朝奉若是肯帮忙的话,明日一早他就可以到班荆馆一探究竟了。

第十九章
二月十五，壬子（上）

二月十五日一早，当辛弃疾被岸上歌声惊醒的时候，他陡然发现自己已经来到了禾城嘉兴县。

辛弃疾活动了筋骨，在龟老的调理下，又在船上睡了一整天，身上的伤正在快速痊愈中，今日在扩胸拉伸的时候几乎没有痛感了。他揉了揉眼睛，看清楚前方就是嘉兴县的落帆亭，落帆亭上有一副对联，上面写着"人间天堂在眼前，吴中过客莫思家"。落帆亭内，有几位歌姬伶人正在吊嗓子，其中有一位歌姬正邻水清唱朱敦儒的《好事近》：摇首出红尘，醒醉更无时节。活计绿蓑青笠，惯披霜冲雪。晚来风定钓丝闲，上下是新月。千里水天一色，看孤鸿明灭。

辛弃疾抬头看了看天，今天是二月十五，今夜应当是月圆之夜，而并非新月。

另一艘船晃了两晃，范思凤从船舱里走了出来。辛弃疾看见了范思凤，范思凤也看见了辛弃疾，二人对视，随即都躲开了眼神。辛弃疾缓了片刻，又悄悄看向范思凤，发现范思凤也正在看自己，觉得不好再次躲避，于是冲她微微颔首，嘴角不自然地往上挑了挑。范思凤也朝他颔首致意，随后觉得尴尬异常，又钻回了船舱里。

看见范思凤回到船舱，辛弃疾悄悄地舒了一口气。人就是这么奇怪，若是平平常常的两个人，应该会更加从容一些。可偏偏当他们发现自己和对方还有一层如此亲密的关系时，一切都变了，反而难以亲密起来。辛弃疾想，还好从苏州出发就与范思凤分船而行，自己和猫耳、郝勇以及长刀队的兄弟一起，范思凤和龟老乘一艘船。若是两人同坐一条船，不知道会尴尬成什么样子呢。

辛弃疾轻轻地哎了一声，从怀兜里掏出范思凤的长命锁，拿在手里看了又看，又重新放回怀兜里去。在苏州文心墨坊，申屠襄旗死之前说的那些话还萦绕在辛弃疾的耳边，当他知道范思凤就是范邦彦的女儿后就将长命锁取下来了。倒不是辛弃疾想悔婚，而是他觉得范思凤丧父时日不久，还在服丧，若是因为这个长命锁而让范思凤燃起儿女私情，是一件极其罪过的事情，愧对故友。

当然，辛弃疾并不知道，范思凤在为他处理伤口时已经看见了他脖子上的长命锁，他还以为范思凤什么都不知道，因此取下长命锁，想要过一段时间再与范思凤相认。就这样，二人都知道自己与对方的特殊关系，却都不表露。一切都在二人的隐忍之中，显得很尴尬。

辛弃疾转念又想起追查陀湛的事。曹举人说陀湛已经借道湖州去了临安，这个消息应该准确。如果陀湛去了临安，那么他的最终目的地应该就是临安，想要知道阉婆人葫芦里卖的什么药，就必须去临安找到他。

辛弃疾心想，自己应该尽快赶到临安，而一路上辗转商船、游船、货船，终究是会误大事的。嘉兴县是嘉禾郡衙署驻地，等到了嘉兴县应该立刻去嘉禾郡衙署寻求帮助，只要有条官船，就可以节省很多赶路的时间。想到这里，辛弃疾踌躇满志，现在猫耳和郝勇都回来了，自己身边不缺人手，身体又恢复得差不多了，只要能尽快赶到临安，阎婆人就算再阴险狡诈，也有信心将他揪出来查问清楚。

辛弃疾回到船舱，拿出自己的官服，虽然有些脏了，但好歹也是官服，而且官服里还放着官家钦点承务郎的官告呢。有了这身行头和官告，就不怕嘉禾郡的地方官不施以援手。辛弃疾将官服摊开抖了抖，而后在衣服里摸索起来。越摸索，他的眉头就收得越紧，因为原本夹在官服里的官告竟然没了。他将官服摊在床板上，里里外外又仔仔细细地翻看了一遍，依旧没有发现官告。

辛弃疾懊恼地往地上一蹲，回想一路的遭遇，官告应该是在苏州丢的，苏州是他遇到最多挑战的地方，落过水，受过伤，还昏迷过一段时间。想到这，他双手重重地捶在甲板上，倒不是因为没有官告当不成承务郎而懊恼，而是因为在这紧要关头，偏偏这么重要的东西丢了。没有官告，怎么说服嘉禾郡官员提供帮助？没有官船，自己又如何才能尽快赶到临安呢？

事到如今，辛弃疾不得不试一试了。王师的船队已经抵达苏州了，按照这个速度走下去落到王师身后是迟早的事，那还查什么案子。想到这，辛弃疾片刻也不敢耽误，他叫上猫耳和郝勇二人，准备一起去嘉禾郡衙署。不过临出发，辛弃疾又改了主意，他现在没有官告也没有文牒，徒有一件官服，恐怕郡里的官员是不会给他好脸色的。也许去嘉兴县衙碰碰运气，获准得到一艘官船的概率更大一些。

"走，还是去嘉兴县衙吧。"辛弃疾觉得自己这个决定相对更合理一些，承务郎好歹是六品官衔，知县只不过七品而已，场面上谈话交流起来应该也更容易把控。

果然，他们到了县衙之后，知县特派了院管出来迎接，这个衙门倒不难进。辛弃疾稍稍乐观了一些，但他不知道有些人越是对你恭敬，反而越难对付。

嘉兴知县赵康就是这么一个人，虽然年近花甲才坐上知县的位置，但十几岁起就在官吏场上摸爬滚打，为人处世十分圆滑。赵康表面上客客气气地接待了辛弃疾，辛弃疾说出自己需求的时候，他也不直接反驳，只是说道："承务郎有所不知，打从绍兴三十年起，县里就没有治兵权了。咱们县里是募兵有责任，造船有责任，军饷有责任，但就是没有管辖权。厢军的治兵管辖权都在郡里拿着呢。"

辛弃疾和猫耳对视了一眼，这才发现他们遇上的不是软柿子，倒是一个湿皮鼓。一槌子下去软绵绵的，也甭想它有任何回音。郝勇的脾气更直接一些，他开口说道："就给我们一艘官船，两个船夫，再加一张过关文牒，这有什么难的？"

赵康一下子来了精神，说道："这位军爷，此言差矣。军爷常年在江北打仗，军饷都有朝廷拨发，自然是不知道我们小小县衙的难处了。就拿嘉兴县来说吧，别说朝廷援资了，就是各级官吏的俸禄也都是我们自己想办法的。不光如此，我们还要应付郡里、转运司、常平司的各项公务，这些都不是小钱。因为运河打我们嘉兴过，每年还要给转运司上缴税赋呢，多少我就不说了。反正啊，我们小小县衙的难处你们几位军爷是想不到的。"

"我们只是想要一艘船，别说些不着调的。"郝勇不耐烦地说。

"军爷，老朽说了这么多你还不明白吗？没有钱，哪来的船啊？县衙的官船就一艘，还被郡里借走了，连老朽出趟门也是租船呀。"赵康双手拍得啪啪响，示意自己两手空空。

郝勇还想说什么，辛弃疾赶忙伸手拦住了。

"赵知县，父母官父母官，辛某今日才知道原来父母官是要又当爹又当妈啊，委实是件苦差事啊。"辛弃疾笑着说。

"还是承务郎懂老朽的难处啊。"

"辛某也觉得，你我二人并不相熟，初来乍到就伸手问你要船确实也不是恰当之举。这样如何，船我们自己想办法，赵知县给我们派一张文牒吧，一路上也能帮我们省去许多麻烦事。"

"这……"赵知县捋了捋胡子，一脸难色，"不是老朽不愿意给你啊，文牒也不是什么金贵物件。只是开具文牒的手续相当烦琐，而且转运司每个季度都要来衙里验校文牒。如果文牒是开给民船的，那么不管用处是甚，转运司都要抽头。你想啊，有了文牒通关过闸的时候都不查验了，转运司也少了一笔课税收入，他们就想办法从文牒找回来。所以，这……"

赵康说着瞟了一眼辛弃疾，而后又立刻解释道："如果承务郎此行坐的是官船，老朽二话不说，双手把文牒奉上。只是民船的话……这无异于给县衙增加了一份开支，我怕手下的人要说闲话啊。"

"说来说去，你不就是不愿意帮我们吗？掌书记，我们在江北打了多少仗，杀了多少金人？连朝廷都要高看我们几眼，不承想却在这嘉兴县受夹板气。"郝勇气不打一处来，"要不是我们在江北打仗，哪有小老儿的太平官做？却还要热脸贴他的冷屁股！"

"哎！军爷骂谁呢！"赵康反应激烈，跳起来骂道。

辛弃疾赶忙将郝勇拉开，教训了几句，而后又转过来安慰赵康："知县息怒，辛某管教不严，还请知县大人恕罪。"

见此情形，猫耳也走上来解释道："实不相瞒，我们也是受了建王委托，重任在肩，今日实属不得已而为之。知县大人若顾全大局的话，还请行个方便吧。日后，若是掌书记顺利完成建王交代的任务，定会感念知县大人好的。"

"放肆！"赵康重重地在案几上拍了一掌，"把本官当成什么人了？本官也是在依规办事！还敢拿建王来压本官，你不如直接说领了官家圣旨的好！对了，你们说自己是掌书记是承务郎就是吗？有什么证明？"

"知县大人，我们难道是招摇撞骗的不成？我和郝勇都可以证明，掌书记这身官服可以证明，还有他身上的伤疤……"猫耳也急了。

赵康冷笑一声，说道："老朽虽老，但还没老到痴傻的地步。这年头，招摇撞骗的丘八多了去了，本官见识得太多了。本官念在你们应该为国征战过，就不跟你们计较了，若要再纠缠下去，本官就对你们不客气了！"

郝勇骂了一句，还想冲上去找赵康对峙，猫耳也憋着一肚子气。辛弃疾赶忙双手拦住二位下属，劝道："你们干什么？难道还想大闹县衙吗？走，走，再想办法！"

辛弃疾一边拦着一边劝着，将二人拖出了县衙。郝勇甩开辛弃疾的手，气愤道："掌书记，你拉我出来做甚？给我一刻钟，我非教那赵康老儿好看！"

辛弃疾伸手推着郝勇往前走，说道："郝勇，别在这说了！我知道你的本事。但现在是逞能的时候吗？你给知县大人好看了，他也会教我们好看的。那个赵康一看就不是好惹的人，你难道还想在他那儿没事找事，弄个官司出来吗？"

方才也在气头上的猫耳这会儿冷静了下来，说道："是啊，郝勇兄，别忘了掌书记有重任在身啊。"

"什么重任啊，猫耳，掌书记，难道你们还没看出来吗？这些南人根本就瞧不起我们这些北方的归正人！我看，就连建王也是这样的人。既然这个任务这般重要，为什么不给你弄张公函文牒？我们如今的样子，和战场上的散兵游勇有什么区别？能办成什么事儿啊！"郝勇大力地拍着双手，一身的怨气。

"郝勇兄，你怎么可以这么说？"猫耳阻止道。

"我这么说又有什么错？猫耳，你别白欺欺人了。掌书记，我带着兄弟们来投奔你，也绝不会再离你而去。只是，建王交代你的这件事真的能成吗？大不了不办了，也碍不着我们什么，您还是承务郎，还是掌书记……"

"郝勇，你是不是跟着张安国那帮人厮混久了，怎么就不懂咱们掌书记？"猫耳反呛道。

眼看着猫耳要和郝勇吵起来，辛弃疾连忙摆手道："哎，猫耳、郝勇说得对，以咱们现在的情况确实很难成事。但是，郝勇我也要告诉你，哪怕道阻且长，我们也一定要把建王交代的事情办好。你也知道，南人瞧不起、不相信我们这些归正的北人。但是，他们越是不相信，我们就越要证明给他们看。我要证明，我们归正人也是大宋的子民，心里同样装着国家安危，甚至比南人还要在乎！因为我们的家在北方，我们的根在北方，如今我们祖祖辈辈生活的地方已经被金人的铁蹄踏烂了！所以，难道没有建王的公函文牒，没有赵康的船，我们就置他们的气，撂挑子不干吗？我答应建王完成这个任务，不是为了建王，也不是为了自己，而是为了国家。我想，只要是一个有血性的大宋男儿都应该查办下去，况且我们还是大宋的军官，保家卫国本就是我们的职责所在！"

辛弃疾一席话刚直血性，郝勇也是行伍中人，自然是明白辛弃疾话中之意的。他态度有所缓和，说道："掌书记，我不是那个意思。我心里就是不服气！咱们明明是在执行公事，赵康他为什么故意刁难？通关文牒，往大了说那是官府公函，往小了说那就是一张纸，他赵康有什么可为难的。"

辛弃疾拍拍郝勇宽厚的肩膀，说道："人人都有难处。你既然无法理解赵康的难处，又怎么指望他能理解我们的难处呢？算了，别再纠结了，咱们当务之急应该是抓紧去临安，其他一概事情都不重要。"

三人边走边说，不知不觉竟然来到了南湖。嘉兴的南湖历来有名气，它由运河各渠汇流而成，上承长水塘和海盐塘，下泄于平湖塘和长纤塘，四周地势低平，河港纵横。湖南北长，东西狭。辛弃疾手撑凉棚望去，南湖水域面积有六百亩左右，虽说不大，但处处充满了江南水乡的韵味。不知道临安的西湖是不是也是这番别致的景色？

走到湖边，看着眼前秀美的湖景，三人的心情似乎瞬间放松了下来，先前焦躁不安的情绪业已荡然无存。

"掌书记，郝勇方才鲁莽了，请掌书记治罪！"走着走着，郝勇突然立在辛弃疾面前，低头认错道。

"治罪？这不是在军中，你也没有做错什么，教我治什么罪啊？"辛弃疾反问。

"掌书记您说治什么罪就什么罪。"

辛弃疾双手往身后一背，转而对猫耳说："猫耳，既然郝勇都这么说了，你说我该治他什么罪？"

猫耳慌张地看了一眼辛弃疾，却发现他全然一副打趣的神态，于是安慰道："好了，郝勇兄。方才我们光顾着吵架，都忘记欣赏美景。我听说这嘉兴南湖自有宋以来，先后兴建了潘师旦园、高氏圃、南湖草堂，既来之则安之，不如走走看看？"

"走什么走？看什么看？我们得抓紧时间赶路，耽误了去临安的时间，你负责？"郝勇皱着眉头，一脸认真。

辛弃疾哈哈笑了一声，说道："这会儿轮到郝勇着急了？来都来了，到处看看呗，反正你手下那些兄弟去租船了，一时半会也不一定能找到合适的船。"

"既然掌书记都这么说了，那就看看。"郝勇搔了搔头，嘿嘿一笑。他轻松地抬起头，饶有兴致地欣赏起美景来，看着看着他惊讶地叫了一声："哟，那不是范思凤姑娘吗？"

听到范思凤三个字，辛弃疾心中一悸。他顺着郝勇所指的方向看去，果然看到了范思凤和龟老二人。对方也看见了他们，龟老伸手打招呼，正和范思凤往这边走呢。

辛弃疾挠了挠头,对郝勇说道:"船怎么还没租好?"

郝勇愣了愣,问道:"掌书记刚才还说不急,这会儿怎么又急起来了。"

猫耳和郝勇二人对视了一眼,摸不着头脑。他们二人不知道辛弃疾与范思凤的真实关系,当然会纳闷。

今早辛弃疾上了岸,范思凤就开始坐也不是,站也不是,踩得甲板梆梆响。龟老见安慰了几句没有甚效果,也不知这姑娘有何心事,索性拖她上岸散心。二人在嘉兴县城里闲逛,任凭龟老怎么追问,范思凤就是不言语。一直到了南湖,兴许是见着湖景来了兴致,便从头到尾把她和辛弃疾的渊源和龟老说了一遍。范思凤想,这件事憋在心里也不是个事儿,龟老阅历多,走过的桥比她走过的路还多,没准可以支个招。

听范思凤说完后,龟老既惊讶又高兴,酝酿了好久说道:"哎呀,姑娘!你既然瞧见了他脖子上的长命锁,就跟他挑明了说呀。说出来有什么好丢人,说不出来才没本事呢。我活到这个岁数,什么道理不清楚?你如果怕这一刻的脸红耳热,什么都不说,那就等着一辈子幽怨叹息吧。"

听龟老这么说,不谙情事的范思凤着实吓了一跳,觉得龟老这是在危言耸听。但龟老更加认真地说:"你还年轻,只听过遗憾这个词,但没经历过。遗憾啊,是这辈子最过不去的坎,情事上的遗憾尤甚,说它是洪水猛兽也不为过。"

范思凤摇摇脑袋,快要笑出来了。龟老见这姑娘根本不听老人言,直截了当地问了一句:"你要是不信我就算了,你信自己吧。姑娘,你心里难道不想跟掌书记挑明了吗?"

这句话虽然不咸不淡的，但似乎戳中了范思凤的心。她看着波光粼粼的湖面，手里一点一点撕扯着芦苇的叶子，陷入了沉思。

就在范思凤犹豫不决的时候，老天爷似乎也愿意帮一帮这位迷茫的年轻人，让双方在南湖碰面了。

五人打了照面之后，龟老对猫耳和郝勇说道："赶了一天一夜的水路，小老酒虫又上来了。走，陪我喝酒去。"

"龟老，南湖边的酒肆价格可不便宜啊。"郝勇说。

"我知道啊。"龟老拍了下郝勇的肚子说道，"我知道你有钱，所以打算让你请。"

"凭什么啊……"

"凭什么？就凭我救了你们掌书记。这份功劳够不够你们请一顿酒的？"龟老摆出一副老顽童的架势。

"够是够，可是干吗非得现在喝酒。等到了临安，请您喝个饱。"郝勇拍拍胸脯。

龟老失望地指了指郝勇，又转头对猫耳说道："猫耳啊，你是识大体的，去了临安要喝酒，现在也要喝酒。小老一天不喝酒就生不如死。"说着，龟老摆出一副浑身难受的样子来。

猫耳见状赶忙安抚道："龟老，不就是喝酒吗？走，我请客！"猫耳虽然不知道龟老是为了支开他和郝勇，但冲龟老是辛弃疾的救命恩人，就必须有求必应。

见猫耳扶着龟老走了，郝勇又急了："嘻！龟老您这话说得，好像谁不识大体似的。今天这顿酒必须是我请才行！"

龟老成功把猫耳和郝勇支走了，范思凤心里很清楚，这是在给她创造机会。可是辛弃疾并不知晓内情，看着三人的背影，问道:"范姑娘,要不我们也去喝一杯。说起来,我也应该好好感谢姑娘一番呢。"

范思凤差点没呕出一口血来,她稳了稳气息,说道:"掌书记,我不想喝酒,能陪我走走吗?"

走走?本来倒也没什么,可辛弃疾现在知道她是范邦彦的女儿,是他与故友约定的未婚妻,便浑身不自在起来。

"掌书记这是怎么了?衣服里进跳蚤了?"范思凤看出了他的为难,心中略有不快。

"不是,只是……"

辛弃疾话还没说完,范思凤就打断道:"那就好,思凤有话对相公讲。"说着便自顾往前走去了。辛弃疾心中咯噔一下,今天范思凤是怎么了?辛弃疾心想,范邦彦应该没有和她说起过自己,不然她早就知道自己与她的关系了。所以,辛弃疾安慰自己,没什么好担心的,范思凤应该是想问关于申屠的事情。于是,辛弃疾便跟了过去。

东坡先生说,春江水暖鸭先知。不过自然界最先感知春天到来的,应该是水,水是有灵气的,有水的地方总是先温暖起来,连植被也比别处绿得更早。今日的南湖不光遍地是绿色,更有花团点缀其中——桃夭灼,紫荆繁,杏花粉,梨花融,一派生机勃发之景象。辛弃疾看着这般充满活力的景象,心中陡地怅然起来。他想起了申屠襄旗,那个本该拥有锦绣年华的少年,因为误入歧途,早早地夭折了。申屠夭折在这充满生命力的季节,让辛弃疾心里很不好受。

"其实申屠原来是个好孩子,后来是受了曹举人的诱导。之前,范姑娘想找曹举人报仇，现在，曹举人该轮到辛某来杀了。"跟在范思凤身后的辛弃疾淡淡地说道。

范思凤不明所以地看了辛弃疾一眼，思忖了片刻说道："申屠是好人，那我爹爹范邦彦就不是好人吗？掌书记，你认识我爹爹吧？"

"欸？"辛弃疾被范思凤这一句问得阵脚大乱，"认识啊，当然是认识的。"辛弃疾定了定神，说认识又不打紧。

"范姑娘，你瞧前面有一片李子园，满园的李子花啊，过去瞧瞧？"

范思凤看了一眼李子园，点了点头。

辛弃疾原本想借赏花岔开话题，可刚走进李子园，范思凤就开口了。

"原来这就是槜李。爹爹跟我说过这样一个故事，春秋时期，西施曾醉倒于嘉兴的李子树下，这才改名为槜李。"范思凤摘了一朵李花，别在发间，随后黛眉低垂，泪眼蒙眬地看着辛弃疾。

"掌书记，你跟我爹爹的交情如何？"

辛弃疾寻思了半响，不想在这个话题上撒谎，说道："我和邦彦兄的交情很深，很深！"

"那他有没有跟你说起过我？"范思凤看着辛弃疾，双颊微红。

辛弃疾看着范思凤的模样，心中又是一悸："这倒没有，还真没有说起过姑娘呢。"

范思凤失望地点点头，看向湖面。远处有一条采菱船，船上只有一位船女，她一边撑着船，一边唱道："春日融融照嘉禾，扁舟湖上荡清波。有心开口唱一曲，不知哪条船上和。"

不知是不是受到了船女歌声的感染，范思凤突然回过头来看着辛弃疾，而后说道："其实，我在龟老桥洞里为你清理伤口的时候，看见了你脖子上挂的那把长命锁，和思凤那个一模一样。爹爹之前就跟思凤说过，已经将我许配给了一位故友才俊。爹爹这么说的时候，思凤很反感。可如果是掌书记的话，思凤倒也心甘情愿。因为，就算你没有那把长命锁，思凤打心里也敬仰喜欢你。"

范思凤说完，如释重负地看着辛弃疾。这会儿，轮到辛弃疾脸上火辣辣的了。

"是……是啊。我和邦彦兄之间确实有这个约定。"辛弃疾毫不避讳地说，"只是……邦彦兄还未出丧期，咱们说这事是不是时候不对？"辛弃疾自然是不忍心说出这样的话的，但是出于对故友的尊重，他又应该这样说。

"思凤只是想和掌书记确认，并无他意。哦，对了，长命锁掌书记还带着吧？"

辛弃疾下意识摸了摸自己空荡荡的胸前，长命锁早已被他取下来了。今早换了官服，长命锁留在原来那身便服里，并未带在身上。

范思凤看着面露难色的辛弃疾，神色瞬间黯淡了下来："掌书记不会已经把长命锁取下来了吧？"

辛弃疾不好意思地点点头。

范思凤怔怔地看了好一会儿湖面，突然自嘲地笑了一声："在知道思凤是范邦彦女儿之前，掌书记一直戴着它。当申屠襄旗说了范邦彦就是我爹爹之后，掌书记就把长命锁摘了。原来，是思凤自作多情了啊。"

"范姑娘，辛某不是这样想的。辛某只是觉得，邦彦兄刚殁，怎可……"

辛弃疾还没解释清楚，范思凤就打断道："对啊，我爹爹已经去世了，掌书记怎可和子身孤女相认呢。"

"辛某没有这个意思。"辛弃疾红着脸解释道，"当下这个时候，自然是服丧尽孝为大。辛某只是担心，万一被姑娘瞧见了长命锁，姑娘会胡思乱想的。"

范思凤冷笑一声，有些凄凉地说道："掌书记心里怎么想的并不需要跟思凤说。思凤会不会胡思乱想，也不用掌书记大人揣测。"范思凤想尽量让自己的语气平和，但语气是控制住了，泪珠却不自觉地滚了下来。

辛弃疾呆呆地立在原地，不知道该说什么好。范思凤抹了一把眼泪，决然道："如此良辰美景，思凤就不打搅掌书记了。掌书记说得对，我该回镇江为父服丧了。"

"思凤你……你怎么突然要回镇江去啊？"

"不回镇江做什么呢？思凤的杀父之仇已经得报，该回去服丧了。"

辛弃疾思索了片刻，竟觉得范思凤说得有道理，一时半会也没有任何反应。范思凤见辛弃疾没有任何挽留，朝他道了个万福，便转身跑开了。辛弃疾见状去追，但范思凤似乎并没有回头的意思，越跑越快，很快就消失在槜李园中。

陆游有了王朝奉的引荐，顺利进入了班荆馆。接待陆游的是一位黄发白须，自称姓徐的知阁门事。

"班荆馆啊，看着是个气派的地方，其实在这当职一点不气派。说起班荆馆，大家也只是嘴上夸赞，但心里鄙夷。其实也对，只不过是个皇家客栈嘛。像我这样，在班荆馆干了快一辈子了，说起来是个知阁门事，其实就是个体面点儿的店小二、茶博士。说到底，班荆馆还是个旁左衙门，只有在国宾来访那几日忙碌，每年过了官家生辰、新春佳节，其他时间简直要闲出鸟来。"徐知事见到陆游就顾自打开了话匣子，也不管陆游听不听。

"陆编修是不知道啊，有国宾下榻的时段就少有三省六部的同僚来访，闲暇时间就更没有人会想起老徐了。今日陆编修来访，老徐心里开心啊。"看来这个徐知事平日里很是寂寞无聊，今日好不容易逮着一个来访者，必须倒一倒苦水。

陆游也尝过不受待见的滋味，他宽慰徐知事道："像咱们这样的，说得好听是为朝廷做事，说得直白一点儿，就是一份糊口的营生。务观要见贤思齐，像徐知事这样几十年如一日地经营，现在班荆馆离了谁都行但就离不了徐知事您啊。"

"瞧陆编修真会说话，您可别向小老看齐，您可是当今天下第一才子，小老怎么敢与您相提并论。"徐知事欣赏地打量着陆游，"哎呀，其实陆编修今日能来，小老心里甭提有多开心了。陆编修说得对，只要是有心人，哪怕是再不受待见的工作，也能做出个样子来。陆编修此行是要调查阇婆国的那几位国宾？"

陆游没想到徐知事如此直接，犹豫再三还是点了点头。徐知事继续说道："陆编修该不会是想把他们此行到访的情况编入国史吧？"

陆游迟疑地点点头，又摇摇头，坦诚地说道："只是有些情况想要确认一二。"

陆游说得隐晦，可徐知事并不买账。他虽在班荆馆当职，但好歹也是个官，见闻可通达着呢。徐知事见周遭没有人，伸手拉住陆游的衣袖，压低嗓音说道："陆编修是不是也觉得几位来自阇婆国的国宾甚是可疑？"

徐知事的话让陆游怔在了原地，他不知道徐知事知道什么，只是觉得此人相当奇怪，或者说，有些本事。不过，陆游并不想开门见山地跟他表明自己心中所想，只是说道："陆某只是想确认一些关于他们的基本情况，譬如何时抵达临安，同行几人，诸如此类。"

徐知事听了神色立刻黯淡了下去，冷冷地说道："既然陆编修想知道的事情如此无趣，那就请随我来吧。"说罢，他便带着陆游穿过一栋栋威严气派、富丽堂皇的建筑，来到了东北角一处低矮的房屋前停下了。

陆游大致猜到，这间房子应该就是徐知事日常当职的地方，但兴许是有了对比，一时间难以接受这样的反差。徐知事瞧出了陆游的心思，解释道："别小看了这间房，你想知道的都在里面。不过，这里面没有的东西，都揣在我肚子里呢。"徐知事又神秘兮兮地补充了一句。

陆游没有再言语，跟着徐知事进了公廨。徐知事搬出一本厚厚的册子放到陆游面前，陆游点头示意感谢后，便开始翻看起来。

从册子的记录可以得知，阇婆国宾一共有三人，王子韦铎、东宫首辅陀湛以及侍卫纳伽登。他们于绍兴三十一年腊月初抵达临安，并入住班荆馆。在完成谒见朝贺诸礼仪后，韦铎向官家提出游访大宋的请求。诸如阇婆这样的偏远小国每次来访几乎都会提出游访的请求，似乎想要借助这个难得的机会好好游历取经一番。出于邦交礼节，官家一般都会同意这样的请求，此次阇婆国的请求也不例外。除此之外，官家还要求班荆馆通知各路府州县，做好礼待准备。记录显示，韦铎等人在官家御驾亲征之后便离开了临安，此后便一直没有记录，直到今日陀湛回到临安。

陆游合上了册子，眯着眼睛思索了片刻，问道："阇婆国宾就只有这三人吗？同行人里是否有女子？"

徐知事笃定地摇了摇头，说道："国宾就这三人无疑，这和明州口岸的记录也对得上号。"

陆游捋了捋不长的胡须，问道："有没有一种可能，韦铎和陀湛还带了其他随行人员？"

"完全有可能啊。"徐知事几乎是不假思索地说道，"绍兴初年，大食国皇叔来访，国宾也只有他一位。但其实，他不光自己来了，还带了家眷随从五十多号人。只不过这位皇叔相当识大体，只教家眷以客商名义在临安城内安顿，并不想劳烦朝廷。不过后来官家还是知道了此事，依旧以国礼相待，邀请他们一起入住了班荆馆，可把我们给累坏了。"

陆游点了点头，眉珠应该是和韦铎、陀湛他们一起来的，只不过身份是普通的客商或者游民而已，所以官方没有记录。照徐知事举的例子来看，并不能说明什么问题。

二人沉默了半晌，徐知事凑到陆游面前，试探地问道："陆编修难道没有瞧出其他问题来吗？"

陆游感觉这个徐知事一直在某个地方等着他，索性问道："陆某真有一事不明，为何自从韦铎、陀湛等人出了临安城之后，便没有了记录？是不是他们不想惊扰地方官府？"

徐知事双手一合，说道："陆编修这个问题算是问到点子上了。且听我慢慢说来。"徐知事清了清嗓子继续说道，"官家同意阇婆国宾游历大宋之后，班荆馆就通知了各路府州县。一般情况下，只要地方官府接待了阇婆国宾，都会将基本情况通报给班荆馆。陆编修也知道，韦铎他们虽然贵为国宾，但依旧是外邦人士，走州过府必定会出示文牒公函。可是小老至今没有收到任何地方官府接待阇婆国宾的公函，这说明什么问题？陆编修知道吗？"

陆游摇摇头。徐知事继续说道："这说明他们根本没有使用自己的真实身份，也就是说，他们出了临安之后便乔装打扮，隐藏起来了。"

"隐藏起来了？他们为什么要隐藏起来？有了国宾的身份岂不是更能便宜行事。"

徐知事瞪着眼睛，表情似乎在当面质问那些阇婆人："所以说啊，他们为什么要这么做？"

陆游定了定神，问道："徐知事，这样的情况以前是否也有过？"

徐知事坚定地摇了摇头，说道："小老自南渡以来就一直在班荆馆当职，从未遇到过这样的情况。"

"这么说来，这些阇婆人还真不是一般的国宾。他们到底想干什么？"

徐知事突然双手捂住嘴巴，嘿嘿一笑，像个调皮的顽童，说道："陆编修想知道他们想干什么吗？小老知道呢。嘿嘿。"

"你？怎么会知道？"陆游看着越来越奇怪的徐知事，不禁有些后脊发凉。

徐知事搬了一条凳子坐在陆游面前，低语道："别看小老只是一个知阁门事，做着毫无前途的活计，但心里始终有一份家国情怀。闲来无事的时候，小老喜欢观察各国国宾。不是小老吹嘘，官家没有见过国宾的另一面，但我见过。我甚至比官家还要了解各国国宾。通过国宾的品行，可以推断出这个国家值不值得邦交，应不应该信任，小老心里有一杆秤，甚至比三省六部的相公们还拿捏得准。但是小老也知道，自己人微言轻，所以从没有在他人面前提起过。"

徐知事越说越卑微，而后又突然兴奋起来："不过，小老今日打算把一切都跟陆编修说一说。陆编修既不是皇城司，也不是巡检司，更不是咱礼部的人，为何会突然对三位阁婆国宾有了兴趣？是不是和小老一样，也是关心江山社稷的有志之士？"

陆游突然察觉，眼前这位徐知事身上似乎有一股近乎变态的偏执。不过，陆游又很佩服他这股子劲头。也许阁婆人想干什么，真的只有他知道。

"承蒙徐知事谬赞，你知道他们想干什么？"陆游问道。

徐知事咳了两声，说道："他们来班荆馆的第一天我就觉得不对劲，于是悄悄派了一位手下的太监跟着他们，你猜他们去了哪里？大宋的故土。"

"北方？他们去北方做什么？"

"陆编修该不会觉得他们是去帮宋军打仗的吧？实话跟你说

吧，他们去了延州，买了石油。"

"石油！"陆游心中大惊，他脑子里突然蹦出特拉斯格尼来！陆游瞬间通透了，原来阇婆人想用石油在临安发动一场大火。

陆游正在思忖的时候，徐知事突然凑到近前，阴森森地问道："他们买石油做甚啊？陆编修是不是知道什么？"

"徐知事知道吗？"

徐知事斜睨着陆游，诡异地说："小老不知，但小老很想知道。看陆编修的反应，一定是知道些什么吧？告诉我吧，告诉我吧。"徐知事那枯树枝般的手紧紧抓着陆游的肩膀。

公廨位置偏斜，一天之中几乎见不到阳光，空气中弥漫着悠远的寂寥感。也许人在这样的环境中待久了，气质也会跟着环境一同转变。眼前的徐知事嘴角上挑、双目圆睁地看着他，陆游这才觉得有些害怕，他还从没有见过拥有如此诡异表情的人，像极了姑苏寒山和尚的画像。

"陆编修，小老可什么都跟你说了，你可不要藏着掖着。"徐知事缓缓地站起来，整个人似乎都要压到陆游身上。陆游猛地推开徐知事，往公廨外跑去。陆游边跑边说："我什么都不知道，知道了我再告诉你。"这是一句谎话，陆游觉得现在还不能跟任何人说关于特拉斯格尼的事情。

陆游一口气跑到公廨外，温暖的阳光照在身上，他感觉没有待在屋里那么害怕了。于是他回过头，对站在门口谦卑又诡异地笑着的徐知事喊道："徐知事，不要瞧不上自己的职务。你干了一件大事，一件天大的大事！"

第二十章
二月十五,壬子(下)

嘉兴县,芦席汇。这里以前是专卖芦席的草市,后来因为地处秀水与运河的交汇处,慢慢演变成县内较为热闹繁华的街市。虽然还叫芦席汇这个名字,但芦席买卖只在街市中占了一隅而已。长刀队的兄弟终于租到了船,约定在芦席汇碰头。

这个时节,买卖人都想着怎么赚开年第一桶金,商船是最忙碌的。立春刚过,水暖鱼苏醒,但胃口尚未开,鱼群大多还在蛰伏之中。所以相比之下,在嘉兴这样的鱼米之乡,二月的渔民倒是忙里偷闲的那些人。辛弃疾初见是渔船,心里还有些恼,但听了解释以后,便觉得能租到渔船也是很幸运了。

好在长刀队物色的两艘渔船都属于江湖船,船体大且稳,反倒比一般商船看上去更气派一些。不过气派并不是最重的,辛弃疾看中的是它们都是双帆船,在这春风遍地的江南水道上速度应该不会慢。而且,渔船的价格还便宜。辛弃疾现在没了官告,腰包也几近空瘪,盘缠成了他现在必须要考虑的事情之一。

郝勇已经命令长刀队将一切事物准备停当,随时可以开船。但辛弃疾还想再等等,因为范思凤不知去了哪里,喝完酒回来的龟老听说此事便去寻找，现在也没有回来。按照辛弃疾之前的性子，为了不耽误行程会即刻启程。可是现在不同了，范思凤身份变了，龟老更是救过他的命。之前，大家说好一起去临安的，现在无论如何也不能抛下他们。

再等等吧，辛弃疾心想，猫耳陪着龟老一起去的，应该不至于节外生枝。他立在船头又等了半刻钟，远远地看见龟老风风火火地赶过来，猫耳在他身后一边说着话一边紧紧地跟着，看样子好像在劝说什么。辛弃疾往他们身后望了望，没有看见第三个人，他有些失望。

"辛弃疾，枉小老救过你的性命，你现在恢复能耐了，竟然把范姑娘赶跑了！"龟老跳上船就指着辛弃疾质问道。

猫耳一脸难色地看着辛弃疾，悻悻道："龟老说要找您算账，我拦不住啊。"

辛弃疾摆摆手，示意猫耳不用拦。

"范姑娘的心事都跟我说了，你到底说了什么？那么好的一个姑娘，你怎么忍心害她气成那样。"龟老有些激动，白胡须一颤一颤的。

"龟老，您见到她了？"辛弃疾没有回答龟老的问题。

"见到了，她说要回镇江。可是，她如果真的想回镇江服丧，在苏州就该回去了。"龟老瞥了猫耳和郝勇二人一眼，把辛弃疾拉到一旁说道，"掌书记，你和范姑娘都是好孩子，我不知道你对她说了什么，但是我敢肯定，她对你是真心的。不管你身上有没有长命锁，她都中意你。"

龟老继续说道："你自己不知道，你在我桥洞里昏迷的时候说了一些呓语，是关于范姑娘的。你心里其实也有她对不对？"

辛弃疾是沉稳的人，但也只不过二十出头，情爱的思想早就萌发了。龟老既然这么说了，他心里的想法又如何再憋得住呢，索性打开了话匣子："范邦彦，也就是思凤的爹，曾在山东救过我的命。但是他从不以恩人自居，反而事事帮我忙，处处替我着想，就跟……就跟父亲一样好。我一直敬重他，没想到有一日他却对我说，幼安，你是我见过最有思想和魄力的年轻人，不敢再以长辈相处，愿结为忘年兄弟。就这样，我认范邦彦作了大哥，感情越来越好。后来，范大哥听说官家驻跸临安，国祚得以延续，便决定归正，继续为朝廷效力。不过，范大哥也知道归正之路肯定充满坎坷、碰撞。范思凤是他独女，当时亦未成年，他如何放心得下？便主动跟我谈起了这桩婚事来。"

辛弃疾悠悠地出了一口气，他想起了范邦彦往昔的音容笑貌，为这位待己如子的兄长感到难过。他舒缓了片刻，继续说道："哪怕我与范姑娘未曾谋面，我也不会忘记与故友的约定。这就是我一直把长命锁戴在身上的原因。

"不过，在苏州文心墨坊，当我从申屠口中得知，范姑娘就是范大哥的女儿时，我承认当时是又惊喜又惊讶。得知范大哥去世的消息后，我也想过要找到他的女儿，但又担心因此耽误了追查延州石油的下落，就在心里憋着一股劲，等完成建王托付的任务后，再去祭奠故友，寻找他的女儿。我也不知道，原来这位自称李囡儿，后又改叫范思凤的姑娘就是范大哥之女。我想，既然知道她就在我身边，那便好好保护着她，等到任务完成，时机成熟，我再与她相认，一起为范大哥服丧。所以……"

"所以，你为了不让范姑娘胡思乱想，就把戴了几年的长命锁摘了？"龟老忍不住问道。

辛弃疾点点头，龟老懊恼地叹了口气，以长者的口吻说道："范姑娘在给你疗伤的时候就见到了你身上的长命锁。她对我说，她本以为这一辈子都会孤苦伶仃一个人形影相吊了，没想到竟然在最无助的时候发现你就是父亲认可的那个人。她说，你是她在这个世界上最后一个称得上亲人的人了。"

"我……"

"你是不是太小瞧范姑娘了？你觉得与她相认，会影响她尽孝服丧？"辛弃疾刚想点头，龟老又接着说，"还是觉得，她会影响你查案办事？"辛弃疾又立刻摇摇头，他做这样的决定纯粹是出于对故友的尊重，并无其他。

龟老看着辛弃疾又点头又摇头的样子，生气又无奈地摆了摆手："算了，你们走吧。"

猫耳见气氛稍有缓和，说道："龟老不与我们一起走吗？"

"跟着你们这些白眼狼有什么劲？"龟老硬邦邦地丢下一句话便要下船，经过辛弃疾身边的时候，又轻声嘀咕了一句："你能放心留范姑娘一个人，我不放心。你有急事，就不要耽误时辰了，等我见着范姑娘，会替你解释的。"

辛弃疾感激地看着龟老，想要说些什么。龟老又摆摆手，径直下了船。渔民拉起双帆，两艘渔船缓缓地离开了热闹的芦席汇集市，转而进入一片寂寥的野地。运河与秀水汇合后的这一段水路特别窘阔且寂寥，两岸的芦苇正是当地人用来编制芦席的原料，只不过此时的芦苇还过于青嫩，派不上用场，所以能在两岸肥沃湿润的野地里肆意生长。辛弃疾站在翘起的船头上，视线越过芦苇荡，抵达泛着波光的水田，水田上弯腰插秧的百姓偶尔直起身子叉着腰歇上几个弹指的工夫，又继续弯腰干活。冷尾暖头，下秧不愁。春分后的晴天，勤劳的农民绝对不愿浪费每一寸光阴。

辛弃疾想到，如果是在山东，这个节气的小麦也进入了拔节的阶段，应该要给小麦施拔节肥了。不知山东的父老乡亲们过得怎么样了，是依旧逃难不暇，还是能过上安生日子了？二月初，他抓获了张安国，南下经过江淮军军营的时候，听到士兵们弹剑高歌《闻武均州报已复西京》，西京洛阳已经被收复了。如果金人就此一蹶不振，那收复旧山河指日可待，江北诸州府恢复民生也同样指日可待。但金人又岂会就此认败？辛弃疾轻轻地叹了一口气，他不想再想下去了，这是一个没有结果的设想，一直想下去只会让他夜不能寐、挑灯看剑。

他与范思凤姑娘之间如何发展下去，也是一个不能想的命题，故友的托付决不能辜负，可范思凤对他的误会似乎也不可调解。建王交代的案子也是一样，查来查去都在阎婆人的圈套里，诸多谜团仍旧未能解开。他现在觉得自己的脑子不够用，想得多了反而会顾此失彼，踌躇难进。

他突然羡慕起远处弯腰劳作的人们，他们的烦恼不一定比自己的少，但节气一到，该翻土就翻土，该下秧就下秧，目标明确，摒弃一切，所有的事情都得为农忙让路。农忙是第一位的，而他现在也应该把建王交代的事情放在第一位。有龟老陪着，范思凤就不会出什么大岔子。回镇江服丧也未尝不好，待完成建王的任务后，再去镇江找她解释不迟。

想到这，他的眼神重新恢复了坚定，再次投向了远方那即将到达的终点。

乌墩镇的草莽闲汉们听说今日镇上来了一位大人物，此时正在景唐桥头的廊棚里亲口讲述自己的轶事。闲汉们再也闲不住了，纷纷往景唐桥聚拢，都想一睹这位大人物的风采。花底浪赶到桥头廊棚的时候，那位好汉已经被众人像嘉兴粽子一样包起来了。不过花底浪只要咳嗽两声就会有人给他让路腾位，谁叫他是乌墩镇最有名望的闲汉呢。众人不光要给他让路，还得毕恭毕敬地叫一声"浪哥"。

等花底浪好不容易来到好汉跟前的时候，好汉的模样却教他失望。身形清瘦，细皮嫩肉，儒声柔语，一派书生模样。花底浪只消打量一眼，便知道他身上没有两斤硬肉，与自己心目中的好汉形象相去甚远。他听了一会儿，对方说的是一些在运河上的遭遇，什么五斗米、阇婆人的，花底浪半道挤进来听得云里雾里。于是，他捅了捅身边的人，而后用下巴指了指对方，问道："这厮什么来头？"

对方一脸崇拜地说道："他叫齐见贤，是官家亲封的承务郎，此行回临安任职经过本镇在此逗留。"

"承务郎？六品还是七品的官爷？比县太爷还厉害的角色？"花底浪撇着嘴，不相信。

"从六品，他亲口说的。"

"看他这样子也不像是从六品的官爷。"

"浪哥，有些人有官相当不了官，有些人没官相，帽子大着呢。

他给我们瞧了他的官告,五色锦帛写的官告,那还假得了。"

花底浪嘶地抽了一口气,那动静好像在抽水烟。他心中暗忖道,莫非真是真人不露相?不过,他还没有感慨太久,就被一个疑问点醒了。既然是这么大的官儿,为何一人出行,看样子也颇为狼狈,毫不威风。

不过,齐见贤接下来要说的话,不仅解开了花底浪的疑惑,还让花底浪对他刮目相看。因为他提到了闲汉们心中的偶像——曹举人,他还把这位大家心目中的偶像狠狠收拾了一番。齐见贤将自己一路上的经历真真假假地杂糅在一起,胡诌他本是奉命从建康府前往临安赴任的朝廷命官,因为在运河上破获了一起五斗米帮会私贩禁物的案子,所以遭到曹举人一路迫害。为此他牺牲了身边随从,耗光了钱财盘缠。在苏州的时候,他用计将曹举人困在一家墨坊之中,让曹举人受了重伤,才得以逃脱。齐见贤是读过书的人,又当过公吏,所以说起来一套又一套,把众人唬得云里雾里。不过,在诸如何将曹举人困在墨坊这种该细说的地方,他故意一笔带过,而在无关紧要的情节上,又不吝辞藻,说得天花乱坠。

花底浪将信将疑地看着唾沫横飞的齐见贤,一时也难辨真假。不过,曹举人他是有幸见过一面的,去年曹举人来乌墩镇做买卖,特意叫来花底浪在一张桌子上吃过酒。这件事到现在仍然是他津津乐道的轶事。于是,花底浪以曹举人旧相识的身份质问道:"曹举人乃五斗米帮会总舵主,哪有那么容易就被你困住?你倒是说说,如何困住他的?"

齐见贤用充满官威的眼神看了一眼花底浪,而后也不正面回答,只是问大家:"你们都想知道?"

众人当然是齐齐点头了，但齐见贤却摆摆手说："这事没法细说，苏州巡检司的兄弟有所帮扶，细说的话容易走漏公家办事的机巧，还是说点别的吧。"

齐见贤见众人一副扫兴的样子，又故意说道："欸？你们不会是不相信我吧？"

"我不信！"花底浪站起来说道，但看到齐见贤怀兜里露出半个角的官告，又缩了缩脖子说道，"我并不是怀疑公人的身份。曹举人我是熟识的，他是运河上一等一的好汉，哪有那么好对付？"

还没等花底浪说完，齐见贤就大呼一声："好，既然和曹举人熟识，那就一定知道他身高只有五尺半，眉角有颗血痣，八字胡，山羊须，讲话略带公鸭嗓；宽肩膀，圆肚皮，走起路来左右晃。他在镇江的分舵主叫一口钟，我就是从一口钟那查到五斗米帮会的龌龊买卖。他有个贴身护卫叫壮圆，人如其名又壮又圆，是个打架的好手。这位兄弟，我说的可有半句话是错的？"

花底浪愣了愣，齐见贤说的有他了解的，也有他不了解的。所以，他也只能含含糊糊地点头搪塞过去。

齐见贤继续说道："前几天在太湖滨望渔铺，五斗米帮会和阎婆人互斗，那件事就是我挑起的。我还从五斗米帮会的船上救了一个姑娘，那姑娘手上有曹举人的罪证。"

花底浪搔了搔头，突然站起来向身后张望搜寻着什么。

"八斗，你不是昨天刚从太湖回来吗？有没有听说这件事？"

人群后方站起来一个斗鸡眼的家伙，应该就是八斗了。

"浪哥，的的确如这位官爷所言，真有此事啊，而且阵仗还不小哩。最后也正如官爷所说，是曹举人认的输，为了这事儿，望渔铺人人心里憋着一口气呢！五斗米帮会在太湖上从来没有吃过那样的亏……"八斗说话的时候，廊棚外的运河上驶过一艘船，他眼神不好，视线随着船上的桅杆走。

"你往哪看呢？"花底浪骂道。

"嘻，原来浪哥还站在那儿呢，我是说，你跑啥呢。"

"谁跑了？你那两颗眼珠子趁早抠了喂鸡吧。"众人大笑。

"那跑的人是谁？"众人笑得更大声了。

"没人跑！行了行了，八斗你快坐下吧！"花底浪苦笑着摆了摆手，转身面向齐见贤坐下。他又上上下下打量了齐见贤一番，眼神中显然多了一丝敬畏和胆怯。

乌墩镇这个地方挨着运河，连着嘉兴和临安，大小算个要塞。花底浪能在本地闲汉堆里称大称哥，自然不是一般人。他嚼了几口菱角干，便琢磨出来一个问题——既然这位官爷的身份和经历都是真实的，那也犯不着在乌墩镇和他们这帮闲汉显摆啊，人在江湖，遇到难处是常有的事，若这位官爷有需要，他定不能错过这个献殷勤的机会。

花底浪吐了口中的菱渣，换了一副讨好的脸色，走到齐见贤面前诚心诚意地邀请道："咱们乌墩镇的好汉崇拜的就是您这样的官爷。相公，可否赏兄弟们一点薄面，移步就近酒肆？交个朋友嘛。"

花底浪问出这句话的时候，心里就有把握齐见贤会同意。果然，齐见贤装模作样地思考了几个弹指，就点头同意了。进了酒肆以后，花底浪又是斟酒，又是夹肉，拿出了官府里吏员伺候官人的架势来。齐见贤自从与辛弃疾、范思凤分别那晚起，就没有好好吃过一顿饭，眼下看着一桌子的珍馐美酒，早已垂涎欲滴。但他还是假装端着官人的架子，该客气的时候不忘推辞二三。花底浪看齐见贤吃饭的架势，跟其他狼吞虎咽的莽夫全然不同，心中愈加敬重起来。于是，花底浪清了清嗓子问道："相公，您既是那么大的官儿，怎么没见到随从？"

齐见贤警惕地看了花底浪一眼，花底浪立刻拍着胸脯说道："官爷既然肯赏脸吃酒，那便是看得起小人。您是官爷，若非落难，绝没有闲工夫，也犯不着跟我们在这耗时间。您放心，有什么需求尽管开口，我乌墩镇花底浪拍胸脯保证，您的事就是我的事，我们大家的事！"

几个吃得满嘴油的闲汉此时也抽空搭腔道："对，有事儿您说话！"

齐见贤心中暗笑，这群闲汉上钩了。他将筷子往碗上一架，正了正身体，煞有介事地说道："还真有一件事要劳烦兄弟们帮忙。这件事若是办成，哥几个跟我一块去临安，我有东厢房就让你们住西厢，我若是有肉吃，也绝不让大家喝汤！"

这些江湖上的闲汉虽然没什么本事，但极为讲义气，况且有求于他们的又是这样一位人物，便纷纷应诺了下来。

齐见贤趁热打铁，说道："刚才，浪兄问我为何孤身一人。现在我告诉大家，正是因为曹举人的追杀，我才沦落到宝地，算是把性命保住了。但是，留得青山在不怕没柴烧，只要我能活着到达临安，再去告他一状，就算他有十个头也不够砍的。好在今日认识了诸位豪杰，我又岂能夹着尾巴去临安？曹举人的这口气老子咽不下，这个仇必须要报，各位豪杰，你们说是也不是？"

"是!"在花底浪的带领下,众人纷纷站起来大声赞同着。花底浪虽然敬重曹举人,但也是三分忌惮,七分嫉妒。江湖上最值钱的就是名号,若自己能借助眼前这位官人在临安立足,那得罪曹举人也无妨。

"好!"齐见贤压了压手,说道,"诸位兄弟请坐。你们的热忱甚是让本官动容,既然是兄弟,我也不教你们难做。你们不用和曹举人当面对峙,只要帮我教训教训一个叫辛弃疾的就行。"

见花底浪不明就里,齐见贤继续说道:"这个辛弃疾是个逃兵,因为手里有几个老部下得到曹举人的重用。辛弃疾不光一路为难本官,还抢走了本官未过门的妻子范思凤,你们说哪个男儿能咽下这口气?"

"恁娘的,这个辛弃疾欺人太甚,我现在恨不得剥了他的皮!"花底浪骂道,其他人也跟着附和。

"辛弃疾现在仍旧在追我,他要去临安也必定会经过乌墩镇。兄弟们,乌墩镇可是你们的地盘,怎么能让他从你们眼皮子底下溜走?"

"绝无可能!"借着酒劲的花底浪已经捏起了拳头。

齐见贤适时举起一杯酒,说道:"这杯酒之后,诸位便是我齐见贤的恩人,我这人知恩图报,重情重义,日后你们便知道了!"说着一仰脖子,饮尽了杯中酒。众人纷纷举起酒杯一饮而尽。

是夜,辛弃疾乘坐的渔船在月色中滑入了乌墩镇的地界。

郝勇和猫耳提议上岸投宿,辛弃疾却想在船上休息,似乎一分钟也不想浪费,说道:"明早一睁眼,泼一把运河水洗个脸就能出发,浪费那个工夫做什么?"

"这是渔船，条件简陋，您又有伤在身。龟老说了，养伤养伤，七分靠养，三分靠药……"猫耳提醒道。

辛弃疾摆摆手，说道："你怎么也学着龟老先生说话了？"

"思凤姑娘也是这么交代的。"猫耳说完，便察觉到辛弃疾脸色立刻沉了下来，于是补充道，"不过，掌书记说的更有道理，我现在就去通知兄弟们。"说着便钻出船篷。来到甲板上的猫耳轻轻舒了一口气，为自己刚才哪壶不开提哪壶的行为没有被掌书记骂而暗自庆幸。

郝勇也紧跟着来到了甲板上，他调侃猫耳道："如此机敏过人的猫耳兄弟竟然也会失言呀？"

"郝勇哥就知道幸灾乐祸，刚才怎么不提醒着点儿？掌书记说的对啊，就算是在船上休息，今晚也一定能睡个好觉，听听，一点声儿都没有。按说运河横穿乌墩镇，河两边又都是民宅商铺，没想到竟然这么安静。"猫耳说。

"这就是一个小镇，况且王师已经到苏州了，不出两日就会到乌墩镇，兴许官府已经提前做了管制吧？"郝勇猜测道。

正当二人准备各自去休息的时候，船家却丢下撑杆跑过来，那神色分明是慌张的。

"二位军爷，今晚的乌墩镇怪安静的。"

"安静有什么不好？掌书记终于可以好好休息一个晚上了。"

"可是，我来乌墩镇不说百次也有八九十次，没有一次是如此安静的，安静得有些奇怪。"

二人看着船家的表情不像是开玩笑，便都重视了起来。这一来，猫耳便发现了异常——岸边那鬼鬼祟祟的身影，分明就是来刺探的,哪里像什么良人?

不好!猫耳和郝勇对视了一眼,便心领神会地跑开了。郝勇去招呼长刀队的兄弟,猫耳则跑去告诉辛弃疾。

这个时候,岸上陡然亮起来两排火把,火光在岸上蔓延,通过上游的六安桥和下游的子旭桥连在一起。至此,火光将辛弃疾的两艘渔船彻底围住了。辛弃疾从船篷内出来,看着岸上的架势,心里也难免有些惴惶。借助火光,他看见岸上的人清一色短衣长裤打扮,皆是庶民。不过庶民是不会如此刁横的,在运河上敢这么做的只能是五斗米帮会的人了。

辛弃疾挺了挺胸膛,对着岸上的人喊话:"敢问是五斗米帮会的人吗?曹举人在何处?"

两位船家看见眼前的架势本就战战兢兢,听辛弃疾叫喊岸上的人是五斗米帮会的,吓得前后跳船逃生而去。两艘渔船就这样停在河中间,成为任人宰割的鱼肉了。

"惩娘的窝囊废,还有没有人会划船的,划过去上岸杀了他们!"郝勇急得骂道。身后的长刀队员没人应声,因为大家都知道,船在靠岸之前就会被丢过来的火把烧成灰烬,到时候大家不是被烧死就是淹死。

花底浪从火把间探出脑袋往船上看了看,又回头问待在阴暗处的齐见贤:"哪个是辛弃疾?"

齐见贤担心被辛弃疾认出来,他甚至连看都没看一眼,说道:"船上就那么几个人,火把丢下去,烧死他们算了。他们不会游泳,我之前就试出来了。"

花底浪点点头表示赞同,但转而又问道:"你不是说未过门的妻子被他掳走了吗？万一她在船上，岂不是一起被烧死了？"

齐见贤明显忘了这茬，赶忙解释道："她也不是什么好女人，被辛弃疾抢走后就见异思迁了，一块烧死！"

花底浪虽然是个闲汉，但他的诨号不是随随便便喊出来的。他喜欢女人，越不老实的女人他越喜欢。听齐见贤这么说，反而勾起了他的欲望。

"好，官爷，让我带兄弟们杀将过去。"花底浪心里还有后半句话没有说出来，那就是他要找到范思凤，而后悄悄救下，据为己有。

没想到齐见贤却摆摆手，说道."费那个功夫干什么，我都说了，烧船！"

人一旦有了欲望就会为欲望服务。花底浪说道："官爷你看，那两艘船可是上好的渔船，烧了怪可惜的。"

"狗改不了吃屎！烧了船，你们就跟我去临安，还要什么渔船？"齐见贤骂道。

"话虽如此，但官爷也不能把兄弟全都带走是不是？缴获这两艘船，也算是给他们些实惠，您说是不是？"

齐见贤看着花底浪，虽然不知道他要什么花样，但毕竟是求他办事，结果称心如意就行。于是，齐见贤摆摆手，示意花底浪放手去办。

花底浪一看齐见贤退让了，就让他去酒肆里休息，并拍着胸脯保证自己会办好这件事情。安顿好齐见贤之后，他转而吩咐手下的兄弟，一定要注意一个叫范思凤的女子，若是发现了，务必活捉。花底浪手下那帮人都知道他是个什么人，听他这么吩咐，便知道该怎么做了。

可正当花底浪带着兄弟们划着船出去，还没靠近辛弃疾的渔船之际，上游突然传来了一阵急促的锣声。花底浪一听便知，那是给嘉兴县衙官船开道的锣声。花底浪这些混码头的人，平日里除了五斗米帮会，最怕的就是官府。现在五斗米帮会的船就在眼前，官府的船正在靠近，量他花底浪能耐再大，也不敢再做浑事了。

于是，花底浪赶忙吩咐手下掉头。可船刚掉过头来，他就看见附近的弄堂里出现了另外一批举着火把的人。那些人不光举着火把，还举着长枪，也都是官府的人。

官府的人雷厉风行，一出现就把乌墩镇闲汉们的火把和武器都缴了干净，没了武器的闲汉们都老老实实地趴在地上，不敢动弹。斗鸡眼的八斗这会儿眼神倒正常了，他双眼瞪着花底浪，大声求救道："浪哥，你快说两句啊，我们不是五斗米帮会的人，也是在替官爷办事呢！"

对啊，这个傻八斗倒是说了一句机灵话。于是，花底浪扯着嗓子喊道："各位官爷爷，大水冲了龙王庙！我花底浪是奉了六品承务郎齐见贤的命令，在此缉拿五斗米帮会小头目辛弃疾。你们一定也是在缉拿辛弃疾的吧？他就在那两艘渔船上。"

猫耳听觉灵敏，他拉了拉辛弃疾的衣角说道："掌书记，您听见了吗？六品承务郎齐见贤！"

"听见了！"辛弃疾沉稳地点了点头。

"恁娘的齐见贤，原来是你偷了掌书记的官告！齐见贤！你给老子滚出来！"郝勇挥刀指着岸边，恶狠狠地骂道。

辛弃疾赶忙按下了郝勇的刀，说道："别冲动，无缘无故出现两帮人，事情没那么简单，我们势弱，静观其变！"

此时，嘉兴县衙的官船已经穿过了六安桥，径直往这边而来。辛弃疾远远就认出来，站在船头的人正是嘉兴知县赵康。赵康似乎也看见了他，努力挥动着双手喊道："辛相公，辛相公！"

赵康回头对手下骂了几句，船的速度明显加快了。不一会儿就来到了辛弃疾的跟前，赵康提着官袍正想上辛弃疾的渔船，却被长刀队拦住了。

赵康有些尴尬地解释道："哎哟，可算是找着您了，饭否啊？"

猫耳斜眼打量着赵康，怎么看怎么觉得这位知县大人关切得相当刻意："赵大人，您这话问的，再过几个时辰就该吃早食了。"

"哎哟，你们走得也忒急了。你们不是来县衙找我借船吗？那会儿是真没船，现在有船了，我连夜给你们送来。来的路上，我听说花底浪纠结了一群草莽闲汉要为难辛相公，我赶紧组织了乌墩镇的厢兵。虽然时辰是不早了，但还好来得及，辛相公贵体无恙吧？啊？"说着又要上渔船，可长刀队依旧不放行。

辛弃疾摆摆手，示意长刀队退下。赵康如愿上了船，快步走到辛弃疾身边，对他关切地谄笑着。猫耳和郝勇二人对视了一眼，不明白赵康这唱的是哪一出。辛弃疾自然也捉摸不透赵康的心思，直到看到岸边的火把让开一个口子，有几位穿着白袍银甲的军士，那些军士的装束与边上的厢军完全不同，辛弃疾一眼就认出他们是禁军。而站在禁军中间的，是一位穿着赭红色官服的人，辛弃疾看着他有些眼熟，但因为光线昏暗，实在认不出来是谁。

"赵大人，你今天会出现在这里，是因为他们吧？"辛弃疾用眼神示意。

"哎呀，辛相公真是慧眼如炬啊……"赵康又想阿谀一番，不过这次岸上的人没有给他机会,穿着赭红官袍的人开口说道:"赵康啊,你就别临阵献殷勤了,是不是怕辛弃疾在我们面前说你的坏话啊?"

辛弃疾双目一睁,这个声音,这副装束,不是殿前都指挥使赵密大人还能是谁?于是赶忙下跪行礼:"赵大人!"

没想到还没等赵密说话,赵康倒莫名其妙来了一句:"辛相公何必对小老行此大礼,您是上司,要行礼也是……"话说至此,赵康见辛弃疾没有搭理他,这才明白过来,原来这位禁军统领也姓赵,赶紧羞愧地跟着辛弃疾一起跪下了。

白天早些时候,正在衙门里处理杂务的赵康听门房来报,有当兵的求见。赵康下意识地以为又是辛弃疾或者同为归正之流的行伍之人,于是就拒绝了。没想到这帮人竟然硬闯,不过当赵康看见这些兵佬的穿着打扮时便知道自己失礼了。这哪里是一般的兵佬,这是禁军。而穿着官服的兵佬向他出示了"都指挥使"的腰牌,他直接吓瘫在地上。

接着都指挥使向他打问辛弃疾的下落,赵康把辛弃疾来衙门的经过如实陈述了一遍,惹得赵密大怒。赵康这才意识到自己犯了大错,急急忙忙追了过来,连都指挥使的名讳都顾不上问了。这才有了今晚这一出让辛弃疾捉摸不透的戏。

此时,跪在辛弃疾身边的赵康见缝插针地继续向辛弃疾道歉:"辛相公,掌书记,下官有眼无珠冷落了您。您大人不记小人过,还请不要在赵大人面前告发我啊。"

辛弃疾倒也没有借机发难,而是坦率地说道:"赵大人,您是秉公办事,有何过错?其实辛某也不知道赵密大人此行的目的。"

"赵大人一来到县衙，开口第一句话就是问您的下落。即使辛相公不知道赵大人此行的目的，也不影响你们深厚的交情啊。"

"我和赵密大人之间并无交情，只有过几面之缘罢了。"辛弃疾说的是实话，他只是在建康府面圣的那几日见过赵密，攀谈了几句，并无深交。

"哎哟，辛相公可真会说笑。官船小老已经给您送来了，您可要保我啊。"

赵密见赵康和辛弃疾二人私语不断，不耐烦地打断道："行了行了，都起来吧！辛弃疾，你上岸来。赵康，你该干吗干吗去，这里没你的事儿了。"

辛弃疾得了命令就站起来了，赵康却依旧跪着，磕头如捣蒜，还在一个劲儿地求辛弃疾呢。辛弃疾也顾不上他，朝猫耳使了使眼色，授意他安顿好赵康，便跳上了前来接应的船只。

辛弃疾上了岸，禁军把乌墩镇厢军和花底浪那群莽夫都赶走了。赵密双手背在身后，看着运河上的渔船，开了腔："渔船？看来追查石油下落可不是一件轻松活计啊……"

辛弃疾身躯一震，赵密竟然已经知道了他的秘密任务。

"放心吧，你的行动现在已经不是什么秘密了。"

"建王已经向官家禀报了？史浩大人相信我了？"辛弃疾意外之余，竟还有些开心。有帮手了，查案便会轻松许多。可他转念一想，又觉得奇怪，赵密大人是禁军都指挥使，身居高位，绝对不是来当他辛弃疾的帮手的。

赵密自然也瞧出了辛弃疾的心思，呵呵笑了两声，说道："辛弃疾，你查案多日辛苦了。现在，这件事情由禁军负责查办，你可以松口气了。"

松口气，万斤石油下落不明，他怎么敢松这口气？

"赵大人，既然这件事由您亲自查办，那辛某一定全力配合。根据我的调查，这批石油通过调包，很有可能已经进入临安了。赵大人，辛某认为……"

赵密抬手阻止了辛弃疾的话，说道："你什么都不用说，我知道的肯定比你多。"

"可是，这个案子自建王交代后就一直是机密，您怎么会知道的比我多？"辛弃疾几乎是脱口而出，语气生硬，是一句容易得罪人的话。

赵密皱起了眉头，不悦地说道："辛弃疾，别以为自己能耐大。你查了这么久查出什么了吗？抓到什么人了吗？"

辛弃疾被赵密呛得一句话也说不出来。

"辛弃疾，你知道的本官都知道，你不知道的本官也知道！知道特拉斯格尼吗？"赵密挑着眉毛问道。

辛弃疾生硬地摇了摇头。赵密嗤笑了一声，说道："史浩说建王看错人了，果然没有错。行了，你是搭我的船回临安待职，还是继续坐你的破渔船？"

辛弃疾听出了话外音，不甘心地问道："赵大人，听您的意思，是不准备让我跟着一起查案了？"

赵密毫不避讳地点头说道："禁军都来了，还用得着你太平军吗？行了，查案要紧，我还是先走一步吧。"

"等等！"辛弃疾竟然全然不顾官场礼节，一把抓住赵密的衣袖，问道，"为什么不让我继续查案了？是建王的意思还是史浩大人的意思？还有，您说的特拉斯格尼是什么？您还知道些什么？您是怎么知道这些的？"

辛弃疾连发几问，把赵密都给气笑了："辛弃疾啊辛弃疾，你要是我禁军的人，现在就得让你吃板子了。看你高低算得上建王的人，我才不跟你计较，识相的就快些松手！"

辛弃疾涨红了脸，倔强道："你不告诉我，我就不松。这段时间我一心扑在查案上，您也看见了，即使是坐渔船我也要查下去，好几次为了查案险些丢了性命。我辛弃疾也许能力不行，但对朝廷，对官家和建王绝对没有二心。也许您和史浩大人一样，不相信我这个归正人，但我问心无愧，绝没有做过任何对不起大宋的事情，也没有在追查石油这件事情上放过水、偷过懒。所以，赵大人您一来就叫我不要查了，也不告诉我为什么，辛某不服气。"辛弃疾一着急，那股倔劲儿就上来了。

赵密之前多少也听闻了一些关于辛弃疾的传闻，心知不跟他讲清楚，他绝对会像一张狗皮膏药黏着自己。而且，出发查案的时候建王也反复交代过，要找到辛弃疾并解释清楚，于是便不耐烦地叹了一口气，说道："曹举人，你认识吗？"

"曹举人？那厮就算是化成灰我也认得。"

"他不会化成灰了，他立功了。"赵密淡淡道。

"他立功了？"辛弃疾想了想，便想通了，"关于阎婆人和石油的一切，都是曹举人告诉你们的？"

赵密点点头，确切地说是曹举人委托他的部下壮圆转告的。

"这个曹举人，在运河上聚众作乱，好几次我险些死在他的手里。"

"辛弃疾，我知道你跟五斗米帮会有仇，他们都坦白了。但是呢，功大于过，曹举人现在归化了，以后就都是自己人了。听清楚了吗？"

辛弃疾摇摇头，说道："赵大人，你不了解他……"

"你是说他敢用假信息骗我们？"

"他肯定不敢骗你们，但是狗可以直立行走，人模狗样，但绝对改不了吃屎。"辛弃疾笃定地说。

赵密摆了摆手，打发道："行了，答应他归化的事又不是我做的主，是史浩人人的主意。你要对曹举人有意见就去史浩人人那告状。本官现在的任务是回到临安，揪出阇婆人，缴获万斤石油。"说罢便一甩衣袖往船上走去。

"赵大人，阇婆人阴险狡诈，您一定要谨慎呐！"辛弃疾诚心提醒道。

"本官乃禁军都指挥使，就算是一只阇婆虱子，本官也能揪出来，就不劳你费心了！你还是操心操心自己吧。"说罢便上了船。辛弃疾这才发现，禁军的军船已经停靠在码头，随时准备起航。

是啊，赵密只带着三五个禁军随从，就能把赵康吓得到现在都站不起来，而一回到临安还有千军万马等着他调度，想找一个阇婆人，岂不是砍瓜切菜般简单吗？

再看看自己，一个到现在还没有获得朝廷完全信任的归正人，在史浩那里甚至连一个帮派头子都不如。赵密说的，还是操心操心自己吧，暗示的就是这层意思吧？

第二十一章
二月十六,癸丑(上)

王师预计抵达临安的时间是二月十八,所以禁军的船走得很急。如果按照赵密所说,曹举人确实告知了他有效线索,那辛弃疾倒也放心了,毕竟赵密和禁军都不是吃素的。虽然成了一颗弃子,但在辛弃疾心里,只要阇婆人作不了乱就行,其他都是次要的。

特拉斯格尼,虽然辛弃疾不知道是什么意思,但想到曹举人在文心墨坊命悬一线之际也不愿把这个线索说出来,高低称得上是位枭雄了。辛弃疾笑了笑,如果曹举人带着五斗米帮会真的归化朝廷,那更是一件大好事呢。

赵密走了,但赵康的任务仍然没有完成,对辛弃疾献完了殷勤,他还要着手整治这帮乌墩镇的地痞。他指挥厢军将他们全数押送待审,唯独将花底浪五花大绑送到辛弃疾跟前。

"辛相公,这厮就是今晚领头的,下官把他交给您,任凭您处置。"

赵康深谙官场之道,办事自然妥帖,但辛弃疾却不想领这个情。

"赵大人,您是这里的父母官,辛某岂能越俎代庖?"

"辛相公,您是不是还在生小老的气?您不要跟小老一般见识,若是觉得这个地方有辱官威,咱们就去嘉兴县衙,正式开堂审理!"赵康说。

辛弃疾连忙摇手推辞:"那就更不合适了。"见赵康还想说话,一副不依不饶的样子,辛弃疾勉强退让道:"这样吧,我就在这里问他几个问题,赵大人也在一旁作个见证。我还真想知道,辛某何处招惹了这些人!"

接着,辛弃疾转而怒视着花底浪,斥问道:"跪者何人!"

花底浪猛地一惊,哆哆嗦嗦地边磕头边说:"草民花底浪拜见辛相公。辛相公,赵大人,这事儿里面有误会,有误会啊。"

"大胆!有何误会竟让你做出如此强霸行径!"赵康骂道。

"草民是受人指使啊,那人说起来也是一位官人呢。赵大人,您叫草民怎么办啊?"花底浪额头已经在石板路上磕出了血,却依旧不敢停下。

辛弃疾抬起右脚抵住花底浪的肩膀,说道:"别磕了,按照你这挤一句说一句的节奏,把自己磕死了话都没说完。快说!"

"是,是!今日草民在镇上结识了一位官人,是位承务郎,名叫齐见贤……"

"齐见贤?承务郎?"辛弃疾惊讶地嘀咕了一句。

"辛相公有何见解?"赵康问道。

"没事,花底浪,你继续说下去!"

花底浪将认识齐见贤之后的事情一五一十地说了个透底,而后还补充道:"辛相公,我一直以为您是五斗米帮会的人啊,不承想也是一位官人。兴许是齐相公弄错了，才整出这么个大乌龙啊。辛相公，赵大人，你们若是不信可以问问我的兄弟们，他们都可以作证。"

辛弃疾不露声色想了想，说道："好，如果是误会的话我立刻放了你和你的兄弟们。不过，你说的这位承务郎现在何处？我需找他当面对峙。"辛弃疾猜测，自己的六品官告定是让齐见贤偷了去，所以他才有本事在乌墩镇这个地方招摇撞骗，纠集草莽来为难自己。

"齐相公就在我身后的酒肆里呢。"花底浪说完这句话后，辛弃疾朝郝勇和猫耳使了个眼色，二人心领神会地带着长刀队冲进了酒肆。

不过，齐见贤早就逃之夭夭了。花底浪邀请齐见贤到酒肆里等候，可齐见贤哪有心思喝酒，他做梦都想要报复辛弃疾和范思凤，现在机会来了，他怎么舍得错过？所以齐见贤进入酒肆后就密切关注外面的动向，当看到赵康和赵密意外赶来时，他害怕极了，将辛弃疾的官告放在桌子上，而后悄悄溜出了酒肆，消失在了黑夜里。

郝勇和猫耳没有抓到齐见贤，不过找到了官告，这让辛弃疾喜出望外。

"齐见贤这厮倒是聪明，他知道只要我们得知是他偷走了官告，就一定会把他揪出来。现在他人逃走了，官告却留下了。掌书记，齐见贤是想让咱们放他一马呢。"猫耳不屑地说道。

辛弃疾将官告收好，松了一口气，说道："算他识相，就放他一马吧。毕竟他从镇江就跟着我们，一路上也帮了不少忙。"

"掌书记,您这也太仁慈了吧?齐见贤分明就是存心报复。这种事情有一必有二,有二必有三,要是我的话,定了结了那厮的性命。"郝勇咽不下这口气。

辛弃疾笑笑说道:"罢了,他齐见贤不是什么要紧人物,放他一马,但愿他日后能学好。"

"那花底浪这帮人呢?"赵康问道。

"也放了吧,齐见贤都不计较了,为难这些莽夫就更说不过去了。"辛弃疾大度地大手一挥。

赵康立刻竖起了大拇指,夸张地称赞道:"哎呀,辛相公心胸开阔,日后必成大器,实乃大宋之福,官家之福啊!"

辛弃疾突然严肃起来,对赵康说道:"运河,因人而治,也因人而乱。这些年,运河两岸的商家、百姓苦于五斗米帮会久矣,大家都盼着运河能恢复风和水清呢。赵大人,您作为一县之首,理应要教化民众,杜绝他们效仿五斗米帮会啊。帮会帮会,一旦有人纠集民众拉帮结会,那就会毁掉运河的气运,短期看是毁了一县之民生,长期看是毁了一国之大计啊!"

辛弃疾的话如雷贯耳,赵康听得满脸羞红,不知道该如何解释,索性扑通一声跪了下去,大叫了一声:"下官知错!后生可畏啊!"

临安班荆馆,陀湛的居室飞进来一只鸟,那是韦铎王子的金刚鹦鹉。金刚鹦鹉不像鸽子,并不能长距离传书通信。但这只鹦鹉是阇婆驯鸟人一手调教出来的,可以记住方圆百里之内的地址。韦铎下榻班荆馆后,就安排手下让这只金刚鹦鹉记住了陀湛居室的位置。只要在距离班荆馆百里之内的任何地方放飞此鸟，它都能找到位置并飞抵。

所以，金刚鹦鹉不需要携带任何消息，陀湛也知道，韦铎王子带着石油即将来到临安。当初韦铎从张安国手里买下延州石油后，为了掩人耳目，便让陀湛拉着一万斤兑水的假石油沿运河南下，自己则将真石油搬上了海船，从山东入海，宁州海码头上岸。接着，韦铎会选择浙东运河从明州到绍兴，再从绍兴一直沿着西北方向直抵钱塘江，从钱塘江西岸西兴码头进入临安城。

陀湛掐着指头算了算，韦铎王子这会儿应该跨过曹娥江往西兴码头来了。按照出发时的约定，韦铎会在抵达西兴码头之前换上阇婆王子的服饰装扮，然后以携资庆贺王师凯旋为由，将延州石油以贡礼的名义运入城中。

石油入城之后，就该轮到陀湛安置了。石油安置在何处是个大问题，要针对王师进行特拉斯格尼，就必须安置在北关，也就是余杭门外的运河沿线。但运河沿线商铺住宅密集，人多眼杂，容易暴露。陀湛拿出一张纸来，在纸上写下了余杭塘河、碧沼、夹城巷三个地址。这三个地址是他初选出来的，余杭塘河是运河的分支；碧沼又名清水潭，在卖鱼桥西南；夹城巷在德胜桥西边。这三个地方有一个共同的特点——毗邻运河，相对幽僻，且有水道与运河联通。陀湛这样选地址不无道理，因为石油质轻，会浮于水上，能沿着水道进入运河。运河灯会在二月十八晚上举行，届时歌舞升平，没有人会注意黢黑的水面已经被从各个水道流出的石油覆盖。到时候，只需要一把火，伟大的特拉斯格尼仪式就会盛大开始。

陀湛将纸张折好放入怀兜，出了居室，径直来到班荆馆公廨内，找到了主管大人。主管大人原是礼部侍郎，姓金名宝山，因错被贬而成了班荆馆的主管。金宝山因此意志消沉，平日里逗鸟游园度日，难得会出现在公廨里。公廨里的一应事务，实则皆由徐知事负责。只不过这几日徐知事家中有事，金宝山无奈才来到公廨当值。

不过，今日陀湛却是特意来找金宝山的，因为他知道金宝山比徐知事更好糊弄。他见了金宝山，依旧尊称道："侍郎大人，鄙国韦铎王子将不日抵达临安，届时将应邀参加贵国盛大的运河灯会，为官家和王师贺喜。不过，鄙人还没有拿到运河灯会的礼册，侍郎大人这可有？"

礼册早就由礼部送到了班荆馆，只是金宝山饮多了酒水，忘记分发传送了。金宝山赶忙端正坐姿，抖擞精神，在案台上翻找起来，终于在一堆文牒中找到了运河灯会的礼册。

"嘻呀，陀湛大人，本官正准备给您送去呢，没想到您亲自来了。着实失礼了，还请陀湛大人见谅。"说着话，金宝山恭敬地送上了礼册，"关于运河灯会的一切信息事务都在礼册里了，陀湛大人有什么不明白的地方尽管问。对了，贵国王子何时抵达临安呢？我好安排国宾礼车去迎接啊。"

"感谢侍郎大人，礼部是这次运河灯会的主办衙门，事多细杂，这些细枝末节的小事不敢劳烦班荆馆了。"陀湛说罢就认真翻看起礼册来了。

"陀湛大人这是在说笑吗？虽说班荆馆隶属礼部，但也没有能耐相帮灯会事务啊。"金宝山有些落寞地回答道。

"班荆馆主管兹职体大，务关国体，相信侍郎大人很快就能重新得到重用的。"说话间，陀湛瞧出了礼册上的端倪，皱了皱眉头，把礼册呈到金宝山面前问道，"欸？鄙人有一事不明，王师预计于申正时辰进入永安桥，运河灯会随即开始，照理说由民间艺人乘坐的花船应该立刻缀于龙船两侧，献上歌舞呀。为何要等到酉正，待王师船队抵达江涨桥一带花船才登场啊？"民间花船上有眉珠，眉珠是特拉斯格尼最重要的一颗棋子，他必须要问清楚，确保万无一失。

关于灯会的路线和时辰安排，这属于内政事务，国宾遵从即可，无须过问。金宝山完全可以打个马虎眼搪塞过去，但因为忘记及时送上礼册，想从陀湛这儿挽回些好感，于是纠结了半天才说道："那是因为民间的花船要先给建王的船让路。您也知道，王师、龙船、花船体形都很庞大。全停在运河上，建王的船就过不去了。"

"怎么？建王不和官家一起观赏运河灯会吗？"陀湛机敏地问道。

"本来是安排建王和官家一起观赏的，但官家临时改了主意，让建王去新建的德寿宫替官家受誓戒。"

"受誓戒？去德寿宫？这么重要的庆典，官家竟然让建王去受誓戒？"

受誓戒说白了就是祭奠天地和先祖。

"王师凯旋答谢天地先祖倒也无可厚非，但官家这样也过于严苛了呀。那可是普天同庆的日子……"陀湛啧啧表示惋惜，心里却在盘算着另外的事情。

"谁说不是呢？不过官家器重建王，日后肯定是要他继承大统的，严苛一些倒也说得过去。"金宝山还真是知无不言。

陀湛眉头一皱，此时他的头脑正飞速转着，提出的问题也都精准至极，说道："韦铎王子一直敬仰建王，王子要是知道了，肯定会在余杭门等候建王，一睹尊荣的。搞不好啊，连灯会都不想去了呢。"

"那倒不至于，建王也不由余杭门进城，而是从新开门进。"

陀湛如获至宝，但他仍旧克制地说道："对对对，走水路还是新开门更方便些。"

陀湛正和金宝山聊得起劲，本想再套一些话出来，不料这个时候徐知事却回来了。这个老头，不知什么时候已经站到了陀湛的身后，一声问候吓了陀湛一跳。金宝山一看徐知事来了，赶忙站起来说道："你可算来了，本官现在满脑子都是金丝雀的叫声，小雀儿唤我去看它呢。啊，陀湛大人，本官家里还有点小事，恕不奉陪，恕不奉陪了啊。还有什么问题，您直接问徐知事，他是百事通，没有他不知道的。我先走了。"金宝山说罢，拿起挂在椅背上的宽袖衫袍，借机走开了。

徐知事歪着头、瞪着眼看着陀湛，问道："陀湛大人，侍郎大人已经详细解答您的疑惑了吧？您还有其他问题吗？"

"鄙人只是与侍郎大人闲聊而已，徐知事公务繁杂我就不打搅了。"陀湛觉得这个徐老头神色怪异，阴气很重，赶忙出了公廨。

徐知事捏着灰白的山羊胡，嘴角抽了抽，嘀咕道："这个陀湛葫芦里卖的什么药？阁婆佬果然藏着事情呢……藏着什么事情呢？唉！小老不知，一定要找个机会同陆编修好好探讨探讨。"

陀湛一路小跑出了班荆馆，在一棵柏树下站立了一会，见四下无人，从怀兜里掏出那张路线图瞧了瞧，自言自语道："余杭塘河、碧沼、夹城巷，看来要在这三个地点后面再加一个，菜市河！"

如果金宝山说的是实情，那么建王走新开门入重华宫，又是乘船前往，就一定会走菜市河。余杭门是临安城的北门，所以余杭门外也被称为北关。建王从北关而来，要进新开门，就一定会从余杭门往东走，走到艮山门再往南走，就进入了菜市河。临安城东西狭，南北长，素有东菜西水，南柴北米的格局，城东一带土地平整、水源充足，遍地都是菜园子。菜市河因为菜市云集，被用于蔬菜瓜果运输而得名。

陆游自从知道阇婆人的秘密，又在石芾那吃了瘪以后，就一直在班荆馆蹲守。他很清楚，想要找到阇婆人策划特拉斯格尼的线索，只能亲自跟踪陀湛了。他远远地看见陀湛在班荆馆门口自言自语，又拿出纸笔来写写画画，样子好似魔怔了。

班荆馆的马车过来了，看来陀湛要出门。陆游赶紧往回跑，跑到深巷处，牵出了王朝奉的马。王朝奉一直想宴请答谢陆游，但陆游为了调查阇婆人实在抽不出身，盛情难却之下，只好自己提要求，再次借用了王朝奉的马。有了马，跟踪起陀湛来就得心应手了许多。

陀湛出城之后，一路向南，来到了钱塘江边的西兴码头。陆游知道，这个西兴码头是钱塘江和浙东运河的要塞，虽不及北关繁荣，但同样日日夜夜舟楫不断，贩夫走卒云集。陆游见陀湛进了码头附近的一家茶馆，便也跟了进去。茶馆里人声鼎沸，座无虚席，陀湛花了大价钱选了一处靠窗的位置坐下。这个位置可以随时查看码头上的情况。陆游选了一处僻静角落坐下，虽然看不到码头，但陀湛的一举一动倒是可以看得一清二楚。

陀湛不慌不忙地点了茶水吃食，优哉游哉地吃喝起来，看上去一点也不着急。陆游心中暗忖，他应该在这儿等人，没准等的就是王子韦铎。想到这，陆游也唤来茶博士，吩咐煮一壶茶来，馓子干果上三碟，陪着陀湛边吃边等。

俗语有云，茶棚酒肆纷纷话。茶馆这种地方是个喝茶闲侃之处，人人嘴上都没了把手，信马由缰、天南海北地胡乱说去。虽然嘈杂，陆游却听得有滋有味儿。边塞传说、大内秘闻、坊间绯闻不绝于耳，有些人说得有声有色、旁征博引，不比瓦子里的说书匠差。

正当陆游听得兴起时，陀湛那边出了状况，有几位短衣长裤、打着绑腿，或趿拉着蒲鞋或赤足的闲汉不顾茶博士的阻挠，横七竖八地坐到了陀湛的雅座上，好像有为难之意。陆游见此情形，抓起一把干果，装作不经意地来到雅座旁的一根柱子后边，靠在柱子上竖起耳朵偷听起来。

"阇婆佬，你就是陀湛吧？"说话的闲汉用钱塘本地话问道。

"正是鄙人，几位好汉有何指教？"陆游从陀湛的声音中听不出一丝慌乱，依旧气定神闲。

"是陀湛就行了，曹举人认识吗？"

"五斗米帮会总舵主，曹举人？久仰大名了。"陀湛依旧沉稳。

"小西斯，真当自己是个猢狲精？曹举人吩咐我们哥几个给你带个话，你的那些信件他已经烧掉了，而且他已经不是什么五斗米帮会总舵主了，他现在的名头是陪戎校尉，是官爷了！曹校尉说了，叫你小心着点，等他来了临安，第一个就是要你的性命！"

陀湛呵呵一笑，说道："信已经被他找到了？果然是运河蛟龙曹举人，能耐真大啊。还当了官爷，陪戎校尉，啧啧，比芝麻绿豆还要大呢。哼！"

领头的闲汉一把抓住陀湛的衣领，威胁道："你敢笑话曹校尉？"

"怎么？想动手就动手吧，也别等着曹举人来了再杀我啊，今天就凭你们几个，也能把我陀湛给杀了。来吧，别劳烦校尉大人了。"

"你以为我不敢啊？"领头的闲汉叽里咕噜威胁了几句，就是没有动手，最后说道，"这两天该吃吃该喝喝，过几天舒坦日子吧。要不是官爷吩咐我们只传话，我今天非揍死你不可。"说罢便松了手。

陀湛哈哈大笑起来，说道："这个曹举人果然不糊涂，大庭广众之下打死国宾，依照大宋律法应该是死罪吧。回去告诉你们的官爷，就说我陀湛虽然不能奈他何了，但依旧是国宾，他也奈不了我何。那些信，我能拿到，就还能再拿到一些。"

闲汉们被陀湛的话说得有些尴尬，压着嗓子骂了几句"小西斯""阇婆佬"，就灰溜溜地走了。闲汉们走了之后，陀湛抻了抻衣服，像什么事都没发生一样继续饮茶。陆游心里暗暗佩服陀湛，真不是一般人，他陆游只靠一己之力真的能从他身上挖出线索来吗？看来真的要做好啃硬骨头的准备了。

花底浪虽然侥幸逃过一劫，但是江湖人最注重的就是面子，他乌墩镇鼎鼎大名的浪哥竟然被一个招摇撞骗的齐见贤给糊弄了，心里哪咽得下这口气？当晚从厢兵手里放出来之后，他又纠集了心腹兄弟，要他们好好去查一查，齐见贤未过门的妻子范思凤去了哪里。

依照齐见贤所说，范思凤应该就在辛弃疾的船上才是。而范思凤并不在船上，只有一种可能，就是齐见贤连未婚妻被掳这种事情都是编出来骗人的。

"齐见贤啊齐见贤，你不是说未婚妻被人劫走了吗？好，我就让范思凤正儿八经地被劫走一回吧。"花底浪今早一睁眼就是气呼呼的，他是被齐见贤气醒的，"齐见贤，如果我出不了这口气，还怎么在乌墩镇混？"

花底浪就这么气呼呼地坐在自家小院里，一边啃着菱角干，一边大口大口地灌金银花汤。两样都是下火的良方，但花底浪的眼珠子却越瞪越大，气也越喘越粗。直到过了晌午，八斗一跳三蹦地跑进来说："找到了找到了，姑娘找到了，还搭了一个老头呢。"

"在哪找到的？"花底浪噌地跳起来。

"就在嘉兴的落帆亭，正在那找船准备去镇江呢。这会儿王师船队就要来了，嘉兴往北的运河都空了，哪还找得到船啊。好在找不着船呢，我们一路打听，一家客栈老板说有一个叫范思凤的姑娘在他那住了一夜，刚去了落帆亭，这才把她给捉回来了。"

花底浪欣赏地拍了拍八斗的肩膀，赞赏道："没想到你小子眼神挺好的嘛！大家都没找到，就被你给找到了。那姑娘现在人在哪啊？"

"在镇外莲花山的破庙里呢。"

"怎么不把人给我带过来。"花底浪有些懊恼。

八斗不慌不忙地解释道："浪哥，咱们昨晚还被厢兵摁过呢，现在风头还没过去，还是低调些为妙。山野破庙，神不知鬼不觉，多好啊。嘿嘿。"

"你小子。"花底浪乐呵呵地笑了，"庙里可是住着神仙啊，你让浪哥我当着神仙的面对姑娘……那个啥吗？"

"嘻！浪哥害怕神仙不成？他神仙敢乱浪哥好事，我八斗把祂泥身都给砸咯。"八斗顺势做了一个砸的姿势，惹得花底浪笑得更开心了。

"好小子，等浪哥办完事，再好好赏你。"花底浪说着提了提腰带，就准备去破庙了。

八斗却拉住花底浪的衣角，怯生生地说道："浪哥，让我跟你一起去吧。那种事，我还没有试过，带我一块去见识见识吧。"

花底浪坏笑地看了八斗一眼，说道："我知道了，你想把自己的童子身给破了，是不是？"

八斗有些害羞地点点头，说道："是……是啊。"

"行！不过浪哥办事儿的时候不喜欢有旁人在场。你这样……"花底浪看看天上的太阳，"你过一个时辰之后再来破庙找我，我手把手教你啊，手把手啊。哈哈。"

"浪哥，你那么久啊？"

花底浪拍拍胸脯说道："听见了吗？梆梆响呢！你浪哥这体

格,说一个时辰那都已经在谦虚了。一个时辰后过来啊,我在破庙等你。"

在八斗崇拜的眼神中,花底浪急不可耐地悄悄上了山,来到了破庙里。这间破庙年久失修,平时鲜有人来。后来,花底浪这帮闲汉常常纠集在此赌博斗殴,就更没有人来了。

花底浪重重地咳嗽了两声,走进破庙,果然见到两个被五花大绑的人,一个老头,一个姑娘。花底浪走到姑娘面前,问道:"你是范思凤?"

范思凤害怕地点了点头。

"好,浪哥我找的就是你。"说着就开始解裤腰带,"你别恨我,要恨就恨齐见贤,是他骗我在先。等你见着他了,就提我的名号,好教他知道,你的身子是谁破的。"

话音刚落,花底浪的腰带抽了出来,裤子掉在了地上。他把两条长满黑毛的腿从裤子里抽出来,而后就开始解范思凤的腰带。

被捆在一旁的龟老见此情形怒不可遏,一个劲地打滚闷叫,想要挣脱出来阻止花底浪。花底浪不耐烦地啧了一声,骂道:"老寿星嫌命长了是不是?别吵!"

龟老没有被花底浪吓住,反应比原来更激烈了。花底浪意兴阑珊地提起裤子,走到龟老跟前,一把抓住他胸前的绳结,扬手就把他扔出了破庙。

"老东西,慢慢叫吧。"转而又对范思凤说,"乖,你也叫,叫啊。"

花底浪又一次脱下了裤子,他粗鲁地撕扯着范思凤的衣物,范思凤拼死抵抗,没有让花底浪轻易得逞。花底浪气不打一处来,扇了范思凤两个巴掌,骂道:"是齐见贤先骗我的!你活该!"

花底浪话音刚落,身后却传来一个熟悉的声音:"是谁在叫我?"

花底浪转头一看,一根带着马蹄钉的木棍正朝面门飞来。嘭,一声闷响,棍子打到了花底浪的面门,长长的马蹄钉整个没入了他的脑袋。接着花底浪的鼻孔噗噗地往外冒着血泡,人也直挺挺地倒了下去。

齐见贤赶紧解救了范思凤和龟老二人。

龟老问:"你怎么来了?"

"我要是不来,你们一个死,一个……快别问了,赶紧走。"齐见贤说着就去拉范思凤的手,被范思凤躲开了。

"这个人,他认识你?"

齐见贤点点头。

"这个人说你骗了他,所以是因为你,他才来找我的?"

齐见贤抿了抿嘴,又点了点头。范思凤狠狠地打了齐见贤一个巴掌,而后双手抱住身体,蹲到地上呜呜地哭了起来。

"能不能先别哭?花底浪的人马上就要来了。到时候我们真的走不了了。"

"跟你走?走到哪里去?齐见贤,你怎么可以这样对我?是不是后悔了,良心发现了才来救我?"范思凤依旧蹲着骂道。

龟老走到齐见贤面前,也有些怀疑地问道:"是啊,他为什么要抓我们?你到底做了什么?"

"你们非要知道我做了什么吗?好,我说给你们听,只是你们听完以后一定要跟我走!"随后,齐见贤把偷辛弃疾官告和后来报复辛弃疾未果的经过都说了一遍。

"昨晚,我在酒肆的窗户后面听得清清楚楚。我犯了弥天大错,但掌书记仍旧愿意放过我。那个时候我明白了,我永远成为不了他。我没办法杀掉他,更没法取代他在你心里的位置,因为我明白即使他死了,你还是不会喜欢上我。我也明白了,就算我偷了他的官告,也不能真正去临安履职。我和他不只是身份上的差异,我和他,实在是差得太多了。

"所以我把官告还给了他,也决定努力弥补之前犯下的错误。范姑娘,我齐见贤绝对是个十恶不赦的坏人,没有错。但今天请你相信我,我知道错了,我是来救你们的。再不走,花底浪的人真的就要来了。"

齐见贤的话让龟老和范思凤都惊住了,龟老叹了一口气说道:"我活了大半辈子,一个人有没有病我一看就知道。齐见贤,你的病已经治好了。你刚才那番话就好像当着我们的面把自己的胸脯切开了,虽然血淋淋的,但也让我看到了你的心。你以前就不算一个坏人,现在就更不算坏人了。范姑娘,我相信齐见贤,我们跟他走吧。"

"走?去哪里?"范思凤迷茫地问道。

"去临安,我带着你们一起去找辛相公。"齐见贤说道。

范思凤苦笑一声,又看向龟老,那表情好似又要哭:"龟老,您说我能去找他吗?"

龟老心疼地揉了揉范思凤的肩膀,问道:"那你想去找他吗?"

范思凤再也憋不住对辛弃疾的想念和刚才受的委屈,哇地哭了出来,用力地点了点头。

"好,那我们就去临安吧。"

第二十二章
二月十六，癸丑（下）

二月十六，未正。韦铎终于抵达钱塘江东岸，在这里他换上阇婆王子的服饰，所乘船只也升起了阇婆王旗。陀湛在西兴码头远远地就瞧见了，恭敬地立在岸边，等候王子的到来。

陆游见此情形也出了茶馆，悄悄跟了上去。他一是想看看能不能探听点信息，另外是看看王子船上是否有可疑物资卸下。他想，只要找到石油的下落，他再去找石茗，就不担心他还不答应彻查这些阇婆人。

陆游摩拳擦掌等待着，心想自己读书三万卷，学剑数十载，不就是为了有朝一日能执戈王前驱吗？虽然查案不比打仗，但也比一个编修官更能实现抱负吧？他暗暗下定决心，一定要抓住这个机会，好好地向朝廷证明，他陆务观不只是个读书人，除了做史官，还有更多的可能性。

不过，想法归想法，现实却出了些意外。阇婆王船靠岸后，并没有从船上下来一兵一卒，也没有从船上卸下任何货物，甚至连陀湛都上了船，好像在躲着他似的。陆游找到一块拴船石坐下，远远地看着阇婆王船。成大事者，绝不能功亏一篑，自己跟到了这个地步,不能轻言放弃。

陀湛上船行完礼节后,便说道:"王子殿下,外面有人跟踪,货不能从西兴码头走了。"

"有人跟踪?"纳伽登撩开了帘子,朝外面看了看,码头上到处都是人。

"纳伽登,我说有人跟踪你还不相信吗?"陀湛有些不悦。

纳伽登也没有给陀湛好脸色,直接回了一个"嗯"。

韦铎有些不悦地看了看两位,说道:"我警告你们。虽然你们两个互相看不惯对方,但不要因为斗气坏了我的大事。如果父皇救不回来,你们两个都得死。"

陀湛瞥了纳伽登一眼,说道:"王子殿下,您一直说特拉斯格尼是为了救王上,但到底怎么救啊?难道在临安烧一场大火就能救王上?"

韦铎愤怒地打了陀湛一个巴掌,骂道:"不是一场火,是特拉斯格尼!陀湛,你应该跟纳伽登学学,不该问的他从来都不会问。"

陀湛咚地跪下,请求王子赐罪。韦铎摆摆手,示意陀湛起身。

"罢了罢了,你们两个都是我的心腹,要不然我也不会带着你们到大宋国土来救父王了。大宋虽然表面上对我们客客气气,但也有人在怀疑我们,所以这些话我就在船上说了,上岸之后,就没有一个人,没有一处地方是绝对安全的了。这些话,我说完,你们听完就立刻给我忘记,好好地准备特拉斯格尼。"

陀湛和纳伽登二人齐道了声喏。

"父王去年春夏之际就来了中土,这件事你二人都清楚。不过，父王并不是来大宋临安，而是去了金国觐见金主完颜亮。金国自立国以来就对宋形成了摧枯拉朽的趋势，是啊，宋已然枯朽了，父王会看不出来吗？阇婆是个南洋小国，以前一直靠着大宋，父王意识到是时候换一棵大树靠一靠了。当他得知完颜亮准备刑马渡江直取临安的时候，他觉得，金国灭宋是迟早的事，阇婆转投金国的契机已经到了。于是，他只身前往金国大营，送上了诚意满满的贡礼，不料数日后金主完颜亮却战死在采石矶。"

韦铎说到这里，声音有些颤抖："完颜亮一死，大都督李通成了金军首领。他不顾邦交礼仪，竟然将父王囚禁起来，还以此为要挟，胁迫我到临安刺杀皇子建王。李通扬言，只要我能够杀了建王，父王就能毫发无损地回来。所以，陀湛、纳伽登，这就是我们要在临安发动特拉斯格尼的原因。"

陀湛其实早就从国内传闻和韦铎王子的决定中分析出，此次特拉斯格尼背后的意义，但纳伽登不知道是大智若愚还是真的傻，仍旧问道："既然好不容易发动一次特拉斯格尼，目标却不是大宋的皇帝，而是皇子，这是为何啊？"

陀湛有必要在韦铎面前显得比纳伽登聪明，所以刻意地冷笑了一声。

"因为当今的宋国官家一直忌惮金国，推崇的是议和国策。而最有机会继承大统的建王却是主战派的支持者。如果特拉斯格尼的目标只能是一个，那金人更愿意死的是建王，而非宋国官家。"

韦铎赞同地点了点头，说道："没错。当然，在运河灯会上我们也有机会同时让宋国官家和建王一起葬身火海，为火神献祭。"

陀湛从怀里掏出运河灯会的礼册，交给韦铎，而后说道："王子殿下，我们恐怕不得不二择其一了。"

韦铎拿过礼册，扫视了片刻，随即就发现了问题所在："怎么？建王不参加运河灯会吗？"

陀湛奉承道："王子殿下明察秋毫。二月十八，建王将受宋国官家之意，前往德寿宫替官家受誓戒。"

"这么看来，建王果真是最有机会继承大统的那个人。"韦铎阴阳怪气地说道。

"所以，我们更应该把他杀掉。"陀湛恶狠狠地说，"我已经打探清楚了，建王要从水路前往新开门，再从新开门入城进入德寿宫。而从北关去往新开门的水路只有一条，那就是城东的菜市河。"

"菜市河？"韦铎笑了一声，说道，"这可是比北关运河更容易设局的地方啊。"

"王子殿下所言极是！这一次，我们一定能救出国王殿下。"

韦铎欣慰地点了点头，走到陀湛面前，伸手拍了拍他的胸脯，称赞道："我果然没有看错人。接下来的计划就交给你了。"

"请王子殿下放心。不过，船上的石油可不能现在卸下去，岸上有人跟踪我，虽然我不知道他是谁，但还是小心为妙。"陀湛在茶馆里就发现了陆游的存在。

韦铎王子哈哈大笑起来，说道："在我们聊天的间隙，石油已经伪装成各色货物被搬下船了。而且，这些货物并不是从我们脚下这艘船上搬下去的，我们提前将石油分散到了周边各艘商船上去，跟踪你的人一定发现不了。"

韦铎说完，又补充道："哦，这些都是纳伽登的主意。"说罢，韦铎便下了船。纳伽登跟在韦铎身后也下了船，经过陀湛身边的时候，还挑衅地抬了抬双手。

陀湛追上去问韦铎："王子殿下，那么伪装成各色货物的石油最终会被送到哪里呢？"

韦铎摆摆手，笑笑没有说话。纳伽登停下脚步回答他："当然是送到庆和楼了，眉珠是你的心肝，你一定会保住她的，也一定会保住那批货物的，对不对？哈哈。"

陀湛有些气恼，但仍旧压着声音叫道："王子殿下！"

韦铎身形一怔，回过头来拍了拍陀湛的胸口，说道："中原有句俗语，叫小心驶得万年船嘛。事实证明，确实有人跟踪你，按照纳伽登的计划才能使货物万无一失。你也别怪他，是我让他这么做的。"

"王子殿下，我说的不是这个。眉珠是我们的一颗暗子，不到迫不得已的时候是绝对不能暴露的。她突然收到这么多货物，会让人起疑心的。"

韦铎王子陡然正色道："那也没有更好的办法了嘛，总不能把石油拉去班荆馆吧？陀湛，我说过了，接下来的计划交给你负责，我相信你，一定能妥善处理好这件事的。届时，特拉斯格尼一旦开始实施，别说是纳伽登了，就是我，也得听你安排。放手去干吧。"

王子说罢便钻入了班荆馆的国宾马车，陀湛和纳伽登二人相当不友好地对视了一眼，也先后钻进了马车。接着，马车便朝着班荆馆的方向跑了起来。

陆游急得赶紧去牵马，一路远远地尾随着，直到马车进了班荆馆他才停下。陆游下马愣在原地,心想,这就结束了?石油呢?正当他没有主意的时候,班荆馆内出来了一位眼熟的人,正是徐知事。

"陆编修,我可算是见着你了。哎,你要去哪里啊?我有话同你讲啊。"徐知事不依不饶地跑上来了。陆游确实想走,但徐知事帮过自己,自己不能如此不讲礼仪。

"徐知事,我只是碰巧路过此处啊,没想到遇见了您。"

徐知事诡异地笑了笑,说道:"阇婆人的马车刚进班荆馆的大门,我就赶出来了,果然看见了你。哪有这么巧的事儿?陆编修不会在跟踪阇婆人吧?"徐知事赞赏地竖了竖大拇指。

"跟踪国宾,犯罪吗?"陆游也打趣似的问道。

"陆编修干都干了,再来问犯不犯罪,是不是多余了?"徐知事嘿嘿一笑。

陆游也跟着笑,说道:"徐知事刚才不是说要问我事情吗?到底什么事?我还着急回编修院呢。"

"陆编修每次见我,总是把编修院的工作挂在嘴上,我又不是你上司,不用装。陆编修,我是想告诉你,阇婆人特别关心运河灯会哩,他们是不是要借助灯会作妖?"

"你怎么知道?"陆游一下子警觉起来。

"上次我无意间听到了陀湛和金宝山的谈话,陀湛三句不离运河灯会,还说什么民间花船进入运河的时间迟了。陆编修,我想着里面分明有猫腻。"徐知事话没有说全,陆游自然也猜不到阇婆人的真实意图。不过陀湛关心民间花船倒是正常的,因为眉珠就在民间花船上。不出意外的话,陀湛会让眉珠承担一项重要任务。

毕竟，在运河灯会的现场，只有眉珠才有机会接近官家乘坐的龙船，所以她绝对是一颗关键的棋子。陆游如是想。

"陆编修又在想什么啊？每次都一个人悄悄地想，也不告诉我。陆编修，我可是知无不言啊，你怎么能对我藏着掖着呢？"徐知事歪头看着陆游。

"徐知事这是哪里话，我哪里对你藏着掖着了？"

"你刚才分明是在想事情，还想骗我。告诉我，你都知道些什么呀？"徐知事说着就要上前拉陆游的衣角，陆游赶忙躲开。

"徐知事，今天编修院真的有要事，我先走了。"陆游说着便转身上了马，催促了一声"驾"，胯下马闻声而动。直到马跑出了好一会儿，陆游还要回头看看徐知事有没有跟来。嗐，马跑得这么快，就算徐知事长了四条腿也追不上啊。这个徐知事，虽然热心肠，可是什么都不能跟他说。这人的心思与常人迥异，他要是知道太多，一定会干出出格的事情的。这是在保护自己，也是在保护徐知事啊。

今日编修院确实有要事通知陆游回去。王师凯旋在即，编修院给每位编修官都安排了繁重的任务，来全方位记录此次运河灯会的盛况。陆游是最后一位赶到编修院的干事，等到他到的时候，所有好的差事都被分走了，只留下一个记录民情的差事。作为一个史官，这是一个最远离权力中心的差事，其他史官都不愿意接这个活，留给陆游是最合适不过的。

陀湛回到班荆馆居室后坐立不安，那些石油怎么运输，怎么藏，特拉斯格尼怎么实施，这一全套计划都要由他来制订。唯一值得安慰的是，韦铎王子愿意把他几十号部下直接交给他差遣。这些部下跟着韦铎从山东来到明州，又从明州来到临安，当然是信得过的人选。但如今，陀湛知道自己已经被人盯上了，不仅有官府的人，还有五斗米帮会的人，暗处不知道有多少双眼睛看着他呢。

抛开这些不说，从庆和楼把伪装成货物的石油提出来就不是一件简单的事情，郑大利是何许人也？想到郑大利的为人，陀湛心里咯噔一下，万一郑大利开箱验货发现货物都是石油怎么办？他这么唯利是图、贪生怕死的人，肯定会第一时间报官，到时候石油和眉珠都会凶多吉少。

想到这里，陀湛不由得打了一个激灵，决定立刻动身前往庆和楼。

一到庆和楼，郑大利就热情地出门迎接了。陀湛知道，商人的热情都是装出来的，他们只会对银钱热情。

"哟，陀湛阁下，您回临安了呀？几时回的呀？怎么到现在才来庆和楼。"郑大利夸张地客气着。

陀湛当然要迎合郑大利，说道："郑掌柜，瞧你说的，鄙人北上做生意，那是提着脑袋赚钱，哪有郑掌柜这么清闲自在啊？能顺利回临安就是可喜可贺了。对了，我在外做生意的时候买了一些货物，寄给眉珠，不知道收到了没有？"

陀湛知道郑大利要为难他，赶紧又说道："瞧我这事干的，都忘记提前和郑掌柜打个招呼了。不过，您也不要责怪我。我一个阁婆佬，在临安人生地不熟的，就知道庆和楼这个地方，所以就把货寄了过来。您不会生气了吧？"

郑大利马上笑了起来，摆摆手说道："哪里哪里，你寄给眉珠，跟我通什么气啊。不过，这批货物委实多了些啊，院子里都快堆不下了。没有办法，我只能把院子里的桌椅撤了一大半。哎哟，今天生意又好，着实折了不少钱啊。"郑大利其实心里相当不痛快，但看到陀湛寄回来的货物竟然堆了满满半个院子，想他一定是在北方赚了大钱了，不然怎么会有这个财力？不能跟有钱人结梁子，这是郑大利经商的准则。

陀湛听出郑大利话里有话，恭敬道："鄙人万分抱歉，这是一点心意，还请郑掌柜笑纳。"说着，陀湛把韦铎送给他的金刚指环送给了郑大利。郑大利当然是识货的，知道这枚金刚指环的价值，赶忙把陀湛当作贵客请进了内院。

"阁下请看，您的货物送过来什么样现在就是什么样，一丝一毫都没有变动。不过……这么多货物今晚搬得光吗？要是堆到明天的话，恐怕不太好办啊。"郑大利摩挲着金刚指环，意思再明白不过了——金刚指环虽然值钱，但这些货物也不能一直堆在这里，这庆和楼不是陀湛家后院。

陀湛依旧好声好气地说："是是是，今晚我叫了人，全部都得搬走，郑掌柜放心好了。"说罢，便走到门外招呼了一声，几十号伪装成力夫的阇婆人鱼贯而入，开始搬运货物。

郑大利看到这个情形，便放心了。他喊来下人煮茶，又故意问道："眉珠此时正在闺房内休息呢，阁下要不要去看看啊？"

陀湛敏感地看了郑大利一眼，说道："不看了不看了，眉珠现在已经是郑掌柜的人了，我即使再想她，也不好再见了吧？郑掌柜，你说是不是啊？"

郑大利满意地笑了，赶忙端上一杯茶，嘴上说着"喝茶喝茶"。不过，还没等陀湛喝两口，郑大利又指着这些货物说道："阁下是在北方发了大财啊？这么多货物，有瓷器，有布匹，还有皮草，都是价值不菲的货物啊。难道阁下就凭着卖眉珠的那些钱发了家？"

陀湛心虚地点点头，说道："经商嘛，饿死胆小的，撑死胆大的。能跑来中原做买卖的阁婆人，都是不怕死的人，就怕穷。"

郑大利欣赏地看了陀湛一眼，心想要讨好这个有钱的主，日后还指望他在庆和楼大把大把花钱呢。于是他说道："现在还早，货一时半会儿也搬不完，我让院管跟眉珠先通个气，你去看看她吧。毕竟是多年的主仆，你不想她，她还想你呢。"

陀湛嘴上说着"不了不了"，这边郑大利已经通知院管去安排了，陀湛其实也有要事吩咐眉珠，也就不再推辞了。

陀湛来到眉珠的房内，眉珠已经跪地迎候。

"主人，那些货物想必就是发动特拉斯格尼的石油吧？"见陀湛点头，眉珠又说道，"我猜到了，料定您会来取货，所以就跟郑大利说这是您寄来的。没想到真就对上了。"

虽然陀湛忧心忡忡，但还是对眉珠笑了笑。忠诚又机智的眉珠多多少少能给他一点宽慰，这已经是不幸中的万幸了，还能要求什么呢？

"眉珠，运河灯会的礼册你拿到了吗？"

"回禀主人，眉珠拿到了。主人想要发动特拉斯格尼，位置要到江涨桥以下了。"眉珠已经猜到了自己的角色定位，不然陀湛不会极力要求她登上民间花船向官家献艺的。民间花船是除护卫船队以外离官家最近的地方,要发动特拉斯格尼,只有她能做到。

不料陀湛却摇摇头,说道:"计划有变。"

"不发动特拉斯格尼了?"眉珠顿时感到轻松起来。

陀湛瞪了眉珠一眼,呵斥道:"你是不是想临阵脱逃?我告诉你,特拉斯格尼一定会发动的,只是……只是现在计划还没有安排好。等一切准备停当,我再来向你传达具体任务。在此之前,你绝不能泄露半点机密,听清楚了没有?"

"听……听清楚了。"眉珠说这话的时候有些心虚,因为在她心里,特拉斯格尼已经不重要了,陀湛、韦铎、阁婆国这些都不重要了。如今在她心里最重要的只有自由。

院子里的货物一直搬到子夜时分,陀湛就在眉珠的房间里待到了子夜时分。货物搬完之后,为了不显得那么刻意,陀湛又在眉珠的房间里多停留了一刻钟。就这多待的一刻钟,意外出现了。

庆和楼的店门突然被重器撞开,接着冲进来两列白甲执戟的禁军,正在柜台上盘账的郑大利见此情形,手上还抓着毛笔算盘,双腿已经打弯跪在了地上。

此时,从门外走进来一位官员打扮的将领,看装扮应该是一位都头,但郑大利不认识。

"大人,小的不知道犯了何事,让禁军衙门如此阵仗?"郑大利心中暗忖,虽然做买卖时常有价格虚高、向上抹零的小动作,但也不至于惊动禁军吧。

都头并未搭理郑大利,直截了当地问:"阁婆人陀湛何在?"

"他?"郑大利松了一口气,站起来指着后院说道,"你们是来抓他的?他在后院呢!"

郑大利说罢，又担心禁军搜查起来没个轻重，砸坏他的东西，于是弯着腰、迈着小碎步，殷勤地说："我带军爷过去。"

郑大利领着都头来到后院，禁军前进的盔甲声锵锵作响，陀湛是机敏之人，立刻警觉起来。他从门缝中探了探，便料想到大事不妙。这些禁军如果是来找自己的，那就要做最坏的打算，比如，他们已经知道了特拉斯格尼计划。

陀湛猛地想起，怀兜里还揣着一张写有余杭塘河、碧沼、夹城巷的纸，于是赶忙掏出来塞到眉珠的手中。就在他塞完纸条的那一瞬间，房门被禁军踹开了，陀湛和眉珠的手还紧紧地抓在一起。陀湛用力握了握眉珠的手，眉珠会意，啊地大叫了一声抽走了手，躲到了郑大利的身后。

"你就是陀湛？"都头问道。

陀湛强行平复了心情，站起来行礼回答道："鄙人正是阇婆国东宫首辅陀……"

没想到陀湛话还没说完，都头就说："带走！"

陀湛向后退了几步质问道："你们是什么人？我是大宋国宾，你们想干什么？"

都头也不跟陀湛废话，他拿出一卷敕文，抖开大声念道："持刑部、礼部、枢密院令，据大宋子民曹举人告发，阇婆国东宫首辅陀湛向已刑太平军叛逆者张安国购买延州石油一万斤，意图在临安纵火，谋杀百姓，谋毁都城，谋危社稷。国法成仪，难容反逆。因陀湛系外邦人士，干系重大，特转交禁军殿前司代为抓捕审理。绍兴三十二年二月十六联签。"

都头话音刚落，全副武装的禁军就将陀湛结结实实地控制了起来。

"说我反逆,你们可有证据?曹举人是何许人?我不认识,这是莫须有之罪!"陀湛顽命抵抗着。

"陀湛!"都头呵斥道,"你有什么阴谋自己心里清楚!"

"我什么都没有做!我是国宾,我要去班荆馆找韦铎王子殿下!"

"陀湛,你听着,依照《宋刑统》规定,故意纵火焚毁官私屋宅财物者,绞!谋而未行者,罪减一等,及死罪从并配广南,流罪从配千里。在重镇、边镇者,虽谋而未行皆当行处斩!听清楚了,你的罪是死罪!带走!"

人高马大的禁军用黑布袋套住了陀湛的脑袋,带了出去。都头回过头来看了看眉珠,问道:"你也是阇婆人吧?是否知道陀湛所谋之事?"

眉珠害怕地瘫软在地上,紧张得说不出话来,一个劲儿地摇头。郑大利怎么能眼看着自己的摇钱树被禁军带走,慌忙解释道:"她叫眉珠,是大食国人,乃庆和楼歌姬,跟陀湛没有关系。非要牵涉点关系,陀湛只是她众多恩客中的一位而已。"

都头重重地哼了一声,甩开衣袖走了出去。郑大利拍着胸脯惊魂未定,嘀咕道:"饿死胆小的,撑死胆大的,陀湛,你这胆也太大了吧?眉珠!从现在开始,你和陀湛一点儿关系都没有,我不管他跟你说了什么,什么也别掺和,听清楚了吗?你是庆和楼的人,是我花了大价钱买来的。我郑大利只买聚宝盆,不买麻烦桶!你要是敢给我惹麻烦,我……我要你好看!"

眉珠不知是害怕还是劫后余生,竟然失声哭了起来。此时她的内心很复杂，十几年的主人陀湛突然被大宋禁军带走，死罪难逃；而韦铎王子还在临安，特拉斯格尼要不要继续？韦铎会不会找上她？情况越来越复杂了，下一步该怎么走？

对未来的恐惧让她哭得更大声了。陆游，现在只有陆游能够帮助她了。

陀湛被带到了禁军殿前司衙门，这个地方从来没有审问过什么犯人，所以陀湛被关押的地方和一般衙署无异。如果不是戴着手铐脚镣，陀湛会觉得自己是被请来喝茶的。陀湛看不见月亮，但他知道现在已经很晚了，他以为自己会被晾在这儿很久，没想到这里旋即又亮起了烛灯，接着一个穿着睡袍、发髻散乱的人走到他的面前，手里还真的端着一杯茶水。

"在下赵密，知道阁下深夜会来，所以特意睡了一觉。我怕到时候没有精力对付你啊，呵呵。来吧，喝口茶。"赵密慢慢走到陀湛身边，陀湛下意识地伸出双手准备接茶杯，不料赵密却将滚烫的茶水倒在了他的头上。

赵密在陀湛身旁的椅子上坐下，说道："说吧，阁下这是受了谁的指使啊？石油，火灾，还选在运河灯会那一天，是不是觉得……灯会的灯不够亮啊？"

陀湛摇了摇头一言不发。赵密冷笑一声，对行刑的禁军使了一个眼色，禁军二话不说便冲过去，拔光了陀湛的手指甲。陀湛疼得躺在地上扭曲颤抖，他本不想表现得如此脆弱，奈何十指连心，实在是难挨酷刑啊。

"阁下见谅啊，禁军从未审过犯人，下手不知轻重。而且这些器具呢,也都是从大理寺临时租借过来的。咱不着急啊,漫漫长夜,还有那么多器具呢,你的命也不会那么不堪一击吧?"

陀湛看着赵密这只笑面虎,不寒而栗。他调整了呼吸,大声说道:"我不知道你在说什么!我是大宋国宾,在大宋的国土上从未做过僭越之事。"

"你是不到黄河心不死啊?对了,阇婆国也有像黄河一样的大河吗?"

"阇婆四面环海,阇婆人的心和海一样清澈!"

"阁下可真是不要脸皮啊!"赵密把自己的茶杯砸到陀湛的身上。禁军适时地冲上去,踩住陀湛的双手,而后另一位禁军用竹篦一下一下抽打他那没有指甲的双手,直至血肉模糊。

"还不说啊?我叫个人出来让你死心。曹举人!"赵密叫了一声,屏风后面立刻钻出来一个人,正是曹举人。只是现在的曹举人和陀湛当初认识的曹举人不一样了,如今的他一身官服威风凛凛。

"原来是校尉大人来了啊。"陀湛抬起满是汗珠的脑袋,对着曹举人轻蔑地笑了一声。

"陀湛,没想到吧?让你不要惹我,你偏要玩火,偏要玩火!"曹举人一脚踹在陀湛的脸上,踢飞了他两颗牙齿。

"曹举人,把你知道的说说。"赵密吩咐。

曹举人刚准备开口,陀湛抢着说道:"别让他说了,我来说吧。我是向张安国买了石油,但石油已经都送给苏州文心墨坊的胡掌柜了。有市舶司的文牒为证,不信的话可以去问问胡掌柜。"

曹举人哭笑不得地拍了拍陀湛的脑袋:"陀湛,你把我们当三岁小孩耍呢？要真像你说的那样，今天抓你来为何啊？"

"你是想公报私仇？"

"我需要公报私仇吗？我若想要你的命，早就把你大卸八块丢进运河喂鱼了。"

陀湛冷笑一声："穿着官服，却仍旧江湖做派，人模狗样，不知所谓！"

"你说什么！"曹举人又要动手，被赵密阻止了。

"曹举人，行了，上一边去，不要在外邦人面前丢了咱们大宋官人的风度。陀湛，你要是再不说的话，我可就动真格的了啊？杀了你之后，我再去班荆馆把你的王子抓来，一并杀了！"

"韦铎乃阁婆国王子，你敢！"陀湛怒目圆睁，倒还有三分东宫首辅的威严。

"有何不敢的？王子是你的同党！"

"我做这件事与任何人无关！"陀湛其实心里早就想好了怎么说，但时候不到绝不松口。太轻易说出口反而难以说服赵密。

"那你快说说，买石油的目的究竟是什么？"

"为了生意。"

曹举人抓住陀湛的头发，一字一句地说道："不，不是为了生意，是为了特拉斯格尼。"陀湛心中一颤，他不明白曹举人是怎么知道特拉斯格尼的。他开始心慌起来，除了特拉斯格尼，他们还知道了什么？

"你为什么要在临安纵火？在哪纵火？目的是什么？快说！"赵密急了，他站起来吼道。

陀湛闭上眼睛心想，再等等吧，等到快死的时候再说，人之将死其言也善，他们才能信我。

陀湛的反应彻底激怒了赵密，墙上挂着的一件件器具被取下来用在陀湛的身上，陀湛时而大哭时而大叫，时而癫狂时而昏迷。等所有的器具都轮过一遍之后，陀湛已然体无完肤，似乎只剩下最后一口气了。

"说吧，只要说出幕后指使，我们就饶你不死。"赵密说道。

陀湛喷了一口血沫子，艰难地说道："没有幕后指使，是我想要发动特拉斯格尼。"陀湛顿了顿，心想应该到时候了，"特拉斯格尼祭奠的是伟大的火神，我以大宋的人命、繁华去祭奠火神，火神将会在运河灯会上吞噬王子韦铎，允诺我成为阇婆的君主！"说着，陀湛念起了阇婆咒语，装得还真像那么一回事。

赵密冷笑一声，说道："原来阇婆这样的弹丸小国，也有狼子野心之徒啊！如此手段，岂是常人能想出来的？"赵密说完拿出一张纸来，那张纸是在班荆馆讯问韦铎时录下的口供。韦铎说，他今日才回到临安，一直未与陀湛同行，也不知道陀湛所谋何事。当听到特拉斯格尼的时候，韦铎说，这是阇婆的邪教妖术，多用于犯上作乱，残害生灵。赵密也调查了韦铎和陀湛的行程，确实不是同路。而曹举人也证实，从江北到苏州，始终只有陀湛一个人，且陀湛也未和任何外人联系过。

"看来，你终于说实话了。还有一句实话等着你告诉我呢……那些石油，你都藏哪了？"

陀湛咳嗽了几声，没有正面回答："我看见火神在向我招手了……特拉斯格尼……"陀湛不准备继续说下去了，因为赵密知道他的目的是谋杀王子韦铎之后，凭借禁军的本事应该很快就能找到石油。禁军找到石油后，就更能印证他说的话，这样就能打消他们其他怀疑，也能确保韦铎和纳伽登可以将特拉斯格尼继续进行下去。

陀湛死了，曹举人搜了他的身，在他的怀兜里找到了一本运河灯会的礼册。礼册上，德胜桥三个字被陀湛圈了个红。

德胜桥是礼部安排外邦国宾观看灯会的地方，届时韦铎王子也会在岸边的观礼台入座。观礼台的后方就是夹城巷，如果陀湛的目标真的是韦铎，那么他就会在德胜桥、夹城巷一带事先藏好用于发动特拉斯格尼的石油。

"片刻也不要等了，赶紧去德胜桥、夹城巷一带搜查，查不到石油都提着脑袋来见我！"赵密下令道。

紧接着，禁军殿前司金锣大奏，这相当于战前的号角，只半刻钟的时间，所有当值禁军便全部集结就位。这种行动只有禁军才能参加，所以像曹举人这样的九品校尉当然会被排除在外。但他依旧很开心，因为只要禁军找到陀湛那一万斤石油，他还有机会再争取一顶更大的帽子。赵密已经答应他了。曹举人嘿嘿地笑着，他抬头看向天上的星星，心里说道，爹啊娘啊，孩儿光耀门楣了。

第二十三章
二月十七，甲寅（上）

辛弃疾虽然被赵密强行剥夺了继续调查石油的权利，但这也说明阁婆人的石油案引起了史浩、赵密，甚至是官家的注意。这个案子由禁军出面调查，就一定会水落石出的。

近几日，辛弃疾的心情无比轻快，轻快到足以好好感受一番临安城的繁华与春色。他是昨晚抵达临安城北关的，亲眼见识了钱塘名景——北关夜市。昨晚，樯帆卸泊，百货登市，篝火烛照，如同白日；贩夫走卒，熙熙攘攘，人影杂沓。辛弃疾下榻的客栈掌柜告诉他，临安城的北关夜夜如此，不亚于元宵之夜呢。掌柜还说，如果是第一次来临安，就在北关多玩两天，因为二月十八的运河灯会应该会比元宵灯会还要热闹呢。

辛弃疾当然知道，如果不是因为运河灯会，他辛弃疾也不会出现在这里。

辛弃疾早早地被运河和街道上繁忙的叫卖声吵醒了，他看了一眼天色，还未到破晓时分。但辛弃疾一点也不恼，反倒是欣喜。朝廷南渡，驻跸临安不过二十余载，临安城的繁荣景象已经显现，在江北的旧土上金人也没了以往之猖獗，大宋朝大有中兴之望啊。

中兴之望,身为大宋的官员和子民,怎能不为之一振呢?

心境好转,又无公事缠身,辛弃疾想到了他一直仰慕的文人陆务观。辛弃疾知道,陆游虽然是一位文人,但心怀光复,志存高远。他打听到,陆游现在是编修院的一名史官,就住在临安,便萌生了前去拜访的想法。郝勇听说辛弃疾要拜访友人,也提出要去见一见在临安当差的堂兄,叫郝欣,住在油蜡局一带。辛弃疾知道大家辛苦了一路,都应该放松放松,于是还让猫耳陪着郝勇一块儿去,不用再跟着自己。

今日用过早食之后,辛弃疾打听清楚了陆游的住处,便冒昧地赶过去了。

陆游也早就听闻了太平军掌书记辛弃疾的威名,两人一见如故,在陆游家中相谈甚欢。

"辛某最爱东坡词,其词完全突破了艳科藩篱,不为形式所羁,不为音律所拘,不做小儿女语。大笔勾勒,朴实明快,直抒胸臆,气象阔大,实乃丈夫豪放之词啊。"辛弃疾喜好诗词,也有一定研究。

"陆某非常赞同阁下的见解,看来也是颇有禀赋和造诣之人啊。"陆游称赞道。

"说来惭愧,辛某虽写过一些诗词,但还没有一首能拿得出手的。刚才所言,实有班门弄斧之嫌啊。辛某一路南下,听了无数路岐人、士兵、文人念唱陆相公的诗词啊。陆相公胸怀之大,造诣之深,当仁不让乃南渡第一人,实乃吾等后辈楷模啊。"

陆游摆摆手,说道:"陆某惭愧,倒是阁下英雄出少年,执剑复旧土,陆某既羡慕,又敬仰。"

辛弃疾爽朗地笑了一声，说道："陆相公，你我二人并无官场私利，又何须互相吹捧？今日能结识陆相公，辛某三生有幸哉。"

陆游行礼道谢，心里同样感到庆幸。但与辛弃疾聊了几盏茶工夫之后，他却莫名地慌了起来。辛弃疾登门拜访，一见如故，理应不眠不休，促膝长谈。但他想到昨夜陀湛突然被禁军给抓了，而且还是在庆和楼内，他担心眉珠的处境安危。一想到眉珠，陆游再难全神贯注地与辛弃疾交谈下去了。

辛弃疾却没瞧出陆游有心事，而是拿出了一卷稿纸，说道："陆兄，这是在下这几年心血之作，内有自治、守淮、屯田等拙论。在下才疏学浅，能否烦请陆兄帮忙指点一二？"

"这是……"陆游拿着辛弃疾的书卷问道。

"国事杂言，在下暂且称之为《美芹杂论》。"

陆游敬佩地点点头，翻开书卷看了起来：臣闻事未至而预图，则处之常有于；事既至而后计，则应之常不足。虏人凭陵中夏，臣子思酬国耻，普天率土，此心未尝一日忘……

陆游读了两行，又翻了翻后面，足足有近百页之多。于是他索性将《美芹杂论》重新卷起，而后抱歉道："贤弟，实不相瞒陆某今日有要事去办，贤弟的巨作可否暂存陋舍？待陆某得了空闲，一定拜读！"

辛弃疾面带尴尬，怔了半晌，才反应过来。"是辛某冒犯了，多有打搅，实在得罪……"

二人正客气着，门外突然跑进来一个人，此人正是眉珠的侍女养娘。

"陆相公，陆相公，您在府上吗？"说着便跑了进来。

养娘见到陆游，好像抓到了救命稻草，说道："陆相公，昨夜陀湛在庆和楼里被抓，姑娘受了惊吓，好像是病了，一直卧床不起呢。"养娘说完才看见有辛弃疾这个外人在场，赶忙闭了嘴。

养娘来到陆游身边，耳语道："姑娘说她想吃肥羊了，其实是让我把这张纸交给相公。相公，您今日要是得空的话就赶紧去看看姑娘吧。"养娘说完，就把那张纸交给了陆游。

陆游看完了纸上的内容，大惊，遂问养娘："你家姑娘是从何处得了这张纸？"

"姑娘说，陀湛死了，也不怕告诉你了。这张纸就是陀湛被抓前慌乱塞到她手里的。姑娘说，陀湛不想让禁军拿到这张纸条，应该是什么重要信息。姑娘还说，相公您瞧一眼就知道是什么了。"养娘轻巧地说着，不过一旁的辛弃疾听得一清二楚，但仍旧装作一副淡定的样子。

"行了，养娘你先走吧，我待会就来探望眉珠姑娘。明日就是运河灯会，眉珠可千万不要出什么岔子啊。"陆游懊恼地拍了手。

他把养娘送走，准备再来送辛弃疾，不料辛弃疾却坐着不走了。

"陆兄，并非辛某无礼。方才那位养娘所说的话里，有我的一位老相识，不知道陆兄是怎么认识的？"辛弃疾瞧着陆游，想看看他的反应。

"贤弟说的是谁？眉珠吗？"

"不，是陀湛。"

陆游大吃一惊，怔怔地看着辛弃疾，连忙道："贤弟怎么会认识陀湛的？"

"那陆兄又是怎么认识陀湛的呢？"

陆游失语了，他这才警觉起来，陀湛是禁军缉拿的要犯，若是辛弃疾误会了，那自己不是引火上身吗？或者，这个归正人辛弃疾与陀湛有什么交情，那不就泄露了吗？

陆游神色紧张起来，看着神色同样紧张的辛弃疾，试探道："贤弟，你我都是朝廷官员，应该是站在一起的吧？"

"但愿如此。"辛弃疾不动声色地说。

陆游看着辛弃疾，叫来下人，命令拿两张纸、两支笔来。

"贤弟，我们方才相谈甚欢，真不愿意失去你这个朋友。这样吧，你我二人都坦诚地把怎么认识陀湛的过程写在纸上，而后相互交换阅览。如果是敌，出门南拐，好走不送。如果是友……如果是友的话，兴许我们还能一起干一番大事！"

辛弃疾一听是大事，赶忙写下"查案"二字，以证明自己清白。而陆游则写下了"石油"二字。

辛弃疾大惊："陆兄已经查到石油了？"

陆游也很惊讶，问道："贤弟也在查陀湛吗？"

辛弃疾点点头，一五一十地讲了从耿京被杀，陀湛买石油，到一路追查，最后让陀湛逃脱的全部经过。

"辛某能力不足，已经被禁军指挥使赵密大人取代了调查的职务。"

陆游大喜过望，双手抓住辛弃疾的肩膀，也把自己与眉珠之间的秘密说了一遍："现在陀湛被查，但石油依旧下落不明。陆某担心,阇婆人的特拉斯格尼还会发生。"

"特拉斯格尼?"辛弃疾不解。

"没错,是眉珠告诉我的,她原本也是陀湛计划里的一分子,不过她现在投诚了。特拉斯格尼,说白了就是阇婆人想要在临安燃起一场滔天巨火。"

"借助石油?"

"没错!"

辛弃疾意味深长地点点头,暗忖道,曹举人应该已经提前知道特拉斯格尼的计划了,所以才能取得史浩的信任。正因为如此,赵密才能如此迅速地把陀湛抓获归案。

辛弃疾高兴地挥了一拳,振奋道:"如此甚好,既然陀湛已经归案,那么相信禁军很快就能找到石油的下落了。"

陆游忧心忡忡地摇摇头,说道:"不,禁军不会找到石油的。"陆游把养娘交给他的那张纸打开给辛弃疾看,上面写着余杭塘河、碧沼、夹城巷三个地名。

"如果陀湛会交代藏石油的地点,就不会在被带走之前将这张纸塞到眉珠手里了,他压根就不想让禁军知道石油的下落。"陆游解释道。

"这么说,陀湛把石油藏到了这三个地方?"

"没错,有可能是三处中的一处,也有可能三处都藏了。"陆游分析道。

"那还等什么?"辛弃疾兴奋道,"赶紧把这张纸条交给赵密大人啊。"

陆游也很赞同辛弃疾的意见:"对,贤弟说得没错。等赵密大人悉数收缴石油,你我二人就可以好好观赏运河灯会了,到时候一醉方休!对了,我还可以把眉珠姑娘介绍给你……"

二人交谈着往外走,这个时候院管却匆匆前来报告说:"相公,皇城司指挥使石苘大人来了。"

"石苘?他怎么突然来了。"陆游嘀咕了一句,石苘就业已出现在院子里了。

"哈哈哈,务观兄,多日不见,愈发神采飞扬了啊。"石苘拉着陆游的手,好生端详了一遍,"这位是……"

陆游不自然地介绍道:"这位是太平军掌书记,也是在下一见如故的挚友,辛弃疾。"

"晚辈辛弃疾,字幼安,山东济南人,见过石苘大人。"

石苘只是笑着瞥了一眼辛弃疾,就算是跟他打过招呼了。他旋即又把视线转移到陆游身上来,说道:"陀湛昨晚被禁军抓了,你听说了吗?就是你上次在临安府衙内说的那个人。"

陆游听石苘说这个就来气,故意奚落道:"是啊,那晚若是指挥使肯相信我的话,陀湛早就被抓了。"

石苘懊恼道:"哎呀,疏忽大意了呀。竟然让赵密那个老头子抢了功,我要早听务观兄的话就好了!"石苘懊恼不过几个弹指,脸色一变,继续道,"我听说禁军现在还没有找到石油,务观兄是不是知道石油在哪里?"

"我……"陆游看了辛弃疾一眼,不知道怎么说了。

石苘笑了一声,说道:"迟疑了就是知道,务观兄,你务必要让我有个将功补过的机会啊。查案本来就是皇城司的事情,倒被赵密先下手为强了。就因为这个,朝堂上很多人都等着看我的笑话呢，我石苋绝不能丢了这个面子。务观兄，念在你我多年的交情上，你要帮帮我啊。"

石苋一开口就是政绩摆功，陆游甚是反感。但石苋贵为皇城司指挥使，又是该案的直辖衙署，把线索交给他也没有任何问题。陆游为难地看了辛弃疾一眼，辛弃疾点点头，表示听从陆游安排。

陆游想了想，最后说道："石苋大人，我们愿意把线索交给你。但是我们有一个条件，能不能与皇城司一起查办此案？"

石苋会心一笑，说道："既然二位有志愿帮助皇城司查案，本官高兴都来不及呢。我答应了！务观兄，把线索给我吧。"

"您答应了不算，我需要一块皇城司的令牌。"看着石苋惊讶的表情，陆游说，"既然是帮衬着查案，没有令牌怎么行？您放心，我们二人绝不会滥用令牌，运河灯会结束后立刻归还。如有滥用，甘受司法处置！"

"好！"石苋眼看着立功的机会就在眼前，岂能再有半点含糊？

他赶忙摘下两位手下的令牌，交到陆游手中，说道："有此令牌，二位可以出入皇城司，调动探案资源，在民商地界享有探案特权。"接着又悄悄地说，"也能在运河灯会上找个绝佳的好位置，本官知道你们想干什么，别出格就行。"说罢，还对着陆游使了个眼色。

陆游不痛快地哼了一声，他不喜欢石苋带着偏见看待他。他拿令牌就是为了帮着查案，又扯什么特权，瞬间兴致全无了。陆游没好气地把纸条交到石苋手中，本来还想说几句鼓励的话，不料石苋拿了线索就走，真是变脸比变天还快。

曹举人昨晚做了个美梦，以至于日上三竿了还未起床。当禁军把他从床上强行拉起来之后，他才知道，夹城巷的确有石油，但总共只有五千斤。也就是说，还有五千斤下落不明。

"你跟着陀湛几乎走了整段江南运河，陀湛可能把剩下的石油藏在哪里？"赵密问他。

"我不清楚啊，这个人一路上都很谨慎，什么都不肯说。要不我再去问问他？"

"他已经死了。"赵密平静地说。

曹举人知道陀湛迟早会死，但没想到这么轻易就一命呜呼了。

"曹举人想发动特拉斯格尼，地点一定在运河沿岸，我们再去找。实在不行，我把五斗米帮会的兄弟也叫上一块……"

曹举人话还没说完，就被赵密扇了一个巴掌："校尉大人，你现在是朝廷官员，不是五斗米帮会的总舵主！还有，只夹城巷一带我们就搜索了半天，北关这么大，就算从现在开始沿岸查找，也不一定搜得完啊！"

曹举人疯狂点头表示赞同。

赵密抓住他的衣领，露出一脸凶相说道："曹举人，是你带陀湛和他的油船渡过长江的，也是你领着他们一路南下，躲避一个又一个关卡和闸堰的。你明白我说的什么意思吗？一定会有一个人为剩下的五千斤石油负责，这个人只能是你，不是我！如果你还想活命的话，不管你用什么办法，赶紧给我找出来！"

曹举人哆哆嗦嗦地不知是应还是不应，赵密走过去，把一个铁制兵符塞到他的手里。

"这是临安厢兵的兵符，我给你准备了五十个人。快！快去查！"赵密一脚踹在曹举人的屁股上,曹举人一个趔趄,顺势跑了出去。

赵密双手揉着太阳穴,心里急得直骂娘,恁娘的史浩,说好是个立大功的机会,不料还藏着这么大一个幺蛾子。要是找不到剩下的五千斤石油,他赵密就算有十个脑袋也不够掉的。

"都愣着干吗?还不快去找石油啊!"赵密大声对着下属呵斥道。

曹举人带着厢兵漫无目的地走在北关的街道上,他看着眼前鳞次栉比的商铺民宅,以及密密麻麻的人,心里打起了退堂鼓。当什么绿豆芝麻大的官儿嘛,若现在还是五斗米帮会的总舵主,不晓得有多惬意自在。现在倒好,找不到剩下的石油,自己就等着掉脑袋吧。当真是一步天堂,一步地狱啊。

曹举人从路边摊位上抓了一把干果,塞到嘴里,用力地嚼着。他听说读书人写文章,写不出来的时候就嚼东西,嘴巴动起来,心思就能活起来。他嚼啊嚼,把腮帮子嚼得生疼,还真就想清楚了一件事情。

陀湛是在庆和楼被抓的,被抓之前据说在眉珠的闺房里。也就是说,眉珠是他被抓前最后一个见过的人,她会不会知道些什么呢?

想到这里,他将大部分厢兵留在运河边继续搜索,自己则带着五个厢兵往庆和楼而去。但是,当他赶到庆和楼的时候,却被郑大利告知,眉珠已经去教坊司彩排候演了,要等到运河灯会结束才回来。

曹举人骂了一句娘:"等到运河灯会结束,老子的脑袋都不在脖子上了。郑大利是吧？去把眉珠给我叫回来！"

郑大利害怕地看着眼前这个凶神恶煞的家伙，推辞道："眉珠是受邀参加运河灯会的，有礼部的批文，我一个小小的掌柜哪有能耐把她叫回来啊？军爷军爷，您是官人，要不您去教坊司找眉珠吧。"

曹举人啐了口唾沫，心想，我要是有本事去教坊司抓人，就不会在这里为难你了。于是，他继续耍赖道："我不管，找不到眉珠，也要知道陀湛和她说了些什么。"

"军爷，您这就不讲理了呀。他们主宾二人在房间里叙旧聊天，我怎么知道他们说什么啊？"

"什么都不知道，信不信我现在就把你的店砸了！"曹举人雷声大雨点小，郑大利也看得出来，但他不知道眼前这位军爷是什么来头，也不敢碰硬试水，只能一个劲儿地哀求拖延。

正巧这个时候，眉珠的养娘从外面回来。

"养娘，你瞎跑什么呢？眉珠姑娘都被教坊司接走了，本想让你去伺候伺候她的，你倒好，死哪去了也不知道！手上提着什么东西？"郑大利骂道。

"是肥羊，眉珠姑娘让我去买的。"养娘怯生生地回答道。

"你糊弄谁呢？眉珠明明知道自己要去教坊司了，还让你买什么肥羊啊，你实话实说！"

"姑娘……姑娘真的是想吃肥羊了，不过她让我买肥羊之前去一趟陆府，让我转告陆相公陀湛被抓了，而且还有个东西要我交给陆相公。"养娘知道郑大利的为人，不敢有所隐瞒。

曹举人听出了里面的隐情，推开郑大利走到养娘面前，问道：

"这个陆相公是谁？"

养娘看了看郑大利，不敢回答。郑大利哎呀了一声，说道："就是这几年名声斐然的大文豪陆游。"

曹举人不晓得什么大文豪陆游，但他只要知道这个名字就行了。他继续问道："你家姑娘为什么要把陀湛被捕的消息告诉陆游？"

"我家姑娘一向与陆相公交好，但为什么要把陀湛被捕的消息告诉陆相公，奴家确实不知道。"

"她要你转交的东西是什么？"

"就是一张纸而已，眉珠姑娘叫我告诉陆相公，那张纸是陀湛被抓前塞到她手里的，还说什么陆相公一看就明白了。"

曹举人像是捡了一个大漏，开心得不得了。他问郑大利："这个陆游是什么来头？"

"虽说名气很大，但并没有什么来头，只是一个喜欢听眉珠姑娘唱曲的编修官。"

"编修官？是个什么官？"曹举人草莽出身，什么也不懂。

"好像就是个没有品级的史官。"郑大利知无不言，想着先把这帮军爷送走再说。

"没有品级的啊。"曹举人轻蔑地重复了一句，挺起了自己九品校尉的胸膛，"走，去会会他！"

曹举人让郑大利带路，领着厢兵浩浩荡荡地往陆游家走去，在半路上正巧碰见了准备来庆和楼探望眉珠的陆游。当然，曹举人是不认识陆游的，但他却认出了陆游身边的辛弃疾。

两拨人迎面走近，曹举人还在诧异，倒是辛弃疾先开了口。

"我听赵密大人说,史浩大人接受了你的归化,赏了你一顶官帽,没想到这么快就在临安的街头耀武扬威了呀?曹举人,说起这顶官帽子,你还应该感谢我呢。要不是那日在苏州文心墨坊让你侥幸逃脱,你哪有今天这般模样啊?"

曹举人笑了笑,露出一脸痞子相,说道:"辛相公,你我本就没什么仇怨,就不要在这儿挖苦我了。再说,我现在是朝廷命官,你还能杀了我不成?"

"没什么仇怨?总舵主真会说笑啊。哦,不对,现在是军爷了。不打紧,只要你还穿着这身官服,我有的是办法治你!"

"辛弃疾,我现在可是史浩大人的人,史浩大人何许人也?他可是建王府官!"

辛弃疾冷笑一声,正要转身和陆游一起离开。这个时候,郑大利扯了扯曹举人的衣角,说道:"军爷不是要找陆游吗?在那个什么辛相公身边站着的就是陆游啊。"

曹举人瞪了郑大利一眼,骂道:"你怎么不早说。"旋即又对着二人的背影叫道,"慢着两位,我今日是奉了禁军指挥使赵密大人的命令,抓捕嫌犯陆游,你就是陆游吧?"曹举人走到陆游身边,陆游虽然年近四十,但身形高大,看上去依旧孔武有力。曹举人有些发怵,他轻咳两声,示意厢兵把陆游围起来。

"陆某人竟然成嫌犯了?那就请军爷明示,陆某犯了什么罪?"陆游不卑不亢。

曹举人支支吾吾了半天,说不出个所以然,索性说道:"少废话,跟我回去自然就会告诉你。"厢兵得到了曹举人的命令,准备给陆游上镣铐,结果被辛弃疾拦下,一拳打飞。

郑大利一看情况不妙，赶忙钻入人群逃走了。厢兵们纷纷拔刀，准备随时拿下辛弃疾和陆游。辛弃疾将陆游护在身后，转而对曹举人说道："曹举人你疯了，你是故意为难我才这么做的吧？"

"辛弃疾你可真给自己面子，今天早些时候，眉珠是不是让一个奴婢转交了一个东西给你啊，陆游？"

陆游装作什么也不知道。曹举人想要让郑大利出来揭穿他，结果回头找了两圈，发现郑大利早就不见了。

"我就跟你们直说吧，禁军在找陀湛藏的石油，你们是不是知道在哪里？"

辛弃疾看着曹举人，竖起大拇指往他面前凑了凑，挖苦道："曹举人你真是能耐了，连这么重要的线索你都知道了。没错，我们确实知道石油的下落。而且，你可以回去转告赵大人，石油很快就会找到了，请他不要慌张。今天日落之前，石油一定会出现的。"

"辛弃疾，你什么时候也学会巧舌如簧了？兄弟们，甭听他们废话，给我拿下！"曹举人一声令下，厢兵们纷纷向二人靠近。一个厢兵瞅准机会，持刀刺向陆游，辛弃疾眼疾手快，用一招格挡夺下了兵器，而后又使了一个借力打力，将厢兵摔出一丈开外。又一个厢兵伺机朝陆游发动攻击，辛弃疾见状又赶忙回身保护陆游，不料陆游伸手将他挡在两个身位以外的地方，抬腿直踹对方胸口，厢兵同样飞出一丈开外。

辛弃疾惊讶地看向陆游，原来他的身手如此了得。

"陆兄好身手！"

"仰仗贤弟搭救！"

二人客气完，又打飞了几个厢兵。陆游对辛弃疾说："别打他们了,御街之上影响不好。再说了,打他们也打不过瘾。"辛弃疾点点头。而后二人往前走了几步,不约而同地掏出皇城司的令牌。

"曹举人,你看清楚了。你奉禁军赵密指挥使之命前来抓捕嫌犯,可有令牌敕文?我们是奉皇城司石苻指挥使之命调查石油下落的,可是有正儿八经的皇城司令牌在手啊!我看你们谁敢动手?"辛弃疾睥睨着曹举人。

曹举人一时失了主意,他不知道辛弃疾哪来的能耐,竟然弄来了皇城司令牌。而且这两块令牌已经让厢兵们都放下了武器。厢兵说白了就是民兵,虽归禁军管辖,但也知道皇城司的名号。坊间传闻,皇城司是比禁军还有手段的地方,惹恼了皇城司的人,谁也别想有好下场。

"你们放下武器干什么?给我上啊。"曹举人叫嚣道。

厢兵里的一个头子站出来说话:"曹校尉,你就别为难我们了。我们厢兵今日本来就是帮忙来了,不是惹麻烦来了。"

"是啊。"另外一名厢军说,"禁军和皇城司虽然都是听命于官家的衙门,但是人家有令牌,你没有令牌啊。难道要我们这些厢兵弟兄为了你一个陪戎校尉去死吗?"

辛弃疾收起令牌,走到曹举人身边,上下打量了一番,说道:"原来是校尉大人啊,九品军爷。那还用得着皇城司的令牌吗?我乃太平军掌书记,官家亲赐承务郎,好歹是个六品官职。你竟敢无理取闹,以下犯上?该当何罪!"

辛弃疾声音洪亮,厢兵们听到"该当何罪"四个字后,纷纷逃走了,留下曹举人孤兵应对。

"曹举人,本官今日查案事急,就不跟你计较了,日后再跟你算账!"辛弃疾说罢,便和陆游一起离开了。

曹举人一个人站在御街上,面对着行人的取笑和指指点点,心里太不是滋味了。明明已经当了官儿,为什么还是处处吃瘪,一次威风都没有抖成!当真还不如当个草莽头儿痛快!

曹举人回到殿前司,如此禀报了情况,不仅惹得赵密大怒,还被他痛打了一顿。痛打了一顿之后还不算,还要他找回逃跑的厢兵,继续去运河边找石油。用赵密的话说就是,绝不能让石苇那厮捷足先登了。

他们不知道的是,石苇在拿到线索之后,就立即派了皇城司的精干力量秘密在碧沼和余杭塘河一带开展了搜查。皇城司是何许衙门,乃执掌宫禁、宿卫、刺探情报之衙署,权柄甚重。而且,刺探本就是他们的看家本事,在禁军还在苦苦搜寻之际,皇城司早就找到了另外那五千斤石油,并秘密转移到了一个安全且禁军无论如何也发现不了的地方。

此时的石苇正靠在衙署院子的摇椅上优哉游哉地喝茶。石苇边喝茶,边想着赵密因为找不到剩下的五千斤石油而被问罪、贬职。石苇早就看上了禁军殿前司指挥使的位子,就等着这五千斤石油助他一臂之力呢。

陆游和辛弃疾二人都有查案瘾,他二人来到北关,拿着皇城司的令牌煞有介事地在碧沼和余杭塘河一带排查,一直排查到晌午也没有一丝收获。他们看见不远处的运河边也有禁军的人在排查,索性在江涨桥附近找了一间叫聚仙茶楼的地方坐下,喝喝茶填填肚子。

"贤弟,我们只在运河边看见禁军的人,却未曾见到皇城司的人。是不是他们已经找到,并顺利缴获了石油?"

辛弃疾喝着茶思索着:"皇城司有这个能耐,但如果缴获了石油,为什么现在一点消息都没放出来?你看那些禁军,还在苦苦寻找呢。"

"是啊。"陆游也觉得奇怪,"贤弟,凭我们二人在这找也没什么收获。现在这个情况,要么是皇城司已经转运了石油,要么眉珠给我的线索有误。不行,我们得回一趟皇城司,问问石苋大人究竟怎么回事。"

辛弃疾也觉得妥当,说道:"陆兄所言极是,运河边有禁军,少我们两个也不少。我们快走吧。"

辛弃疾和陆游前脚刚进了余杭门,北关半道红市的码头上就来了一艘船。船上下来的不是别人,正是范思凤、龟老和齐见贤三人。他们三人都是第一次来临安,一下船就被北关的繁华景象给镇住了。三人从天未亮就开始赶路,一直到现在都没有下船,肚子早就饿瘪了。尤其是龟老,不光肚子饿,酒虫也上了脑,叫唤着齐见贤找一处有酒有肉的好食店,敞开肚子好好吃喝一顿。

三人背着行囊,左看看右看看,各色店铺、桥垛卖艺、贩夫走卒,看着哪哪都觉得新鲜。沿街各色店铺都使劲对着三位叫卖,让范思凤觉得备受尊重。

"临安的人真好,怎么都这么热情。"

龟老被姑娘的话逗笑了,说:"他们那叫热情吗?他们是看上了你兜里的钱。唉,见贤啊,这家不错,有绍兴花雕,还有明州鱼鲞呢!快快快,你做东啊。"龟老说着就先钻了进去,齐见贤和范思凤后面跟了进去。

可当范思凤穿过人群走到龟老身后的时候,却发现他站着不动弹了。

"龟老,你干吗呀?进去找座啊。"

范思凤推了推龟老,不料龟老没有说话,一个人却从龟老身体轮廓里探了出来,正是曹举人。此时曹举人拿着刀,抵在龟老的心口,说道:"哎呀,真是冤家路窄啊,看样子是刚来临安?怎么不是和辛弃疾一起来的啊,落单落到了军爷的手里!"

范思凤这才发现,曹举人如今摇身一变,穿上了一身戎装。装束与边上的士兵都不一样,架势也不一样,怎么看都是一位军头了。

齐见贤一直胆小,这一次带着一老一妇遇见了曹举人,心里就更加恓惶,恨不得掉头就跑。奈何曹举人的手下已经将他们围了起来,各个手上都提着尖刀,哪里逃得了啊。

反观范思凤,依旧一副天不怕地不怕的样子,甚至还奚落曹举人道:"哟,土鸡飞上枝头变成凤凰了?可我看着你还是像土鸡,会飞的土鸡!"

曹举人本就受了辛弃疾的窝囊气,这会儿哪里还忍得住,叫嚣着:"恁娘的!老子奈何不了辛弃疾,还奈何不了你吗?都给我绑起来,拉回殿前司审问。"

曹举人虽然叫着畅快,但他不是禁军,让厢兵押着人进入殿前司也着实不妥当。他想了想,前两天刚好在白鳝潭附近找了一处住所,便决定将三人先押到那儿去。而且,白鳝潭和殿前司都在临安城的西南角,两地相距不过七八里路。真要审问出个什么,再去殿前司邀功不迟。

第二十四章
二月十七，甲寅（下）

辛弃疾和陆游二人赶到皇城司的时候，石苩还在摇椅上摇着，不过周遭已是一片吃剩下的果壳肉骨。门房卫兵执意不让二人进入，打扰指挥使午憩，但奈何二人有皇城司令牌。

陆游是石苩的老相识，所以他先出面叫醒了对方："石苩大人，扰您清梦着实不该，但务观有一事求教，还请大人海涵。"

石苩缓缓睁开眼睛，看了二人半晌才分辨出是谁。看得出，他午食喝了不少酒。

"哦，是务观啊，你有什么事快说吧。"说罢，石苩转了个身，背对着二人。

陆游绕过摇椅，走到石苩面前问道："大人是不是已经找到了剩下的五千斤石油？刚才我和辛相公去了碧沼和余杭塘河，并未发现石油的痕迹。"

石苩又微微睁开眼，旋即闭上："你俩没有找到石油还不快去找？竟然问起我来了。我也没有见到石油呢。"

辛弃疾觉得石苩的表现有些可疑，问道："大人没有找到石油，却有闲情喝酒。万一五千斤石油遗失，罪过不小啊。"

石芾猛地睁开眼，噌地站到辛弃疾面前，骂道："你是什么东西？敢威胁本官！石油遗失本官有何罪过啊？负责这件事的是赵密，线索也是你们提供的，本官只是好心相助而已。再者说了，即使找石油，还需要本官亲自出马吗？你以为本官的手下都和你们俩一样，什么都找不出来吗？"

"这么说，皇城司已经找到了石油？"辛弃疾不依不饶，那股子倔劲又上来了。

"你是太平军掌书记？区区归正人，也敢来这儿质问本官？"石芾以上视下，神情甚是傲慢。

陆游见状赶忙拉开辛弃疾，安慰了几句。辛弃疾再也憋不住了，对着陆游抱怨道："陆兄，您知道我这一路上为了查这些石油遭受了多少磨难吗？有多少兄弟死在查案的途中？阇婆人所谋之事非小，剩下的石油一定要找到。若是找不到，万一又发生了什么大事，我怎么向建王交代？怎么向死去的兄弟交代？"

陆游明白辛弃疾的心情，但他除了宽慰几句，也做不了什么。石芾听见了"建王"二字，心思又活了起来。

他走到辛弃疾面前问道："你刚刚说要跟建王交代，怎么，查案之事你是受了建王所托？"

辛弃疾瞥了石芾一眼，没有搭理，自顾跟陆游说："我在镇江的时候向建王立下了军令状，誓要找到阇婆人的石油。现在，建王也知道了阇婆人的图谋，如果一万斤石油没有悉数找到，恐怕建王会请求官家取消运河灯会的。"

石芾似笑非笑地说："区区五千斤石油，没那么严重吧？"

辛弃疾瞪着石芾说："五千斤石油是没什么，但如果都倾倒入运河，再点一把火，那王师船队也会没什么吗？"

石苪惊得身子一震。他并不是因为阇婆人的图谋而震惊，而是他意识到了可以用自己手上的五千斤石油向建王邀功。他本想借助五千斤石油扳倒赵密的，没想到还能一石二鸟，高兴得哈哈大笑起来。

"二位兄弟请放心，剩下的石油我们已经找到了，而且转移到了一个远离运河的安全位置。各位放心，明天待王师进入北关水域，我第一时间去向建王汇报此事。"石苪的算盘打得噼啪响。

陆游和辛弃疾二人对视了一眼，都看得出对方现在很生气。

"大人，您既然已经找到了石油，为什么不上报公示？您知不知道现在运河边还有好些禁军在搜查呢！灯会将近，防事繁重，如果早点告诉禁军，他们就能安心经营运河灯会的防卫事宜！这浪费了多少时间和人力啊！"陆游愤愤道。

"石苪大人身居高位，行事竟然如此幼稚，实在可笑！早知如此，我们又何必把线索移交给你！"辛弃疾如是说。

在皇城司的衙门内，还是第一次有人敢这么对石苪说话。他当即把二人奚落臭骂了一顿，引来了一群皇城司的干事。

"把这两人的皇城司令牌给我收了，赶出去！"

陆游伸手阻拦，掏出令牌放到满是残羹冷炙的桌子上，说道："不必赶，我们自己会走。石苪大人，你我二人算是老交情了，但到今日这个份上交情也就断了。不过，我还是想奉劝你一句，为官做事，应当为国为民，而非为己为利！告辞！"

辛弃疾也愤愤地丢下令牌走了出去。石苪行走官场多年，这些道理他当然懂得，但真正的官场是什么样子，这两位又何曾经历过呢。看着二人离去的背影，石苇虽然很生气，但并没有继续为难他们。

二人离开皇城司，往御街走去，刚才的愤慨之情慢慢消退，步伐也从急躁变得轻快起来。二人对视了一眼，陆游先笑了，辛弃疾跟着笑了起来。

"陆兄，你说这石苇所作所为虽然气人，但他至少还是找到了石油。"

"对啊，其实咱俩有什么好气的。我看他冒火，他看我们也挺冒火的。"

"对对对，石油找到就好了，咱们又不是吏部尚书，还能管他怎么当官吗？"

"是啊，虽然刚才不自在，但我现在觉得无比舒畅。你我兄弟二人明日可以好好欣赏运河灯会了呀。"

说到灯会，陆游又想起了眉珠。不知道眉珠有没有从陀湛被捕的恐惧中恢复过来，会不会影响她明日在运河灯会上的发挥。他想去看她，但想到辛弃疾与自己同行，担心麻烦友人，于是决定先把辛弃疾送回自己家安顿好，再独自出来见眉珠。

辛弃疾听说陆游要将自己安顿在他家中，心中甚是欣喜。心想，反正郝勇和猫耳也探亲去了，自己住在陆游家也无妨，还能与陆游谈诗说词，顺便也能催促他看看自己的《美芹杂论》，便欣然同意了。

可二人一返回陆游家中，老院管就匆匆忙忙跑上来了。

"何事如此慌张啊？快给辛相公安排一间厢房。"

院管为难地看看辛弃疾，把陆游拉到一旁说道："相公啊，大事不好了。刚才您出门后，来了一个厢兵替一位曹校尉传话，说是要找辛弃疾啊！您这位朋友是不是在外面惹了什么麻烦，我们还是不要惹火上身的好。"

陆游一听，生气地皱起眉头来，训斥道："胡闹！辛相公乃我挚友，你怎么可以这样说！来，过来，曹校尉要那个厢兵传了什么话来，说给辛相公听！"

陆游说着就把院管拉到辛弃疾面前，说道："贤弟，那个曹举人还是不依不饶，竟然叫一个厢兵来找你。老吴，你倒是快说呀！遮遮掩掩、支支吾吾成何体统，好不坦诚！有辱我陆家门风！"

院管一听自己主人都这么说了，赶忙向二位说起了那件事。

"半个时辰以前吧，家里来了一个厢兵，说是曹校尉要让辛相公去一趟白鳝潭。我说辛相公不在，有事可替他传达。那厢兵就说有个叫范什么凤的姑娘，还有个姓齐的人，还有一个……我忘了叫什么了，说是这三个人都在曹校尉的手上，让辛相公赶紧去一趟。还说什么，去晚了三个人就都没命了。"

辛弃疾怔了一下，反问道："那三人可是范思凤、齐见贤和龟老？"

院管想了想，肯定地点了点头。

"遭了，范姑娘没有回镇江，而是来临安了。竟然还落到了曹举人的手里，这可怎么办！"辛弃疾急得来回踱步，"不行，我得赶紧去一趟白鳝潭。陆兄，这个白鳝潭在什么地方啊？"

陆游一看，不知是辛弃疾的好友还是亲人被曹举人给绑架了，赶忙说道："老吴备马！贤弟，为兄跟你一起去！"

辛弃疾对此行的凶险心知肚明，推辞不肯，奈何架不住陆游决心已定，也只好妥协。临走之前，辛弃疾又想起什么事情来，讨来纸笔写了一封信交给院管，恳求道："老先生，麻烦你把这封信送到油蜡局一带，找一个叫郝欣的官人。"辛弃疾心里暗忖，如果郝勇找到了郝欣，那么郝勇也能看到这封信，只要郝勇看到这封信，就一定会想办法带着人来相助的。

这个院管老吴是从山阴跟着陆游来到临安的，看着陆游长大，也不愿意陆游惹上什么麻烦。他拿着信，支支吾吾地没有答应下来。陆游见状骂了一声，说道："人命关天的大事，你还犹豫什么？老吴你放心，我上有老母，下有妻儿，绝不会出事的。"

老吴嘀咕了一句"你知道就好"，就跑出门送信去了。

白鳝潭在临安城的西南角，夹在大内城墙和临安城城墙之间，属于一片低洼地带。辛弃疾和陆游二人赶到时，太阳已经落进了凤凰山。住在这个地方的人，不是山野村夫，就是附近驻扎军队中的军爷。曹举人虽然目前只是一个武散官，但他希望有朝一日能成为皇城根下的一名军爷，所以提前在这一带找好了房子。

辛弃疾和陆游在白鳝潭旁下了马，刚把马捆在潭边柳树上，附近就蹿出来十几个厢兵，二话不说先搜了两人的身，接着就带他们去了曹举人的住所。太阳下山已久，曹举人早就等着急了。他一看到二人进来，就命令手下把范思凤等三人押到面前来。

曹举人指着五花大绑的三人，说道："辛弃疾，你知道我为什么要这么做。时间不早了，我们不说闲话，你告诉我剩下五千斤石油的线索，我就把人给放了，如何？"

陆游年长，见过的场面更多。见此情形，他指着曹举人的鼻子骂道:"你身为官人,为了公案,竟然敢滥用私刑,你知不知道这么做会让自己丢帽子的。"

"惩娘的,找不到石油老子的脑袋都要丢,还在乎什么乌纱帽!大不了回太湖继续当我的总舵主去!快说!"

辛弃疾和陆游对视了一眼,便知道彼此心中所想,他们原来知道石油在哪,现在石油被石苛转移了,自然就不知道了。而且实话实说,曹举人肯定是不相信的。辛弃疾对着陆游点了点头,示意他先把原来藏石油的地方说出来,拖延拖延时间。如果这时候老吴把信送到了,那么郝勇和猫耳现在应该已经着手想办法救人了。

"我说我说,"陆游上前一步,"陀湛在被禁军抓走之前,塞给了眉珠姑娘一张纸条,后来眉珠姑娘又把纸条转交给了我,上面写着三个地址……"

"你别啰唆,把纸条交出来!"曹举人吼着。

"纸条看过即焚,已经烧掉。不过那三个地址我还记得,幼安贤弟,我可真告诉他们了啊?"陆游故意卖起了关子,想拖延时间。

"哎呀,辛弃疾你快让他说!还想不想他们仨活命了!"曹举人抽出佩剑,架在范思凤的脖子上。

陆游赶忙伸出双手做阻拦状,说道:"那三个地址我马上告诉你,你把剑拿开。"见曹举人的剑重新插回剑鞘,陆游才继续说,"那三个地址是夹城巷、余杭塘河以及碧沼。夹城巷的石油你们已经找到了,还剩下余杭塘河和碧沼两处。哎哎,我可事先说好啊,这三个地址皇城司也知道了,谁先找到就各凭本事了。"

曹举人抻了抻手掌,又握成了两个拳头,一副摩拳擦掌的样子，说道："兄弟们，还等什么？快去给我找出来。事成之后，有肉一起吃，有酒一起喝！"曹举人一副江湖做派，不过厢兵们却很听话，除了几个看管现场的，其余人全都跑出去了。

辛弃疾说道："曹举人，不是说好告诉你地址，就放人吗？"

曹举人回身坐在一张椅子上，说道："急什么？等那些厢兵嘎子找到石油再放人。你们说的如果是真的，就不怕再等几盏茶的工夫。"

辛弃疾心里急，但并不表现出来。他故作轻松对曹举人说道："曹举人啊，其实我看得出来，你是有公心的。"

"少怹娘的在这溜须拍马，想麻痹我啊？"

"哈哈，你倒是谨慎。不过我的官职可高你好几级呢，有必要对你溜须拍马吗？"

"那是因为你的人在我手上，我叫他们死他们就得死。"曹举人不屑地瞥了辛弃疾一眼。

辛弃疾笑着表示赞同："对对对，所以我刚才想说啊，你是有公心的，但办公事的方式不对。曹举人，你不能再拿江湖上那一套东西来替朝廷办事了。国有国法，军有军规，替朝廷办事是要讲规矩的。你这样，即使事情办成了，又有什么好的结果呢？"

辛弃疾说的这些话倒是客观，连陆游听了都点头赞同，附议道："野路子不适合官场，到时候会死得很惨。"

曹举人不屑一顾，说道："老子纵横江湖数十载，死局遇上过不少，但一次也没死成，更别说死得惨了。"

"我知道，你有史浩大人和赵密大人撑腰。"辛弃疾摆出一副诲人不倦的姿态接着说，"可你知不知道，他们接受你的归化也是因为你有价值。等你找到了石油,价值也就没了。接下来,他们会公事公办的,毕竟你只是个区区九品校尉。在临安城这个地方,九品芝麻官比西湖边的柳树还要多呢。"

见曹举人有些生气,辛弃疾又连忙解释道:"曹举人,你别生气,我这也是为你好啊。俗话说,不打不相识,我辛某人其实也挺敬佩你的,能有今日这番成就。但你想过没有,你现在的所作所为,已经违反了大宋律例。到时候随便一个人参你一本,你肯定会重新被贬为庶民,没准啊,还会有牢狱之灾呢。"

"你们想参我一本吗?辛弃疾,我知道你手上有不少我的把柄,那又怎么样?你这是在公报私仇!"

"是不是公报私仇你最清楚,抓把柄这件事你也比我在行得多了。别忘了常州水路巡检司的申屠襄旗,他就是被你手上的把柄害死的。"辛弃疾恶狠狠地瞪着曹举人,恨不得现在就与他拔刀对峙。

"申屠襄旗?你啊,还是想公报私仇。"曹举人摆摆手,"不跟你说了,说得越多心里越刺挠。当官哪有那么难?等找到石油了,我再好好想想你的话,现在我没心思。"

辛弃疾见曹举人起身去倒茶,赶忙对绑在地上的三人使了个眼色,示意他们不必惊慌。他又多看了范思凤一眼,用唇语说道:"有找呢。"范思凤读懂了,轻轻点了点头,两滴眼泪从眼角滑了下来。

看见范思凤流泪,辛弃疾心里有些愧疚。如果当初在嘉兴没有同意她回镇江替父守孝,而是带着她一起来临安,她现在就不会被曹举人绑在这里,受这么多委屈。

这个时候，他突然想起范思凤在捞尸船上跟他说的一句话：你就像一艘在运河上追寻石油的船，那驳杂的人性和纷乱的繁华你都看不见，你的眼里只有石油。有的人是眼瞎，而你是心盲。是啊，辛弃疾想，我不光是心盲，我还很教条，很无情，很固执。

不过，经过了这么些事儿，辛弃疾知道自己也变了，或者说是成长了。他相信，只要今晚这个劫能过去，他和范思凤可以相处得更好一些。

戌末时分，一个个厢兵拖着疲惫的身躯回到了白鳝潭。大家看着曹举人炙热的眼神，全都无奈地摇了摇头。辛弃疾开始不安起来，郝勇和猫耳怎么还没有出现。

待最后一拨厢兵一无所获地回来之后，曹举人摔碎了手中的茶杯，大骂道："怹娘的，你们两个竟敢骗我！"

陆游赶忙解释道："曹校尉，我刚才就说了，皇城司也知道这三个地址，肯定是被人家捷足先登了。"

"胡说八道！礼部正等着这五千斤石油的消息呢，皇城司要是找到了，还不立刻去汇报吗？为什么一点消息都没有！"

陆游和辛弃疾对视了一眼，知道怎么回事，但不能把这个事情说出去。不是说出去没用，而是说出去曹举人不会信。他们俩今天是来救人的，见不到石油曹举人绝对不会放人。

辛弃疾无奈地说："曹举人，如果我告诉你皇城司已经提前找到了石油，而且转移了地方，你会不会相信？"

曹举人冷笑一声，说道："你说我会不会相信？"

辛弃疾无奈地点点头，对陆游说："陆兄，他不信，看来我们又要跟他们打一架了。"

陆游双拳一捏,立即起势准备战斗。就在这个时候,门外冲进来许多厢兵,把屋子里的人团团围了起来。

曹举人傲慢地说道:"就凭你们两个人,还想劫人?看看,我有这么多兄弟……"曹举人刚显摆完人多,突然意识到,自己人是多,但赵密也只给了他五十个厢兵。现场这个架势,少说也有整百号厢兵了吧。

曹举人纳了闷,问道:"你们是从哪冒出来的?赵密大人盼咐的吗?"

身边一位跟了他一天的厢兵凑过来,说道:"这些厢兵都是我们自家兄弟,是我带他们过来的。"

曹举人不知所以地看了对方一眼,嗔怪道:"知道你们护主心切,但也不用带这么多人吧。边上就是殿前司,闹出大动静让赵密大人知道不好。以多欺少,显得我没本事似的。"

那位厢兵解释道:"你不是我们的主,我们的主叫郝欣。刚才我在碧沼排查的时候,遇到了郝欣都头,是他让我带兄弟们过来的。"

"郝欣?你说的都是什么啊!"曹举人被这位厢兵说得一头雾水,思量半天也不知道什么意思。一直躲在门外的郝欣、郝勇和猫耳三人再也躲不住了,笑着走了进来。

"曹校尉,在下就是郝欣,你用我的人用了一天了,竟不知道我是谁,这就是你的不对了。"郝欣戏谑道。

曹举人正要反呛,却见到郝欣的身后还站着两个人。这两个人他熟悉,一个叫郝勇,一个叫猫耳,都是辛弃疾的人。

猫耳一进来就对辛弃疾解释道:"掌书记,您别怪我们啊,这叫不战而屈人之兵。毕竟殿前司就在附近嘛，还是要低调行事。"

辛弃疾苦笑一声，赶忙和陆游两人把地上的三个人解了绑。

郝勇领着堂兄弟郝欣上前来，介绍道："这是我堂兄郝欣，之前只知他在临安当差，没想正好是厢兵都头。掌书记，你说巧不巧？"郝勇说着说着就笑了出来。辛弃疾也笑出来眼泪，一个劲地说，巧啊巧啊。

被晾在一旁的曹举人，无地自容得发起火来，将桌上的一套茶具扫到地上，而后骂道："你们也太不把我当一回事了！郝欣，我可有赵密大人给的兵符！"曹举人用手划拉了一下，"这五十号人，可是赵密大人分配给我的！"

郝欣装作一副不知情的样子，说道："哎哟，曹校尉还有兵符，那郝某还真不该如此。这样，赵密大人分配给你的五十号人依旧归你，我带来的人我带走，好吗？"

曹举人稍稍好过了些，又说道："那还不赶紧走？"

"走了走了，辛相公，陆相公，百闻不如一见，没想到在这个地方认识二位，实在是扫兴。我们走吧。哦，还有这三位……"郝欣故意说道。

辛弃疾说："郝兄弟，这三位是辛某的家眷朋友。"

"哦，那一块儿走吧！就去我府上，我设宴给几位压压惊。"郝欣说。

"慢着，这五个人不许走！"曹举人指着辛弃疾他们。

"曹校尉，你有他们的拘捕令吗？没有拘捕令，走不走是他们的自由啊。"郝勇说。

曹举人拿出兵符，对跟着自己的五十个厢兵说："你们，去把他们五人拿下。"没想到那五十个厢兵站着纹丝不动，像是没听见曹举人说话似的。

郝欣又说话了："兄弟们，郝某没本事，让你们寄人麾下。不过你们放心，曹校尉的兵符明天到期，委屈兄弟们再坚持一晚上。明天，等兄弟们回来了，我为各位接风设宴。大家说好不好啊？"

"好！好！好！"在场的厢兵连说了三声好，声响震得曹举人不停地缩脖子。

曹举人一直自大要强，哪里受得下这个气。他看着辛弃疾五人有说有笑往外走的背影，心中萌生了一个邪念。他猛地转身，从墙上拿下一把挂着的弩机枪。那弩机枪上着弦，弦上有一支弩箭。曹举人伸直手臂，对着离开的五个人扣动了扳机。

眼快的厢兵大叫了一声："小心！"

众人回头，恰好看到弩箭从弩机中飞射出来，朝着范思凤而去。此时此刻，辛弃疾、陆游和郝氏兄弟走在前面，范思凤、龟老和齐见贤走在后面。辛弃疾离范思凤有两个身位，想要伸手去拉已然是来不及的。就在这千钧一发之际，齐见贤横跨了一步，挡在范思凤身后。下一个弹指，弩箭刺进了齐见贤的胸膛，没进去了半截。齐见贤沉闷地叫了一声，瘫软倒地。

厢兵们见此情形，赶忙将杀人者曹举人控制起来。龟老忙俯下身子查看齐见贤的伤势，而范思凤则愣在原地，一时没有缓过神来。

辛弃疾顾不上范思凤，他蹲在龟老身边询问："龟老，齐见贤伤势如何？要不要送医？"

龟老看向辛弃疾，通红的双眼已经噙满泪珠。

"掌书记,这支弩箭不偏不倚正好射进了他的心脏,你摸摸他的脉搏,已经渐渐软绵下去了。"龟老滚下两滴泪来,"就是华佗再世也没有办法了。"

齐见贤心脏中箭,他趁着尚有意识,无力地碰了碰辛弃疾的手,说道:"掌书记,我还不想死。我想考进士,当大官,再娶……娶个漂亮媳妇。"

辛弃疾抚摸着齐见贤的脑袋,泣不成声。

"我……我不是坏人,你不要恨……恨我。"

辛弃疾抚摸着齐见贤的额头,痛心地说道:"我从来没有当你是坏人,你和我一样,都是有志气的年轻人。"

"我……我快死了。"齐见贤唇色渐白,瞳孔也开始慢慢放大。

辛弃疾知道现在说什么、做什么都是徒劳了,于是俯到他的耳边,说:"才子少年,自是白衣卿相。见贤,你……你去吧。"

齐见贤听到辛弃疾的话,眼角流下两行泪,嘴角微微上扬。他的表情定格在了幸福的样子,他死了。

此刻,最难受的要数范思凤了。她和齐见贤之间的恩恩怨怨,让她这一刻的心情复杂到了极点。齐见贤不止一次地救过她,帮过她,虽然齐见贤每一次付出都充斥着企图,但不可否认齐见贤确实爱着她,愿意为她付出一切。齐见贤的死,让她感到深深的内疚和遗憾。因为他活着的时候,不管做了什么,她都没有给过他好脸色。而且,若不是为了送她和龟老来临安,齐见贤就不会有此一劫。若不是因为他一直爱着她,他也不会横跨出那付出生命代价的一步。

范思凤想，从镇江到临安，为了替父报仇她陷入了多少困境，又因此而连累了多少人？自从父亲死后，她就是乡邻忌惮的扫把星，就连以前最要好的赵姐和柳妹都视她如路人。难道自己真的是个扫把星吗？

"啊……"范思凤痛苦地哭了起来，她想要逃到一个没有人的地方好好地哭一场。她回头看了一眼身后漆黑的夜色，在黑暗里她才能自洽，于是她控制不住地跑了出去。

辛弃疾见此情形赶忙追过去，但范思凤依旧不管不顾。辛弃疾此时也悲痛至极，他不明白范思凤刚才纠结的心思，自然也不会明白范思凤为什么要再次跑出去，于是他大声喊道："你要干什么？还要去哪里？能不能不要再任性了！"

范思凤顿住了，她回头泪眼婆娑地看着辛弃疾，回复道："相见不如不见，有情何似无情？"扭头消失在了夜色之中。

第二十五章
二月十八，乙卯（上）

二月十八这天，似乎整个临安城都在等着官家和王师的到来，反倒显得特别安静和沉着。所有人连同这座城市一起，都在积蓄能量，等到钧容大作的那一刹那再开始狂欢。

破晓时分，建王的船率先从塘栖镇出发，预计中午时分抵达小河街。小河街已在北关之内，位于运河与余杭塘河的交叉中心，礼部将这个地方定为王师船只集结的最后一个地方。建王抵达小河街后，会在这里等待王师的到来。王师会在良辰戌时一刻抵达小河街。接着，运河灯会就此开始。

建王倚靠在栏杆上，心里盘算着运河灯会最后的安排，他希望一抵达北关小河街，礼部尚书就能跟他说，阇婆人陀湛的石油已经悉数缴清，可以安心举办运河灯会。

举办运河灯会是官家的意思，意味普天同庆，与民同乐。官家的御驾亲征无疑是成功的，随着完颜亮之死，金国也陷入了动乱之中，大宋终于迎来了和平的曙光。建王也觉得，大宋的子民是该通过一个盛大的庆典来一舒心中之郁愤了。

所以，这场灯会无论如何都要办，哪怕剩下的五千斤石油找不到也要办！大宋不能再被任何因素牵着鼻子走了，大宋必须走出自己的步伐，碾碎一切可能的障碍与阻挡。大宋是不可阻挡的！

史浩的到来打断了建王的思绪。建王知道，临安就快到了，史浩先生肯定有一肚子话要交代。

"建王殿下，值此临安春意浓啊。这次伴君北伐一转眼已经过去二月有余，殿下有何感想？"

建王恭敬地回了礼，思索片刻，说道："感想太多了，国防战事，百姓民生，明经济世……还有故土流民，这两个月一直在我的脑海里挥之不去。"

史浩眉头微微皱起，说道："殿下说得很好，想必在国防战事、百姓民生、明经济世这些方面，也有了很多具体的想法了吧？"史浩故意漏掉了故土流民，这四个字是所有大宋子民心中的痛，更是官家的心头之痛。这四个字不能多说，除了徒增痛苦，没有一丝一毫的作用。就目前的形势来看，大宋想要完全光复中原还需要时间。

建王点点头，史浩欣慰道："官家让殿下伴驾出征，就是希望殿下能有这些收获，看来殿下都做到了。"

"先生说笑了，本王什么都没有做，先生怎么说我都做到了？"

"没做即是做了。做了反而不如不做。"史浩捋着胡子说道。

"先生又跟我打哑谜了。一路上，先生一直教导我要卧薪尝胆，隐忍不发，我虽然照做了，但心里着实不够畅快。"建王直抒胸臆。

史浩颔首笑了笑："现在要畅快，就是给日后找不畅快。殿下还没明白吗？官家就喜欢卧薪尝胆、隐忍不发的殿下。正是因为官家对殿下满意，所以才会让殿下今晚替君行誓戒之礼。依祖先旧制，只有君主才可行誓戒之礼。官家的用意已经很明确了，所以殿下还需要继续隐忍。"

建王看向运河岸边农田里劳作的农民，没有作声。

"殿下，德寿宫是官家为自己准备的行宫，官家让殿下去受誓戒，其实是让殿下给他闹宅去了。"德寿宫原来是秦桧的府邸，秦桧死后官家就纳为己有，作为退位之后颐养天年的行宫。

"闹宅？"

"是啊，民间乔迁新房都有闹宅这个仪式。闹过了宅，就能乔迁了。"史浩含蓄地说。

建王这才反应过来："先生，您是说，皇上已有退位之意？"

"皇上早有退位之意了，官家在位多少年，就与金人、百官拉扯了多少年。他也累了呀。"

史浩说的是官家的议和之策，建王听明白了。

"先生，本王深知官家有扶持之意，但如果本王不光要接替皇位，还要接替官家继续与金人拉扯。本王真的办不到。"

史浩大惊，语气变得强硬："殿下又说什么胡话？我知道，殿下意气风发，深受抗金激进言论熏陶，一心想着北定中原。但殿下想过没有，正是官家与金人的拉扯，才为大宋赢得了立足临安的契机，正是因为拉扯，大宋才慢慢恢复国力。虽然如今的国力远不如汴京中兴之时，但这口气我们毕竟挺过来了啊。只要有这口气在，我们就有了与金人对抗的可能。"

"先生，你说的我都知道。"

"不,殿下还没有彻底明白,殿下可以不采纳议和派的主张,但不能不肯定官家在江山社稷上的伟业。"史浩走到建王面前,"殿下,以前我只是劝您沉稳隐忍,今天适合跟殿下说明这么做的原因了。当殿下成为一国之君,殿下将不再是殿下,殿下是百姓,是朝臣,是大宋王土的一草一木。殿下所做的一切也不再只是为了自己,不再为了一时意气风发、快意恩仇。殿下所做的一切,是为了大宋,为了大宋的子民。民为邦本,本固而邦宁。试问殿下,邦本何以固?"

建王知道史浩想说什么了,双颊有些发热:"天下安澜,百姓安居,邦本自固。"

"说得好!大宋的百姓,就像是一颗松子,哪怕是悬崖峭壁,他们也能扎下根来,野蛮生长。大宋的百姓,只要天下安澜,他们便可安居,他们就是这么不屈不挠。"

建王看着运河岸边一个个劳作的身影,一言不发。

"殿下也许有更高明的见解,但是眼前的这些百姓,正是因为官家的议和主张,才避免了战争的荼毒,避免了流离失所,避免了饿殍遍野。但是殿下,我想要让殿下认可官家,并不是要让殿下像官家一样,官家也有官家的局限,殿下自有殿下的未知。但是,殿下要正视官家,因为正视官家就是正视历史,就是正视自己,正视这个国家。殿下只有正视了,看清了,才能做出正确的抉择。"

建王面对着史浩,做了一个大大的揖:"官家说先生您才是府官该有的样子,官家没有看错人。"

"建王谬赞。殿下您看,北关已在眼前,未来已来,您准备好了吗?"

建王认真地点了点，严肃地一言不发。

石苇早早就在小河街的码头上，静候建王王船的到来。他抖擞着精神，手上拿着缴获石油的报告，一脸意气风发的样子。他今天是一定要在建王面前摆摆功不可了，甚至连礼部尚书询问其禀报事由，他也讳莫如深，就担心别人把他的功绩抢了去。

建王的船到了，礼部、临安府、禁军、教坊司、巡检司的官员都纷纷上了船又下来船。石苇一直等啊等，等到所有衙署都向建王禀报完了，他才上去求见。石苇心想，压轴压轴，不就是这个意思吗？

石苇独自上船，将那卷精心撰写的报告交到建王手中，而后禀报道："昨夜，皇城司刺探出陀湛藏匿石油的情报，之后在碧沼附近的水房，以及余杭塘河中段的富裕仓内查获了剩余的五千斤石油。石油已被转运至皇城司位于郊外的粮草仓内，臣下派了司内精干力量看守，销毁还是移交，全听建王谕示。"

建王喜出望外，但他已经学会不将悲喜挂在脸上，说道："本王无权干涉贵司处理石油一事，若石苇大人拿捏不准，可依制与兵部、刑部、临安府商讨，酌情处理。"

石苇怔了怔，他觉得建王应该喜出望外才是，怎么会如此淡然。

"石苇大人还有什么事吗？"建王问道。

石苇乱了阵脚，胡乱说道："禀告建王，既然阇婆人陀湛的石油已经全数缴获，那么运河灯会便可顺利地如期进行了。"

建王心里发笑，原来这个石苇在等着接受表扬呢。

"石苇大人真不愧为皇城司指挥使，没有辜负官家对您的期望。明日，待本王入宫谒见官家，一定替大人摆功讨赏。"

"多谢建王。"石苇的目的达到了，心满意足地起身告退。

石苇刚走到甲板上，史浩从身后追了上来："石苇大人请留步，小老有事相问。"

"少卿大人有何指教，不妨明示？"

"石苇大人，方才建王听了礼部、临安府、禁军以及巡检司的禀报，为何他们都不知道贵司已经找到石油一事？"史浩质问道。

"哦，石油是皇城司找到的，他们当然不知道了。"石苇言语神态中的傲慢抑制不住地流露出来。

史浩摇摇头，说道："礼部是负责本次运河灯会的首衙，依照规定，任何有关灯会事宜都要及时向礼部先行禀报。石苇大人为何不报？"

石苇心中一惊，原来史浩是问责来了，连忙解释道："我们……我们也是昨天半夜才发现的，等将那两批石油转移到安全位置之后天都快亮了。实在是没有工夫提前禀报啊。"

"哦，原来如此。那为何禁军、巡检司都说仔细排查过运河两岸所有可能藏匿石油的地点，但都一无所获？而且石苇大人和礼部尚书站在一起候船也有一个时辰了吧？怎么对尚书大人也只字不提呢？是不是贵司早就找到了石油，不肯告诉同僚们啊？"

石苇被史浩洞穿了心思，又气又恼，反问道："怎么？难道皇城司找到石油，还做错了吗？"

史浩微微一笑，说道："大人和贵司当然做了一件大好事。大人这么做，小老也明白，情理之中，情有可原。只是规矩就是规矩,是拿来遵守,不是拿来破的。建王可不喜欢不守规矩的官人。"

石芾彻底被史浩拆穿了,于是觍着脸笑道:"我这么做,还不是为了向建王表忠心吗?史浩大人就不要笑话我了,我在皇城司这个衙署一待就是十年,也想给建王一个好印象,日后能对石芾委以重任呢。"

史浩大人一脸疑惑地质问石芾:"大人要是有什么想法大可跟吏部或者官家去说啊,建王如今只是建王,又拿不了主意。"

"欸?德寿宫已建好,谁还不知道官家此行回来之后就会扶立建王?"

史浩摇摇头觉得无奈,越是众望所归越要低调行事。真正想要让建王继位的人,这个敏感时节是绝对不会来讨好献媚的。

史浩觉得对待石芾这种人不能再留情面了,再留情面就是对建王的伤害。于是他侧身说道:"船小难开红斗帐,石芾大人请回吧。"

石芾愣在了原地,最后反应过来才对着史浩哼了一声,拂袖下船。

艮山门与东青门外就是临安城百姓的菜园地了。这里土地平坦,有大片大片的菜圃,清早是这里最忙碌的时间段,菜市河上装菜的舟楫更是首尾相连,一眼看不到头。这种忙碌景象一般要持续到晌午,贩菜的船都空船而归,而疲惫的菜农们也要回家吃饭补觉。

可是今天的城东菜圃却很奇怪,午时过后依旧有劳作的菜农。

在菜市河与菜圃之间有数十上百个堆肥池,这些堆肥池又深又大，菜农隔几天就会将自家的大粪尿液倒入池中，当然也有牲口的排泄物。每年汛期，因为菜市河水位上升，河水会与堆肥池相通，池中污秽之物便流到了河中，渔民不乐意。而菜农的肥水被河水稀释也不乐意。于是，早在绍兴初年，临安府就发动菜农改良堆肥池，将堆肥池加高，避免了与河水的互通。

今日，菜圃里的几户菜农显得格外勤快，似乎想赶在天黑之前将肥水倒入池中，然后好进城去看灯会。但是，如果有人在旁观望就可以发现，这几户菜农似乎没有干过什么农活。不管是挑桶还是倒粪水都显得非常不熟练。

他们当然不熟练了，因为他们只干杀人越货之事，从未干过农活。这几户菜农是阇婆人乔装的，而真正的菜农已经被他们杀害在家中了。他们倒的也并非是什么粪水，而是延州石油！

延州石油并没有被查缴干净，众人所知的石油一万斤，都是从陀湛口中得来的。而韦铎从海上运来的石油，真实的分量是两万斤。所以他们大可拿出一万斤来与禁军、皇城司玩游戏，将剩下的一万斤用来办大事。

纳伽登选的几个堆肥池都在东青门一带，以新桥和太平桥为界限，前后不足三里路。他们趁着没人的时候将石油倒进堆肥池，等到建王的船来了，他们只要撅开堆肥池，因为地势的原因，石油就会流进菜市河。

菜市河又是断头河，水流平稳。只要在新桥和太平桥两处设置浮排，将石油牢牢地拦在这三里之内，那么别说是建王一艘船了，就是整支王师船队被困进来，也能烧个一干二净。

现在纳伽登的人已经悄悄将浮排悬挂在了新桥和太平桥的桥底

下了。等时机一到，他们会先砍断绳索，放下浮排，而后撅开堆肥池，最后再点上一把火，神仙来了也插翅难逃。

做完了这些，纳伽登让那些乔装成菜农的帮手返回真正菜农的家中，等到天黑无人再返回。他自己则寻了一处隐秘的芦苇荡，换了一身官服，回到班荆馆。纳伽登现在已经顶替陀湛的位置，成为阇婆国新任东宫首辅了。

韦铎此时正在班荆馆的居室中，进行阇婆国特有的祈祷仪式，和陀湛生前所做的一样，他供奉的神灵也是阇婆火神。

特拉斯格尼就在今晚，韦铎跪在火神牌位前，口中念念有词，时快时慢，时而低沉，时而高亢。这次祈祷仪式，他必须全神贯注，这样伟大的火神才能感知他的虔诚，他的孝心，他的果敢。

可怜的父王，孩儿一定会救你的。金人想让我们杀掉主张抗金的建王，我们就杀掉他。而且赵玮的死会让宋国元气大伤，金人大可乘虚而入灭了宋国。反正您的诚意金国已经看到了，金国越强大我们越得益。

韦铎的仪式刚刚结束，纳伽登就推门进来了。他准备帮衬着韦铎一起收拾仪式的器具，但是被韦铎拒绝了。

"不用收拾了，这是最后一次祭祀。等到特拉斯格尼成功，我们应该已经离开临安了，让班荆馆这群呆木头看看，好教他们死得明白。"

韦铎王子说完便问纳伽登现场布置得怎么样了，得知已经全部布置完毕，韦铎高兴地仰天笑了三声。

"纳伽登，今日我还有任务要交给你。"

"请王子殿下吩咐。"

"本来这件事由陀湛来做更合适,但他已经死了。不过你已经是新任东宫首辅,所以你来做也无妨。看见那些乐器了吗?"

纳伽登回答道:"下官一进来就看见了,是阇婆的甘美兰。"甘美兰是一种锣鼓打击乐器。

"甘美兰中属吊锣的规格最大,你把这个吊锣送给眉珠,让她带上花船。眉珠是南洋艺人,带一个南洋乐器上船我想应该没有人会为难她。"

韦铎说完,纳伽登走近检查了一遍那个吊锣,发现吊锣竟然是密封的。

"吊锣的背面不都是空的吗?这个吊锣为什么……"纳伽登话说到一半就明白了,"殿下,这里面有石油!"

韦铎欣慰地点点头:"这个吊锣是个油弹,吊锣的吊索上藏着一根导火索。花船之上,到处都是烛火,眉珠只要点燃导火索,吊锣就会爆炸。宋国的人,现在以为已经找到了所有石油,没想到还有一万斤石油在等着他们呢。"

纳伽登赶忙奉承道:"王子殿下真是高明啊!据我所知不管是禁军还是皇城司、巡检司,都已经停止了对石油的搜查,因为他们已经查到一万斤石油了。殊不知真正运抵临安的石油有两万斤!殿下,宋国各军司被您玩得团团转呢!"

纳伽登先把韦铎哄开心,而后说道:"不过我不明白,为什么要让眉珠在花船上炸一个吊锣呢?"

韦铎笑了笑,解释道:"运河灯会,宋国官家亲临,到时候所有的百姓都会聚集到运河两岸,而整个临安城自然会戒备森严。我们在花船上炸一个吊锣，所有军司衙门都会把人员往运河这边调集，这样其他地方就空虚了，我们的行动更容易推进。"

"明白了。"

"不，你不明白，本王还没有说完呢。我们在眉珠点燃吊锣之前，就向附近的守卫通报，让他们去抓眉珠。"

纳伽登搔了搔头，问道："眉珠要吸引守城军司，就必须要引爆吊锣。我们反而提前让守卫去抓她，那她还怎么引爆？"

韦铎目视前方，邪恶地说："她必须要引爆，因为她是陀湛的人。虽然陀湛死了，但她始终感念陀湛的家人。尤其是陀湛的父亲……"

纳伽登明白了，说道："我们就以陀湛家人性命相威胁，眉珠一定会就范的。"

韦铎阴冷地笑了笑："眉珠是陀湛的人，陀湛被禁军杀害，眉珠当然有理由为主人报仇了。而我们提前通报守卫，自然也可以暂时洗清嫌疑，争取到逃跑的机会。纳伽登，只要吊锣一爆，我们就跑。你车马都安排好了吗？"

纳伽登用力地点了点头说道："我们的看台在潮王庙附近，我会让车马提前在庙后等候。"

韦铎拍了拍纳伽登的肩膀，说道："首辅大人，目前来看你在这个位置上做得很好。现在，你该替本王去看看眉珠姑娘了。别忘了带上吊锣。"

王子有令，纳伽登不敢耽误。距离灯会开始还有三个时辰，他立即带上吊锣往教坊司而去。

虽然陀湛伏法被处死，但关于陀湛的所作所为禁军都已经调查清楚了。所以，当纳伽登带着国宾的文牒，以阇婆国王子的名义探望眉珠，教坊司的人并不能阻拦。教坊司终究是个声色衙门，以取悦上宾为己任，又怎么会得罪上宾呢？

纳伽登来到眉珠的房间，说明来意并送上韦铎王子准备的吊锣。眉珠自幼在阇婆国学习各国乐器，自然知道甘美兰的吊锣是什么样子的。但她心里有疑惑，面上却不表露出来。因为她知道，纳伽登的到来绝不是代替韦铎王子慰问她几句那么简单。

果不其然，纳伽登先开口了。

"眉珠，韦铎王子想让你把这个吊锣带上花船。你肯定看出来了，这个吊锣不一般。因为它发不出'哐'的声音，而是'嘭'！"说罢，纳伽登一脸坏笑地看着眉珠。

眉珠面不改色，说道："纳伽登大人，要带上花船的乐器都需经过教坊司的校验，恐怕眉珠没有这个本事。"

"教坊司的人哪里见过阇婆的甘美兰？你说它长什么样，它就长什么样。"

眉珠蹙眉低头，没有回答。纳伽登继续说道："我知道，你不想把这个东西带上花船，要是陀湛吩咐你，你应该会满口答应吧？"

眉珠缓缓抬头，问道："吊锣里有什么东西？"

"是韦铎王子亲自改装的石油弹，我们需要你在灯会上弄出点动静。"

眉珠连忙摇头，说道："那眉珠就更不能这么做了，即使陀湛大人交代，我也不会答应的。"

纳伽登面露愠色,以一种压迫的口吻问道:"哦?是吗?你不这么做也可以。你不这么做说明陀湛这家人训奴无方,连王子的命令都敢不从,王子回国后自然是要去陀湛家里问责的。再说了,陀湛把特拉斯格尼办砸了,这是杀头之罪,株连之罪!你要是不肯顺从王子殿下,那么陀湛一家老老小小就只能掉脑袋谢罪了。"

眉珠突然觉得如鲠在喉,想哭哭不出来,想叫也叫不出来。她心里虽然恨陀湛,但对陀湛的家人还是心存感激的。没有陀湛父亲的搭救她可能会饿死他乡,没有他的教导培养,她一辈子只会是一个与彘同食的奴仆。现在纳伽登竟以陀湛全家人的性命为要挟,她知道,自己这辈子无论如何也成不了一个自由的临安歌姬了。

即便如此,眉珠甚至都不想去感叹命运的不公,她已经足够幸运了,如果非要说有什么遗憾的话,那便是不能在运河灯会开始之前再见陆游一面。

她擦干了眼泪,决绝地看了一眼纳伽登送来的吊锣,心想,在运河灯会之前,一定要再见一次陆相公。

昨晚,在郝欣家中喝的那顿酒,辛弃疾和陆游二人都没有喝尽兴,因为他们心中各自惦记着一个人。范思凤不知去向,眉珠状况不明,怎能不叫他们担心?今天一早,辛弃疾就把郝勇和猫耳遣出去找范思凤了。陆游担心辛弃疾,只好陪在他身边,畅谈国事,以减轻他的担忧之情。

距运河灯会开始还有两个时辰,教坊司的人却突然来到陆府,请陆游务必去一趟。来者急匆匆地说道:"陆相公,眉珠姑娘的清流戛玉琴出了故障,司里的技师修不好。姑娘说,这琴是你的,只有你能修，快快随我去一趟吧。"

琴坏了还得了，陆游赶忙辞别辛弃疾，挑了一匹快马赶到教坊司。当他火急火燎地赶到眉珠房间时，眉珠正低声轻唱着一曲阇婆民歌。

陆游走到琴案前就开始摆弄起来，左看看又看看，又拨了拨弦，不知道哪里坏了。眉珠趁着陆游修琴的空当关上了门，走到陆游身后，她抑制住想要拥抱陆游的冲动，说了声："相公，琴是好的，妾身只是想见你了。相公坐好，让眉珠再为你弹一曲吧。"

眉珠玉手拨银弦，曲调一出来，陆游便知道是雨霖铃。而当眉珠开口的那一刹那，陆游的眉头便抽了一下。

"寒蝉凄切，对长亭晚，骤雨初歇。都门帐饮无绪，留恋处，兰舟催发。执手相看泪眼，竟无语凝噎。念去去，千里烟波，暮霭沉沉楚天阔。

"多情自古伤离别，更那堪，冷落清秋节！今宵酒醒何处？杨柳岸，晓风残月。此去经年，应是良辰好景虚设。便纵有千种风情，更与何人说？"

这是柳永描写有情人别离的词作，不得不说，眉珠演绎得非常传神，声音婉转凄凉，曲间更是落泪不断。看着眉珠的样子，陆游不由得难过起来。

"眉珠姑娘，马上就要登上运河灯会的花船了，应该高兴才是，怎如此伤感？"陆游关切地问道。

眉珠用衣袖擦了擦眼泪，说道："妾身并非伤感，妾身只是觉得自己很幸福。马上就要登上花船了，最该感谢的人就是陆相公。所以妾身想在登船之前再为您弹唱一曲。"

陆游如释重负:"如果只是这样,眉珠姑娘大可不必啊。运河灯会,陆某也是要去看的,到时候你能看见我。姑娘若是看不见我,也一定能听见,因为叫好叫得最响的一定是我。"

眉珠泪眼蒙蒙地笑了一下。

房间外,催促上船的锣声响起。陆游走上前,拍了拍眉珠的肩膀,低声道:"眉珠,兰州催发了。"

眉珠笑着擦了一把眼泪,心想,若是一辈子能与陆游这样的男子厮守该多好啊。不过她心里这样想,手上却做出了送客的姿势。

陆游用鼓励的眼神看着眉珠,说道:"眉珠,你一定会惊艳全城的。待运河灯会结束,我再来替你庆功。"

眉珠道了个万福,不舍地看着陆游:"妾身一定等相公。"

陆游走了,眉珠的心空了。她看着陆游离去的背影,嘴里轻轻唱道:"便纵有千种风情,更与何人说……"

第二十六章
二月十八,乙卯(下)

二月十八,戌时一刻。王师的船队驶入小河街运河段,所有船只以及岸上的仪仗乐队等升起了皇旗。皇旗在运河两岸张灯结彩的映衬下,显得异常恢宏威武。

随着龙船上挂出"绍兴与民同乐"的六字金牌,大鼓骤然鸣响,军乐队率先开始了演奏。军乐也叫钧容直,取钧天之义。今夜的运河灯会,是官家与百姓共同享乐的盛会,于是加歌者二人,杂剧四十人,板十人,琵琶七人,笙九人,筝九人,觱篥四十五人,笛三十五人,方响十一人,杖鼓三十四人,大鼓八人,羯鼓三人,唱诞十人,小乐器一人,排歌四十人,掌撰词一人,共有二百六十五人之巨。

由于军乐比较严肃威严,运河两岸观赏的百姓也比较沉闷,就像教坊乐人私下调侃之词所言,钧容市鼓,百面如一,教坊不如钧容齐整,打一面如打百面。这种说法虽然谦而骄,却说得在理。王师凯旋,钧容直是必须首演的,这是大宋军威和官家君威的体现。

今晚的运河灯会流程一共有三个环节,分别是军乐、庆乐和民乐。真正的"绍兴与民同乐"的氛围要等到庆乐和民乐登场才会活泛起来。

军乐唱罢,庆乐登场。庆乐的主角是宫廷乐队的班底,由教坊司承应,拨差临安府衙前乐人充应。这样的排场,若不是绍兴与民同乐的运河灯会,普通老百姓是无福观赏的。随着内侍一声高亢的"上庆"声,王师船队上的百官和运河两岸的官民纷纷举杯面向龙船,高喊"吾皇万岁万岁万万岁!"

安坐龙船内的官家虽不露面,也会举杯与民同饮。此时,内侍再次大声高歌"绍兴与民同乐!"

在这个仪式之后,运河两岸提前搭好的舞台上,各色歌舞开始轮番上演。除《万寿永无疆》引子外,其余依次为:觱篥起《君威服夷乐慢》、笛起《帝寿昌慢》、笙起《升平乐慢》、方响起《万方迎慢》、觱篥起《永遇乐慢》、笛起《寿南山慢》、笙起《恋春光慢》、方响起《碧牡丹慢》、笛起《上苑春慢》、笙起《庆寿乐慢》、觱篥起《柳初新慢》。最后一曲由诸乐合奏《北定中原薄媚》,到此终结。

庆乐结束之后,王师已经过了江涨桥,即将到达德胜桥。德胜桥是民乐开始演奏的节点。在此之前,建王的船率先出列向余杭门而去。

陆游和辛弃疾早早在德胜桥附近的观星楼订好了靠窗的雅座,运河灯会的盛况一览无余。他们最关注的当然是民乐演奏,尤其还有眉珠的表演。陆游俯在窗户上,远远地看见眉珠已经在花船上坐定,他不由得紧张起来。

陆游的注意力全在眉珠身上,辛弃疾却看见建王的船提前过了德胜桥往下游而去,于是提醒了陆游。二人都有些纳闷,问了隔壁雅座的贵人,有位热心的官人告诉他们:"建王只能陪着官家看军乐与庆乐的演奏,因为他今晚要替官家到德寿宫受誓戒呢。"

二人心中稍稍诧异了一下,这两日光顾着查案的事情,倒还真没注意建王的行程竟然变动了。不过二人也没想太多,反倒还为建王身负重任感到高兴。

建王的船通过德胜桥后,民乐的花船船队绚丽登场了。这些花船上的歌姬舞女都是临安瓦子、酒楼中的佼佼者,各个婷婷秀媚,桃脸樱唇,玉指纤纤,秋波盈盈,歌喉婉转,听之不厌。如,金赛兰、唐安安、倪都惜、潘称心等都是临安响当当的艺人。当然,这里面名头最响最让两岸观众期待的自然是庆和楼的眉珠。此时庆和楼的掌柜郑大利也在观星楼,不过他为了省钱,找了一楼的一处散座,虽然什么也看不见,但他却自得其乐。因为他知道,不需要看,眉珠一开嗓,自会掀起三丈波澜。他不是来听曲的,是来接受大家恭维的。

民乐响起,与前面两场是全然不同的气氛。既有时下盛行的《兰陵王慢》,也有清新如《暗香》《疏影》之曲,更有如《吴中舟师歌》《竹枝歌》这样朗朗上口的民谣。眉珠准备的是雅俗共赏的《水调歌头》。不过,眉珠是压轴的,她要等众歌姬唱完才会开腔。

端坐在潮王庙前的韦铎朝纳伽登使了个眼色,纳伽登便悄然离席,走到观赏台附近的守卫面前,轻声说了一句什么。紧接着守卫向领班报告,领班突然跑了起来。最后,运河东岸负责守卫的禁军向潮王庙前的码头集结。

陆游不知道发生了什么事情,还想,千万不要出什么岔子,影响了眉珠献唱。殊不知，这些禁军正是因为眉珠而集结的，他们收到纳伽登的报告，陀湛旧奴眉珠要在花船上引爆石油弹。

两岸的观众有人知道了情况，已经出现了骚动，人群开始混乱尖叫起来。花船在禁军的引导下，正缓缓靠岸。眉珠知道，一旦花船靠岸，做什么都迟了。于是她突然站起来，取下一个花灯，将花灯的蜡烛对准吊锣的吊索。

在点燃吊索的那一刹那，眉珠抬起头向四周看了一圈，她知道此时此刻陆游一定在看着自己。永别了，我倾慕的男子，我不舍的临安。她强忍住泪水，大叫一声"特拉斯格尼"，抱住吊锣，纵身一跃，跳进了运河。运河旋即爆发出了一声巨响，掀起了三尺大浪。

即便是非要点燃吊锣不可，眉珠也选择了一种伤害最小的爆炸方式。只是这种方式，让她没有任何生还的机会。

运河两岸一片寂静，所有人都定住了，只有船只因为受到波浪的推动而不停地左右摇晃。接着人群爆发出杂乱而又喧嚣的声音，有惊讶，有惋惜，有害怕，有疑惑……

在这片混乱中，韦铎和纳伽登趁乱逃走了。

在这片混乱中，郑大利张着嘴，惊讶得顾不上可惜。

在这片混乱中，陆游悲痛地抓着窗框，大叫着恨不得一跃而下。

在这片混乱中，徐知事穿过人群，终于在观星楼的顶楼找到了陆游。陆游半个身子探出窗外，身后的辛弃疾死死地抱住他。

辛弃疾好不容易将陆游劝回到座位上，陆游只顾着握拳捶桌，嘴里一直念叨着，为什么，为什么。

徐知事顾不上陆游的情况，因为他有更紧急的事情要商榷："陆编修！阇婆佬果真有阴谋，你看我找到了什么？"

徐知事拿出一张手绘舆图，这张图只有菜市河一段被绘制出来。图上，除了舆形以外，还有红笔勾勒的圈圈点点。韦铎和纳伽登离开班荆馆后，他悄悄潜入房间，结果发现了祭祀器皿和手绘舆图。

"陆兄！"辛弃疾看出了舆图的端倪。

"陆编修！你快别哭了！阇婆人定有诡计，你快看看是怎么回事啊！"徐知事使劲摇晃着陆游，陆游猛地醒悟过来，看清了舆图上的菜市河。

"这是菜市河！"陆游浏览了一遍，突然意识到，"阇婆人一万斤石油已经悉数缴获，眉珠的石油弹又是从何而来的？"

陆游看着菜市河旁被红笔圈起来的几处堆肥池，又看到新桥和太平桥画的两条红线，陡然惊叫道："大事不妙！"

他脑袋里产生了一个惊人的猜想——阇婆人还有石油，特拉斯格尼并没有取消。他联想到掩前离开的建王，建王的目的地是德寿宫，如果乘船前往，必然会经过菜市河！

"阇婆人特拉斯格尼的目标是建王，而非官家！快去菜市河！建王有危险！"陆游此话一出，三人迅速飞奔下楼。

一路上，陆游还在脑子里飞速地盘算着，那几个堆肥池肯定是藏石油的地方，而阇婆人应该会在新桥和太平桥之间的河段对建王下手。至于怎么下手他还不知道，但必定是用石油。

他边跑边对徐知事说："徐知事，你替我去找禁军殿前司赵密，请求他前来救援。他刚刚因为石㖷在建王面前丢了颜面，一定会扳回一城的。哦！特拉斯格尼会在菜市河上发生，请他务必派一艘不怕火的船过来。事不宜迟，你快去吧！"

徐知事就等着这一天呢，一边念叨着"我就知道，我就知道！"一边向就近的禁军询问赵密大人的位置。

陆游和辛弃疾二人来到运河边，爆炸引发的狼藉还无人清理，陆游痛心地朝运河里望了望，什么也没看见。此时他顾不上寻找眉珠的尸体，扭头钻进巷子寻找马匹。二人跨上马朝着菜市河方向飞奔而去。

菜市河上，建王的船正缓慢平稳地行驶着。突然船像搁浅似的猛然停住，桌上的茶杯滑落摔碎了好几个，建王也因此趔趄了几步。建王让驾船的士兵尽快查明情况，强调不能因此耽误受誓戒的时辰。

士兵们查清原因之后，神情甚是慌张："禀报建王，河上横拉着许多铁索，铁索的两头都捆在岸边柳树上，难怪船难以前行。"

建王隐隐感到不祥，结果又有士兵进来报告："不好，岸边有十几号形迹可疑的黑衣人，正在挖掘堆肥池，池中不明之物正流入河中。"

建王大惊，慌乱道："快，护送本王上岸！"

"禀报建王，船只难以动弹，暂时无法靠岸。"

建王走到甲板上向下看去，那从堆肥池内不断涌入菜市河的不是石油还是什么？他眼看着石油在水面上蔓延，覆盖了半片河面，自己却无计可施。

正当自己发愁的时候，两匹快马自东青门方向奔来。他看不清来者是谁，但他们冲到太平桥附近便开始厮杀，好几个黑衣人登时交待了性命。这两人边厮杀边放话："阇婆妖人，快快束手就擒！援军即刻抵达，你们已经穷途末路，切勿执迷不悟！"

建王听闻此言稍稍安心。可那些黑衣人压根就没有收手的样子，建王看见一个黑衣人吹亮了火折子，而后信手向空中一扔。那一刹那，所有人的目光都聚焦到了火折子上。

只见那支火折子在空中旋了几旋，而后落在了菜市河水面上，接着火折子上细微的火苗开始变大，变成了蓝莹莹的火光，那火光旋即变红，伴着呼呼的火声迅速往周遭蔓延。火势蔓延的速度很快，堆肥池内的石油也被点燃了，燃烧着的石油源源不断流入菜市河。

建王向下望去，炙热的火苗已经开始舔舐船身的木板。王船的木板上有各色漆料绘成的图案，那些图案本是吉祥好运的象征，现在却率先烧了起来。建王估算了一下，不出一刻钟，火就会烧至甲板上来。到时候，全船的人都会被烧死。

火势只聚集在新桥和太平桥这一段水域，辛弃疾发现了这个异常情况，于是提着刀赶到太平桥，果然看到桥下有浮排。石油轻于水而浮于水面之上，浮排将石油像河道里的垃圾一样拦住了。辛弃疾翻身来到桥外，一手抓住栏杆，一手挥刀砍断了浮排。随着浮排的断开，带着火焰的石油开始缓慢向下游漂去。但这样的措施只会让河面上的火势稍稍变小，此时建王的船只已经着起火来了。

黑衣人死的死逃的逃，陆游得了空闲，看着河面上的火焰，心中担忧不已。赵密的船怎么还不来！

说曹操曹操到，艮山门前的弯道处突然出现了一堆火把，是奔袭而来的禁军；接着他看到菜市河的尽头出现了一条船。他和辛弃疾跑到新桥上，看清了来船是铁壁铧嘴海鹘船，心里踏实了不少。

铁壁铧嘴海鹘船是一艘战船，船身都用铁皮包裹，船体结构坚固，底板厚6寸，舷板厚3寸，纵通龙骨厚9寸。此战船主要用于战场上冲击敌船，自然不会惧怕河面上这些火。

眼看着铁壁铧嘴海鹘船经过新桥桥下，二人对视一眼，纵身一跃跳上了船，赵密此时也在船上。铁壁铧嘴海鹘船靠近建王的船时，建王的船已经被烧穿了侧板，侧板里的旁龙骨也烧断了好几根，导致甲板下陷，建王失足掉进了船舱里。

辛弃疾心急如焚，抓着篷索顺势荡到了建王的船上，陆游见此情形也跟着荡了过去。一到建王的船上，二人明显感觉到炙热难忍，而且旁龙骨已经烧毁大半，船随时都有塌毁的可能，必须尽快找到建王。

二人找到建王时他已经昏迷。辛弃疾赶紧拉来两根篷索，一根交给陆游，一根捆在建王腰上，说道："陆兄，你先带着建王跳回去，等腾出篷索了，再来救我。"

值此千钧一发的关头，陆游顾不上客气，带着建王就跳回了铁壁铧嘴海鹘船。正当他准备回头接应辛弃疾的时候，整艘王船轰地一声塌了。厚重的桅杆、龙骨砸进水里，溅起了几丈高的水花。水花和火焰交织在一起，碰撞出滚滚浓烟。陆游身子探出船舷，想找辛弃疾，却什么也看不见。

陆游要求赵密停船救人，但建王已经安全上了船，作为禁军殿前司指挥使来说再也没有在此凶险境地停船的理由了。徐知事也安慰陆游，即使船停了，河面上仍旧这么大的火，怎么救人？

陆游无奈地蹲在甲板上放声痛哭起来。

菜市河的火灭了，运河灯会锣鼓也渐渐歇了下来。喧嚣之后的临安城，恢复了罢夜的静谧。只是在这静谧之中，仍旧有一群人忙碌着，在德胜桥一带的运河，在东青门一带的菜市河，各军司衙门中的精干人员在河中打捞着、分析着、研判着，生怕阇婆人的阴谋诡计还留有后手。

不过，各军司衙门在运河中没有发现眉珠的尸体，菜市河中也并未找到辛弃疾。陆游痛心地思索着，眉珠应该是跟着石油弹一同灰飞烟灭了，但不应该找不到辛弃疾啊，是死是活暂且不论，总不会烧得连渣都不剩了吧？

陆游不甘心，从河边找了一条贩菜小舟，沿着辛弃疾摔落的位置，仔仔细细地重新搜寻着。一直搜寻到崇新门的章家桥，还是没有找到。陆游在心里无声地呐喊着，辛弃疾你不能死，老天爷你岂敢妒英才！

陆游找到章家桥就找不动了，一个晚上的消耗让他难以支撑着继续找下去。好在辛弃疾的人都来了，郝勇、猫耳、龟老，还有范思凤姑娘。郝欣带着厢兵也来帮忙了。陆游告诉他们，沿着章家河继续往下找，还有二座桥，三座桥都找完就到菜市河的尽头了。菜市河是一条断头河，辛弃疾不管是死是活都不会漂到别的地方去，一定能找到他。

范思凤白天跟着郝勇和猫耳回来后，原本想找机会好好跟辛弃疾谈谈，她不是任性的人，只是这段时间发生在她身上的事太多了，不知如何面对。然而，谁也想不到会发生如此变故，范思凤后悔不已。

"辛弃疾！"范思凤第一次如此大声地喊出他的名字，这三个字的声音回响在寂静的夜里，她又流下了眼泪来。

"掌书记！"

"辛相公！"

范思凤回头看去，菜市河上有很多船，两岸亦有许多明亮的火把。他们都是来找辛弃疾的，一定能找到的。

范思凤借着月光继续划着船，她坚定地告诉自己："辛弃疾，我能救你一次，就能救你第二次。如果你还活着，你就一定要撑住！"

"找到了！"一声高亢的声音让所有人为之一振，在安乐桥旁的芦苇荡里，一根火把挥舞着。一时间，所有人都去向那片芦苇荡。

辛弃疾灰头土脸地躺在淤泥中，身上的衣服已经烧得不成样子，露出的皮肤有些地方流着血，有些地方起着泡，没有一处是完好的。他艰难地睁开肿成鱼泡的眼睛，看了一圈。猫耳、郝勇、龟老都来了，陆游也来了。最后，他的视线停留在了范思凤身上。

"思凤……"辛弃疾艰难地叫了一声，抓住了范思凤的手，"你去哪了，叫我好担心。"

范思凤紧紧地抓住辛弃疾的手，喜极而泣："对不起，从今以后我哪也不去了。"

辛弃疾欣慰地点了点头，伸出一只手扒开了自己的衣领。在月光的映衬下，辛弃疾脖子上的长命锁熠熠生辉。他不知什么时候，又重新将长命锁戴在了身上。

"我刚才昏迷的时候见到你爹了，你爹说我言而无信，又将我赶了回来。"

范思凤再也忍不住了,呜呜地哭了起来。

"你说,相见不如不见,有情何似无情。我要说,不见不如相见,有情定成眷属。思凤,以后不能离开我了。"

范思凤用力地点着头,将辛弃疾的手握得更紧了。

陆游见此情形,感动得眼含热泪。他看着天上的月亮,心中呼唤着眉珠的名字,安息吧眉珠。韦铎和纳伽登业已归案,被羁押在了禁军的大牢之中,赵密带着人正连夜突审。当他们得知建王仍旧活着,所谓伟大的特拉斯格尼并未奏效时,他们绝望了,最后将计划的缘由和始末都毫无保留地说了出来。

此时与菜市河只有一道城墙之隔的德寿宫内,建王正端坐于祭坛之前,替官家受誓戒。他虽然看不见墙外菜市河的情况,但他心里却一直挂念着。直到一位内侍蹑手蹑脚地跑进来,悄声禀报了辛弃疾活着的消息,他才彻底放下心来,安心地进行誓戒之礼。

天快亮了,天亮之后的临安肯定会是另一番天地。

(全书完)

后记

《运河变》的故事已经全部结束了，心里憋着一些话。这些话是对读者朋友们说的，借着后记这几页纸再啰唆两句。

《运河变》这个故事脱胎于《宋史》，在看《宋史》以及相关人物传记的时候，我的大脑会启动自动截取功能，截取了以下历史片段：

绍兴三十一年（1161）九月，金主完颜亮大举南侵。陆游入见高宗时"泪溅龙床请北征"，未几，罢官返山阴。十月，高宗下诏御驾亲征。改建王玮为镇南军节度使，伴驾出征。十一月，金主亮临江筑坛，刑马祭天，期以翌日南渡。冬季，陆游再入都为史官，十二月高宗赴建康时曾预送驾之列。十二月，武巨收复西京洛阳，陆游为赋《闻武均州报已复西京》。

绍兴三十二年（1162）正月，高宗至建康。辛弃疾奉耿京命，奉表至建康，召见，授右承务郎。闰二月，耿京为张安国等所杀，稼轩缚安国献俘行在。

二月癸卯，帝发建康。乙卯，至临安府。

当时，我在构思故事的时候，认为金主完颜亮死于南侵途中，金军定会找机会反击。找什么机会呢？我想到了刺杀。起初，我将金人刺杀的目标定为官家赵构，但转而一想，赵构推崇议和，金人没有必要刺杀官家。而声望极高的皇子赵玮却是主战派的拥护者，金人刺杀的目标应该是他。于是，整个故事最重要的反转便出现了。根据这个反转，我又沿着运河倒推了很多剧情，就是大家前面看到的故事了。我想着重说一下古人记日子的方式。古人喜欢用天干地支来记日子，而我想以日期作为标题，这就会出现一个问题，"二月癸卯"到底是二月几号？因为现代人的思维习惯，一旦知道是几号，知道了上中下旬，很多场景便会有更直观的画面。于是我根据《宋史》中记载的二月戊戌朔开始推理，"朔"就是初一的意思，绍兴三十二年二月戊戌朔，就是说这一年的二月初一是戊戌日。这就好办了，我根据天干地支的循环，便推断出王师从建康凯旋的日子就是二月初六，抵达临安的乙卯日便是二月十八，前后十三天。《运河变》的故事，也就是这十三天的故事了。

写完《运河变》之后，我又去看了一遍史书，又有了新发现。于是我又截取了一些历史片段，与各位读者分享：

绍兴三十二年（1162）五月甲子，官家诏立建王玮为皇太子，更名昚。籍诸州归正人，愿为农者给官田，复租十年；愿为兵者赴军中。六月丙子，诏皇太子即皇帝位。帝称太上皇帝，退处德寿宫，皇后称太上皇后。七月，朝廷追复岳飞原官。十一月，以史浩等荐，陆游受孝宗召见，赐进士出身，擢编类圣政所检讨官。辛弃疾在这一年定居京口，与范邦彦之女范思凤结婚，隆兴元年（1163）任江阴签判，乾道元年（1165）任广德通判，献《美芹十论》。淳熙十四年（1187），宋孝宗整治运河并浚奉口河；淳祐七年（1247），新修奉口至新桥河段运河。

通过这些"未来"发生的事情，再去回看《运河变》，竟然衔接得还挺顺畅。比如，御驾亲征让高宗信心大增，他是否觉得到了可以与金人掰手腕的时候了，于是北伐回来几个月后就禅了位，掰手腕的事交给儿子来干。兴许是因为归正人辛弃疾救了官家的皇子，所以官家决定善待归正人，为国所用。而主张抗金的宋孝宗上台后，依旧不改初心，第一件事情就是替岳飞昭雪，并且重用了陆游和辛弃疾二人。

由此一来，《运河变》中这不为人知或者不存在的十三天故事，在逻辑上便站住了脚。我不能说它存在过，但也没有证据说它不存在。我想，这就是历史演绎小说的乐趣。

最后感谢读者朋友们看完了这个故事。虽然我本人很喜欢它，但它一定会有我自己都没能发现的瑕疵。我的老师曾经告诉我，成为一个作家之前首先要成为一个博学家，写作者什么都要知道一点，才能写出符合逻辑的故事。所以，我必然还有很长的路要走，但我衷心地感谢读者朋友们能陪着我一起成长。

谨以此书送给我的两个儿子，东兴和东学。陪伴你们长大的过程中，爸爸收获了无限灵感，希望你们能一直保持童真和幻想。

癸卯兔年二月己酉朔作者忝述于书房